孙方友小说全集

长篇小说卷

主编 墨白

濮家班

孙方友 著

郑州大学出版社

图书在版编目（CIP）数据

濮家班／孙方友著. — 郑州：郑州大学出版社，2021.6
（孙方友小说全集／墨白主编. 长篇小说卷）
ISBN 978-7-5645-7854-1

Ⅰ.①濮… Ⅱ.①孙… Ⅲ.①长篇历史小说－中国－当代 Ⅳ.①I247.5

中国版本图书馆 CIP 数据核字（2021）第 085256 号

濮家班
PUJIABAN

策　　划	李勇军	封面设计	吴　月　　孙文恒
责任编辑	暴晓楠	版式设计	吴　月　　孙文恒
责任校对	刘晓晓	责任监制	凌　青　　李瑞卿

出版发行	郑州大学出版社有限公司
地　　址	郑州市大学路 40 号（450052）
出 版 人	孙保营
网　　址	http://www.zzup.cn
经　　销	全国新华书店
发行电话	0371-66966070
印　　刷	河南瑞之光印刷股份有限公司
开　　本	700 mm × 1 000 mm　1 / 16
印　　张	26.75
字　　数	328 千字
版　　次	2021 年 6 月第 1 版
印　　次	2021 年 6 月第 1 次印刷

书　　号	ISBN 978-7-5645-7854-1	定　价	48.00 元

本书如有印装质量问题，请与本社联系调换。

《孙方友小说全集·长篇小说》 总序

《孙方友小说全集》的"新笔记小说"八卷（《陈州笔记》四卷、《小镇人物》四卷），2014年已由河南文艺出版社出版发行。

大哥孙方友生前留下来的六部长篇小说，从题材上看，都应该归属历史小说：《乐神葛天》的背景是神话传说中的亘古洪荒时代，《鬼谷子》的背景是战国时期，《武大郎歪歪传》的背景是北宋末年，《衙门口儿》与《濮家班》的故事发生在清朝的道光与同治年间，《女匪》的民国背景离我们最近。

这里的所有小说不是纪实或历史的研究，而是历史背景下的文学作品，就像我们通常读到的《三国演义》不是《三国志》一样，主要着眼于符合历史背景的文学描述、故事结构与人物塑造，自然就应该当作文学作品来读。

这六部长篇历史小说的创作背景都同电视剧有关——换句话说，这些著作最初的动议都是因电视剧而起：先有电视文学剧本，而后改写成长篇小说。所以，这六部长篇小说有如下三个共同的文学特质。

一是注重人物塑造。

我一向认为，文学所发现的并不仅仅是人所处的社会的规律，而是人自己——这个创造了第二自然的人类自身，就是文学的终极意义。在大哥孙方友的历史小说里，对人物的塑造从来都是他创作的首要任务。

《乐神葛天》虽然以葛天为叙事主线，但小说同时塑造了葛天的母亲、妇姜部落酋长妇姜及其姪女、部落首领邶莽及其助手湑璟、女部落首领妫璐及其女儿璘湄等一系列文学形象。在《武大郎歪歪传》里，武大郎这个在《水浒传》里虽然着墨不多却十分成功的人物形象，在诸如潘金莲、武松、西门庆等众多鲜明的人物烘托下更加精彩夺目。《濮家班》里塑造了以濮中阳为首的重仁义、忍辱负重、一身正气的中原人形象。

《鬼谷子》在塑造纵横家的师祖鬼谷子的同时，还塑造了杰出的军事家孙膑与庞涓。不但写活了游说分布在东方的六国诸侯联盟来抗拒位于西方秦国的苏秦，而且写活了提出"连横"外交策略的张仪。《韩非子·五蠹》里说："纵者，合众弱以攻一强也；横者，事一强以攻众弱也。"南北为纵，东西为横，这群"纵横家"里的谋士，在《鬼谷子》里可视为春秋战国时期最特殊的外交政治家。他们朝秦暮楚、事无定主、反复无常、运筹帷幄，多从主观政治要求出发。虽然纵横家的智谋是春秋战国时期特定的国际形势的产物，但纵横家里所产生的这些个性鲜明的人物，却使春秋战国的画卷显得群雄璀璨。

二是结构严谨。

因为电视剧的原因，这六部历史小说，可用气势宏大、结构严谨来评价；而且，大多开拓了新领域：《乐神葛天》是第一部描写神话传说中的葛天的长篇小说，《鬼谷子》是第一部描写战国纵横家师祖鬼谷子的长篇小说，而《濮家班》则是国内第一部全面反映杂技艺人的长篇小说。

三是故事好看。

同样也是因了电视剧的原因,这六部长篇小说都可以用故事曲折悬念叠生、人物关系错综复杂、情节扣人心弦来评价;在跌宕起伏的故事里,处处存在着"置之死地而后生"的智力挑战。在这里,最能体现出大哥孙方友关于新笔记小说"翻三番"的创作手法,在"三翻四抖"的情节中,在文学性和传奇性兼备的故事里,又步步追问着对人性的深层思索。从文体意识方面看,大哥孙方友的长篇历史小说的创作,极大拓宽了新笔记小说这一文体的疆域,并丰富了其独立的文学世界。

墨白

2020 年 9 月 23 日

于郑州

目 录

第 一 章 / 1
第 二 章 / 19
第 三 章 / 33
第 四 章 / 45
第 五 章 / 59
第 六 章 / 73
第 七 章 / 94
第 八 章 / 111
第 九 章 / 125
第 十 章 / 137
第 十 一 章 / 152
第 十 二 章 / 166
第 十 三 章 / 180
第 十 四 章 / 198
第 十 五 章 / 209
第 十 六 章 / 220

第十七章／235

第十八章／250

第十九章／266

第二十章／281

第二十一章／295

第二十二章／309

第二十三章／323

第二十四章／337

第二十五章／349

第二十六章／363

第二十七章／377

第二十八章／392

第二十九章／406

第一章

　　清同治年间，是日，北京恭王府内，河南怀庆府濮家班正在王府萃锦园大戏楼内演堂会。恭亲王奕䜣陪英使额尔金等洋人看演出，旁边坐着福晋、侧福晋、阿哥、格格，一众太监、丫鬟、嬷嬷站立伺候，另外还有不少官员及其家眷。

　　恭王府位于北京西城，西依什刹海，背靠后海，环山又衔水，风景幽静秀丽，气派直抵皇宫，尤其是府里的大戏楼，比皇宫的戏楼还要奢华。现如今恭亲王已过而立之年，天庭饱满，眉目清秀，举止有度，仪表清超。他不时向英使额尔金讲述着什么。漂亮的英国小姐边听边给额尔金翻译着，眼睛却时刻不离戏台。因为此时正值整场戏的高潮——班主濮中阳的母亲唐天姣正在表演蹬技。老太太已年逾八旬，满头华发，仰卧在一张方桌上，双脚蹬一巨缸，与她瘦小的身体形成极大反差。缸中站一顽童，四五岁大小，在缸内做倒立、拿顶状，惊险异常，令人叫绝。演到绝处，巨缸一步升空，落下时正好缸口朝上，娃娃掉进缸内，不见踪影。那缸仍在飞转，娃娃如老龟伸头，一会儿一伸，惹得众人大笑不止。最后唐天姣一个猛蹬，缸在空中翻了几番。众人惊呼阵阵。那缸落下时，却是大口朝下，一切都静止了。许久，那娃娃才将头缓缓伸出，向着观众扮鬼脸。台下，掌声如瀑。节目接近尾声，额尔金与几个洋人高叫着"OK（好）"，恭亲王也满面喜悦，高兴地喊："看赏——"话音刚落，一个太监便托着一锭银子走上台去。唐天姣忙磕头谢恩，那个娃娃却不知天高地厚，跑上去双手从托盘中抱起银锭就朝后台跑去，惹得台上台下一片大笑。

濮中阳的长女濮玉兰正严阵以待，准备上场，却发现二哥濮华义不时偷瞧王府的格格们，忍不住拍了一下他的肩膀，警告说："小心你的眼球子！"华义不满地看了妹妹一眼，说："我只是饱饱眼福而已！"玉兰说："王爷府的千金，看多了可不是眼福，是眼祸！"说完，一个跃身走上台，开始展示软功。两名漂亮的女演员在台上为濮玉兰递道具。音乐声中，濮玉兰如一条花蛇在盘来盘去……英使额尔金被这奇特的艺术震惊，双目瞪得奇大。恭亲王偷瞥一眼额尔金的表情，然后胸有成竹地端起茶碗，边看节目边细品香茗。从恭亲王的双目中可以看出，他正酝酿着一个大胆的计划。

此刻，北京天桥处更是热闹异常，看客如潮。一街两行，卖大力丸的、打拳的、玩魔术的、耍把戏的、说书唱曲儿的，各亮绝活儿，吸引观众。

太监总管安德海和李莲英不紧不慢地走了过来。天桥总管吕公公闻讯慌忙跑来："不知总管大人驾到，在下有失远迎。"安德海看了一眼吕总管，说："哟嗬，这生意不错嘛！看，占地撂摊的还真不少。"吕总管说："托公公的福，场地一连几个月都爆满。"安德海问："有马戏杂技班吗？"吕总管忙说："有有有！"安德海说："报报名字，让咱家听听。"吕总管说："呃……有河间府沧州黄桥黄家班……"正说着，安德海打断吕总管，扭头对李莲英说："哟，小李子，听听，沧州黄桥，那可是咱家老家的班子。那可是'天下第一棚'，等会儿你认真瞧一瞧，咱要多给太后荐几个节目。"李莲英"嗻"了一声，安德海又问吕总管："还有呢？"

吕总管说："还有山西上党的刘家班、河南汴京城一撮毛的刀山班、广东番禺的魔术班、山东梁山赵家的马戏班。如果不是今年山东闹水灾，陕西大旱，两江一带战事刚息，安徽还在闹捻军，进京城的班子比这还要多！"安德海听后略略沉思了一下，问："河南怀庆府的濮家班怎么没来？"吕总管忙说："来了，只不过这几日不在，被恭王府叫去演堂会去了。"

安德海说："哟嗬，恭亲王真是好眼力呀，专挑濮家班，还抢在了咱家头里！我告诉你，我和小李子今日为吗来天桥，那是西太后想看杂技班，还点名要看濮家班。你现在就去喊他们回来，让咱家挑选挑选。"吕总管一听安德海横霸的口气，为难地说："这……恭王府……"安德海不满地说："恭王府怎么了？他一个王爷还敢与太后抗衡？"李莲英见安德海发脾气，忙解围道："吕总管，恭亲王是个明白人，你只要说是西太后要看濮家班，他不会不答应。"吕总管无奈地说："好好好，下官这就去。"正要拔腿离去，不承想被安德海拦住了："别着急走啊，先领我们去看看黄桥的班子有没有适合进宫的玩意儿。"吕总管正愁着没法给恭王府说呢，被安德海这么一拦，心里很是高兴，忙说："是是是，公公请！"

三人边走边说，听见一阵哄笑，立足一瞧，见天桥八大怪之一的万人迷正在表演照镜子。

万人迷已六十有余，头呈椭圆形，两头尖，连鬓黄胡须，以白粉涂面，两腮与短髭愈显蓬乱。他危坐在用白灰土画的圆内，赤着背，穿一破布蓝裤，跣着双足，把掖在腰间的一双破鞋拽出来，一手执一只破鞋当作有柄之镜前后照看，学妇人梳头搽粉，边梳头边唱：

　　奴先梳个楼上楼，
　　然后再梳个滚绣球。
　　哎哟哟，说错了，说错了，
　　我这是头不是球。
　　…………

唱词招得众人狂笑不止，安德海也忍不住乐了："这个糟老头子，难怪会有一个'万人迷'的雅号！"吕总管逢迎道："天桥乃卧虎藏龙之地，人才济济，不止一个'万人迷'，公公请朝前看。"说完，吕总管领两位公公继续前行。

三步之外，便是八大怪之一——赵瘸子夫妇的场地。赵瘸子身穿驴装，正学瘸驴走道。上面坐着他的老婆，插花戴银，手持一根超长大烟袋，边唱边做各种夸张的滑稽状：

　　说一个大姐才十七，
　　四年不见二十一。
　　油头粉面个大闺女，
　　找下个女婿是头瘸驴！

赵瘸子先学一声驴叫，然后用一种含混不清的豁音唱道：

　　叫声大姐别生气，
　　瘸驴可是个大宝驴！
　　俺能屙金能尿银，

还能驮你去陕西。

………

唱着唱着，瘸驴从屁股眼里屙出一坨亮闪闪的金锭，惹得安德海哈哈大笑："天桥之地果真不止一个'万人迷'呀！"吕总管说："个个都是能让人笑掉大牙的主儿。"安德海观兴大起："哟嚯，这么说，咱家今天非要把大牙撂在天桥不可了？"吕总管说："公公说笑了。前面一处节目更是精彩，公公请！"说着，三人便来到了乔二双刀处，挤进人群，只见乔二双刀舞刀如飞，其女乔红玉耍枪耍得密不透风。

乔氏父女旁边坐着一独腿老者，安一假肢，双手捧笙，为他们奏乐。

音乐声中，乔二双刀突然收起大刀，止了舞动，双手抱拳晃了一周，道："各位看官，光说不练嘴把式，光练不说傻把式，连说带练，练到了说明了，才能叫诸位爱听爱看养眼养耳朵。我可不敢自夸练得好，初来乍到，初学乍练，练得好练不好，都请各位多包涵。我们几个刚刚来到京城，皇城脚下，藏龙卧虎，连身上的虱子都是双眼皮儿。今天我和小女先练一练双刀破花枪，众位看看小女那条枪怎么扎，我怎么冒险进招儿。常言说得好，刀为百般兵刃之祖，花枪是百般兵刃之魂。大刀为帅，棍棒为王。救命的枪又能赢又能护身，舍命的刀，不好掌握。练的时候，我得舍出命去，练得叫众位拍巴掌叫好为止。叫好完了怎么办？我还得向各位讨几个钱。吃饭要饭钱，住店要店钱，钱这个龟孙虽然臭，可又离不开它。诸位若能伸出香手扔臭钱，俺老乔这厢可不嫌臭！诸位，你千万别急着臭我，等我练完了再掏钱臭我不迟……"

安德海听得不耐烦，转身对吕总管说："节目虽好，但尽是些不登大雅之堂的小手段。西太后寿诞还得濮家班不可，你这就去恭王府，说明西太后点名要看濮家班杂技的事。西太后的寿诞是国事，耽误不得！告诉恭亲王别惹西太后不高兴了。"吕总管忙说："好好好，这就去。"说完，不敢怠慢，直奔恭王府而去。

看着吕总管健步如飞的身影，安德海笑道："这些地方小官，个个都像是被吓破胆的小猫。"

李莲英说："所以不能给他们好脸色。"

二人说着走着，不一会儿，来到了"天下第一棚"黄家班的棚前。安德海看了看幌子，对李莲英说："我和黄家班还有些亲戚呢。"李莲英说："那敢情好，进去看看。"安德海说："好。"说着二人便进得棚内。

是时，黄家班的四朵金花正在表演马术。姐妹四人各骑黄、红、白、黑四匹马，服装与马色相同，全是紧身服。起初，是两匹同上，各自表演完毕，四匹马一同跑进大棚，她们一同起立，一同伏身，一同藏于马腹……

黄家班班主黄来福与儿子黄学禄击鼓敲锣，烘托气氛。黄来福用手捂唢呐学马嘶，他口鼻同时吹两把唢呐，同时吹出多匹马的嘶叫声，如万马在草原上奔腾，浩荡而宏远，让人如临其境。全场顿时掌声如雷。

吕总管受安德海之命，急急来到恭王府，正要进去，不承想被官兵拦住了。他忙掏出名帖递上："我乃天桥总管，有要事求见恭亲王。"官兵接过名帖看了看，说："你稍等。"不一会儿，从王府内走出一个太监，带领吕总管进了王府。二人一前一后，穿过客厅、侧厅，又过了几道月亮门，才来到萃锦园内的大戏楼。

庙大礼多，来到戏楼，那太监又让吕总管稍等，他匆匆到六王爷跟前小声说了几句，然后才招手让吕总管走近。吕总管走到恭亲王面前施礼道:"小的叩见恭亲王。"恭亲王目不转睛地盯着台上问:"什么事?"吕总管低着头说:"小的乃天桥总管事,刚才安公公到天桥为西太后挑选杂技节目,说太后娘娘点名要看濮家班的绝活儿,小的特来恭请王爷让濮家班回天桥待审。"恭亲王只顾看演出,有点心不在焉,又问:"你刚才说是谁个……在天桥挑选节目?"吕总管说:"禀王爷,就是那位内廷大总管安德海安公公。"恭亲王这才扭过脸来,说:"噢,是那个奴才!你回去告诉他,本王爷要挨个儿请外国使节来欣赏中国杂技,今日才是开场,让小安子等一等,等我演完堂会再让他挑选。"见恭亲王回绝,吕总管为难得不知如何是好:"这……"恭亲王不耐烦地摆摆手示意吕总管退下:"你照实说就是了!"

吕总管无奈,只得匆匆返回天桥。"天下第一棚"黄家班的节目正达高潮。四匹马飞奔,跑成一个花环。马上的四朵金花已经换了装,她们头勒英雄结,身披大红、大黄、大绿、大黑斗篷,斗篷随风飘荡,似四朵盛开的牡丹花。吕总管立着脚朝人群中瞅了一圈,看见了安、李二人,忙径直走过来。

李莲英看得入迷,禁不住击掌叫好。安德海也看得入神,被李莲英的掌声惊了一下。他瞪了李莲英一眼,吓得李莲英急忙止掌,叫好的口型一下定住,久久不敢合拢。

吕总管急急走过去,对着安德海耳语片刻。安德海一听顿时大怒:"恭亲王真是这么说的?"吕总管说:"小的不敢撒谎。"安德海气愤地说:"西太后娘娘过去只爱听戏,为此宫中内监专门成立了个'西苑戏班',连我都会唱几出。咱家为让娘娘换换口味,才经常在她跟前夸赞濮家班,这才让她老人家有了看杂技的念想。为吗?就是想让她高兴。你看你看,黄桥黄家班的马术好不好?是好嘞,可不行呀!为吗?这玩意儿太大,四匹马一齐跑,别说四匹,一匹马也进不得宫去。别看黄家班是我的老乡，论起来还有个老亲，可这个主我做不了。我为吗要力荐濮家班，因为濮家的几个绝活儿咱家都目睹过，场面不大，个个精彩，很适合在宫中演出。这下可好，让咱家丢了大脸面了！"吕总管见安德海大发雷霆，忙劝道："公公您息怒，这天桥内会集天下名班，各有绝活儿，那边还有几棚，劳您老人家多看几家挑选挑选就是了。"安德海说："那几家我大多都见过，玩意儿嘛，还都可以，就是不绝。什么叫绝？比如这跑马，黄家班就绝。为吗？四朵金花一起出来，各色各马，别家有吗？看过濮家班的蹬缸没？一个八十多岁的老婆婆，一个四五岁顽童，老少搭配，每一个动作都让你叫绝，别家有吗？再说，西太后是何等人物，让她看节目，那可来不得半点虚。你瞧瞧她老人家听戏都听的什么角儿，全是杨猴子、谭叫天那些，别个休想进得宫去……"安德海的嗓门越来越高，差不多能传遍整个场地了，坐在台上的班主黄来福和他儿子黄学禄只听得双目圆瞪。安德海瞄了一眼四围投过来的目光，又旁若无人地接着说道："再者说，去宫里演出，那叫吗？那叫御点，能摊上这个，可是光庇万代的好事。可惜呀，濮家班没了这福分。小李子，走吧，咱回宫如实向太后娘娘禀报就是了。"

黄来福一听安德海要走，急忙跑上来，跪在安德海面前："求公公看在咱们是老乡的分儿上，让黄家班进宫吧！"安德海忙上前搀起黄来福，说："黄班主，快起快起。咱们是老亲，论辈分我还得喊你一声表哥哩！我刚才说过，你家的玩意儿不是不绝，而是不适合进宫。"黄来福看了一眼安德海，神秘地说："公公有所不知，黄家班除去大活儿，也有小活儿，只求公公再多看几个。"安德海说："你们那些小玩意儿我大多见过，小时候我去黄桥串亲戚就探过班，什么口吞宝剑、转花碟、滚环、顶技、双爬杆、顶板凳……

好是好，但不绝，你们能玩，别家也能玩！"黄来福一听，忙解释说："公公不知，同样是顶技，内里技艺能多变，绝非一日之功……"正说着，被安德海打断："好好好，话说到这儿，咱家就给你个面子，谁让我家的老姑奶奶嫁到你们黄家哩！我先回去给太后禀报，你等我的信儿。"黄来福一听，忙施礼说："谢谢表弟……不不不！安公公！安公公！"

就在两人说话间，不远处的乔二双刀与飞腿张递了个眼神，悄声说了几句什么，然后看着安德海走出了黄家班。

安德海回到宫中，看见小皇帝载淳与恭亲王之子载澄正在御花园内戏弄太监。载淳站在两个太监肩上，朝下尿尿，让一个太监在下面用嘴接。小太监嘴张得奇大，仍接不住小皇上的尿水。

安德海见状，急忙上前拉开小太监，自己用嘴接小皇上的尿。小皇上生性调皮，故意不尿直，安德海在下面打着转儿接尿，一滴不漏全接进了嘴里。小皇上十分高兴，可正在兴头上，肚内尿水已尽。小皇上余兴未尽，便让载澄替他尿。安德海一看是恭亲王之子，拒不接尿。载淳大声喝道："大胆！"安德海无奈，只好张嘴接载澄的尿。载澄故意用劲不匀，尿得忽高忽低，尿水落了安德海一脸一身，载淳高兴得哈哈大笑。

安德海见小皇帝高兴，用手抹一把脸上的尿水，对李莲英说："童子尿，喝了延年益寿，太可惜了！"载淳这才看到李莲英，问道："小李子，你们两个干什么去了？"李莲英急忙跪地回话："回主子的话，奴才与安公公去为太后选杂技节目去了。""杂技……什么是杂技？"

"杂技嘛，就是……"李莲英结结巴巴，不知如何解释。安德海抖落着身上的尿水，说："杂技分好多种哩，有魔术、马戏、杂耍、玩猴……哎呀，多了去了！"载淳问："好玩吗？"安德海说：

"那可比在宫中捉迷藏好玩多了。"载淳一听,惊喜地叫道:"真的?哪儿有杂技啊?"安德海说:"天桥呀!奴才和小李子刚从天桥回来,那地方好玩的东西多得很哩!"载淳正欲问天桥在什么地方,被载澄制止了:"我和皇上要回上书房,你们跪安吧。"

安德海和李莲英只得退下。待安德海和李莲英走远了,载澄小声地对皇上说:"皇上,天桥那地方我去过,热闹得很哩!"载淳迫不及待地说:"那就快带朕去呀!"

"皇上,要提防这两个奴才向太后禀报,说我们触犯祖规。"

"哎呀,又是祖规,好没劲哟。"

"皇上,要想不犯祖规又能好玩,咱们只好……"载澄说着,朝四下警惕地望了望,才说,"老办法。"

其实,安德海和李莲英并没走远,二人躲在御花园一隅,看着皇上和载澄的一举一动。安德海面色陡阴,叮嘱李莲英说:"你要盯紧载澄这小子,只要他一带皇上出宫,就立刻向太后禀报,让恭亲王也尝尝咱们的厉害!"李莲英说:"恭亲王让儿子来给皇上当伴读,醉翁之意不在酒啊。"安德海不屑地哼了一声,说:"可惜,他的儿子是个浪荡子,领会不到鬼子六的意思。那咱们就提前断了这载澄的前途,省得他长大后像他阿玛一样老与我作对。"李莲英一听,忙奉承道:"公公高见。"二人边走边说,不一会儿就来到了储秀宫。慈禧太后正在宫中喂鱼。她用小指的长指甲挑了点鱼食,撒进一个硕大的玻璃缸里,五彩斑斓的鱼争先恐后地臣服在她的恩泽下。

安德海给李莲英使了个眼色,让其离去,自己走进去给太后问安:"太后吉祥,奴才给太后请安!"慈禧摆了摆手,让宫女捧走鱼缸,自己走到座椅前,问道:"小安子,事情办得怎么样?"安德海一听,先打了自己两个耳光,说:"主子,恕奴才办事不力,那濮家班被恭亲王叫去演堂会了,奴才差人去叫,恭亲王说他要连演半个月。"慈禧问:"你没说哀家也要看濮家班吗?"安德海苦着脸说:"奴才说了,可那恭亲王说他要请各国使节挨个儿看濮家班,压根儿没理您老人家的茬儿!"慈禧一听,面呈怒色:"请洋人看濮家班?"安德海说:"正是!今天是开场,请的是英国公使额尔金。"慈禧一听,犯疑地自言自语道:"这个鬼子六,他又想干什么?"

怀庆府濮家庄,是濮家班的故乡。班主濮中阳家在村子东头,一个不大的农家小院。院里摆满了玩意儿,迎着大门是一个器械架子,上面插有刀、枪、剑、棒,两棵高大的槐树上,有吊绳、沙袋,几个娃娃正在吊绳上翻跟头,旁边,有两个小女孩正在桌上练软功。

濮中阳的次女濮玉芝一身侠女打扮,正在收拾包袱,准备进京。她母亲黄氏女一边帮女儿打包裹一边安排道:"路上一定要小心。到了京城,对你爹说,你弟弟和这几个娃儿已学成了好几个节目,最适合演堂会。"说话间,濮中阳的小儿子濮华中从屋内跑出,听见母亲说自己的功夫,便借机在空中连翻了两个跟头,然后如钉般钉在了地上。濮玉芝惊喜地叫了一声,说:"几日不见,小华中可让二姐刮目相看呀!"濮华中调皮地说:"二姐,俺不是吹,俺们几个练的草帽舞,亮出来更会吓你一跳。"濮玉芝说:"那好哇,你们几个过来,先亮一手吓我一回。"另几个娃娃一听,都跃跃欲试,聚拢而来,正欲排队扎架,不承想被黄氏女制止了:"算了算了,玉芝呀,时间不早了,快带他们上路,到京城有你看的。"

濮老汉听说孙女、孙儿们要走了,挂着拐棍儿从室内走出,安排玉芝说:"路上要小心。"濮玉芝忙去搀着爷爷说:"孙女记下了。"濮老汉说:"记下了就好,别忘了对你爹和你奶奶说,我很好,一顿能喝两大碗面条,还带一个馍。"濮玉芝一听笑了,说:"你这算啥,我奶奶比你饭量大多了,她一顿能吃五个馒头,还外加两碗稀饭。"濮老汉一听笑了:"哟,那不成妖怪了?"众人大笑。黄氏女抬头看了看天色,说:"要走就赶紧走吧,时候不早了。路上小心。"

"知道了。娘你放心吧,遇到劫匪我自己就能对付一群。"濮玉芝说着扎了一个武把式亮给母亲看。黄氏女爱抚地瞪了女儿一眼,说:"再能打也不如一路平安。赶快出发吧。"说着便把包裹递给玉芝。

一家人把玉芝和六个娃娃送至村头,玉芝与母亲、爷爷挥泪告别,带着六个娃娃直奔镇上,找了一辆马车赶赴京城。

濮华中和几个娃娃都是第一次出远门,坐上马车,尤感新鲜,不时地挑开车帘朝外观望。濮华中望着车外飞驰后退的景色,不知过了多久,问二姐道:"二姐,离京城还有多远?"濮玉芝说:"早着呢,咱们还未出河南地界哩。"华中又问:"京城好玩不?"濮玉芝说:"天子脚下,又好玩又不好玩。"说着她挑开车帘朝外看了看,问车夫:"师傅,出河南了吗?"车夫说:"快了,前面就是邯郸府魏县的地界了!"几个娃娃一听,争先恐后扒车帘朝外看,濮玉芝干脆将车帘挑开,说:"看吧看吧,只准看一会儿,世道太乱,咱们要小心。师傅,再快点。"车夫唱答道:"好嘞,驾!"

车子飞奔,车后扬起一片烟尘。

就在濮玉芝和几个娃娃奔赴京城之时,濮家班在恭王府的堂会也接近了尾声,此时正在上演压台大戏——舞狮。两上小狮娃儿先推出一个巨大圆球,紧接着两头雄狮分别从两边出场,争球、互斗,然后两大两小,四头狮子开始叠罗汉,站在球上,随球转动,壮观的场面再次赢得全场掌声雷动。

伴随着热烈的掌声，两头大雄狮谢幕，摘去狮头，原来是濮华龙和濮华义兄弟二人。二人长得极像，又十分帅气，看得格格们乱打直眼。接着，两头小狮子也摘下狮皮，更是一片哗然，原来这两头小狮一老一少，少的是五岁孩童，老的竟是八十多岁的唐天姣！

额尔金情不自禁地站了起来，说："中国艺术，了不起！Wonderful（棒极了）！"恭亲王也站起身来，目光深邃地看着额尔金说："那就让世界知道知道大清国吧！"额尔金一听，恍然大悟："哦——我明白了！你是想搞杂技外交！"恭亲王说："是。"说着，他起身离开座位，边做请的姿势边接着说："不过，还要看看两宫太后的意思。"额尔金边走边问道："我不明白，你为什么一定要听西太后的意见？"恭亲王苦笑道："这就是皇权。"额尔金说："哦——我理解你的苦衷，搞杂技外交，你这个想法很好，我没想到，中国还有如此好的艺术，简直是精妙绝伦。"恭亲王说："额尔金先生有所不知，我们大清国自古以来就不乏登峰造极的艺术，比如说笑的艺术，春秋有优孟，唐有黄旛绰、李可及。戏剧和音乐上更是人才辈出。当然最值得我们炫耀的还是我们的四大发明和以儒道为首的各家学说，这些都是我们世世代代可以夸耀于世界的立国之宝。我们大清国是建立在父权与伦常的信义之上的，也是建立在正义、荣誉和守约的信义之上的，孝悌忠信、礼义廉耻是我朝立国的根本。"额尔金较真地说："可现在掌握皇权的是一个女人。"恭亲王提醒说："你别忘了，现在是大清同治六年，而不是慈禧六年。"额尔金说："不管是同治还是慈禧，性质都是一样的。亲王阁下，你们中国的政治制度没有代议性质的机构来帮助、限制或监督皇权……噢，我这样自由地发表言论，是不是犯了你们的大忌？"恭亲王大度地说："你我国情不同，各保其主，哪儿说哪儿了，谈不上犯上作乱。"

二人大笑。

这时候，萃锦园大戏楼内濮家班的演员正在卸妆。濮中阳正在整理道具，濮华龙走过来说："爹，明天的节目你想过没有？"濮中阳边叠衣服边说："晚上再商量吧，你有想法了？"濮华龙想了想，试探地问："是不是请我那几个表姐妹来帮帮场？"濮中阳停下手中的活计，不解地问儿子："今天才开场，你咋就想着请人哩？"濮华龙一听，忙解释说："恭亲王说要演半个月的堂会，如果不提前让舅舅家的人加进来，我怕最后都赶在一起，两个班子破不开。"濮中阳想了想，说："你是不是担心恭亲王天天看节目，我们不能演重？"濮华龙点了点头，说："杂技不同于戏剧，看一两遍后就少了新鲜感。"濮中阳说："可他请的洋人都是头一次看。"濮华龙说："洋人归洋人，可请我们的是恭王爷，而且台下坐的观众大多是他的家人，让他们一连看半个月大同小异的节目，会疲倦的呀。"

这时候，濮华义也走了过来，说："是呀，爹，我哥说的咱们一定得当回事。过去咱们演堂会最多三场，没遇到过时间这么长的。这一回，咱们可要演翻箱了。"濮中阳一听，儿子们所虑不无道理，沉思了一下说："回去跟你舅商量一下再说吧。不过，若这几天你妹妹能将华中他们几个带到，也可救救场。你娘肯定会授给他们不少新玩意儿，娃娃表演，会更吸引人。你看今天，就数你奶奶和小狗子的节目最叫好。"濮华龙说："如果小妹这几日能将小弟他们带到，那就再好不过了。只是怀庆府距京城上千里，我担心来不及啊。"濮华义说："爹，你听话要听音，我哥一直想和秋菊姐同台演出，你就答应吧。"

"去！"濮华龙正经地瞪了一眼二弟，"说正事，嚼什么舌头！"濮华义认真地说："什么嚼舌头？我说的也是正经事嘛！反正早晚有一天秋菊姐要嫁过来，成为咱濮家班的台柱子，现在正是用人之际，我看不如你们明天就办喜事，先演节目后入洞房。"不承想话刚落音，就见哥哥抬步朝自己追来。濮华义眼疾脚快，扭身就跑，二人在戏箱间追打。追打得正欢，看见奶奶唐天姣，二人立刻停下了。

唐天姣正坐在道具箱上用小茶壶喝茶："都老大不小了，还像娃娃一样打打闹闹，不害臊！"听到奶奶庭训，二人都不好意思地勾了头。调皮的小狗子脱下唐天姣的小鞋儿，挨个儿打了二人的屁股："叫你们不听奶奶的话！叫你们不听奶奶的话！"二人一同扭身，扮哀求状："叔叔，饶了我们吧。"

就在兄弟俩向小狗子求饶的时候，殊不知他们的弟弟妹妹正在一步步接近危险。

马车载着濮玉芝和几个娃娃正在去京城的路上飞速前进。由于路远人乏，几个娃娃已经睡着。濮玉芝怀抱宝剑，也在打盹儿。车夫正扬鞭催马行驶在一片树林中，突然从树上飞下两支铁锚，钩住了车子的尾部。车子依然飞速前进，钩在马车上的绳索越挣越紧，大树开始猛烈摇晃，拉车的马刨起前蹄，咴咴地打着响鼻。一拽一停之间，车身抖了几抖，车夫被震落在地，一连打了几个滚儿。濮玉芝被惊醒，几个娃娃在车上被震得摔作一团，皆不知道发生了什么事。

这时候，从树上飞下两个蒙面人，手执钢刀，大声呵斥："留下买路钱！"濮玉芝飞身蹿到车外，拔剑亮个门户："劫贼，要留买路钱，先问问姑奶奶这把剑答应不答应！"黑衣人一看蹿出来一个小姑娘，轻蔑地说："黄毛丫头，口气不小，看刀！"说着，一个高大的黑衣人挥刀直取濮玉芝。濮玉芝一跃飞空，躲过一刀，一个鲤鱼打挺，利剑一闪，刀剑相撞，惊得那贼禁不住叫了一声，才知道碰到了强手。

　　这时候，另外一个黑衣人直袭轿车而来，几个娃娃惊慌地四处乱逃。黑衣人追赶濮华中，濮华中机警地爬上了树。娃娃们见华中上了树，也都爬上了树。黑衣人扫了一圈树上的娃娃们，束手无策，正要回头去帮高个儿黑衣人对付濮玉芝，不承想突然被飞来的一只长鞭卷住了右腿。他回头一看，甩鞭的竟是车夫。他本不想伤及车夫，不承想车夫竟然找死，他愤怒地看了车夫一眼，一刀割断鞭绳，挥刀直朝车夫砍来。车夫眼疾腿快，拔腿就跑，开始绕着车子转圈，车前车后地与黑衣人展开周旋。

　　濮华中见状，瞅准机会，从树上飞下，双脚直袭黑衣人的后背，将黑衣人跺了个嘴啃黄土。黑衣人爬起来，开始追杀濮华中。其中一个娃娃见黑衣人追杀华中，急了，也学着华中的办法，从树上飞下，又将那黑衣人跺了个趔趄。其余的几个娃娃也纷纷效仿，轮流向黑衣人进攻。

　　待一轮空中袭击过后，几个娃娃又开始默契配合，一齐翻跟头，然后一齐腾空，一齐落地，同时抓沙，朝中间的黑衣人扬撒。连连反复，黑衣人被飞来的沙尘搅得睁不开眼睛。车夫趁机扬鞭甩去，卷掉了贼人手中的刀。几个娃娃见贼人手里没了刀，更是胆大，一齐飞身起脚，踢倒了黑衣人，不容对方站起，一起跑上去，跃起落下，一个个小屁股像打夯一般砸向黑衣人。黑衣人为躲袭击，在地上滚来滚去。车夫跑上来，拾起刀压住了黑衣人的脖子。

　　此时，濮玉芝也已将那个高个儿黑衣人拿下，押了过来。二贼急忙求饶："姑奶奶饶命！"濮玉芝厉声说道："再让姑奶奶遇上，定取尔等性命！"二贼点头如捣蒜："是是是！姑奶奶大人大量，不要跟小人一般见识！"

　　"你们这两个家伙，怎么光向我二姐求饶，不求我们？"濮华中说着，一使眼神，几个娃娃同时飞起，又一齐"坐"在了被他们打倒的黑衣人身上。黑衣人被压得大叫："求饶求饶！几位小爷的墩功，真是天下无双呀！"濮玉芝狠狠地踢着那贼的屁股骂道："快滚！"两个黑衣人一听，慌忙爬起来，狼狈逃窜。

车夫望着两个逃窜的贼人，说："真没想到姑娘有这么一身好武艺。"濮玉芝不好意思地说："我们艺人闯江湖，处处凶险，我爹妈不但让我们练艺，也学认字、练武功，为的是防身用。"濮华中在一旁插言道："我大哥的武功更高，尤其是他的气功，能驮五千斤。"车夫一听大吃一惊："能驮五千斤？"华中见车夫不信，反问道："你不信？"车夫说："眼见为实，我没亲眼看到自然不信。"华中说："那好，到了京城，我请你到我们濮家班看演出，免票！实话给你说，不但我大哥能驮五千斤，我二哥也能驮四千斤。"车夫一听更是吃惊，不相信地问："是吗？"华中仰着脑袋高傲地说："那当然！"车夫问："怎么驮？"华中说："有一回我的四个表姐一下坐在我二哥身上，你算算，四个千金是不是四千斤？"车夫一听，大笑着说："别看你小子人小，却像个老江湖，会忽悠。好了，快上车赶路吧！"

几个孩子一听，忙争先恐后地上了马车。车夫听见哧的一声，弯腰一看，喊了一声："坏了！"濮玉芝忙问："怎么了？"车夫泄气地说："是贼人的铁锚拉裂了车框，走不成了！"濮玉芝弯腰一看，发现车身果真裂开了，问道："这可怎么办？"车夫举目朝大路的深处望望，说："这里已离邯郸府不远，你们到那里再雇车吧。"濮玉芝忙问："那你怎么办？"车夫说："我到附近寻木匠，看能不能修一修。"

濮玉芝急忙让弟弟们下车，然后走到车夫跟前，解下包袱，掏出银两，递给车夫说："师傅，这钱你拿着，留着修车吧。"车夫连忙推辞说:"不不不,你们去京城还需盘缠。"濮玉芝解释说:"师傅,我们艺人撂地就能挣钱,饿不着的。"说完,就将钱放在车上,带华中他们急急离开了。

第二章

京城天桥，黄来福和黄学禄牵着马刚走出大棚，乔二双刀和飞腿张远远望见，急忙迎了上去，施礼道："拜见黄班主。"黄来福看着两张陌生的面孔，问："你们是?"乔二双刀忙自报家门说："我乃乔二双刀，这位是我的师父，人称'飞腿张'。"飞腿张连忙接着解释说："那是年轻时的绰号，现在飞不起来了！你瞧——"说着拉起裤脚，露出用木头制作的假肢。黄学禄一看，大吃一惊："哎呀，大伯，你这腿——"飞腿张说："残了。患过一回腿病，就丢了这条腿。"

黄来福同情地看了一会儿，问："二位是不是有什么事需要我们帮忙?"乔二双刀说："黄班主，我和师父还有小女三人从皖地来到京城，本想这天桥地肥，不承想撂了几次摊之后收入微薄，几乎是难以维持。见你们'天下第一棚'生意兴隆，就想搭班混个肚儿圆，不知黄班主能否开金口?"黄来福一听乔二双刀要搭班，忙抱歉地说："哎呀，实在是抱歉，俺们为窝儿班，全是沾亲带故的，轻易不让外人搭班，你看这……"飞腿张一听黄来福拒绝，忙说："黄班主，我们不是长搭，只是初来乍到，手头有点紧，想借贵班威名挣几个底钱，以解燃眉之急。"黄来福为难地不知道说什么好，只听见儿子黄学禄说："爹，赶巧今日白马受了伤，要歇几日才能上场，我看不如让这位师傅搭几天班。"黄来福一听有理，便试问道："不知二位都玩什么活儿？"乔二双刀说："今日我和师父已看过贵班演出，您放心，我们的活儿不会跟你们重的。"飞腿张说："黄班主，活儿你放心，搭在班里绝不会丢你们'天下第一棚'的威名！"黄来福沉默片刻说："这样吧，你们容我再想想，想好了给你们信儿。不知二位住在何处？"乔二双刀说："悦来客栈。""这可真是太巧了！"黄来福说，"我们和濮家班都住在离悦来客栈不远的大车店里。"飞腿张说："那敢情好，那我们师徒就在悦来客栈恭候黄班主的消息。"黄来福说："好好好！"说完，四人告别。

看着飞腿张师徒远去的背影，黄来福思忖了一会儿，对儿子说："进宫演出的事非同小可，目前虽然还没最后定夺，但我想还是提前准备一下的好，我去请你姑父帮帮忙，借给咱几个小活儿，然后商议一下，如何安排节目才能出彩。"说着就跃身上马，直奔京门大车店。

黄来福来到时，濮中阳正在喂马，听见女儿濮玉兰喊他吃饭，就停了手中的活计，从马棚里走出来，进了屋。濮华龙看到父亲，便提议说："爹，明天就不让我奶奶上了，让她老人家歇一歇。"濮中阳点点头说："今天演的活儿要保留一半，剩下的上新的。"濮华龙说："一半太多，只能上三分之一。这不同于在大棚内演出，堂会里的看客基本不变，少重几个无伤大雅，重多了会让看客腻烦。"濮中阳说："一开始就大换，到后来怎么办？你别忘了，是半个月的堂会。"濮华龙说："所以我就想先让我舅舅家的节目提前掺进来。"濮中阳说："你小子，绕了一圈儿又绕回来了。好了，先不说这些，吃饭。"濮中阳说完正要坐下吃饭，突然想起了什么，问玉兰:"你二哥哩?"

濮玉兰说:"从恭王府回来,他就去逛街去了。"濮中阳一听,微怒道:"这小子,就会贪玩。看今天他玩那狮子,外行人看不出,若不是你帮他拾场,差点趴了场子。"濮华龙一听,忙为弟弟开脱说:"华义还小嘛。"

"都快二十岁了,还小呀!爹像你们俩这般大时,就替你爷爷领班了。"濮中阳话刚落音,黄来福走了进来,高喊:"谁又在吹牛皮?"

华龙一见未来的岳父大人来了,忙起身说:"舅舅,快坐下吃饭。"黄来福朝饭桌上一看,笑道:"哟嗬,濮家班一定挣了恭亲王不少赏钱,瞧,菜都见肉了。"濮玉兰说:"舅舅,你快坐,我去给你盛一碗。"黄来福一听,对外甥女说:"盛满一点,肉多一点,跟舅舅亲不亲,就看这碗菜了!"濮玉兰笑道:"舅舅放心,这一碗我要给你盛过来半拉猪。"话音刚落,引来室内一片大笑。笑声过后,濮华龙起身为黄来福倒茶:"舅舅,听说宫中来人看你们演出了,是不是要你们进宫演堂会?"黄来福一听直摇头:"嗐,别提,那安德海嫌我们的节目大,点名要你们去宫里,你们还不知道?"

"不知道呀?!"濮中阳的声音透出惊诧,"再说,就是知道了也不中呀,因为我们跟恭王府有约,要连演多天堂会,不能违约嘛。"黄来福说:"姐夫,这你就不懂了,进宫演出,若能讨得西太后和皇上一个什么封号,可是光宗耀祖的事哩!西太后爱乐,那安德海为讨她喜欢,还在宫中让太监们成立了个戏班子。你们家那几套绝活儿,西太后肯定喜欢。"濮华龙听舅舅如此一说,兴奋地说:"舅舅,这可是好机会,我们去不成,你得争取争取呀!"濮中阳突然想起了什么,问黄来福:"似乎听你说过,咱们和安德海家好像还有老亲?"黄来福说:"是呀,论辈分是表兄弟,只是人家眼下混大了,咱不敢认。不过,他今天倒是先认了,还答应再来看看俺的小活儿。我今儿个来,就是想借玉兰到我们棚里玩一场,给我撑撑门面。"濮中阳说:"这不难,让她去就是了。"黄来福见濮中阳答应了,又讨价还价地说:"先说好,将来若能去宫中,这可得算俺黄家的玩意儿了!"濮中阳说:"那是自然!不过,我们在恭王府要连演十多天堂会,华龙怕节目重复过多,你也得帮帮我。"黄来福一听,忙说:"姐夫,黄家班和濮家班历来不分你我,何提'帮'字?"

濮华龙不等父亲开口,便抢先说道:"舅舅,在恭王府演堂会,也不太适合跑马上刀山的大活儿。再说,在戏台上演出也不同于大棚,你要挑适合戏台演出的给我们呀。"黄来福爽快地说:"好,好!嘿,对了,刚才我从天桥回来时碰到两个皖地来的同行,一个称乔二双刀,一个称飞腿张,还有个女的,他们要搭班,并说有绝活儿。如果他们真有绝活儿,岂不更好,即能帮我,也能帮你们。"

濮华龙说了一声"那太好了",便急忙追问:"他们在哪儿?"黄来福说:"住在悦来客栈,还等着我给他们回话呢。这样吧,咱不如先去看看他们的活儿?"濮中阳一听,思忖了一会儿说:"不慌!咱们是进宫和去恭王府演出,这个时候若带外人搭班不是太合适!"黄来福一听,说:"姐夫,你多虑了!进宫哪会那么容易,要过几道关口呢。听那安德海说,不但不能带刀带枪,连匕首也不能带,进三道门要搜身三回。再说,宫中全是大内高手,就是会几手也难近西太后的身。你们进恭王府,不是也要搜身检查吗?"濮中阳不以为然地说:"话是那么说,我们还是小心为妙。"

这时候,天桥内热闹异常,吉祥大戏院门前立着戏牌,里面传出锣鼓和丝弦声。戏院门前各种小吃叫卖声如潮。小皇帝载淳和载澄化装来到天桥,载澄买了两串糖葫芦,俩人一人一串。又到一处,有说相声的、唱京韵大鼓的、唱单弦的。

一身穿旗袍的女子正在唱单弦:

> 今日大喜,喜的是:
> 千祥云集,吉星高照,照满华夷。
> 亦比那,七子八婿郭子仪。
> 异草奇花朝上秉,
> 炳灵公太子就在云端站立。
> 隶字匾上写金字,
> 写的是:
> 福如东海,寿与天齐!

他们听了一会儿,觉得没意思,又往前走,见一人正在玩猴。猴儿身穿官服,头戴官帽,手端小筐,走上台收钱。玩猴人在一旁喊:"咳!咳!刮地皮的贪官来了!刮地皮的贪官来了!"载淳觉得好玩,好奇地欲上前去,被载澄拦住了。

载澄拉载淳走出人群,又来到一个老者摊前。老者正在变戏法,挂牌为"神手张志和"。老者用两个小碗扣着变戏法,让观者猜,皆猜不中。

载淳和载澄二人边走边看,大有眼花缭乱之感,正当他们流连忘返之时,殊不知不远处有一太监小贵子正在监视着他们。

他们一路走一路看,不一会儿,又走到一个卖戏法的摊子前。卖戏法的中年人戴着墨镜,靠墙支个案子,墙上挂块布摆,上写"聚芝堂万变魔术团",两旁小字是"传授戏法,当时包会"。中年人口若悬河地叫着:"诸位,来这里能学巧变金钱、金钱抱柱、棒打金钱、三仙归洞、霸王卸甲、仙人解帕、空盒变烟、巧变鸡蛋、木棍自起、仙人脱衣……"

载淳被吸引住了,让载澄交钱,他要学一手。中年人一看两位穿戴富贵,便问:"这位小爷你想学什么?"载淳说:"我学……学仙人脱衣。"中年人说:"好好好,包你立学立会,会了这一手还想学另一手!"中年人说着把手法写在纸上,又用纸包了一包东西,并趁人不备,将藏在指甲内的刺痒药弹到了载淳的脖子里。这一切做完,他对载淳说:"小爷,你可拿好了,现在不要看,百步以外再看为最妙,妙不可言!"

载淳将纸包捧在手中,口中念念有词地数着:"一、二、三……"当他数到一百步时,身上突然刺痒难忍,禁不住脱衣查看。此时,载澄帮他打开纸包,上写:"痒了就脱,成仙乎?"载澄一看,禁不住骂道:"这家伙真缺德,看,这纸里包的全是刺痒药。"载淳边挠痒痒边说:"我觉得挺好玩,这下,咱又有逗那些太监的新招了。"

此时京城厚德福酒楼的一个雅间里,安德海与李莲英正在喝酒。酒喝到酣处,安德海说:"咱家知道他鬼子六记恨我,咱家不怕他,他算个什么东西!"李莲英一听话音,试探着问:"公公什么时候与恭亲王有了隔阂?"安德海又喝了一杯,说:"有一次他要觐见太后,太后娘娘正听我白话濮家班的绝活儿,没见他,使他受辱。不承想这小子把这笔账记在了我身上,处处刁难。今日的事,他是有意办我难堪,哪儿有一连演十几天堂会的,这不是找碴儿吗!"李莲英说:"公公息怒,太后眼下刚刚垂帘听政,还离不开他。您瞧着吧,有朝一日,太后非踢开他不可。"安德海说:"小李子,你小子有远见!太后是何等人物,他鬼子六怎能斗得过太后!这回他让我在太后面前丢脸面,下回我要他加倍偿还。"

包间外面的大厅里,濮华义正在一隅独自饮酒,眼神已经迷离，分明已有几分醉态。一卖唱老汉和女儿走过来说："客官，点一出吧？"濮华义醉眼蒙眬地望了他们一眼，问："唱什么调儿？"老汉说："河南坠子。"濮华义一听是家乡戏，倍感亲切，醉散的目光中聚出一道亮光："河南坠子？好，来一段儿！"老汉问："不知客官想听哪出儿？"濮华义一摆手说："随便来！"老汉说："那就给客官唱一出《正月正》吧。"

老汉说着，拨动了胡弦，坠胡声中，女子开唱：

> 正月里来正月正，
> 李自成重兵攻北京。
> 刚刚推翻崇祯帝，
> 吴三桂开关迎清兵。
> 二月里来是清明，
> 秦琼夜打登州城。
> …………

这时，濮华义发现了雅间里的安德海和李莲英，忙说："停停停！会不会《美人思春》？"女子停下，点点头。濮华义说："先唱几句让我听听。"

女子唱：

> 美人得病在雅床，
> 想念情人紫微郎。
> 问讯梅花无消息，
> 夜来香枕泪汪汪。
> …………

"好!"濮华义拍了两下巴掌,然后指着安德海所在的雅间说:"喏,把这出儿送给雅间里那两位公公。"卖唱老汉收起坠胡,说:"好好好。"说着,便领女儿径直走进雅间。

李莲英一看来了两个卖唱的乡下人,挥手呵斥道:"去去去,我们不点唱。"卖唱老汉解释说:"外边那客官已经给两位公公点过唱了。"

"什么?给我们点过了?"李莲英闻听大吃一惊,"为什么给我们点唱?"老汉说:"小人不知。"安德海说:"让那厮过来,我要问问他为什么专给我们点唱。"卖唱老汉急忙出雅间小跑到濮华义跟前说:"客官,两位公公唤您过去。"

"他们请我?好,前头带路。"濮华义步子有点踉跄,走进雅间,先施一礼道:"两位公公唤我何事?"安德海上下打量了一下眼前的帅小伙,问:"你为我们点了曲子?"濮华义点点头。安德海说:"看样子,你很有钱呢?"濮华义点点头说:"是的!"安德海一听,对李莲英说:"好,小李子,查点一下这楼上楼下共有多少客人,让他给每位客人都点上一出儿!"濮华义一听,顿时酒醒大半:"哎呀,公公,我可没那么多钱!"安德海一听,很烦地说:"没钱在这里充什么大头!快滚!"濮华义说:"我……我不滚!我给公公点曲儿是有事求你们帮……帮忙。"

"你小子还挺会使招儿。"安德海再次用目光审视了一下濮华义,说,"什么事,快说!"濮华义说:"两位公公,我有个亲戚也和你们一样在宫中当差,想托你们打听打听。"安德海缓了口气问:"你的亲戚姓甚名谁?"濮华义说:"我的亲戚他姓安名德海,河涧府南皮人。"

李莲英一惊,忙看安德海。安德海仔细望了望濮华义:"听你口音像河南人,你与他会有什么亲戚?"濮华义说:"他的姑奶奶是我的太姥姥,论辈分,我该喊他一声表叔哩。不过听说他现在混成了内廷总管,不知还认不认我们这穷亲戚了。"安德海哦了一声:"这么说,你是河南怀庆府人?"濮华义说:"是呀,俺就是怀庆府濮家庄濮家班的濮华义。"安德海高兴地说:"这回你找对了,我就是你表叔安德海。"濮华义看了一眼安德海,摇摇头,不相信。安德海见濮华义不信,吃惊地问:"怎么,你不信?不信……你可以问问他——"濮华义又看了看李莲英,说:"安公公身为内廷大总管,出宫来一定威风凛凛,怎么会就你们两个?"李莲英小声说:"你懂什么!若不是内廷大总管,出宫进宫怎能如此随便?宫廷里规矩繁多,并不是你想的那样简单!"安德海用眼神止了李莲英的话,对濮华义说:"你不信可以,不过你有什么事都可以说,我能给你办。"濮华义一听,惊喜地问道:"真哩?"安德海说:"是真是假,你可以先试试嘛。"

濮华义说:"好,那我可说了!听说安公公要选杂技节目进宫,还点名要我们濮家班?"安德海点点头说:"是有这回事,不过濮家班正在恭王府里演堂会,没回天桥参选,这是没办法的事。"濮华义一听,着急地问:"你是说,我们没机会了?"安德海说:"除非你们罢演恭王府的堂会,回到天桥听选。"濮华义略有担心地说:"若罢演那不是得罪恭王府了吗?"安德海用鼻子哼了一声说:"京城里到处都是王府,而皇宫只有一个,濮家班若是能借此机会得到西太后的御赏,那可是千秋万代的荣光。"濮华义一听这口气,恍悟道:"我知道了!公公真是安德海表叔。"安德海笑问:"你如何看出来的?"濮华义说:"如今天下,唯有安公公距太后娘娘最近,才敢想出罢演恭王府堂会的主意。"安德海一听,大笑道:"你小子还算聪明。小李子,这门亲戚咱家认下了。"

李莲英一听，忙提醒濮华义："傻小子，还不快磕头谢恩！"濮华义一听，忙给安德海施礼："表侄濮华义拜见表叔安公公！"说完，濮华义便很知趣地告退，然后，醉醺醺地回到大车店，一进门就大声喊叫："爹，爹，爹——"

濮玉兰走出来搀住了即将要倒的濮华义："二哥，你咋醉成这个样子？"濮华义问："咱爹哩？"濮玉兰说："爹和舅舅有事出去了。"濮华义又问："咱哥哩？"濮玉兰说："去河边练马术去了。"濮华义一听，转身就走，边走边说："我去找他回来，我有要事相……相告。"濮玉兰问："有什么要事，先让妹妹我听听？"濮华义回头对妹妹喊道："大好事，咱们要进宫了！"

就在濮华义为自己家杂技班进宫之事欣喜之时，黄来福也在为自己的黄家班进宫做着准备，从大车店一出来，便和姐夫濮中阳直奔悦来客栈。

那时候，乔二双刀和飞腿张正在房里说事。乔二说："师父，黄来福若不答应我们搭班怎么办？"飞腿张说："我们只是借黄来福搭个桥，目的是进濮家班，只有进了濮家班，我们才能有机会进恭王府。"乔二略有担心地说："听说濮家班的班主濮中阳智勇多谋，怕他不会轻易相信我们。"飞腿张说："我已经打听过了，濮家班平常能演堂会的节目只有三台。现在恭王府要一连演十多天，大活儿上不了台，能演堂会的活儿就荒了。他们肯定要求助黄家班，而黄班主一心想借此机会代替濮家班进宫讨封，真是天赐良机呀！"乔二说："家里的形势也正往好处发展，昨天接到密信，赖盟主已进入鲁地，沃王正在陕西、山西准备配合西北的回军联合作战。"飞腿张说："如果我们在这个时候能成功刺杀恭亲王，大清国就少了顶梁柱，京城也必定大乱。"乔二一听，不解地问："为什么要刺杀恭亲王？刺杀西太后不是更能使清廷混乱吗？"

飞腿张看了徒儿一眼，说："西太后毕竟只是一个女流之辈，刺杀一个女人，我怕后人笑话我们。"乔二说："听说这个女人不简单，连恭亲王都惧她三分哩！""那是恭亲王给她面子。"飞腿张边说边卸假肢，"这奕䜣掌管总理衙门，与洋人打得火热，如果他想夺取皇位，易如反掌。这人才是我们捻军最大的敌人。"乔二双刀斩钉截铁地说："我看咱就兵分两路，把慈禧和恭亲王一起办了！"飞腿张说："我也是这么想的，这样更保险，能将西太后和恭亲王同时刺杀更好，退一步说，就是只刺杀成功一个，也照样能震惊朝野。"乔二说："那就由我和红玉进宫，你去恭王府。"飞腿张把卸下来的假肢放在床上，说："不，你们去恭王府，我去紫禁城。"乔二双刀一听急了："师父，不可！听说进宫不容易，要搜三次身哩！"

"为的就是这个。"飞腿张拿起放在床上的假肢说，"你看，为师的这条假腿，怕是连神仙也查不出。"飞腿张说着，一按机关，从木腿中取出一支燧发式手枪，然后拉出五个脚趾，原来是五支毒镖，很细，镖头是用木头刻成的脚趾形，旁人很难看出。飞腿张说："我们只要打通黄家和濮家的关节，就可一举震天下。"乔二双刀看着师父断了的右腿，不忍地说："师父，进宫太危险，还是让徒儿去吧。"飞腿张说："你不必再争，实话告诉你，我进宫就没打算回来，再危险对我来说也没什么，为了天国和捻军，我早已置生死于度外了。"

正说着，听见有人敲门，二人忙止了交谈。乔红玉开门一看是黄来福，忙说："黄班主，我父亲正在等您。"黄来福看着乔红玉笑问："这么说，你就是乔师傅的千金了？"乔红玉点点头。旁的濮中阳插言："乔红玉，好，这名字好！古有梁红玉，今有乔红玉！"乔红玉看看濮中阳，很陌生，谦虚地说："让您见笑了，小女怎能与巾帼英雄相比？"黄来福笑着说："咋不能比，你们都叫红玉，一样的！"

乔二双刀听到说话声，忙迎了出来："黄班主果不食言，真不愧是江湖名士呀！"黄来福说："我算什么江湖名士，连夜壶名士也不算，这位才是江湖名士哩！"乔二双刀打量了濮中阳一会儿说："想来这位就是大名鼎鼎的濮家班班主濮师傅了。"濮中阳说："在下濮中阳，特来拜见乔师傅和张师傅。"乔二双刀一听，忙上前握手说："哎呀，幸会幸会！快请进屋，我师父恭候多时了。"

四人碰面，寒暄一阵之后，飞腿张便直奔主题："还是先让二位班主看看我们的薄技如何，再作细谈吧。"黄来福说："好好好！我们正好开开眼界。"飞腿张说："开眼界谈不上，献丑了。"说完就给乔红玉使了一个眼色，乔红玉会意，端上来道具。道具很简单，就一个鸡蛋。飞腿张运气提神，金鸡独立站在鸡蛋上，而且能让鸡蛋轻轻滚动。濮中阳和黄来福禁不住击掌叫好。黄来福说："张师傅和乔师傅各怀绝技，明天一定帮黄家班助威，咱们一同进宫给西太后露几手。"

飞腿张从鸡蛋上下来，拱了一下手说："承蒙黄班主夸奖，实不相瞒，我孙女红玉也多少会点混饭吃的手艺，是不是也让二位见笑一下？"濮中阳说："我看就不必了，'尖挂子'带不出'腥挂子'，只要不靠'绝后杵'，什么都好说。"飞腿张和乔二双刀听得一脸茫然。濮中阳见二位没听懂，笑了笑说："我的意思是两位师傅技艺如此高超，名师定会出高徒。只要靠真本事挣钱，什么都好说。这样吧，你们明天先在黄家班搭班，挣点钱救急。"

飞腿张说："濮班主言之有理，只是给二位添了麻烦，张某有点过意不去。"濮中阳笑着说："这话就外道了，咱们是同行，都吃这碗饭，和尚不亲帽子亲。再说，谁都有撂生地的时候，相互帮助理所应当嘛。"飞腿张说："有濮班主这句话，张某就踏实了。"濮中阳说："那我们就先告辞了。"

回去的路上，濮中阳对黄来福说："这飞腿张和乔二双刀不是江湖人。"黄来福不以为然地说："你咋知道？不是江湖人咋会江湖技？"濮中阳说："我刚才对他们说江湖话，他们竟没听懂！"黄来福说："那不算啥，怕是人家皖地的黑话和咱们不一样哩，咱不能以此断定人家不是跑江湖的。再说，咱要的是他们的绝活儿，有绝活儿就能挣到银子，那才是最实惠的。"濮中阳说："你呀，一心钻到钱眼儿里。这年头，南边又闹长毛子又闹捻军，北边到处是白莲教，咱是艺人，求的是天下平安。天下一乱，你有浑身本事也挣不到银子！"黄来福梗着脖子说："就那个一条腿的飞腿张，一个残疾人，能干啥！我说姐夫，你这人心太细，什么事都颠来倒去地想，多虑！"濮中阳见黄来福如此，无奈地说："人在江湖，虽身不由己，但脑子是自己的，逢事多转几个弯儿，没坏处。"黄来福见姐夫疑神疑鬼，不耐烦地说："这样吧，你害怕就用我的人，我用他们！明天若是那安德海来看活儿，光飞腿张那手轻功就能赢。"二人边说边走，不一会儿就回到了京西富祥大车店黄家班的住处。

黄家姐妹正在练功，濮华义一进门就喊："三个表妹，见到你们姑父没有？"黄牡丹停下练功，问："二表哥，找俺姑父弄啥嘞？"濮华义兴致高昂地说："弄啥？大事！我们濮家班要进宫哩！"黄海棠惊讶地叫了一声说："不是说你们在恭王府演堂会走不开，让俺们进宫吗？"濮华义说："濮家班不去恭王府了，要进宫演出。"黄月季问："那恭王府的堂会不演了？"濮华义说："恭王府的堂辞了不就成了！"

恰在这时，濮中阳回来了，他厉声问道："谁说要辞恭王府的堂会？"濮华义一看是父亲，酒醒了大半，不敢言语了。濮中阳厉声斥问儿子:"你小子听谁说我们要辞掉恭王府的堂会?"濮华义只得如实说出:"爹,我中午见到安公公,还和他认了亲戚。他已答应让我们进宫演出,只是有个条件,必须先辞掉恭王府的堂会。"濮中阳一听,顿怒:"你懂什么,我们常在江湖走,规矩不能丢!给人家定了合同,岂能随随便便就辞掉!"濮华义借着酒劲,与父亲据理力争:"进恭王府只是抓银,进皇宫就不一样了,若是能讨得个什么封,那可是光庇万代的事!"濮中阳说:"进宫能讨得个封号自然是好事,但我们得守信用,决不能见利忘义,被江湖人笑话。"濮华义一听,恼怒地说:"要不……要不就破班算了!让我哥领着去演堂会,你带我们进宫。"

一旁的黄来福听了这话,对姐夫说:"嘿,你别说,华义这个办法可行。"濮中阳斩钉截铁地说:"不行!"

"为啥?"濮华义不服地问父亲。濮中阳看了一眼儿子,说:"你想过没有,那安德海已答应二次来黄家班探班,如果我们濮家班此时插一杠子,这不明摆着拆你舅舅家的台吗?进宫只能是一个班,要么是濮家班,要么是黄家班,要么是别的什么班。皇宫禁地,是不会让外人随便出入的,安德海看过黄家班后为什么没再去别的班选活儿,就是这个原因。"黄来福说:"姐夫,既然安德海答应了,就别错过。这种活儿百年轮不到一回,西太后点名要你们,你也别怕得罪我,若换别人,我必争,但给姐夫你,我还有什么争头,去吧去吧!"濮中阳说:"机会就这一个,我也不会与你争。我们演我们的堂会,你们准备你们的活儿,恭亲王、西太后,给谁演都是演,咱们乡巴佬能进得京城,又能凭本事挣到皇家的银钿,就知足吧!"濮华义不服气地说:"爹,错过这次机会,你会后悔的!"

"做人只要守住根本,就没啥可后悔的!"丢下这句话,濮中阳转身离开了黄家班。

第三章

京城郊外小河边的树林里,濮华龙和黄秋菊正在练马术。他们立马、献鞍、拖马、镫里藏身、赶马、豹子马等花样翻新。最后二马并行,二人对视一笑,翻身下马,丢缰让马在河边吃草,二人盘坐在草地上。黄秋菊说:"昨儿个我们四马同出,一下就震住了宫里的太监总管。"濮华龙说:"那肯定!你们真不愧是'天下第一棚',那么小的地方,能一下跑四匹马,真是奇迹。"黄秋菊说:"这主意还是我想出来的呢。"

"你还有什么好主意,给我也想一个?"濮华龙情意绵绵地望着黄秋菊。黄秋菊回望着濮华龙,说:"谁不知你是个智多星,还要我帮你想主意?"濮华龙收起目光说:"演杂技不同于别的,每出一个新主意都要付出汗水,要苦练磨合。"黄秋菊深有感触地说:"是呀,咱每开一个新节目都要付出百倍千倍的努力,创新节目不容易呀!"濮华龙说:"所以,你的四匹马同出就是个好主意。首先气势夺人,由过去的少变成多,如此一组合,即不费那么多功夫,又给了看官新鲜感,给我的启发很大。"

黄秋菊问:"听这话,你是不是也想出几个组合节目?"濮华龙说:"我们这些天都要在恭王府演堂会。过去演堂会,最多三场,节目调得开。现在要一连演十多天,这就难了。如果能组合几个节目,也算是救急。"黄秋菊赞同地说:"组合好,来得快,比如我们的马术,我们姐妹几个都会,人、马在一起排几遍,就成了。"濮华龙想了一会儿说:"如果是软功,也像你们的四马组合一样,一下出两个或三个,动作一致,是不是更好看?"黄秋菊一听,拍手称快道:"哎呀,太棒了!如此一来,软功就由单调变成了丰富,定能让看官们耳目一新。"

濮华龙沮丧地说:"可惜,我家女孩没你们家多,小妹只顾习武,不喜欢这种柔术。濮家班就我大妹妹一人会软功,另几个小女孩功夫不到,还不能登台哩!"黄秋菊说:"先让海棠帮你们一把,两个同出也是创新呀。"濮华龙问:"误了你们演出怎么办?"黄秋菊说:"这好办,俺先把小妹的节目提前,你们把表妹的节目往后排。海棠这边一下场,不卸妆就往恭王府跑,不会误事的。"濮华龙一听说:"太好了!可是不知舅舅会不会答应。"黄秋菊说:"不怕,他若不答应,我就说我们四姐妹要一齐出嫁。"濮华龙一听笑了:"那还不把舅舅吓坏了呀!"

说完,二人哈哈大笑,又聊了一会儿才携手离开。

二人离去不久,濮华义也来到了小河边,快快不乐的。他想不通父亲为什么不愿意进宫演出,边走边狠狠地踢脚下的野草,发泄心中的不满。不承想正走着,远远看到有一个女子正在河边练剑。那女子体态优美,动作潇洒,把濮华义看得两眼发愣,禁不住叫了一声"好"!乔红玉听到叫好声,止了剑,回首望了一眼,便收回目光,继续练剑。濮华义走下河坡,又叫了一声"好"。乔红玉又收了剑,回首望了一眼。濮华义走近,又叫了一声"好"。这一次,乔红玉没理他。

濮华义问道:"姑娘这次听到叫好声,为何不收剑回望了?"乔红玉收了剑,说:"你第一声叫好,是真心夸我舞得好,我要回首望望我的看客是男是女是老年人还是小顽童。你第二声叫好,已经有了目的,不是要看剑而是要看舞剑人。我为报答你第一声叫好,就回头让你看了个够。"濮华义问:"那这第三声叫好呢?"乔红玉说:"这一声不怀好意!"濮华义问:"如果我再喊一声呢?"乔红玉挥剑刺去:"看剑!"

濮华义下意识地一连朝后翻了几个抢背,刚刚站稳,红玉的剑已指在了他的咽喉处,他吃惊地望着乔红玉:"我没猜错的话,如果我再叫一声好,你就会利剑封喉——可惜,我不叫了!"

"算你聪明!"乔红玉收剑回鞘,转身即走。濮华义急忙上前拦住:"哎,哎,姑娘……"乔红玉厉声说:"让开!"

"好好好,呃……让开就让开,不过,刚才我给你连叫三声好,你也该看看俺的活儿,为俺叫一声好。"说完,他急忙用树枝在乔红玉面前画了一个小圈儿,小得仅能站下他一个人,然后一提气,一连翻了十几个小空翻,最后双脚还在圈内。然后,他不解地望着乔红玉问:"你怎么不叫好?"乔红玉冷笑一声,拔剑在自己脚下也画了一个圆,然后开始后滚翻,一连翻了十几个,最后还亭亭玉立于圆内。

濮华义叫了一声好,然后一屁股坐在圈内,双手合十,开始学各种鸟叫。然后是群狗打架,有仰首得意的欢叫,有夹着尾巴逃跑的悲鸣,无不惟妙惟肖。乔红玉禁不住叫了一声。濮华义听到叫声,急忙停了口技,笑道:"姑娘,你终于叫好了!"乔红玉冷笑一声说:"你可听好了,我叫的是'孬'!"言毕,径自走了。濮华义急忙追上。乔红玉身轻如燕,左拐右转,时隐时现。濮华义累得满头汗水,高喊:"姑娘,你慢点走……"

飞腿张从一棵大树后闪出，拦住濮华义："小伙子，人家姑娘不理你，为何还穷追不放？"濮华义说："老人家，这姑娘可是一奇女。"飞腿张笑道："什么奇女，实不相瞒，那是我孙女。"濮华义吃惊地叫道："什么！是你孙女？"飞腿张点点头。濮华义忙问："你们是做什么的？"飞腿张说："我们是卖艺的，刚到京城，这几日撂地生意不好，正准备搭班'天下第一棚'，挣几个打底的钱。"濮华义恍然大悟道："噢——我知道了，听我爹和舅舅说起过你们。"飞腿张上下打量了濮华义一番："请问小哥是——"濮华义忙施礼道："老人家，我是河南怀庆府濮家班的濮华义，我爹叫濮中阳。"飞腿张一听，显得很激动，说："哎呀呀，原来是濮公子，快请到房内一叙。"飞腿张相请，濮华义求之不得，忙扶飞腿张走进悦来客栈。

二人进了悦来客栈的客房，乔二双刀走过来，接过飞腿张的双拐扶他上了床。飞腿张说："徒儿，这位是濮家班班主的二公子。"乔二双刀说："刚才听红玉说了，说他一身绝技。"濮华义笑道："我那算什么，全是雕虫小技，乔小姐才是女中豪杰哩！"飞腿张朝内室瞅了瞅，叫道："红玉呀，快出来见见濮公子。"乔红玉听见爷爷叫她，只得从内室走出来，谁也不看，只露个面就转身回去了。乔二双刀见状，忙解释道："小女脾气太倔，还请濮公子包涵。"濮华义一听，笑着说："小姐的脾气我刚才已见识过了。"飞腿张笑道："你们年轻人，一回生两回熟，我这孙女又是打熟不打生的性子，慢慢会好的。"濮华义说："老爷爷说的是。"濮华义说完，室内就安静下来了，双方像是一时间都没了共同话题。

飞腿张停了一会儿才试探地问道："刚才我那孙女在河边练功，是在准备去黄家班搭班，公子见过她的功夫，不知能否胜任？"濮华义一听，忙说："小姐的功夫比起我那几个表妹，一点儿也不差，黄家班若有你们搭班，更是如虎添翼。"飞腿张谦虚地说："濮公子过奖了！"

"只可惜我们濮家班没有这福分呀。"濮华义略显沮丧地说。飞腿张挪了挪身子，说："公子哪里话，是我们不敢高攀。"濮华义说："其实，我们在恭王府演堂会正缺少节目，如果……"濮华义正说着，乔红玉走出来，倚着门框，打断濮华义的话，说道："如果将刚才你我在河边比技一节编排一个节目，定会让人耳目一新！"说完，又转身回了内室。

濮华义一听恍然大悟："哎呀，哎呀！太棒了！我咋没想起这茬儿呢？"说着，朝空空的门框施了一礼说："小姐，谢谢您了！"说完夺门而出，刚出去，又折了回来，朝飞腿张和乔二双刀各鞠了一躬："谢谢老爷爷，谢谢乔师傅！你们稍等，我这就去跟我爹商量这件事。"说完，又夺门而出。

听着濮华义远去的脚步声，飞腿张和乔二双刀对视了一眼。乔二双刀说："师父这一招儿灵了。"飞腿张说："你别高兴得太早，濮中阳不是黄来福，不好对付。"乔红玉突然从屋内走出："你们这样会毁掉濮家班和黄家班的。"飞腿张听了这话，叹了一口气，目光顿时变得深邃起来："为了捻军大业，顾不得这些了。"

当濮华义大汗淋漓地跑到恭王府时，濮家班正在接受守门兵的搜身检查。濮中阳看到气喘吁吁的濮华义，厉声呵斥道："你小子干啥去了，到处找不到你，误了场咋整？"濮华义疾步跑到父亲跟前："爹呀，你别吵我，这回我可立大功了。"濮中阳一听笑了："哟嗬，又开始编瞎话想蒙混过关？"濮华义认真地说："这回不编瞎话，全是真话。我刚才在小河边碰到了乔小姐，哎呀，她那功夫才叫了得。若让她来帮咱们一把，你就瞧好吧，保准能镇住洋人。"濮中阳问："哪个乔小姐？"濮华义说："就是那个你见过的，那个乔……乔二双刀的女儿。"濮中阳说:"哦,是她呀。名师出高徒,她功夫肯定不会弱。"濮华义忙问:"你也见识过了?"濮中阳说:"没见过,猜的,她爹和那个飞腿张的功夫就很好。不过,她功夫再好,也帮不上咱的忙。"濮华义不解地问:"为啥?"濮中阳压低声音对儿子说:"因为这是在恭王府演堂会,不是在天桥撂地搭棚,不知根底的人不能乱搭班,万一出了差错,那可是人头落地的大事。"濮华义听了仍不以为然:"玩个玩意儿能出什么大错?"濮中阳说:"你小子懂什么?听说捻军派几路人马去阜阳和周家口刺杀曾国藩,差点要了曾剃头的命,谁敢保证京城里没有刺客?"濮华义追问:"你是说乔红玉是刺客?"

"你胡说啥!"濮中阳惊慌地望了望检查的守门兵,"我只是提醒你,咱们行走江湖,要处处小心!"

有了飞腿张等人的加盟,黄家班的节目顿时增彩不少,黄来福满怀信心地请安德海和李莲英来观看。

舞台上,濮玉兰和黄海棠正在表演软功。二人表演的是燕双飞,摆两张方桌,铺同样的桌衬,穿同样的衣服,做同样的动作,时而叠身,时而展翅,动作优美,配合默契。最后,她们口咬鲜花,双手平伸,做燕双飞状。

台下顿时掌声如雷。安德海脸上露出了满意的笑容,黄来福心里也高兴得不行。

濮玉兰和黄海棠刚下去,乔红玉就轻捷地旋上台来。她一身侠女打扮,黑衣黑裤,头勒黑头结,紧身,腰扎黑色板带,足蹬高勒黑靴。只见她手拿扎红缨的匕首,开始玩杂技。一开始三把,接着四把、五把、六把、七把、八把。舞开来,如银蝶飞舞。她的动作刚柔相济,吸收了南方少数民族的舞姿,显得优美无比。最后她收舞收刀，每接一把便朝身后的木靶上射去，最后八把匕首全扎在圆心上。全场雷动，安德海和李莲英也禁不住站起来叫了一声"好"！

乔红玉鞠躬下台，回到后台。黄秋菊姐妹和濮玉兰等几个姑娘纷纷上前祝贺。黄秋菊说："乔小姐，你演得真好！"黄海棠说："简直妙极了。"濮玉兰说："我第一次见这样棒的耍活儿。"乔红玉只顾匆匆卸妆，谁也不理，卸了妆，背起包袱，急急地走了。弄得黄秋菊几个人很是尴尬。

乔红玉匆匆走出大棚，迎面碰到濮华龙。乔红玉以为是濮华义，怔了一下，然后匆匆走了。她很奇怪"濮华义"这回怎么没"黏"她，禁不住回首望了一下，正与濮华龙的目光对上，她急急扭过头走了。

濮华龙走进棚内，看着几个表姐妹，问道："刚才那个小姐是不是乔红玉？"黄秋菊说："是呀，是不是你和她说话她不理？"濮华龙说："我没和她说话。"黄秋菊说："亏得你没说，若说了肯定碰钉子。"濮华龙笑了笑："看来你们都碰过了？"濮玉兰在一旁接腔道："你猜得老准！"看到妹妹，濮华龙想起了正事，说："玉兰，快走吧，爹让我来接你和海棠，怕误了场。"

濮玉兰不敢怠慢，急急收拾好之后，便和黄海棠一块儿随哥哥离开了黄家班。

这时候，黄家班的大棚里再次掀起高潮。

乔二双刀扮成一头黑驴，飞腿张扮成铁拐李。铁拐李手捧酒葫芦倒骑驴上场，他边走边把葫芦口朝下放，是空的，然后伸手一抓，竟变出酒来，他喝了几口，驴叫着也要喝酒。铁拐李给驴倒酒，没有；他自己喝，又有。驴发火，尥蹶子，想把铁拐李甩下来，可铁拐李像黏在了驴身上。驴更火，翻跟头，人和驴一起翻，最后人仍在驴身上。等驴安静下来，人们才发现，铁拐李真是一条腿。

全场顿时雷动。

再说濮玉芝一行来到保定府时,囊中银两已空,眼看到了中午,又困又饿,濮玉芝只好带领弟弟们撂地摊卖艺。濮玉芝舞剑如风,六个娃娃在场内叠罗汉。见围观者越来越多,濮华中开始表演当众换装。只见他眨眼的工夫就换好了行头,身穿大衫,戴一墨镜,又开始玩变戏法《仙人摘豆》。他作了个揖,口中念念有词:

> 一字飞天飞过海,
> 二仙传道转回来,
> 三仙归洞快如风,
> 神仙居住柳巷中。
> 尊声列位观仔细,
> 左右腾挪两手空。

边说边变,话到哪里,手到哪里,配合默契,相映成趣,赢来一阵叫好声。

之后,濮华中又作了个揖,说:"学徒我岁数不大,跑腿不远,从娘肚子里出来还不足十年。拜师不到,学艺不高,变好变坏,您将就着看。变好了是各位的福分,变不好是学徒我本事不精。人有失手,马有失蹄,推一辈子小车,没有不翻车的。要是变漏了,各位老师,各位爷爷奶奶叔叔伯伯二大爷二大娘三姨父四姐夫——刚才这一套数嘴子都是跟俺爹学哩,说得好,是我的,说得不好,是俺爹哩!说变就变,不过,我得请请神——"说完,他从一个小同伴手中接过一面小铜锣,边敲边念,"一请张玉皇!"说着转一圈儿,"二请吕洞宾!"说完又转一圈儿,"三请茅老道!"众人还等着看他转圈儿,不承想他却利索地翻个了跟头,"四请姜太公!"说完又佯装翻跟头,不承想,他腰一闪,不翻了。"这跟头省了吧!各位神仙都已请到,再请俺玩把戏的神仙老二宝。"说着,从裤裆里摸出一个三寸左右的微型木偶,雕工粗糙,造型古朴,只能看到头颅和身躯两个部分,其四肢、衣饰、口、眼、耳、鼻皆用油彩描绘而成,然后举着让众人看:"诸位看看,这就是俺玩把戏人敬的老二宝神。"说着,拿起锣槌敲了木偶的头三下,"过来吧,俺兄弟。"

一系列滑稽的动作,惹得观者大笑不止,银钱如雨点一般落到场地中间,濮华中朝众人拱手致谢。

这时,观众里一个独眼龙朝几个手下递了个眼神,几人走出人群,独眼龙说:"这几个小艺人玩得好!"一手下说:"若把他们弄回去,老大一定喜欢。"独眼龙说:"跟着他们,瞅准机会就下手。"

撂地挣了钱,濮玉芝带几个娃娃饱吃一顿,又急急地上路,却不知后面有歹人正一路紧跟。

两帮人马,一明一暗,一前一后,走到半路时,突然天降大雨,狂风如吼。这里是荒野,前不靠村,后不靠店,一行人淋得像落汤鸡。两个娃娃走不动了,濮玉芝背一个,另一个被一个大点儿的娃娃和濮华中搀扶着。濮华中焦急地朝前望,发现不远处有一个古庙院,忙指给二姐看。濮玉芝一看,甚是惊喜:"是座古庙,快,我们赶过去避避雨。"

濮玉芝便带着弟弟们来到古庙前,看见山门上写着"济普寺"三个字。古庙破败的大殿里,有一老一少两个和尚。老和尚七十有余,患病在卧榻;小和尚十几岁,正在为他师父煎药。濮玉芝走过去问小和尚:"小师父,能不能给俺们点干柴,让我们烤一烤衣服?"小和尚指了指大殿一角,那里有一堆干树枝。濮玉芝抱过来树枝,引了火,让娃娃们围着烤衣服。不承想就在这时,突然一个娃娃晕倒在地,濮华中急忙去扶他,大叫道:"哎呀,二姐,虎娃身上好烫!"濮玉芝急忙走过去,一摸虎娃的脑袋,说:"他发烧了,肯定是刚才被大雨'啄'了,虎娃,虎娃!"

濮华中茫然地问:"二姐,怎么办?"濮玉芝说:"别慌,我问问那个小师父有没有办法。"她过去问道:"小师父,我这个小弟弟发高烧,你有没有办法?"小和尚走过去摸了摸那病娃儿的脑袋,开始"哇哇"地比画。濮玉芝这才知道小和尚是个哑巴,她茫然地问濮华中:"他说什么?"濮华中说:"我也听不懂。"

这时候,躺在草铺上的老和尚艰难地坐起身:"姑娘,我……我徒儿说我也是发烧,他正给我熬他采来的药,如果你放心,可以让他也喝一碗。"濮玉芝一听,感激地说:"我当然放心,谢谢老师父,谢谢小师父!"

给虎娃喂了一碗药,刚缓一口气,又听见躺在草铺上的另一个娃娃喊饿,她瞅了一圈,边说边用手比画着问小和尚:"小师父,你们这里有吃的吗?"小和尚点点头,到膳房里取出几个黑面饼递给了濮玉芝。濮玉芝将饼分给了几个娃娃。小和尚又给她比画着什么。濮玉芝不懂,只得再次问老和尚:"老师父,你这小徒弟说什么?"老和尚说:"他说,一碗药治不好他的病,要你和他一起去采药。"

"好,我去!"濮玉芝说着,朝小和尚点了点头,又安排濮华中,"华中,你们几个好生照顾虎娃,用凉毛巾给他降降热。"说完,接过小和尚递来的药篓,随他出了庙门。

不知走了多久,突然传来虎啸声,一时间野兔、山鸡乱跑乱飞。小和尚"哇哇"叫着,迅速爬上一棵大树,又探身拉濮玉芝上了树。二人惊恐地听着虎啸声，不知过了多久，虎啸声才渐渐远去，山林又归于寂静。小和尚松了一口气，对着濮玉芝笑了笑："大姐，我哑巴装得像不像？"濮玉芝吃惊地望着小和尚："原来你会说话！"小和尚笑而不答。濮玉芝问他："为啥要装哑巴？"小和尚止了笑，把缘由告诉了她——原来古庙的香火很兴盛，后来这里打仗，香火就不行了。师兄们都跑到别处挂褡去了，庙内就剩他和师父两人。附近常有歹人出入，师父怕他遭不测，就让他装哑巴。濮玉芝恍然大悟地说："原来如此。"

小和尚问濮玉芝是干啥的，濮玉芝说："我们是艺人，玩杂技的。"小和尚说："那你一定是好身手了？"濮玉芝谦虚地说："不是太好，三脚猫的功夫罢了。"说着，她一个后空翻从树上翻了下来。小和尚叫了一声"好"，也一头"栽"了下来。濮玉芝惊呼一声，急忙上前去扶小和尚。不承想小和尚却笑嘻嘻地站了起来。濮玉芝惊恐万分，再看地下，是小和尚用头砸出的坑，她惊叫道："你还有如此好的功夫？"小和尚笑着说："这是师父教我的铁头功，能将墙顶破。"濮玉芝大叹："哎呀，真让我开了眼界！"

山高路曲，二人采药，直到傍晚时分才回到济普寺内，不承想走进大殿，却不见了濮华中他们。濮玉芝惊慌失措地喊："华中！华中！虎娃！虎娃……"

小和尚急急走到老和尚的病榻前："师父，师父！"见老和尚一声不应，小和尚掀开被褥，不承想看到师父满脸是血，已经死去……二人大惊。濮玉芝急忙跑到庙外凄厉地呼叫："华中！虎娃！"小和尚远远地跟在濮玉芝后面，也在喊："华中！"他们越过田野，蹚过小河，喊声在天空中震荡……

找了很久也不见濮华中他们的踪影，濮玉芝禁不住悲哭，不知哭了多久，才和小和尚一起回到庙里。葬过老和尚之后，小和尚问:"大姐,你打算怎么办?"濮玉芝抹了一把泪水,说:"我一定要找到我的弟弟们,还要杀了歹人,为老师父报仇。"小和尚说:"茫茫人海,谈何容易!而且你人生地不熟的,更是难上加难。"濮玉芝说:"纵有千难万险,我也不怕。"小和尚说:"这些都是大话,你毫无线索,去哪里找!"濮玉芝说:"那你说怎么办?"小和尚说:"以小僧之见,咱们应该先去白洋淀。"濮玉芝不解地问:"白洋淀?"

第四章

京城厚德福酒楼一雅间内,黄来福和黄学禄父子正在宴请安德海和李莲英。黄来福得意地问安德海:"表弟呀,你看今日我班里这几个活儿怎么样?"安德海说:"好,好!都是绝活儿!你看那两个妮儿的软功,那个妮儿的耍刀——哎,对了,进宫演出可不能耍刀,要换成别的什么,万不可带凶器。"黄来福忙说:"那是当然。"安德海夹了一筷子菜送到嘴里,说:"更精彩的是那个铁拐李倒骑驴,绝了!更绝的是那铁拐李真是个瘸子!"黄来福更加得意地问:"这几个活儿进宫怎么样?"不承想这一问,却把安德海问愁了脸:"老兄你若上次亮这几手,我敢保证你们进宫没问题,眼下却比较麻烦了。"

黄学禄一听,忙紧张地问:"为啥?"

安德海放下筷子,说:"因为西太后点名要瞧濮家班,她老人家金口玉言,若想换成你们黄家班,难度很大。这样吧,你们少安毋躁,等我回宫奏请西太后再说。不过,你们就是进宫,也必得冒名顶替,不能说是黄家班,要说是濮家班。"黄学禄不解地问:"那又是为啥?"安德海说:"宫中的事不好对你们说,你们按我说的办就是了。"黄学禄不满地问:"依你之说,我们冒名顶替濮家班进宫演出,若是受了御赏什么的,也是他们濮家班的了?"安德海呷了一口酒说:"论理儿是这样,不过,你们可以绕一下嘛。虽然御赏是赐给了濮家班,但知内情者甚少,所赐之物又在你们手上,出得宫来,你就说是西太后赐给你们的又有何不可?"

"听了半天,我算明白了。"黄来福略显沮丧地说,"你是说,我们借这次西太后钦点的机会,冒名顶替濮家班让她高兴。如果她一高兴,赏赐我们个什么东西,出来之后,俺们就说是赐给黄家班的。"安德海说:"对呀,就是这个理儿。"

"那我咋和濮家班交代?"黄来福不容安德海说话,又问道,"日后若有人说出这事,黄家班还有何脸面在江湖上混?表弟,我总觉得这事有点别扭。依我看,要进宫,你就告知两宫太后,是我们黄家班。两宫太后看的是'天下第一棚'的玩意儿,却被说成是濮家班的,我不干这沽名钓誉的事。"黄学禄听父亲说完,也说:"是呀,表叔,那样我们就将'天下第一棚'的招牌给砸了呀!"安德海说:"表兄表侄,你们把话说到这份儿上了,我服你们,可没办法。为吗?西太后不同于别人,她心深如海,性强如铁——不信你们可以问问小李子。"李莲英忙附和道:"是呀是呀,西太后简直是王母娘娘下凡!"安德海接着说:"事情难就难在这里,若上次我回宫不将濮家班去恭王府演堂会的事告知她,挑你们去也就去了。她若问起濮家班,我就说濮家班没来京城。可现在,她已经知道濮家班在恭王府演堂会了,如果再换你们,她会咋想?她就会觉得她败给了恭亲王,你们为我想想,我怎敢去碰这个茬儿!所以现在进宫的必须是濮家班,别家甭想!"

黄来福问:"这里边还有这么多弯弯绕儿?"安德海长叹一声说:"表兄呀,这下你明白了吧,老弟在宫中也不容易啊,一步走错,就是脑袋搬家。你瞧好了,过不了几天,那恭亲王就会亲自带濮家班进宫演出。他鬼子六精得很哩,他先给我难堪,再去讨好西太后,两不耽误。咱家是干吗的,就他那几手能绕过我?你说是不是,小李子?"李莲英忙奉承道:"公公高明,公公高明!"黄来福泄气地说:"听你这么一说,黄家班进宫是没希望了?"

"有呀,咋会没有!"安德海激动地说:"黄家班想进宫就按我刚才说的办。如果你们抢在了前头,就是切了恭亲王的后路,他想借濮家班在太后面前买好也买不上了!"黄来福说:"弄半天,你是想让老哥给你当枪使?"安德海一听这话,顿感黄来福不知好歹,生气地说:"你说的这是啥话!咱家明人不做暗事,今儿个来看你们的活儿,就是这个意思。"黄来福说:"若是最后抖出真相,俺们是不是要落个欺君之罪?"安德海不满地看了一眼黄来福,胸有成竹地说:"有咱家给你们顶着,不会。"李莲英说:"是呀,有安公公在,你们就放心吧!"

黄来福父子沉默地喝着闷酒。

安德海沉思了一会儿,端起酒杯说:"表兄,话我已挑明,你若答应,权当是帮表弟我一回,日后咱家会让黄家班风风光光地进宫。"黄来福有些迟疑,黄学禄见状,忙端起酒杯递到他爹的手中,说:"爹,表叔日后绝不会亏待咱的,你就答应吧。"黄来福犯难地说:"这种事……我还没干过。"安德海说:"你看你看,这又不是偷人家抢人家,也不是让你杀人越货。说不好听的是冒名顶替,说好听的嘛,就是变着法儿效忠皇上!我为吗要冒这个险,我就是要让恭亲王钻不了这个空子!只要你们进了宫,他就甭想再拿濮家班献媚!"黄来福不满地说:"这事也怪你,当初为何光在西太后面前美言濮家班,把我们给忘了呢!"安德海说:"当初我不是没见过你们的这几个绝活儿吗!我看到的全是你们的大活儿,什么上刀山下火海,跑马顶竿走绳索,功夫是好,可不适合进宫!"黄来福叫屈地说:"谁会想到太后娘娘也要看杂技呢!"安德海说:"这一点你就不如那个濮中阳,那人比你看得远哩!说白了,老兄你只是闯江湖,人家可是闯天下!这不,先进恭王府,又被太后御点。先不说西太后,那恭亲王现在是何等人物,人家可是议政王,掌着总理衙门和军机处,国事家事一肩挑哩!"黄来福说:"我咋能跟濮中阳比,我是大老粗,他可是肚里有墨水的人!"

"噢,怪不得哩!"安德海沉默了一会儿,说,"这样吧,日后若濮中阳问起,你就说你开始不知道是冒名顶替,到宫中才知,生米做成了熟饭,你也没办法,要怪就让他怪我吧。"听到此处,李莲英忙端起一杯酒,起身说:"黄班主,安公公将话说到这一步了,你就答应吧?"黄学禄也说:"是呀,爹,若不是有亲戚,谁会替你想得这么周全?"黄来福起身接过李莲英的酒,一饮而尽,道:"现在全天桥都知道你们又来黄家班挑活儿了,若不去,等于没挑出好玩意儿,也等于砸了'天下第一棚'的招牌,到了这一步,我不答应也没退路了。"安德海说:"表兄呀,只要跟着我干,咱家绝不会亏待你。进宫之后,我要让文武百官都看你们黄家班演堂会,京城里银钱遍地,让你挣个够。"黄学禄端起酒杯站起来,说:"表叔,表侄敬你和李公公一杯。"安德海起身端起酒杯说:"来,咱四个一起端。"黄来福问:"何时进宫?"安德海先与黄来福碰了一杯,说:"为抢在恭亲王前面,我马上回宫准备,争取明天进宫。"黄来福咬了咬牙说:"好吧!"说完,猛地将酒喝干。

就在黄来福宴请安德海之时,恭亲王也招来了濮中阳。濮中阳奉命来到恭王府多福轩时,恭亲王正在喝茶。管家进去禀报说:"王爷,濮家班班主濮中阳来了。"恭亲王放下茶碗说:"快让他进来。"濮中阳进得轩内,立即行礼:"草民濮中阳拜见恭王爷。"恭亲王说："免礼免礼，快请坐。上茶！"濮中阳谢过王爷，坐下。恭亲王感叹地说："濮班主呀，你们的玩意儿都演得不错，洋人也很喜欢，濮家班果真名不虚传！"濮中阳谦虚地说："王爷过奖了！"

"名副其实嘛！老濮呀，你心里要有个准备，说不定哪天就会派你们漂洋过海去外国演出了。杂技这玩意儿，很适宜外交，不需要翻译洋人就能看得懂，有利于洋人对我们的了解，你说是不是？"

"恭亲王处处为国操劳，深谋远虑，实让小民佩服。"

"哟嗬，听你讲话颇有见地，是不是也识文墨呀？"

"草民略识文墨。"

恭亲王一听，大喜："那太好了，你正是我要找的最佳人选。"

濮中阳忙说："草民祖上也曾有过功名，后来家道中落，才混迹江湖。虽已靠杂技谋生，祖训中却比别家多了一条：濮家后人学艺也要学文，不能当睁眼瞎的艺人。"

"好，这条祖训好，要不然你也带不出天下名班。"恭亲王沉默了一会儿，又忧心忡忡地说道，"老濮呀，现在国难当头，洋人对我大清虎视眈眈，这些年，我们故步自封，落后于世界，现在到了该走出去的时候了。所以，我想以杂技为手段，搞一个杂技外交。通过手下人多方打听遴选，方选中你们濮家班。不过呢，这只是我的初步设想，还未奏请圣上。你知道，现在是两宫太后垂帘听政，重大事情还要征得她们的圣谕。这几日的堂会还照演，我陪着洋人挑一下，然后再带你们进宫演一演，你看如何？"

濮中阳忙起身说："草民一切听从恭亲王的安排。"恭亲王一听，很是高兴："那就好！这样吧，你随账房去取些银两，多添些新行头，尤其是女孩子，要让她们打扮得漂亮一些，把戏台也整得亮丽一些，准备准备，争取到宫中一炮打响，将来到外国演出也能长咱大清朝的脸面！"

悦来客栈，飞腿张和乔二双刀师徒正在喝酒，菜不多，一盘花生米，一盘热羊肉，外加一盘小葱拌豆腐，酒席刚开始，盘内的菜还满当当的。乔二双刀给师父倒了一杯，飞腿张端起酒杯，问道："情况怎么样？"乔二双刀说："刚才听到消息，安德海已答应让黄家班进宫。""好！"飞腿张拍了一下大腿，"时间定了吗？"乔二双刀说："安德海生怕恭亲王用濮家班抢功，所以要抢在恭亲王前面，可能明日就进宫。"

"太好了！"飞腿张又拍了一下大腿叫道，"明日进宫，让红玉推病在家，只你我二人去。"乔二双刀想了一会儿，问："你是说，让红玉去濮家班？"飞腿张说："对。现在濮华义已对她有好感，再说，一个女孩家，濮中阳不会防备太严，更易于行事。"乔二双刀说："师父高见。"飞腿张不接徒儿的话茬儿，举起酒杯对天而敬道："天王、英王、赖盟主，明日我要用西太后的头颅来祭你们的在天之灵。"

紫禁城内，载淳和载澄正在逗几个小太监。他们把刺痒药弹在太监们的脖子里，几个小太监刺痒难忍，又不能脱衣，只好在御花园的树上蹭痒。载淳和载澄看得笑弯了腰。载淳又开始学杂技，口中咬一根小木棍儿，上面放一个小酒瓮，双手张开，来回走。载澄在一旁叫好。不承想酒瓮突然落地，摔了个粉碎……

李莲英路过，见小皇上玩得开心，禁不住掩嘴失笑，偷偷叫过一个小太监，命令道："从明儿个起，你就练这个，让主子高兴，听到没有？"小太监忙应下。

濮玉芝和小和尚赶到白洋淀时已是夜间。

白洋淀是一个游乐之地，到了夜间，灯火如昼，碧水如镜，游船如织。渡口上下，茶肆酒楼，灯火辉煌，宾客满座。唱小曲的，唱戏的，热闹非凡。几艘楼子船在深处摇曳，张灯结彩，灯火映在水中，活脱脱人间天堂。每艘船的甲板上，皆是弦乐阵阵，娇艳的歌女又舞又唱。水上灯，灯中水，影中人，人中影，如梦如幻，一派仙境。最大的一艘楼子船缓缓驶来，那船有三层之高，撑篙的水手全是彩衣打扮。第三层是敞篷，一美女黑发高耸，玉手纤纤，正在变魔术。周围的酒桌上全是达官贵人、遗老阔少，美女高超的变术引来阵阵掌声，一片欢呼。

船老板涂大坐在船头，正在观看魔术。一条小船靠近大船，独眼龙悄悄上楼，走近涂大，喊了一声"大哥"。涂大见独眼龙兴高采烈的样子，心想这家伙定是有了什么好事，便问："找到好码子了？"独眼龙嘿嘿地笑道："这回包你满意。"涂大一听，大喜："是吗？走，看看去。"

独眼龙领涂大到底舱，解开一个麻袋，濮华中从里面拱了出来。涂大一看是男娃儿，不满地说："怎么弄这种货，不是说要女娃吗？"

"大哥不知，这几个娃儿的活儿绝得很。"独眼龙说着，踢了一下地上的华中，"尤其是这娃儿，简直是个天才，若让他们在这里亮相，保准能技压群芳。"一个黑衣人忙附和道："是呀大哥，别的船上全是些女人扭来扭去，都看腻了。这几个娃儿的功夫好看着哩，只要一露脸，保大哥能日进斗金！"涂大不相信地问了一句："是吗？"独眼龙见涂大不信，又慌忙解开一个麻袋，虎娃被倒了出来。涂大看着昏死过去的虎娃，吃惊万分地说："哎呀，怎么还弄了个死的，晦气晦气，快把他扔河里去！"濮华中挣扎着爬了过去，只是手脚被绑着，嘴被堵着，挣不脱，也说不了话，急得双目冒火。独眼龙用手试试虎娃的口鼻，对涂大说："这小子可能病了，还有气儿。"涂大见濮华中呜呜着要说话，便让黑衣人去掉华中口里的布。华中大吸了一口气说："你们不能把他扔河里，他只是病了。"涂大问："他得的什么病？"华中说："他被雨'啄'了，发高烧。"华中说着，就开始唤虎娃："虎娃，虎娃！"虎娃蒙眬中像是听到了华中的呼唤，轻轻地哼了一声。

独眼龙见状，忙说："大哥，让郎中给他瞧瞧吧，这小子也一身好功夫，若去了他，他们六个就少了一个，不成双成对了。"涂大思忖片刻道："好吧，快背他去岸上教堂里，让洋人给他看看，洋药退烧快。"独眼龙得令，立即喊一个打手背虎娃上了小船。

岸上，濮玉芝看着灯火辉煌的夜景，禁不住问道："这是什么地方？"小和尚说："这就是白洋淀。"濮玉芝惊叹说："这么多水呀？"小和尚说："大得很哩，方圆上百里都是水！"濮玉芝又问："怎么这么热闹？"小和尚说："这里离保定很近，周围的安新、高阳、任丘、雄县距这里也不远。从宋朝开始，这里就是达官贵人的游玩之地。你看看，这里全是宋明时的建筑，酒楼茶肆，客栈赌馆，马场妓院，比比皆是。尤其是到了晚上，游船如织，灯火辉煌，美如瑶池呀！"濮玉芝看着灯光辉煌的夜景，问："在这里能找到华中他们吗？"小和尚说："我琢磨着，华中他们很可能是被贼人偷走，卖到了这里。"濮玉芝不解地问："他们要几个男娃儿干什么？"小和尚说："这也正是我没想透的地方，一般人贩子多偷女娃，他们偷男娃干什么呢？"濮玉芝也说："是呀，他们都这么大了，肯定没人买他们。"

小和尚想了想说："还有这么几种可能：一是让他们当童工，二是卖艺——哎，对了，你们在保定府亮过把式吗？"玉芝说："我们没盘缠了，不得不靠卖艺吃饭，走一路亮一路。"小和尚一听，说道："这就对了！我听人说过，有人贩子专偷小艺人卖到这里，让他们在游船上演出。最好卖的是女孩子，从小就偷来，让她们学唱习舞，然后上花船。"濮玉芝惊讶地问："上花船？"小和尚说："对呀，让她们上花船当歌伎。"濮玉芝说："华中他们又不是女娃儿，也上花船吗？"小和尚说："他们当然不上花船，可他们会耍把戏，估计会让他们在船上耍把戏吧。"濮玉芝一听不禁茫然起来："就算你说得对，可这么大的白洋淀，这么多船，我们去哪里找他们呀？"小和尚说："只能碰运气了。"

濮玉芝遥望着水面，凄厉地喊："华中——"喊声在水面回荡着……

京西富祥大车店里，黄来福等人正在开会："节目已定，明天可能就要进宫，今晚都不许外出，更不准向外人说进宫之事。"黄秋菊不解地问："为啥？"黄来福说："进宫不同于在天桥搭棚，一定要保密。你们都记好，明天在宫中演出，开场是普天同庆，接着是仙女献桃，由你们姐妹四个变戏法，第三个节目是乔红玉的耍刀，不过，进宫不许带刀，我已让你哥去通知她，让她把耍刀变成耍木剑……"

正说着，黄学禄匆匆进屋："爹，乔红玉的活儿不能上了！"黄来福吃惊地问："为啥？"黄学禄气喘吁吁地说："她病了。"黄来福叹了一声说："唉，病得真不是时候！也怪她没这个福气，要朝圣了却病了。既然如此，那就算了，我还真有点担心把刀变成木剑她会失手哩！这样吧，把飞腿张和乔二双刀的活儿往前提，先让西太后乐一乐。"

这时，黄学禄隔着窗户看到濮华龙从远处走来，忙走到院子里佯装练功。濮华龙在大院里瞅了一圈，问："表哥，秋菊表妹她们呢？"黄学禄若无其事地说："她们几个逛街去了。有事吗？"濮华龙点点头说："恭亲王已答应让我们进宫演出，我想和秋菊、海棠她们联合出个节目。"

"什么？"黄学禄吃惊地叫了一声，"你们也进宫演出？"濮华龙说："是呀！"黄学禄忙问："什么时候？"濮华龙说："日期还未定。表哥，你脸色不对呀？"黄学禄一听，不禁出了一口长气："嘿嘿……没啥，我只是为你们高兴。"

黄秋菊姐妹几个都坐在床上，静听着外面的对话。黄秋菊几次要出门，都被黄来福拦住了。

濮华龙告辞离开，黄学禄急忙进屋："爹，爹，濮家班也要进宫演出。"黄来福说："我都听到了。"黄学禄茫然地问："怎么办？"黄来福看了一眼儿子说："他们的日期不是还没定吗？刚才安公公派人来说，要我们明日一早就进宫。看来，他真是让我们抢在濮家班前头了。"黄秋菊越听越觉得烦，禁不住嘟囔："爹，这跟偷的一样，没一点意思。"黄学禄说："是呀，干脆告诉姑父，让他们也知道算了。"黄来福瞪了孩子们一眼，说："早知道晚知道不都是知道？说白了，只是咱先进宫，濮家班后进宫而已。学禄你去告诉乔二双刀和飞腿张，说明日进宫已定，要他们明天天不明就来这里集合。另外，让他们进宫少说话，以免让人听出他们不是黄桥人。"黄学禄说："好，我这就去。"

濮华龙回到京门大车店，进门就喊："爹，爹。"看到父亲走出来，濮华龙忙说："爹，刚才我去舅舅那里，表哥在外边把着门，像是有什么神秘的事情瞒着咱们。"濮中阳问："是不是他们要进宫演出？"濮华龙说："不知道。"正说着，濮华义匆匆走进来："爹，我刚才去悦来客栈，乔二双刀和飞腿张说乔红玉生病了，没让我进屋。我又去找几个表姐妹，舅舅说她们都不在家，可我明明听到了海棠表妹的咳声。"

听了两个儿子的汇报，濮中阳觉得事情蹊跷："安德海和李莲英昨儿个审了他们的节目，可能已答应让他们进宫演出了。不过，进宫演出也不该藏着掖着呀！"濮华龙说："是不是舅舅要带乔二双刀和飞腿张去，怕你知道？"濮华义不解地反问道："乔二双刀和他们搭班演节目，就是爹知道了又能有啥？"濮中阳说："我看过乔二双刀和飞腿张的技艺，在天桥撂地摊绝对能打响，并不会像他们所说的那样挣不到钱，反而可能比搭班挣得多。可为啥他们要搭黄家班？这不能不让人疑惑。"濮华义说："我舅家是'天下第一棚'，乔家也是想借点光嘛，爹，我看就你多事！"

唐天姣走过来说："你小子懂什么，你爹说得对，逢事多个心眼儿没坏处。江湖险恶，每一步都要小心。再说，黄家班不是别的班，那可是你们娘舅家。你舅舅那人大大咧咧的，你爹为他操点心也是应该。"濮华龙说："是呀，去宫中演出可不是闹着玩的。"唐天姣忧虑地说："自古伴君如伴虎，进宫演出是好事也不是好事，出不得一点差错，如有意外，将是灭门之罪！"濮华龙说："奶奶，为难的是现在又不能去问明真相。我看得出，舅舅主要是防咱们。"唐天姣说："这也奇怪，进宫虽然让人生畏，但毕竟是大好事，他们为啥防咱们？"濮中阳说："这里边必有原因。前天你舅舅还说让玉兰去帮他们，现在连玉兰也不让去了。"濮华义说："咱们想帮他，可舅舅不告知咱们原因，咱们能咋办？"

濮中阳沉思了一会儿，说："要想保黄家班平安，唯一的办法就是阻止乔二双刀他们。"濮华义说："如果人家是正经艺人，岂不坏了人家进宫的机会？"濮中阳说："你别忘了，乔二双刀他们要与黄家班搭班的时间，恰巧是安德海去天桥看节目的第二天，这不能不让人怀疑他们是有目的的！再说，这进宫的机会原本是咱濮家班和黄家班的，他们只是临时搭班，怎能说是坏了他们的机会？"濮华龙担忧地说："如果乔二双刀他们不去，怕是舅舅家的活儿不够了。"濮中阳说："那咱就把咱们的活儿给他们几个，让飞腿张和乔二双刀随我们进恭王府。"唐天姣说："这办法好。"濮华龙又担忧地说："要在恭王府出了事怎么办？"濮中阳斩钉截铁地说："如果有什么万一，就把万一留给咱们，咱们比你舅舅多的就是防备心了！"濮华龙又问："如何阻止乔二双刀他们？"濮中阳说："我先去试探一下再说。"

濮中阳说完，便急急朝悦来客栈走去。此时，飞腿张正在往手枪里装火药，乔二双刀正在研究紫禁城的地图。乔红玉单手托腮，凝思着。飞腿张装好弹药，转过身来也看地图，他指着一处说："演出肯定在御花园，这对我们更有利。等空翻时，你要加快速度，要故意绊一下，将我从你背上甩下来，要正对着西太后，我就在这一瞬间打滚儿、拔枪、射击，争取一枪毙其命。你不要管我，舍命朝花园角处跑，然后翻墙逃走。"乔二担心地看着飞腿张问："师父，你呢？"飞腿张说："不要管我！我说过了，此行我将一去不返！"乔二双刀禁不住泪水盈眶，百感交集地喊了一声"师父"。飞腿张说："不要难过，刺客历来不掉眼泪，只要能完成此举，我就是死得其所了。"

乔红玉从沉思中醒来，担忧地问："我爹的驴皮脱不掉怎么办？"飞腿张说："这个你甭担心，驴皮系的全是活扣儿，一挣就开，不耽搁飞身跳墙，逃出去再脱驴皮不迟。"

"那黄家班呢？"乔红玉又问。飞腿张说："枪声一响，所有的人都会愣住，黄家班的人也不例外，他们不明事因，就不会动，只要他们不动，就不会有生命之危。"乔红玉说："可他们会受连累的。""这是躲不过的，但等到水落石出，他们的遭遇也不会像你想的那样糟糕。"飞腿张说，"一个好刺客是不该顾及这些的，你不该有这种想法，这对你去恭王府刺杀奕䜣没好处！"乔红玉反驳道："我不会用这种办法刺杀恭亲王的。"飞腿张问红玉："难道你还有比这更好的主意？"乔红玉说："我还没想好，但请您放心，我一定会完成自己的使命。"飞腿张说："那就好！"说完，便开始整理假肢，拉出五个"脚趾"，挨个儿检查飞镖，然后把手枪小心地放进假肢里……突然传来一阵敲门声，三人同时一惊……飞腿张急忙藏了假肢，定了一下神，才示意乔二双刀去开门。

乔二双刀开门，见门外站着濮中阳，忙说："哎呀，是濮班主，快请快请。"濮中阳进得室内，飞腿张急忙寒暄，以掩慌乱之色："濮班主大驾光临，有失远迎。"濮中阳朝飞腿张拱了一下手，说："打扰了，张师傅，濮某今日登门，可是有要事相求呀。"飞腿张说："濮班主客气，有事尽管讲，只要濮班主用得着张某，我一定两肋插刀！"濮中阳叫了一声"好"，接着说："听了张师傅这句话，濮某甚感欣慰！那日见了张师傅的绝活儿，很是敬佩，赶巧明日恭王府要请俄国使节看节目，恭亲王特意嘱咐我，俄国佬很挑剔，要看中国人的真功夫，我想来想去，便想到让张师傅助小弟一臂之力，明日随濮家班去恭王府献艺，不知张师傅和乔师傅能否赏光？"

飞腿张和乔二双刀同时吃了一惊，乔二要说什么，被飞腿张止了。飞腿张迟疑了一下，马上转惊为喜："承蒙濮班主看得起，既然如此，那就恭敬不如从命，明天一早，我带徒儿一同去濮家班，听从调遣，不知濮班主意下如何？"濮中阳起身说："那真是太好了！张师傅如此爽快，濮某受宠若惊。不过，黄家班那边还得请张师傅去解释一下，以免伤了和气。"飞腿张说："那是自然，那是自然!"

"那好,咱就一言为定。"濮中阳说,"明日一早,我在京门大车店门口恭候二位。二位准备准备吧,濮某告辞。"飞腿张说:"我腿脚不好,恕不远送,就让徒儿代劳吧。"濮中阳说:"明天搭班,就是一家人了,不必客气。"

乔二双刀送濮中阳到门外,回来后急忙发问:"师父,不是说好要进宫吗,你怎么答应他去恭王府了?"飞腿张看了一眼乔二双刀,停顿片刻,说道:"你别忘了,我们此次进京的目的是刺杀恭亲王奕䜣,至于答应随黄家班进宫,那是无奈之举。我万万没想到濮家班会找上门来,这可真是天助我也!"乔二双刀为难地说:"可……黄家班那边怎么办?"飞腿张说:"你现在就去向黄班主辞活儿,就说我腿疾犯了,不能进宫了,让其另请高就。"

乔二双刀一听,不禁内疚地说道:"如此失言于黄家班,真是愧对黄班主的一片真诚啊!"飞腿张说:"你别忘了,我们不进宫,才是对他最好的报答。"乔二双刀一听,顿时恍然大悟:"对对,我怎么忘了这茬儿!"

第五章

紫禁城储秀宫外,安德海正与李莲英耳语。李莲英听后,竖起拇指说:"公公真是高明。"安德海不无得意地说:"小李子,你看好了,我这招叫捷足先登,给鬼子六留个'马后炮'!"李莲英突然想起了什么,担忧地说:"只是这一下出来两个濮家班,不知公公打算如何向太后解释。"安德海说:"现在甭解释,如果那鬼子六真要用濮家班献媚,咱就说是他一直把住濮家班,不让进宫,咱们为孝敬太后,才用黄家班顶了。更何况,这黄家班号称'天下第一棚',活儿并不比濮家班的差。"李莲英眼睛一亮,说:"如此一来,太后会更加忌恨恭亲王。"安德海阴险地说:"谁让他眼里没咱家呢?"

正说着,安德海看到慈禧太后与几个宫女散步回宫,急忙跪拜:"奴才叩见太后娘娘。"慈禧说:"小安子,你们两个嘀咕什么呢?"安德海说:"回主子的话,奴才正为主子效劳呢!"慈禧说:"是吗?"安德海说:"濮家班明日就能进宫为太后演出。"慈禧惊喜地问:"真的?那恭王府的堂会不演了?"安德海说:"濮家班听说是进宫为太后演出,就辞了恭亲王的堂会。"慈禧顾虑地说:"这样不太好吧,那恭亲王会答应?"安德海说:"主子,恭亲王怎敢跟您抗衡呢?"慈禧说:"小安子,那恭亲王让洋人看杂技,可能有他的想法,你可不要为哀家看玩意儿搅了他的局哟。"安德海再次跪下说:"奴才不敢。"

慈禧说:"好吧,看你一片孝心,哀家就给你个面子,传哀家懿旨,让内务府寻个好场地,明儿个我和东宫太后看看玩意儿。"

白洋淀的楼子船里,涂大的独生女儿胖丫来到底舱。胖丫五六岁,胖得出奇,背上背个葫芦,她打开小舱门,看见了华中他们,就问:"喂,你们几个是不是坏蛋?"华中说:"我们不是坏蛋。"胖丫问:"不是坏蛋为什么要拴着?"华中说:"他们怕俺们跑了。"胖丫歪着脑袋问:"你们为什么要跑?"华中说:"因为我们是被坏人抓来的。"胖丫又好奇地问:"坏人为什么抓你们?"华中看胖丫没完没了,就干脆地说:"不知道。"不承想胖丫却说:"俺知道。"华中惊讶地望着胖丫:"你知道坏人为啥抓我们?"

"他——们——要——杀——你——们。"胖丫一字一顿地说。不承想刚说完,两个小点儿的娃儿就吓哭了。华中一看两个弟弟吓哭了,瞪了一眼胖丫说:"别哭别哭,她也是坏人,来吓咱们的。"胖丫一听华中说她是坏人,急得直跺脚:"我不是坏人,我不是坏人!我是丫丫!"

"丫丫?"华中不相信,"你不是坏人,为什么要背个大葫芦?"胖丫说:"我爹说,船上的娃娃都要背葫芦。你为什么不背?"华中说:"我才不背呢,丑死了,像个小罗锅儿。"

"你们不背,我也不背了。"胖丫说着解下了葫芦,又问华中,"小哥哥,我还丑不?"华中扮了个鬼脸说:"你是一个可爱的胖小妹!"停了一会儿,华中突然想起了什么,问:"你见到虎娃没有?"胖丫问:"谁是虎娃?"华中说:"虎娃就是虎娃。"胖丫摇了摇了头说:"不知道。"华中:"你就知道吃,胖得快成一头小肥猪了!"

正说着,独眼龙背着虎娃回来了。虎娃见到华中他们,顿时泪流满面:"华中哥……"华中也哭了:"虎娃,你可回来了。"独眼龙见两个孩子哭得可怜,也生了怜悯之心,安慰道:"别哭了,已经让洋人给他打了针,烧退了,很快就会好的。"独眼龙正说着发现了胖丫:"胖丫,你怎么在这儿?"胖丫说:"一只眼叔叔,他们说你是坏人。"

"我是坏人?"独眼龙指着自己说,"要不是碰上我这个坏人,这小子躺在破庙里早就没命了!"华中厉声问:"你为啥要绑我们到这里?"独眼龙说:"小子,我那不叫绑,叫请,请你们来这儿玩玩意儿。"华中问:"我二姐呢?"独眼龙说:"你二姐?不是跟那个小和尚跑了吗?"华中一听,高声反驳道:"你胡说!我二姐是给虎娃采药去了!"独眼龙一听,冷笑一声说:"采什么药,净骗你们!刚才我还看到她和那个小和尚在一起呢!"华中一听独眼龙看到二姐了,大喜:"她一定是来找我们的!你快给我们松绑,我二姐若是找不到我们,一定很着急。"

"好好好,你别着急,我马上去告诉她你们在这里。"独眼龙说着就装着要走,突然又想起了什么,回头安排道,"不过,你们一定要听话,先稳稳性子,再好好耍活儿。放心,涂老板一定不会亏待你们的。"胖丫仰着脸问:"一只眼叔叔,啥叫耍活儿?"独眼龙说:"耍活儿就是玩玩意儿,就是杂技。"胖丫又问:"一只眼叔叔,啥叫杂技呢?"

"杂技嘛……杂技就是——"独眼龙一时间还真不知道该如何解释什么叫杂技,一急,就说道,"哎呀,小姐,到时候你就知道了!"胖丫噘着小嘴说:"不!我现在就要知道!你若不告诉我,我就给我爹说你是坏人!"

"好好好,我说我说。你看着,这就叫杂技——"独眼龙说着,从怀里摸出一枚铜钱,朝口中一撂,不见了,然后一摸嘴巴,钱到了手中。他对胖丫说:"胖丫,看到没,这就叫一忽眼二忽眼,杂技!"胖丫拍着小手叫道:"哎呀,真棒,太神了!"华中轻蔑地说:"神个屁!真臭!"

"你说什么?"独眼龙生气地问。

胖丫说:"他说你真臭!"

"那你来一个香的。"独眼龙说。

"那你给我松绑。"华中说。

"松绑?"独眼龙警惕地问,"你小子是不是想跑?"

胖丫见独眼龙不愿给华中松绑,忙拽着独眼龙的衣服,央求道:"一只眼叔叔,你给他松绑,让他玩一个香的嘛!"独眼龙思忖了一会儿说:"好好好,我给他松绑。小子,我可告诉你,这白洋淀大得很,周围全是水和芦苇,你想逃也逃不脱的。"说着,给华中松了绑。华中活动了一下筋骨,对胖丫说:"胖丫,你这个一只眼叔叔真听你的话。"胖丫一听,一仰脑袋说:"那当然,我爹是老板嘛。"华中问:"想好玩吗?"胖丫说:"当然想好玩。"

"那咱就来个好玩的。"华中说着,上前抱住了胖丫;胖丫咯咯直乐。独眼龙一见华中抱住了胖丫,突然悟出了什么,喊道:"你要干什么?快来人——"

涂大带人来到舱底,见华中劫持了胖丫,很是吃惊,忙说:"胖丫别怕!"然后厉声斥问华中:"你要干什么?"华中说:"快放了我们,要不然我就抱着她一起跳下去。"涂大惊慌失措地说:"别别别!我放,我放!你可千万别跳!"胖丫说:"爹,你别怕,我和这位哥哥玩呢。"涂大不理女儿，忙命独眼龙和手下："快，快，快，快给他们松绑！"华中见独眼龙等人给几个娃儿解开了绑绳，又对涂大说："快把我们送到岸上！"又嘱咐虎娃："虎娃，你领好他们几个。"涂大举着手说："好好好，快备船！"

突然，华中身后的一块船板被掀开，蹿出一个黑衣人，一把抱住了濮华中，独眼龙火速上前一步，夺回了胖丫。被夺过去的胖丫在独眼龙怀里哭闹着反抗："我不要，我不要！"几个人上前给华中他们又上了绑绳，涂大笑道："小子哎，胎毛未退，心眼儿还不少，不愧是小江湖，见多识广啊！哈哈，这回看你往哪儿跑？"

"这回不算，这回不算！重来，重来！"胖丫哭着喊着，把独眼龙的头拍打得啪啪作响。涂大看着被拴起来的濮华中，安排独眼龙严加看管。独眼龙说："大哥你放心，这回绝对跑不了。"涂大接过胖丫，要抱着离开，可胖丫不走，涂大厉声说："你要干什么？"胖丫指着华中说："我要跟他们玩。"涂大说："刚才他们劫持你，你不怕？"胖丫说："小哥哥说，他是跟我玩呢。"涂大说："哪有这种玩法，这是玩命！"胖丫又开始拍打父亲的头，闹着说："我要玩命，我要玩命！"

独眼龙见胖丫哭闹，劝道："大哥，丫丫整天在船上，没小孩儿跟她玩，就让她在这儿玩吧，我在这儿看着，你放心好了。"涂大叹了一声说："真拿她没办法！你千万小心，别再让这小子钻了空子。"涂大走了几步，又回头安排胖丫："你要听叔叔的话。"胖丫噘着小嘴反驳："我就不听！"

"你——"涂大正要发火，突然发现胖丫身上没了葫芦，"你怎么把葫芦也解掉了！快背上！再不听话，就要挨打！"说着走过去把葫芦背在胖丫身上。胖丫说："我听妈妈的话，不听你的话！"涂大亮起巴掌吓唬女儿："你这孩子，看我不打你——！"独眼龙连忙拦了:"大哥,好了好了,小孩子家,懂个啥,你就把她交给我吧!"涂大余气难消,指着女儿说:"等你妈从天津卫回来,就把你送到你外婆家去!"说完,气呼呼地上了二楼。

独眼龙见涂大走了,伸了个懒腰,对胖丫说:"丫丫,叔叔到甲板上歇一歇,你跟他们玩可以,可千万别给他们松绑。"胖丫点点头说:"好。"

胖丫走到华中他们面前,转着圈看他们。濮华中发现独眼龙正在打盹儿,抱歉地说:"小妹妹,刚才对不起哟!"胖丫不吭声,继续转着圈看他们。华中问:"丫丫,还想玩不?"胖丫停下来说:"小哥哥,我想玩。"华中问:"你不怕?"胖丫说:"不怕!"

华中朝外窥视,见独眼龙已鼾声如雷,便小声对胖丫说:"那你帮我把绳子解开。"胖丫犹豫了一会儿说:"好吧。"胖丫年小力薄,用手解不开,便用嘴啃,不知过了多久,终于解开了华中手上的绳子。华中又急忙给虎娃他们解开,然后压着声音安排道:"这回不要声张,咱们悄悄地从那个一只眼身后绕过去。"众娃压着声音应了一声"好",胖丫也压着声音说:"好!"

华中手牵胖丫,领着虎娃他们从独眼龙身后悄悄走过,找到了运他们的那只小船。华中手拉锚链下到小船上,然后接虎娃他们也上了船。胖丫也要上船,被华中拦住:"小妹妹,你不能上船。"胖丫拧着眉头问:"为啥?"濮华中说:"你是在救我们,你一上船,就救不成了。"胖丫失落地问:"那你们不跟我玩了?"华中说:"现在不正玩着呢吗?你就在这儿等我们,我们去芦苇荡里给你捉小鸟。"胖丫不相信地问:"真的吗?"华中说:"真的!"胖丫想了想,说:"好吧!"

华中上了船,唯恐胖丫闹起来引来了人,就安排道:"你千万别闹。"胖丫说:"小哥哥,丫丫不闹。但是如果你们不给我捉鸟,我就告诉一只眼叔叔！"华中说好，便开始摇橹划船，可船不听话，只在水中打转儿，华中急出了一头汗。胖丫也在楼子船上替他们着急，她把小手卷成喇叭状，小声喊："小哥哥，你快呀，快去给我捉小鸟呀！"华中也小声地喊："我不会划船。"胖丫小声地说："用手扒拉水，船就走了！"华中一听，恍然大悟，急忙放下橹，和虎娃他们分坐两旁，探腰用手扒拉水。小船果然开始朝岸边缓缓游动。

　　楼上突然传来一阵狂笑，其中夹杂着女人的嬉闹声。独眼龙被惊醒了，他下到底舱一看，大吃一惊，急忙出来寻找，在船舷处发现了胖丫："丫丫，他们呢？"胖丫忙用手捂住嘴。独眼龙顿感大事不好，忙说："快告诉叔叔，他们去哪儿了？"突然他听到哗哗的水声，抬眼朝黑暗处一望，便发现了华中他们。独眼龙忙高喊："快来人，几个小兔崽子跑了！"喊完，就要下水，胖丫一把拉住他："一只眼叔叔，我也要去！"独眼龙拽开胖丫的小手说："水又深又凉，你不能下去。"然后一头扎进水里。胖丫一看独眼龙下去了，喊了一声："一只眼叔叔等等我！"也一头扎进了水里……

　　正巧涂大赶到，看到女儿跳水，惊恐万分，大声喊："龙弟，龙弟，你快救丫丫呀！"独眼龙刚钻出水面，听到喊声，急忙回头救胖丫。胖丫在水中挣扎，身上的葫芦一起一伏。独眼龙看到葫芦，忙划过去救出胖丫。独眼龙游到船边，将胖丫递给涂大，然后就又追华中他们的船去了。

　　华中和虎娃一看后面有人追来，几双小手更是奋力。独眼龙如水中蛟龙，游得飞快，眼见就要追上。华中急中生智，取下一只橹朝独眼龙砸去，正砸在独眼龙的头上。独眼龙惨叫一声，沉了下去。华中顺势用橹一撑，船靠了岸。虎娃他们急忙上了岸，华中将橹朝水中一捣，也急忙上了岸，几个孩子没命地朝一片小树林跑去。

濮玉芝和小和尚没找到华中几人，眼看到了饭点，就来到一家小店，刚坐下来，濮玉芝一摸包袱，发现没钱了。店小二见来了客人，急忙跑过来问："客官，要什么酒，点什么菜？"濮玉芝犯难地说："我……"小和尚见状忙说："我们是出家人，自然要素的。"店小二立即变了脸色，说："对不起，我们店里全是荤的，没素的，你们还是去别处吧。"小和尚念了一声"阿弥陀佛"，二人便走出了小店。

濮玉芝拍了拍包袱说："得亏你聪明，要不多丢人。"小和尚叹了一声说："咱们只有去化斋了。"濮玉芝瞪了他一眼，说："化什么斋，咱们撂地就能挣个饭钱。我爹说过，出门带个锣，敲敲就有馍；肩上驮只猴，吃喝都不愁！"小和尚笑道："你们艺人真有意思。"濮玉芝问："你不信？不信就看我的！"

濮玉芝寻到一个大饭店门前，借着灯光，开始耍剑，不一会儿就引来人顿足观看。不承想刚耍几招，一下昏倒在地。小和尚吓得不知所措："施主，施主！"濮玉芝醒了过来，挣扎着要起来。小和尚说："你太累了，稍稍休息一下吧，让我来。"小和尚扶濮玉芝坐好，他脱去和尚服，抱拳高呼："哎，哎，诸位施主，有钱的帮个钱场，没钱的帮个人场。今天来到贵地，小僧别无他艺，先给诸位施主表演一个佛家绝技——铁头功。"说着，先来了个倒立，然后用头夯地，头过之处，留下了一溜儿小坑。

如此奇观，引得看客越聚越多，有人开始朝圈儿里撂铜钱。小和尚又从绑腿里拉出一根半尺长的大铁钉，说："诸位施主，这是一根铁钉，小僧要用头把它揳进墙内，然后再用两根手指把它拔出来！"说着，将钉按在墙上，稳住后朝后退了数步，又说道："诸位施主看好了！"众人齐声叫好助威。小和尚又说："不过，丑话先说不为丑，今日小僧之举，全是为这位施主，她的弟弟和五个娃娃被歹人绑走，不知所终，若有哪位得到信息，万请告知。如没有信息，也求诸位施主舍几个小钱，为这位施主凑个饭钱和住店钱。"言毕，一提气，说了声"看我的"，飞身直朝那钉撞去。

铁钉果然被搋进墙内，众人纷纷摽铜钱。小和尚又一运气，用中指和食指把搋入墙内的铁钉拔了出来，全场一片叫好……濮玉芝已再次昏迷，小和尚收拾收拾钱财，背起濮玉芝来到一个名为"香榭丽水"的客栈。他把濮玉芝安排妥当，又请来一个郎中。郎中为濮玉芝把了脉，说："她是心火上升，加上劳累，又吃了凉东西，胃寒作热，需要祛火清热。我给她开上一剂草药，服后会见轻一些。待她醒来，你一定要劝她好好休息，遇事不可太急，虚火攻心，病情会加重的。"小和尚一听，叹了一口气说："她的弟弟和一群小艺人突然失踪，她能不急吗？"郎中听得直摇头："唉，这真是作孽呀。这样吧，我再给她加两味补药，补补元气，这样会好一些。"小和尚说："那就有劳先生了。"

郎中问小和尚："她是你什么人？"小和尚说："先生，小僧乃出家之人，前天她和她的弟弟路遇庙中，遭歹人暗算，她弟弟和几个娃娃被掳走，小僧看她一人可怜，特意帮她一起找弟弟。说来怕你不信，至今我还不知她姓甚名谁，她也不知我叫什么，只知道我是个小和尚。"郎中说："小师父如此善心，将来定成正果。"小和尚说："先生过奖了。"

此时，京西富祥大车店内，黄米福正在整理狮子皮，黄学禄急匆匆地走进来说："爹，刚才乔师傅来了，说张师傅的腿疾犯了，明日不能进宫了。"黄来福吃惊万分地问："怎么又病了一个？就是说,他们三个都不进宫了?"黄学禄沮丧地说:"就是这个意思。"黄来福拿狮皮的手颤了几颤:"这……这不是拆我们黄家班的台吗!安公公看好的就是他们的节目,突然不去了,咱们咋办?"黄学禄无奈地说:"那只有上咱自家的节目了。"黄来福说:"可安公公最看好的就是他们的那两个节目和你妹妹与玉兰同演的那一个。我开初怕引起濮家班的误会,压根儿没通知玉兰进宫。现在可好,三个节目全不出场,岂不要砸了咱们的牌子?"黄学禄见父亲着急,忙说:"现在通知表妹也不晚呀!"黄来福想了想说:"晚是不晚,可你别忘了,咱这次进宫可是冒名顶替濮家班,若让玉兰一来,岂不露了馅儿?"黄学禄一听,茫然地问:"那怎么办?""没办法!"黄来福把狮皮朝地上一摔,蹲在地上。黄秋菊从里间走了出来,说:"依我看,干脆就跟我姑父实话实说,反正是一家人,丢人也丢不到哪里去。"黄来福捂着脑袋,长叹一声:"唉!眼下只能如此了!我就担心说透了,你姑父不帮咱。"黄秋菊不满地看着父亲说:"俺姑父宽宏大量,哪像爹爹你,看似啥都不在乎,其实啥都在乎!"黄来福一听,大怒,梗着脖子骂道:"你这妮子,还未过门,就会帮你公爹说话了!"

京门大车店的濮家班住处,濮华龙正给唐天姣按摩,小狗子也忙上忙下地为唐天姣捏脚。

"这……这……哎呀,你小子手轻一点!"唐天姣对孙子说。濮华龙说:"奶奶,我只用了五分力呀。"唐天姣说:"你小子能驮五千斤,要用十分力,奶奶不成肉饼了!你们几个呀,都不会按,最会按的是你爷爷,当年我和你爷爷、你二爷、你三爷一起闯江湖,每天下了场,你爷爷都要给我按一按,那个舒服劲儿,哎呀,甭提了!"濮华龙一听,笑道:"我还能不知道,在你眼里,爷爷什么都是一流的。"唐天姣骄傲地说:"那可不,记得是道光二十二年,你爷爷带咱们濮家班到天津卫跟沧州府黄桥'天下第一棚'对棚,一连对了半个月,不分输赢,轰动了天津卫呀!也就是那一年,你外公将你妈许给了你爹,我们与黄家班喜结良缘,成为秦晋之好!这真叫不打不相识,一打成知己呀。你爹和你妈完婚那天,咱濮家庄十几家玩玩意儿的全来道喜,出了二十头狮子、十五条彩龙,热闹得很哩。"

小狗子插言说:"我知道,那天我也出场了。"濮华龙打了小狗子一下,说:"去,净说浑话!"小狗子嬉笑着逃到一边。唐天姣突然叹了一声说:"玉芝回去快一个月了,也该带娃儿们回来了啊。"濮华龙说:"是呀,论说是该到了呀。"

正说着,濮中阳走了进来,濮华龙忙起身问道:"爹,怎么样?"濮中阳说:"出乎意料地顺利。"濮华龙惊喜地叫道:"飞腿张应下了?"濮中阳说:"是呀,我一说明日邀他们进恭王府跟咱搭班,飞腿张当即就拍了板,已定下明日不进宫,随咱们去恭王府。"濮华龙问:"那舅舅家怎么办?"濮中阳说:"他们已经辞了。"濮华龙担忧地说:"这下舅舅家的节目就不够了。"唐天姣说:"飞腿张答应得也太利索了,不能不让人生疑呀。"濮中阳说:"是呀,为什么他们愿意舍弃进宫的机会去恭王府呢?"唐天姣说:"就是啊,我看那个'万一'现在怕是落到咱们头上了。"濮华龙说:"那就不让飞腿张他们进恭王府。"濮中阳说:"不中,大丈夫一言既出,驷马难追,怎能出尔反尔。既然我们邀请了人家,就不能食言,就是真有什么阴谋,咱也要硬着头皮闯进去。"正说着,突然听到外面有人说话。

正做饭的濮玉兰看到黄来福,说:"舅舅,你啥时来的?"黄来福嘿嘿笑道:"刚到。"濮玉兰问:"找我爹哩?"黄来福说:"不是,找我姐夫哩!"濮玉兰大笑:"那不还是我爹吗?"黄来福摸摸头说:"我忘了这茬儿了。你爹哩?他在哪儿?"濮玉兰笑着说:"我爹刚回来,正跟我奶奶说话哩。"黄来福一听,怔了一下,问:"你奶奶也在里面?"濮玉兰说:"是呀,舅舅。你怕我奶奶啊?"黄来福说:"哎呀,我不是怕她老人家,我是尊敬她老人家。你看她,年过八旬,还能登台演出,这可是天下少有!听说西太后都点名要看她演出呢!"濮玉兰问:"我咋没听说?"黄来福装着不相信的样子说:"玉兰呀,又哄舅舅哩,昨儿个安公公来天桥,你不都见到了?"濮玉兰说:"人家只是来看看,又没说让进宫。"黄来福一听,忙问:"这么说,你也想进宫?"濮玉兰说:"谁不想呀,皇宫是什么地方,咱平民百姓能进去看一眼,死了都值!"黄来福听到这里,心中暗喜,对濮玉兰说:"还是我外甥女识时务。想进宫呀,容易,我就是来跟你爹商量进宫的事哩。"濮玉兰高兴地问:"真哩?"黄来福说:"真哩!快去快去,把你爹叫出来。"濮玉兰说:"你过去呗,我奶奶我大哥都在哩。"黄来福一听,突然变得一脸严肃: "你懂什么,这是大事,比天还大,是两个班主之间的事。"

话音刚落,濮中阳从客房里走了出来,问:"什么事,神神秘秘的?"黄来福一看到濮中阳,顿时满脸羞愧地说:"姐夫,我向你谢罪来了。"濮中阳问:"你何罪之有?"黄来福一拍大腿说:"甭提了,我简直没脸见人了。"濮中阳一听,笑了:"所以你就约我来这马棚里?"黄来福说:"就是这个意思。"濮中阳用手指头点了点黄来福,说:"你呀,简直就是个活宝。咱俩谁跟谁,就是杀人放火了,也用不着瞒着我啊!说吧,什么事?"黄来福一听这话,茫然的心突然有了底,说:"是这样,安德海要我冒充你们濮家班去宫里玩玩意儿,起初我不答应,后来经不住他劝说,就答应了。这丢面子的事,我一直不好意思跟你说,怕……怕你生气。"

濮中阳说:"你为我们濮家班壮脸面,我高兴还来不及呢,生哪门子气?不过,这安德海也是,黄家班号称'天下第一棚',进宫演出也够资格,为何还要让你打我们濮家班的旗号?"

黄来福说:"姐夫你有所不知。安公公说那西太后一开始点的就是你们濮家班,可你们一直在恭王府演堂会抽不开身,那安公公又怕恭亲王先拿你们去西太后那里抢功,所以就想了这么个招儿,让我们冒你们之名先进宫,这样一来,那恭亲王再想拿你们献媚也不成了。"

听到这里,濮中阳恍悟道:"原来是这么回事!没想到这个安德海的心眼儿还不少哩!也算让他猜对了,那恭亲王还真准备带我们进宫哩!"

黄来福忙问:"啥时候?"

濮中阳说:"时间还未定。"

黄来福焦急地说:"可这边已经定了,明日就进宫,若是不去,就是抗旨,要杀头的。"

濮中阳说:"那你就去呗。"

黄来福说:"去不了了。"

濮中阳问:"咋了?"

黄来福说:"原来定好的乔二双刀和飞腿张的活儿、乔红玉的活儿,都是被安德海看好的,可现在飞腿张和乔红玉都突然患病去不了了。你知道,俺们多是大活儿,小活儿不够,我想着既然打的是你们的旗号,就不能丢你们濮家班的人,所以来找你想想办法。"

濮中阳说:"兄弟,你这是帮我们,我得感谢你哩!你想想,你是在为我们扬名哩,这一卜扬名到皇宫了。这样吧,你现在就开始点活儿,要哪个给哪个。"

黄来福感动地说:"姐夫啊,你真是救命的菩萨!那好,话说到这一步，兄弟我也就不客气了，我先点大娘的蹬缸，再点玉兰的软功、小狗子的钻筒，还有你们的转蝶、华龙的硬功顶五千斤……"

濮中阳便打断他："哎，哎，哎，华龙的硬功不适合在宫中表演，这次在恭王府演堂会都没出场，这个就算了吧。"

黄来福说："那就让华义去和他表哥一同表演百变戏法，反正他们兄弟俩得随我去一个。"

濮中阳想了想说："中，那就让华义去。华义和玉兰最近弄了个大坠琴，也可以试试台。其实，这样一来，倒成了咱们两家的事，我也应该去。只不过恭王府明日要请俄国大使，也轻视不得，所以，宫里就由兄弟你代劳了！"

黄来福一听，忙说："姐夫你放心，有你给的这几个活儿，我敢保证一举成功。不过，咱丑话先说不为丑，如果朝廷赏了什么名号和东西，名号归你，那东西可得有我一份！"濮中阳大度地说："全给你，中不？"黄来福说："姐夫你大方，我也不小气，若万一有御赏，咱两家二一添作五，你看怎么样？"濮中阳说："咱们本来就是一家，分什么你我，一切由你做主吧！"黄来福听得此言，更是感动："哎呀，这辈子摊上你这个姐夫，真是我黄来福的福分。"黄来福感恩戴德地说完，心里踏实了很多，一脸灿烂，单等明天进宫。

第六章

第二天一大早，紫禁城一个侧门前就排起了长长的队伍，队伍为两列，男女分站，正在接受禁卫军的检查。队伍不远处是两辆大马车，黄来福正指挥着几个人往下卸家伙。濮华义作为主要演员，懒得伸手去干那些杂活儿，他手拿一个大坠琴，站在队尾。由于禁卫军检查得很细，所以速度很慢。濮华义百无聊赖地四处闲瞅，恍如隔世之感，直到跟随着黄家班进得御花园内，他才从恍惚中出来。远远看到两个穿着华贵的孩子早早地坐在那里等待，他猜想其中一个必定是传说中的小皇帝。

小皇帝载淳和陪读载澄听说宫中要来杂技班，一大早就来到御花园，指挥和监督太监宫女们搭建舞台。黄家班来之前，一切都准备就绪了，万事俱备，小皇帝和载澄开始焦急地等待"东风"的出现。黄家班一到，二人高兴得手舞足蹈。黄家班来后不久，两宫太后也隆重出场。待太后坐定，节目随即开始。

两宫太后坐在台下，台上是濮玉兰和黄家姐妹在表演《转蝶》。音乐声中，她们双手舞动花蝶。花蝶用三尺长的竹棍顶着，一直旋转不停。她们边舞边组成一幅画，时而似群蝶飞舞，时而似娇燕蹁跶，其中还有"三角顶""对头顶""人支高架上平腰闪花"，动作惊险优美，如诗如画。

《转蝶》结束，黄来福、黄学禄、濮华义皆身穿肥大长衫上场。三个人都画着丑妆，滑稽可笑，憨态十足。三人同时开演百变戏法。第一变是三束艳丽的鲜花，第二变是三对白色、黑色、花色的鸽子，第三变是三盆同样大小的金鱼缸。第四变，变出了三只活羊羔，每只羊羔的脖子上都系着红彩花。黄来福三人将三只可爱的羊羔并排放在台前，又同时变出三个红色条幅，上面分别写着金色大字："三阳开泰""太后吉祥""万寿无疆"。

两宫太后先是惊讶，后是喜不胜收，特别是慈禧，笑得直顿足。小皇帝载淳大开眼界，兴奋得直拍巴掌，对西太后嚷："皇额娘，你看，'三阳开泰'，您正好属羊哩！"慈禧一听，忙冷了脸色，偷看一眼东太后，见东太后没什么反应，才又笑道："哀家没想到这河南濮家班的玩意儿这么能逗人乐！"

东宫太后也高兴地说："是呀，哀家竟不知道世上还有这玩意儿！"

说话间，白发苍苍的唐天姣旋步上场，一跃上了方桌，躺好后，两个大汉将一口大缸放到了她的三寸金莲上。她小脚敏捷地一蹬，大缸开始团团转，然后将缸蹬了个口朝上。接着，小狗子上场了。小狗子今天的扮相比往日更加可爱，头上扎了一个顶天独辫儿，光着屁股戴一个红色肚兜儿。一上台，先给众人作了个揖，然后一个鹞子翻身，腾空而起，在空中连翻两个跟头，最后正巧落在缸内。台下顿时掌声四起。

安德海一看濮家班也来了人，顿时喜出望外，禁不住对慈禧说："主子，这就是奴才常给您说起的濮家班的绝活儿——老婆婆蹬大缸。"

"好！真是好玩意儿。"慈禧高兴地说，"小安子，哀家要赏他们。"

安德海领了懿旨，急忙安排小太监封赏之事。《蹬缸》结束之后，一个太监上台给唐天姣和小狗子封赏，一老一少急忙磕头谢恩。

接着，黄家姐妹换了服装再次上台，开始表演抖空竹。空竹的嗡嗡声时强时弱，与音乐伴奏交相辉映。黄家姐妹在伴奏中或齐或独，穿插跑动，缠腰滚身，空翻大跳，空竹上下翻飞，美不胜收。

接着是濮华义在用大坠琴拉《平贵回窑》，濮玉兰用京胡为他伴奏。濮华义手中虽只有一把坠琴，但丝毫不亚于一个大乐团。戏中所有的锣鼓场面，老生青衣的唱腔、道白，全由他用琴拉出，刚一开场就把台下人惊得瞠目结舌，小皇帝和两位太后都惊呆了。

从濮华义手指间传出薛平贵与王宝钏二人的对唱，字正腔圆，响遏远去——

    王宝钏（唱）：
    开开窑门重相见，
    我丈夫哪有五绺髯？

    薛平贵（唱）：
    少年子弟江湖走，
    红粉佳人两鬓斑。
    三姐不信菱花照，
    不似当年在彩楼前。

    王宝钏（唱）：

寒窑哪有菱花镜？

薛平贵（白）：
水盆里面——

王宝钏（唱）：
水盆里面照容颜。
（夹白）：老了！
（接唱）：老了老了真老了，
十八年老了我王宝钏！

台下掌声连连，慈禧也禁不住击掌叫好。

这时，濮华义开始用坠琴表演清兵操练，由远而近……尖利的军号声和咚咚咚的战鼓声此起彼伏。有人领口号："太后吉祥！"接着万人齐应："万寿无疆！"脚跺地板声，按照行军节奏发出的嚓嚓的整齐步伐声……

全场静极，步伐声由近及远，两宫太后听得如临其境。

接着，濮华义又开始用坠琴学狗群咬架，比口技还真三分，有仰首得意的欢叫，也有夹着尾巴逃跑的悲鸣……效果出奇，两宫太后笑得前仰后合，甚至有些失态了……

演出结束后，安德海上台宣读太后懿旨："两宫太后懿旨，河南怀庆府濮家班进宫献艺，技艺炉火纯青，堪称大清之国宝，望再接再厉，发扬光大。特御赐'万寿龙灯'两盏，'大鹏展翅''鲤鱼跃龙门'御瓷两件，三尺红绫一条，以彰其技之优。并册封濮家班为皇家御用杂技班，留守京城附近，随时奉诏参与大清国事活动，钦此。"跪在地上的黄来福听得满脸惊愕，跪在他旁边的濮华义却听得满脸高兴。

安德海看了看发愣的黄来福,提醒道:"哎,哎,怎么还不磕头谢恩?"黄来福这才愣过神来,急忙叩头:"小民叩谢皇太后、皇上,祝皇太后圣寿无疆,皇上万岁万岁万万岁!"顽皮的载淳对载澄说:"你听,他要让我活一万岁。"

这个"濮家班"在皇宫里演出时,另一个濮家班也在恭王府隆重开演。台上正演《转球》。濮华龙食指转着一个球上场了,球像粘在了他身上一般,接着开始表演花样,他口咬一根二尺见长的小棍,太监们朝台上扔球,他能用口中之棍将球立住。这时台上出现了四个球,他坐下来,双手和双脚尖上同时旋转四球。然后台上出现了六个球,他双手、双脚、头顶、口中棍上,同时旋转六球。

恭亲王在看席上陪着俄国大使,俄国大使不时向恭亲王伸出大拇指。台上一角处,飞腿张正在偷窥恭亲王的位置,不承想这一切都被高度警惕的濮中阳捕捉到了。平日里很少登台的濮中阳今天也扮上了,他的扮相很滑稽,像个小丑。

飞腿张装扮成铁拐李,骑着乔二双刀扮的驴走上台来。飞腿张手拿酒葫芦,倒骑驴的样子很是滑稽,引来台下许多笑声……笑声中,乔二双刀扮演的大黑驴开始尥蹶子,后腿蹿到了一个方桌上,差点把铁拐李弄个倒栽葱。铁拐李见收拾不住坐骑,忙吹了口仙气,那驴的两条前腿一下长高了二尺。铁拐李一拍驴头,驴脖子忽地伸长如长颈鹿,驴头东张西望着。

如此奇观,不但濮中阳看呆了,恭亲王也看呆了,俄国大使也看呆了。众人呆怔片刻,突然爆发出一片欢呼。俄国大使和翻译都震惊得伸出大拇指。恭亲王也看得兴奋,忙让人备银,准备看赏。

台上的飞腿张看时机成熟,便拍了拍驴腿,驴又恢复了原状,然后驴和人开始朝恭亲王坐的地方翻滚。濮中阳警惕地瞪大了眼睛，突然飞腿张卸掉了假肢，濮中阳一瞬间便悟出了什么，一个空翻，"飞"到了飞腿张的身边，以迅雷不及掩耳之势，夺过了那个假肢。飞腿张猛地一惊，扭头一看，装扮成小丑的濮中阳已将那假肢顶在了头上，双手平伸，笑容可掬地在表演。为不露破绽，飞腿张急忙配合演出。他卷起裤脚，露出残肢，向观众展示。

观众没料到如此高难度的表演竟来自一个断腿人，观众席里再次爆发出惊呼，全体起立为其喝彩，掌声经久不息。

一场刺杀在不动声色中被化解。堂会结束，飞腿张跟随濮家班回了京门大车店。濮中阳一路愠怒，目光一刻也没有离开过飞腿张。回到大车店，他把飞腿张带进一间客房，反锁了门，从飞腿张的那条假肢里掏出燧发式手枪，接着又将五根脚趾样的飞镖逐一掏出，双目如剑直逼飞腿张，愤怒地问："张师傅，你为什么要害我们濮家班？"

飞腿张说："我不是有意要害你们，我只是借你们濮家班进入恭王府。"

濮中阳说："无论你的刺杀成功与否，我们濮家班都撇不清关系，几十条人命啊，你竟说无意加害！"

飞腿张木然地说："这不是我这当刺客的该考虑的！"

"你就不怕我告官？"濮中阳为飞腿张的木然感到惊讶。

飞腿张说："随便，我早已将生死置之度外。"

濮中阳又问："你是什么人？"

飞腿张说："无可奉告！"

濮中阳一语中的地说："你是太平天国的余党！"

飞腿张暗吃一惊，说："有何证明？"

濮中阳胸有成竹地说："你头上的辫子是假的。"

四目相撞好久，飞腿张才低沉地问："你是何时开始怀疑我们的?"

濮中阳说:"从你们要搭黄家班那一天起,我就对你们有了怀疑。后来,我用计阻止你们进宫,不承想你那么快就答应了,我就知道,你真正的刺杀对象是恭亲王。"

飞腿张又问:"你是何时猜出我的凶器藏在假肢里的?"

濮中阳说:"进王府时,官兵搜身没搜出可疑的东西,我就猜出你的假肢有问题。为防万一,我提前装扮成小丑,严密注视你的一举一动。当你们突然破天荒地滚下台子,我就抢先过去,夺过你的假肢。怕恭亲王看出破绽,我就将假肢放在头顶上,边表演边防着你夺回假肢。算你聪明,立刻配合了我,才让我们化险为夷。"

飞腿张说:"我本以为此次行动已万无一失,不承想却败在了你的手中。"

濮中阳说: "如果你今天是进宫刺杀西太后,我想你会成功的。"

飞腿张说:"是的,我很后悔。现在看来,你此举全是为了救黄家班,却把危险留给了自己,就凭这一点,张某佩服。可我不明白,你已经对我们有所怀疑,今天完全可以找个理由不让我们搭班,为何还要冒险领我们去恭王府?"

濮中阳说:"我们中原人做事历来讲信用,既邀请了你,怎能出尔反尔!更何况我久在江湖行走,怎能不讲义气!再者,我也有好奇之心,想借此机会摸透你们的来路。我不明白,太平天国已经被灭了,你再刺杀朝中重臣又有什么用?"

飞腿张说:"濮班主,你对我们太平天国太不了解了。当年康熙朝吴三桂谋反,不过扰乱十二个省,克二百郡县。然我天朝却远比其声势浩大,且良将众多。清军攻破天京,天朝将士无一投降,宁聚众自焚,也不愿被俘。此等壮举史上少有。我原为英王部下,深受其爱。英王被害,我发誓为其报仇。此先曾去安徽刺杀两江总督曾国藩,不料那贼防备得好,没能成功,所以特转战京城。途中遇到乔二双刀父女,他们是沃王派来刺杀慈禧和奕䜣的。太平军与捻军亲如一家,我们一拍即合,便师徒相称,一路来了京城。我们想尽了刺杀之计,可苦苦找不到接近西太后和恭亲王的机会。后来听说贵班进了恭王府演堂会,又有安德海到天桥要你们进宫献艺,我们总算找到了机会。可恨今日你毁了我的大事,让我未能完成英王的遗愿。"

"你为什么把恭亲王列为第一刺杀对象?"

"这恭亲王可恨至极,慈禧太后和小皇帝全靠他保着,是他出面和英法联军签订了丧权辱国的条约,也是他与洋人狼狈为奸,借师攻打,使我们天朝覆灭,他和曾剃头是我们天朝和捻军的最大敌人,我不杀他杀哪个!"

"老兄,濮某并不是为恭亲王开脱,大清国已无力抗御外敌,这恭亲王与英法签订条约,虽然丧权辱国,却也是为抚局止战,保全大清国民,保全紫禁城。眼下皇上年幼,两宫太后在后宫,朝廷实则是靠着恭亲王。他创立总署,建立使馆,设领通商,议立税章,大清国离不开他呀!今日如若你刺杀成功了,我等死不足惜,可天下必定大乱,外夷必定借机侵占,老百姓又要吃大苦了呀!"

"你怎么替那鬼子六评功买好?"

"我不是为哪个评功买好,我是艺人,艺人吃的是平安饭,天下大乱,就没了我们的生存之地。实不相瞒,前几年我也曾带班去过南方,你们太平军也不是什么好东西,硬说我们是朝廷派去的密探。实言讲,我对你们的《天朝田亩制度》也曾很欣赏,不承想我到了南方,才发现你们天朝的苛捐杂税照样多如牛毛,老百姓的日子也是苦得很,我玩了玩意儿没人掏钱,差点饿死在半路上。"

"我们原打算推翻清朝,打跑洋人,在全中国推行耕者有其田,可惜天不助我,连年灾害,战事失利,没办法呀。"

"这些年,朝廷为了对付你们,不得不一而再,再而三地向百姓勒索银子,以供军用,毁了万民百姓安定祥和的日子。再说,如果不是你们闹事,大清国国力虽弱,但若调湘军北上,也不至于让洋人如此猖狂。而且,就是你们太平天国得了天下,你们照样对付不了洋鬼子,我们老百姓照样好不到哪里去。"

"那是你的想法,张某今日不与你争高低,只问你打算如何处置我?"

"三个字——放走你!"

飞腿张惊讶地望着濮中阳,许久才起身抱拳道:"谢谢!濮班主果真义气非凡,张某若有来生,定当涌泉相报!"

濮中阳看了飞腿张好一会儿,问:"有句话不知当讲不当讲?"

飞腿张说:"已到了这种地步,还有何不能讲的?"

濮中阳说:"我劝你们赶快离开京城,不要再做傻事。另外,红玉姑娘还年轻,你们不该让她随你们去报什么仇。如果你同意,我想让她留在濮家班。"

飞腿张固执地说:"谢谢您的好意,只是刺客有刺客的规矩,她必须完成她的使命。"

濮中阳苦笑了一下:"劝不醒你,那你们就好自为之吧。"

飞腿张点点头说:"告辞!"

悦来客栈,乔二双刀和女儿正在焦急地等待着飞腿张。客房内,乔红玉不时从窗口朝外张望,担心地问:"爹,咱是不是应该换换地方?"乔二双刀说:"要等你爷爷回来再说。"乔红玉又担心地问:"濮家班会不会告发我们?"乔二双刀胸有成竹地说:"在恭王府他没声张，我想现在他更不会说了。若是告了，怕是我们早被官兵抓走了。"乔红玉不以为然地说："我是想，如果他当时在恭王府就揭发我们，会引火烧身；现在出了恭王府，我们还是小心为妙。"乔二双刀摇摇头说："我看得出，濮班主为人义气，不是那种见利忘义之辈。再说，他常年行走江湖，只求平安无事，不会去招惹是非。这回是咱们招惹了人家，人家至今没为难咱们，好人哪！"

父女俩正说着，飞腿张手拄着双拐回来了。乔二双刀急忙开门，将师父搀扶到床前坐下，问："师父，那濮班主原谅咱们了？"飞腿张点点头，说："这濮班主，真是难得的一个好人哪。他心里什么都明白，面上却不露声色。你看，如此惊天动地之事，他却稳如泰山，毫不声张。他至今未向任何人透露咱们的行动，包括他的老娘和儿子。"

"我真不知道他是如何发现咱们的。"乔二不解地说。飞腿张说："他跟我说，他先是发现了我的辫子是假的，就怀疑我是太平天国的人。今天我们上台演出，他早就有了准备，我一卸掉假腿，他立即就猜出了凶器所藏，所以就不露声色地缴了我们的械。"乔二双刀一听，不由得感叹道："真是真人不露相呀。"

乔红玉问："爷爷，我们下一步怎么办？"飞腿张说："今日虽未成功，但我已摸清了恭王府的道儿。为防夜长梦多，今夜我们就进恭王府。"乔二双刀一听，很赞同："好！之前僧格林沁和他的几百骑乘全被我捻军消灭，全军覆没，此次咱们若刺杀成功，更能长我们的声威。师父，你说咱们怎么行动？"飞腿张说："还是我们两个进去，让红玉在墙外接应。""不，爷爷，还是我进去吧！"乔红玉焦急地说。飞腿张说："刚才，濮班主劝我不要让你参与刺杀行动，他说你还年轻，路还长，比不得我们，还说打算让你加入濮家班。我当时并未答应他，现在想来，他说的有道理。为了天朝和捻军大业，舍去我们两个就够了。孙女，听爷爷的话，如果今夜我和你爹遭了不测，你就改名换姓，跟随濮家班过活，我信得过濮班主。"乔红玉一听，哭着喊一声"爷爷"，飞腿张说："好了，就这么定了！"

时间如飞，转眼到了黑夜。

恭王府内，不时有巡逻兵走过，王府院墙高耸，飞腿张和乔二双刀施展轻功，飞上了高墙。飞腿张借双拐之力，如飞人般落下。乔二腰插双刀，紧跟其后。他们越过戏楼，穿过萃锦园，躲开巡逻兵，进了王府内宅。

恭亲王还未睡，正在多福轩内翻看卷宗。飞腿张和乔二双刀越过锡晋斋，贴近了多福轩。恭亲王的剪影映在窗前，飞腿张拔出手枪，对准了那个剪影……

不承想，就在这时，室内的灯光突然熄灭，多福轩一片黑暗，惊得飞腿张禁不住倒吸了一口凉气。又过了一会儿，突然同时亮了好几个窗口，而且个个窗口都有恭亲王的剪影。飞腿张蒙了。一旁的乔二双刀小声问："师父，怎么回事？"飞腿张暗叹一声说："恭亲王果然厉害，连防刺杀的招数都比别人高明。"乔二双刀焦急地问："怎么办？"飞腿张说："沉住气，你先别动，我再靠近一些，挨个儿分辨一下。""太危险了，师父，还是让我去吧！"乔二说。飞腿张斩钉截铁地说："别争了，你断后，如有意外，万不可顾我，你要立刻从原路逃走，再找机会。切记！"说完，便施展轻功，朝第一个窗口贴去。

不料他碰到了拴在桂花树之间的暗线，引得铜铃响起，惊动了巡逻兵。有人疾呼："有刺客！"随后就听到多人同时高喊："抓刺客——"几股精干侍卫瞬间赶来，团团包围住飞腿张。

飞腿张朝一个侍卫开了一枪。侍卫被击倒在地。不料侍卫们都有枪，同时射向了飞腿张。飞腿张借双拐之力，腾空而起，然后挥动双拐，与侍卫开战。飞腿张的双拐甩掉了伪装，变成了两把锋利的长矛。飞腿张将其又当腿又当武器，忽而腾空，忽而落地，招数奇绝，令人惊叹。王府侍卫高手如云，人多势众，紧逼飞腿张，目的是抓活的。飞腿张看出了这一点，招招凶狠，以命相搏。一侍卫趁飞腿张腾空而起时，朝他开了一枪，飞腿张中弹落地，众侍卫一拥而上，准备将他拿下，不承想飞腿张高喊一声"英王"，然后运功绝气自尽。

看到师父气绝身亡，乔二双刀悲痛得紧咬嘴唇。他转身悄悄朝萃锦园跑去，不承想，被一巡逻兵发现了，只听一声"跑了一个"，一队人马便朝萃锦园方向追赶而来……

乔二双刀在萃锦园内东躲西闪，终于跑到了围墙之下。他施展轻功，飞身上墙，不承想一侍卫赶到，对他开了一枪，乔二双刀中弹倒下墙去。墙外的乔红玉见父亲倒下，飞身腾起，接住乔二，然后急促消失在黑暗之中。

就在这时，恭王府后花园的小门打开了，一队人马打着灯笼跑出……

与此同时，一个黑影从暗处走出，也紧紧追赶了上去……

乔红玉背着父亲紧跑一阵，跑到了一条小河边，河边有一个小树林，她急忙朝树林跑去，急得头上冒出了豆大的汗珠。后面的官兵紧追不放，官兵后面的那个黑影却突然岔了道……

乔红玉跑到小树林深处，那个黑影突然从一棵大树后闪了出来："姑娘，快把你爹交给我，你去引开官兵。"乔红玉警惕地问："你是谁？"濮中阳摘去面罩，说："是我！"乔红玉借着依稀的月光，吃惊地叫了一声："濮大伯！"濮中阳说："快，再晚就来不及了。"濮中阳说着接过乔二双刀，转眼就消失在了黑暗里。乔红玉急忙朝另一个方向跑去，引开追兵。

濮中阳背着乔二双刀，走进一个狭窄的巷口，拐了几拐，又走进了一所小庙，越过神殿，到了后院的一个耳房，敲了敲房门。门内传出一个老者的声音："来的是哪一位，报上名来？"濮中阳说："是我，濮中阳，万兄，快开门！"原来这里是万人迷的住处。

开了门，万人迷正要点灯，被濮中阳制止了："先关门！"万人迷关了门，问："兄弟，神神秘秘地，杀人越货呀！"濮中阳说："甭问，快拿金创药！"万人迷点了灯，从一个破箱子里取出金创药，转过来才发现被放在他床上的乔二双刀，惊了一下，问："哟，是死的是活的？"濮中阳说："还是那句话，甭问，快给他上药！"万人迷扒开乔二双刀的衣服："是枪伤，这金创药可不及洋鬼子的药来得快。"濮中阳催促他说："救命要紧，先给他抹上再说。"万人迷说："兄弟，你外行了不是？刀伤光流血里边没东西，这洋枪打的伤必得先把里面的东西弄净了才能敷药。"濮中阳说："那你就快弄呗！"万人迷说："我眼神不好，怕是弄不好。"濮中阳焦急地问："那……那怎么办？"万人迷说："等天明吧。"濮中阳担心地问："到天明不会出事吧？"万人迷说："那就先上药止住血，等天明再挑子弹。"濮中阳说："老兄，那就拜托了。看在咱哥儿俩多年的交情上，你一定要救活他。"万人迷说："这还要看他的造化，好在打的不是要害。哎，他到底是咋回事？"濮中阳："还是那句话，你甭问，知道了反而对你不好，不如不知。"万人迷一听，不满地说："兄弟你啥时候学会小瞧人了？我万人迷活这么大年纪还不知道啥叫害怕！"濮中阳问："你不怕？那好，我说给你听。"濮中阳说着靠近万人迷耳语一阵。万人迷听得瞪大了眼睛："乖乖，没想到这还是个英雄人物，兄弟你放心，把他藏在我这儿，算是进了棺材了。"濮中阳一听这话,责问说:"咋说话哩?"万人迷一听,忙轻轻地掌自己的嘴巴:"说错了,打嘴!你只管放心,我这里安全得很。"濮中阳笑了:"你快给他上药,我还有事,先告辞。"

恭王府的多福轩外,一仆人打着灯笼引路到飞腿张的尸体前,恭亲王一看是飞腿张,惊讶地说道:"原来是他!"管家一看,忙问:"王爷,是不是派人将濮家班一网打尽?"恭亲王说:"不可!这样一来消息就会传出去,本王不愿将此消息扩大,你明白我的意思吗?"管家说:"奴才明白。"恭亲王说:"告诉下面,不要向外界透露任何消息!"管家应了一声,忙去吩咐。

这时候,厚德福酒楼张灯结彩,鞭炮声不绝于耳。店门前,摆放着御赐"万寿龙灯"、御瓷"大鹏展翅""鲤鱼跃龙门"……各家班主都前来祝贺。凡前来贺喜的艺人走到店门前均要先对御赐的物品磕头三拜,然后才进店祝贺黄家班。

黄来福站在店门迎接客人:"刘班主,您大驾光临,黄某荣幸呀。"刘班主双手抱拳说:"黄班主,恭喜呀。太后御赏黄家班,实则是对我们江湖艺人的恩典,刘某岂有不来之理?"黄来福说:"哎呀,刘班主,同行能有如此赏光,黄某高兴呀。"刘班主说:"黄班主为咱们杂技人挣下如此福分,同人都受宠若惊呀。"黄来福一听,高兴得哈哈直笑:"黄某也没想到太后娘娘会如此恩典我等艺人呀。"刘班主说:"这可真是皇恩浩荡,喜从天降呀。"

正说着,天桥总管事吕总管也前来祝贺,黄来福忙将刘班主送进店内,迎了上去:"哎呀呀,吕总管您大驾光临,黄某甚感荣幸呀。"吕总管说:"你为我们天桥争了大光,这可是光庇天桥演艺场的大喜,果真是'天下第一棚',名不虚传呀。"黄来福拱手道:

"多蒙吕总管对我们的关照,黄家班才有今日呀。"吕总管哈哈一笑道:"黄班主您总是这么谦虚。"

吕总管说着,高兴地进了酒楼,下一拨客人又蜂拥而至。在一旁的黄学禄看着蜂拥而来的贺喜队伍说:"爹,我姑父家至今一个也没到呀。"黄来福屋里屋外粗粗一瞅,急了:"怎么回事,你快去请,马上就到子时了,谢皇恩大典少了他们怎么行,快去快去!"

黄学禄不敢怠慢,立即朝京门大车店濮家班的住处跑去。

濮华龙、濮华义、濮玉兰兄妹三人正在室内等候父亲。濮华义等得焦急,问:"哥,咱爹去干啥了,没跟你说吗?"濮华龙说:"没有啊,他光说出去有点事,还说一会儿就回来。现在都快到子时了,也不见回来。"濮华义焦急地说:"爹不回来,咱们三个去,我怕舅舅等不及哩!"濮玉兰说:"舅舅只顾高兴哩,怕是把咱们给忘了!"濮华义一听,也顿起不满:"舅舅真是太不讲究了!这本是咱濮家班的荣誉,他却先庆贺。其实没他们的事才是真,那些个东西皇太后的懿旨上写的是赐给咱濮家班,还封咱为御用杂技班,可舅舅如此一弄,全成了他们黄家班的了。"濮玉兰附和道:"爹也是,舅舅一说他就答应了,其实西太后最喜欢的节目就是二哥的《平贵回窑》,还有咱奶奶的《蹬缸》。"濮华龙忙劝道:"舅舅喜欢热闹,就让他先热闹呗,他热闹过了,咱再热闹也不迟嘛!"濮华义翻了一眼哥哥,不满地说:"你就会替他们说话,什么事都是先入为主,舅舅为啥连夜开庆功会四处发请帖,就是要抢功哩!给人造成是他们黄家班得了御赐宝贝,没咱们的事的印象。天桥的艺班都去祝贺了,明天咱再热闹,谁还会来呀!弄不好还会惹人家笑话,说咱们是借花扬名哩。"濮华龙接着劝道:"好了好了,那是咱舅舅家的班子,和咱们自己的有啥两样?这话若让爹听到,你们两个非挨骂不可!"

正说着,黄学禄突然推门进来了:"哎呀呀,看你们还像没事人似的,那边人都到齐了,就差你们了,咋回事,还不动身?咦,俺姑父哩?"濮中阳正巧进门,说:"我在这儿。"黄学禄说:"姑父呀,您老倒是沉得住气,我爹那边都快急疯了!"濮中阳说:"我刚才出去办了点事,路上耽搁了一会儿,现在去不晚吧?"黄学禄说:"接帖的人大多都到了,我爹说,你们一到就开始。"濮中阳说:"好,这就走。"濮华义朝床上一躺,满带情绪地说:"我不去!"濮中阳问:"为啥?"濮华义一翻身,给众人留一个脊梁:"头疼!"黄学禄见状,忙说:"二表弟,今天你可立了大功,不去不中,忍着点疼,去吧!"濮华义嘟囔道:"忍不下!"濮中阳听出了话外之音,对黄学禄说:"他不去就算了,学禄,咱们走。"

濮中阳他们前脚刚离开,乔红玉后脚就来到了京门大车店。正欲敲门,突然听到里面有人喊"太后吉祥",乔红玉又惊又惑,她迟疑片刻,最后猛地推开门,看到濮华义正在用琴喊:"祝皇太后圣寿……"这才明白是濮华义在用琴学人说话,她望了望那把坠琴,长出一口气。

濮华义听到门响,扭头一看是乔红玉,惊喜万分,忙放下坠琴,走过去说:"红玉,你怎么来了?这么晚了,你来一定有什么急事。有什么事你就跟我说,我爹、我哥和玉兰他们都去厚德福酒楼了,我推病没去……嘿嘿!"

乔红玉看了濮华义一眼,问:"我爹呢?"濮华义说:"你爹——噢,你说的是乔大叔,我不知道呀!"乔红玉不相信地望了望濮华义,问:"你不知道?"濮华义懵懂地点了点头:"是呀,乔大叔没来这里呀,他是不是也去参加那个庆典去了?"乔红玉问:"什么庆典?""你还不知道?"濮华义惊讶地望着乔红玉,说,"今天我们去皇宫演出,得了不少皇太后御赐的宝物,艺人们得知,都高兴坏了,说是皇恩浩荡,必得庆贺一下。这不,就由我舅舅牵头,在厚德福酒楼叩谢皇太后的恩典。""原来如此,那你为何不去?""我心里有点别扭。"华义沮丧地说,"你不知道,今日虽是由黄家班进宫,打的却是俺濮家班的旗号。西太后最喜欢的节目也是我们濮家班的,她还下懿旨封我们濮家班为御用杂技班,不得远离京城,要时刻听从朝廷召唤。可我舅舅他却借此大肆宣扬他们黄家班,大家还以为全是他们的功劳呢。"乔红玉问:"西太后是不是很喜欢你的大坠琴?""哎呀,你猜得真准!"濮华义得意忘形地说,"我用大坠琴唱《平贵回窑》,震得那西太后眼睛都直了。后来我又用这坠琴学操练兵马的声音,全场都静极了,只有这坠琴的嚓嚓声……"不承想正忘情地描述着,扭头一看,已没了乔红玉的影子,他急忙出门寻找,边跑边喊着红玉的名字。

就在濮华义走进夜色里呼喊红玉的时候,乔二双刀也在小庙里喊女儿:"红玉,红玉!这是哪儿?我女儿呢?"万人迷正在给乔二敷药,一见乔二乱动,忙按住他:"兄弟别动,老哥正给你上药呢,小心伤口。"乔二双刀一看到秃头的万人迷,惊得身体一抖:"你是谁?我为什么在这里?"万人迷平静地说:"我是谁不重要,重要的是送你来这里的人。"乔二紧张地问:"是谁?"万人迷说:"濮家班濮班主。"乔二惊讶地问:"是他!"万人迷说:"若不是他,我万人迷是不会收留你的。""你就是万人迷?久仰久仰!"乔二躺在床上朝万人迷拱手。不承想,万人迷却说:"久仰个鸟,你净耽误我睡觉。"

厚德福酒楼内,宴会正酣。艺人们轮番向黄来福父子敬酒。濮中阳坐在一角处,面目安详,一脸笑意。濮玉兰却越看越气,猛地站起,正欲发作,被濮中阳用严厉的眼神制止。濮玉兰气不过,满含泪水离席出了酒楼。濮华龙在一旁看到妹妹情绪反常，急忙起身去追。濮玉兰出门碰上了乔红玉，乔红玉望着泪流满面的濮玉兰，嘴角动了一下，没说什么；濮玉兰用泪眼望了望乔红玉，也没说什么，就急忙走了。

乔红玉回望着跑远的濮玉兰，愣在了那儿。这时，濮华龙着急地走过来，看到乔红玉就问："姑娘，见到我妹妹没有？"看到濮华龙，乔红玉暗吃一惊，此时方悟出，这位原来是濮华义的哥哥，只顾惊讶，一时间竟忘了回答对方。濮华龙见乔红玉不吭声，正要去追妹妹，突然觉得这女子有点面熟，问道："我们好像见过，你是红玉姑娘吧？"乔红玉不好意思地点了点头。濮华龙以为她也是来参加庆典的，笑道："你们来得比我们还要晚，乔大叔和张爷爷怎么没来？"乔红玉说："我就是来找我爹的。"濮华龙惊讶地问："你爹？我压根就没见乔大叔来呀！"乔红玉说："找到你爹，才能找到我爹。"濮华龙说："我爹身边坐的我都认得，有王大伯、刘班主、汪师傅……没有乔大叔呀。"乔红玉满脸严肃地说："你最好把你爹叫出来问一问。"濮华龙看乔红玉态度不对，迟疑了一下，说："好，你稍等！"说完就朝酒楼走去，可越想越觉得乔红玉的态度奇怪。

待濮华龙走进酒楼，乔红玉警惕地四下张望一番，然后躲在了暗处。看到濮氏父子走出来，她本想走出来，但突然又警惕地止了脚步，躲在暗处观察濮氏父子。她听见濮华龙惊讶地叫了一声，说："刚才还在呢？"濮中阳四下瞅瞅，对儿子说："你快回屋应酬着，若有人问起，你就说我身体不适，提前回去了。我去找红玉姑娘。"濮华龙点点头，正要走，突然又说道："爹，她说话很冲，怪怪的，像是有心事。""你没说难听的吧？"濮中阳担心地问。濮华龙说："人家一个姑娘家，我一个男孩子，又是大哥哥，怎能跟她一般见识?"濮中阳点点头,说:"不要对任何人说起这件事。"濮华龙疑惑地问:"爹,你是不是有什么事瞒着我们?"濮中阳说:"不要瞎猜,快回屋去吧。"

黄来福端着酒杯走出来,一把拉住正往回走的濮华龙,来到濮中阳的面前:"哎呀,我到处找你们。姐夫,你怎么出来了?"濮中阳从黄来福的神态上看出他已有几分醉意,忙说:"我正要让华龙跟你说,我身体有点不适,想早点回去,明天还要去恭王府演堂会,怕误了事。"黄来福并没有听濮中阳的解释,突然叫道:"玉兰呢,玉兰咋不见了?"濮华龙忙说:"舅舅,玉兰头疼,止不住,刚回去了。"黄来福又叫:"华义呢,咋没见他的影儿?"濮中阳忙解释说:"华义感冒了,正在店里发汗哩。""编,接着编!"黄来福不相信,他对濮中阳说,"姐夫,你来得晚走得早,一看就是对兄弟有意见。"见黄来福不信,濮中阳忙说:"哥是那样的人吗?"黄来福说:"不是!姐夫的心胸比山还高,比海还深,在江湖上,那可是无人不知无人不晓!姐夫,你看今日兄弟这事办得怎么样?"濮中阳说:"办得好,热闹,够份儿!"黄来福问:"良心话?你不会因此以为兄弟我是在抢功吧?"濮中阳说:"哪能呢,宫里奖赏我们是看得起我们这些下九流,这是大功一件,你进得宫去能讨得西太后的御赐圣物,就应该是头一功嘛!"黄来福一听,感动地说:"姐夫,还是您……兄弟我没啥好说的,还是那句老话,我这辈子能摊上你这个姐夫,那是我……我的福分!"濮中阳说:"姐夫小舅子,一家人,谁也别夸谁。哥今日有要事,没帮上你的忙,你多担待。客气话都别说了,你快回楼上招呼客人,天色不早了,也该散席了,大伙儿明儿个还都要撂摊山活儿,别误了生意。"黄来福却像是有很多话要说:"姐夫,你听我把话说完。你想想,兄弟我今天要不这样弄,别人咋会知道咱受了皇恩?咱们可是大清开国以来的头一份儿啊！姐夫，你今天晚来早走的意思，兄弟我明白。哥是故意为我想哩，哥是有意往后缩，把我推到前台张扬哩！还有，啥叫华义发烧出汗不能来哩，那也是你故意不让他来，怕他使性子把实话说出来。他若实话实说了，兄弟我就小了。姐夫，不，哥，兄弟我领情了。"黄来福说着直抹眼泪，要跪下给濮中阳磕头。濮中阳急忙扶起他，为他抹去泪水，说："哎呀，几十岁了，还小孩子一样！我说过多少遍了，咱是一家人，别说有亲戚，就是没亲戚咱也是一家人。都是玩活儿的，和尚不亲帽子亲。快回去吧！华龙，快扶你舅舅回去照顾客人！"濮华龙点点头，拉着醉醺醺的黄来福朝酒楼走去，黄来福边走边嚷："濮中阳是谁？他是我姐夫，河南汉子，忠厚，义气，够哥们儿！"

看着二人走进酒楼，濮中阳正欲挪步去寻乔红玉，不承想乔红玉从暗处走了出来。看到乔红玉，濮中阳十分惊喜："姑娘，我正要去找你。"乔红玉面色愠怒地看着濮中阳问："我爹呢？"濮中阳知道乔红玉这是误解自己了，就说："你放心，你爹不会有事的。我已将他藏在一个秘密的地方疗伤，不过你现在还不能去见他。"乔红玉说："不，我一定要见到我爹！"濮中阳说："姑娘，听口气你是信不过大伯了？"乔红玉说："是！我凭什么相信你？你们和黄家班一起去皇宫演出，不但受到御赏，还被封为御用杂技班，春风得意，你为什么要去救一个萍水相逢的刺客？"濮中阳一听此言，说："问得好！不过，你既然不相信我，为什么当时把你父亲交给我？"乔红玉说："那是因为爷爷有交代，说你是一个可信赖的人，但现在我很后悔，爷爷怕是看错人了！"濮中阳说："你的怀疑很有道理，我与你们无亲无故，你们还曾借我们濮家班之名混进恭王府刺杀恭亲王，差点连累我们，论说应该以仇人相待，救你爹好像没一点道理。"乔红玉说："没有道理还不可怕，怕的是有不可告人的目的。"濮中阳一听乔红玉如此误解他,心里一凉,说:"目的是有的,但并不是不可告人。"乔红玉问:"到底为什么,能自圆其说吗?"濮中阳说:"目的是有两个:一是你爹和你爷爷曾随濮家班进恭王府行刺,未遂之后又二进恭王府行刺,现在事情败露,我怕连累自己就去接应你救下你爹,等恭亲王怪罪下来,好拿你爹邀功行赏;二是皇家待我们不薄,又御赐圣物又封我们为御用杂技班,为报圣恩,就抓两个太平孽党报答皇上与太后。你说对不?""我想知道若不为这些你为什么要救我爹?""看来丫头你并不笨,只是我现在不想回答你。如果非要见到你爹你才放心,那就等见到你爹再说吧。怕是你爹也和你有着同样的想法哩!大伯只让你记住一句话,如若濮某想为一己之利出卖你们,怕是用不着等到现在!"乔红玉顿了片刻,不好意思地说:"大伯,请您原谅小女的鲁莽和不敬,我也是太着急了。"濮中阳蔼地一笑,说:"这才更说明你是个心内无邪的好姑娘,也算是大伯我没看错人。"

就在这时,濮华义来到了悦来客栈飞腿张和乔二双刀的住处。他迟疑了一下,走进店内,却被店主拦住:"你找谁?"濮华义说:"我找红玉姑娘。"店主一听,生气地说:"别说红玉姑娘了,他们一家人都是天擦黑走的,到现在也不回来,若不是等他们,我早就关店门了!"濮华义说:"不对呀,刚才我还见到红玉姑娘了呀!"店主说:"刚才?哪个刚才?我在这儿守了半夜,连个人影儿也没见到!"店主说完,将濮华义推到店外,砰地关了店门。

"你……"濮华义看着紧闭的大门,气得脸色发青,狠狠地踢了一脚店门,扭脸正欲走,不承想,突然从暗处蹿出两条汉子,用麻袋蒙了他的头,濮华义挣扎着被架走了……

第七章

濮中阳带乔红玉来到万人迷的住处，敲门，万人迷在屋里警惕地问了一声："谁？"濮中阳小声说："是我，万兄。"万人迷好像没有听出来，又问了一句："你是谁？""濮中阳。""又来找什么麻烦？""快开门吧！真是老小孩儿，多嘴又多舌！"万人迷开门一看，叫了一声："咦，一下来两个，屋子小，转身都难了。"濮中阳没有接腔，他让乔红玉进屋，自己随后进屋，急忙关上门，对万人迷说："老哥哥，点上灯。"

万人迷点了灯，乔红玉看到父亲，扑上去就叫："爹，爹！"乔二双刀被女儿喊醒，喜出望外："红玉，你没出什么事吧？"乔红玉眼含泪水摇了摇头。乔二双刀抚摸着女儿的头说："是你濮大伯救了我们呀。"乔红玉感激而又内疚地看了一眼濮中阳，问父亲："爹，你的伤不碍事吧？"乔二双刀笑笑："没打到要害，不碍事，你万伯伯已给我上了金创药，明儿个把子弹取出来就好了。只是我们的事情已经败露，你张爷爷已命丧九泉，恭王府的人马肯定要封锁悦来客栈，你千万别回去呀！"乔红玉点点头说："孩儿记下了。"

濮中阳说："乔师傅，你在这儿安心养伤，丫头的事我会安排的。"

乔二问:"濮班主,我至今不明白,你既然对我们早有怀疑,为何还要带我们进恭王府?"

濮中阳说:"也是为了'仗义'二字。一开始,我是为了黄家班,才引火烧身,让你们进了恭王府。后来确定你们是太平军和捻军派来的刺客后,我就知道濮家班惹上了一个大麻烦,进不是,退也不是。为此,我曾劝过张师傅,看他不听,便猜出你们今晚必定要再进恭王府。实话说,那一刻我很矛盾,盼你们成功,从此远走高飞,于我们也脱了干系,又担心你们不成功,你们一旦失手,濮家班就会大难临头!所以,我就悄悄跟了去。我原想你们二人会出不了恭王府,我可以救下红玉姑娘。红玉未去过恭王府,她不会有危险。可不承想事情是现在这个样子。官兵发现有人救了你,事情会更棘手,他们一定会追查到底的。"

"你为什么要救我?"乔红玉问。

濮中阳看了一眼乔红玉,说:"说来怕你不信,自从我从华义和玉兰口中得知你有一身绝活儿之后,就有了收你入濮家班的想法。培养一个好的杂技艺人是很难的,不但需要吃苦,还需要天赋。这些年,我收养了不少孤儿,就是想养几个名角儿,把濮家班发扬光大。"

"这就是你救我们的目的吗?"乔红玉不相信地问。

濮中阳说:"就这么简单!"

站在一旁一直没有吭声的万人迷突然说道:"不,还有他不愿说出口的,让老夫替他说吧!我们艺人虽不想天下大乱,但也不想出卖反对皇帝的人!为啥?皇帝昏庸无能,我们心中也有气呀!再者,现在太平军已败,同情弱者也是咱艺人的秉性。另外,有句话虽不当讲,但还是讲出来让丫头更明白。你濮大伯不敢得罪皇上,也不敢惹你们太平军和捻军呀,说句不好听的,是不敢与你们结下恶缘呀!如果濮老弟今晚不出面,你们恐怕还会怀疑是他告了密呢。"

乔二双刀说:"实不相瞒,当恭王府的窗户里同时出现几个恭亲王的剪影时,我和师父还真怀疑了濮班主。"

万人迷一听,笑着对濮中阳说:"怎么样,我没说错吧?"

四人又说了一会儿话,濮中阳就带乔红玉回了京门大车店。濮华龙一见濮中阳,着急地嚷道:"爹,华义不见了!"濮中阳问:"何时不见的?"濮华龙说:"从我回来就一直未见到他。"濮中阳问:"问过其他人了吗?"濮华龙说:"都问过了。我奶奶说她睡下时还听到华义在拉坠琴,玉兰说她回来时就没见到她二哥。"濮中阳担心地说:"这就怪了,他能去哪儿哩?"

乔红玉突然想起了什么,说:"濮大伯,我去厚德福酒楼之前,曾来这儿找过你,见到过华义,他还和我说了一阵子话,然后我就去厚德福酒楼找你们了。"濮中阳说:"他总不会去厚德福酒楼吧?"濮华龙说:"我一直等到酒宴结束,还帮舅舅送了客,没见到他。"濮中阳想了一会儿突然说:"他会不会去了悦来客栈?"乔红玉一听,焦急地说:"对了,我出门后还听到他喊我……哎呀,如果他去了悦来客栈,那就险了。我也曾回去过,那里危机四伏,我没敢进店。"

就在这时,唐天姣推门进来问:"中阳,华义回来没有?"濮中阳说:"还没有。"唐天姣担心地问:"不会有啥事吧?"濮中阳说:"娘,什么事也没有!天色已晚,你们都去睡吧,可能是华义贪酒,回来得晚一些,我再等等他。华龙呀,扶你奶奶进屋吧,让红玉先和玉兰凑一凑,你们都去睡吧。"濮华龙想说什么,看濮中阳面色沉郁,就没开口,他咽了口唾沫,说:"红玉小姐、奶奶,走吧。"

待唐天姣、乔红玉随濮华龙出门后，濮中阳一屁股坐在床上，叹了一口气，陷入沉思，心想，恭亲王派人监视了悦来客栈，为什么没来濮家班呢？华义若是去了悦来客栈，恭亲王又会如何想？明天，我们还去不去恭王府？若不去，恭亲王如何想；若去，等待濮家班的是祸还是福？如此风平浪静，真让人难以捉摸呀。濮中阳从深思中醒来，走到门外，警惕地四下张望，见没人，便施展轻功，急促地走过小巷……

恭王府多福轩内，恭亲王好像在等待着什么。不知过了多久，管家急匆匆地进了多福轩。

管家对恭亲王说："主子，派去的人在悦来客栈意外抓到了濮华义。"

恭亲王惊讶道："濮华义？"

管家点点头说："就是濮家班濮老板的二儿子。"

"噢，是他！"

"按王爷的吩咐，我们不敢胡乱问。奴才想，他很可能与飞腿张是一伙的。"

"还没查清，不可乱说。"恭亲王站起来。

管家停了一会儿，问："那濮华义怎么办？"

恭亲王走了几步，说："既然抓来了，那就让他住一晚，明日再说。你吩咐下去，不要为难他，暂时也不要跟他说什么。"

说话间，东方已开始发亮，远处传来犬吠声。此时濮中阳正在悦来客栈门前，警惕地四望着……

天亮了，万人迷正在为乔二双刀取了弹。小桌上放有铁盒，里面烧着酒，小刀、镊子什么的都放在火中消毒。万人迷戴上老花镜，取出刀具，对乔二说："兄弟，我狠着，你忍着，咱这就开始取肉里的玩意儿了。"乔二点了点头。

万人迷用刀具拨开伤口，仔细寻找着。乔二痛得头上冒出了豆大的汗珠，时间像被拽住了一般，显得非常漫长。不知过了多久，万人迷才寻到子弹头，他用镊子小心地镊出，放进一个瓷盘里，发出"当"的一声响。然后他又从一个皮包里取出药粉撒在乔二的伤口上，说："这是云南白药，我刚从药铺里买的，治枪伤最好。"

乔二忍着痛说了一声"谢谢万师傅"。

不承想万人迷一副不买账的表情，说："谢个鸟！别拿我不当英雄就是了。昨儿个你女儿问濮中阳为啥救你，却不提我老万为啥救你，瞧不起人哩！"

乔二喘息着说："老哥，小孩子不懂事，别跟她一般见识。说起来，我现在已是朝廷钦犯了，救我可是杀头之罪，你不怕？"

万人迷说："怕，咋会不怕哩！菜市口砍头，身首分家，首级悬挂在城楼上示众半个月，暴尸一个月，臭气熏天还不得入土，谁不怕？"

乔二问："既然害怕，为何还要冒这个险？"

万人迷说："是呀，人这玩意儿就是怪，有些事可为而不为，有些事明知不可为却为了！比如说你，我们救你有什么用呢？除了招祸还有甚呢？换句话说，就算太平天国造反成功了，又能给我们这些艺人什么好处呢？可我们就这样稀里糊涂地将你救了。虽然你是钦犯，但如果出卖了你，我们自己还是会受良心谴责一辈子。没办法，只好如此了。这就是人的命运，摊上了，躲都躲不掉。濮中阳躲不掉，我也躲不掉。你说是不是？"

乔二听后，感叹道："是呀，万师傅的话虽难听，但说的都是实情。"

万人迷说："这种事，也不光是我们遇上了，你们也一样。人家有苦都能受，你为啥不能受？这不，受不了苦，造反了。造反为啥？是为了几亩地，还是为了升官发财？你也糊里糊涂的吧？过去你说是为什么天朝大业，可现在呢，天朝都没了，为啥你们还如此不要命地往皇亲国戚头上动刀呢？怕是你自己都说不清。"

乔二长叹一声，道："是呀，万师傅说得极是。在别人看来，我们的所作所为很傻，拿命开玩笑，可我们自己呢，还认为这样很神圣。"

"这回你说到点子上了。"万人迷边说边收拾东西，"濮中阳这人哪，好像也有一种神圣的信念，是一种关于做人的神圣信念。天桥这地方一年来来往往多少艺人哪，可我就服他。为啥？这人正直，大气又义气，有胆识又有谋略。你看人家带的濮家班，硬是从河南怀庆府一个小小的濮家庄玩到了京城，成了天下名班，不但进了恭王府，还进了皇宫大院。咱是跑江湖，人家可是闯天下。我看得出，他心里装的东西大，眼睛看得远，有雄才大略哩！"

乔二说："跟他第一次见面，我就觉得他身上有种东西很逼人，甚至让人有点发怵。"

万人迷说："我跟你说句实话，碰到他，是你们的福气。"

乔二认同地点了点头，陷入沉思。

万人迷把东西收拾好了，他对乔二说："兄弟，你好生静养，我还要去天桥撂地挣银钿。"

乔二点点头说："好，你去吧。"

万人迷说："中午饭你先忍一忍，到半下午我回来咱一起吃。我都是一天两顿饭，让你也陪着受委屈了。"

乔二说："哪里话，能受到这种待遇，对我来说，已是大福了。"

万人迷说："好，我将门在外边锁上，以防万一。若濮班主来了，你告诉他钥匙在门右边的捶布石下藏着。"

乔二忙说:"好好,我记下了,你放心走吧。"

万人迷锁了房门,又四下望了望,见没什么动静,正要走,突然看到一个姑娘小心翼翼地走了过来,不禁一惊,问道:"姑娘,你找谁?"姑娘一看是万人迷,惊喜地说:"是万伯伯,我正要找您呢。"万人迷问:"你是谁?"姑娘说:"我是红玉,你忘了?昨晚与濮大伯一起来的。"万人迷恍悟道:"噢!怪老夫眼花,昨儿个没看清,只看了个大概。你怎么大白天来这里,这会让人起疑的。"乔红玉说:"濮大伯他们都去了恭王府,就剩我一个人在家,便想着过来侍候我爹。"万人迷又警惕地四下瞅瞅说:"你记着,下次再不能大白天朝这里跑了,若引来官兵岂不坏事。你去吧,钥匙在门右边的捶布石下面藏着,我去天桥撂地挣几个去。"乔红玉点点头。万人迷正欲走,忽然又叫住乔红玉,说:"姑娘,抽屉里有几个铜板,午饭时你去小巷头买几个烧饼和你爹对付对付,等晚上回来咱再做好吃的!""谢谢万伯伯!"乔红玉感动地望着万人迷年迈的背影。

万人迷走远了,乔红玉四下张望一番,才走到小屋前,找出钥匙开门。听见声音,乔二在屋里警惕地问了一句:"谁?"乔红玉说:"爹,是我!"乔二一听是女儿,惊喜地说:"红玉,你可来了,我正担心濮家班,他们没事吧?"乔红玉说:"看起来很正常,濮大伯他们吃过早饭就去恭王府了。"乔二满脸担忧地说:"但愿他们平安无事。"

白洋淀岸边的"香榭丽水"客栈里,濮玉芝醒来,看到一片陌生,再看窗外,天已大亮,正要起身,正好小和尚煎好药端过来了,见玉芝醒了,他高兴地说:"施主,你终于醒了。"

濮玉芝问:"这儿是什么地方?"

小和尚把药放在桌上,说:"这儿是客栈。"

"我们不是撂地挣钱呢吗?"

"那是昨晚上的事情了,当时小僧正在亮功夫化斋,你昏了过去,我背你到这店里,又请了郎中。郎中说你是心火上升,喝了这药就会好的。"

"你哪里来的钱给我抓药?"

小和尚拍拍脑袋说:"小僧用铁头功换来的。"

濮玉芝听了很感动,说:"这几日你帮了我不少忙,真不知道该怎么感谢你。"

小和尚说:"佛家有云,救人一命,胜造七级浮屠,你就不要放在心上了。"

濮玉芝说:"你师父也遭了难,如今普济寺里只剩你一人了,以后你打算怎么办?"

小和尚说:"小僧准备先回普济寺为师父做个道场,之后就四处云游,碰上有缘的佛地,便在那里挂褡修行。不知施主有何打算?"

濮玉芝一脸忧愁地说:"我还要找我弟弟他们。"

小和尚问:"若找不到怎么办?"

濮玉芝说:"那我只有进京,将事情告知我爹爹。"

小和尚双手合十,说了一声"阿弥陀佛",然后让玉芝把药喝了。

喝了药,玉芝执意要继续找弟弟,小和尚劝不住,就陪她出了客栈,他说:"我们这样瞎撞乱碰,是很难找到的。"

正值正午,阳光很烈,濮玉芝远眺白洋淀,一片茫茫,水面上的楼子船成群结队,也感到不是易事,但她不忿地说:"那咱们就挨个船去找。"

小和尚看着水面上一艘艘装饰花哨的楼子船，说："如果坏人是绑他们来为老板卖艺，现在肯定不会让他们露面的。"

"为什么？"

"你想呀，若换成你被别的艺班偷走，你会心甘情愿为他们演出吗？更何况，华中从小就随你爹娘跑江湖，聪明，有心计，人家肯定对他不放心，一定会圈圈他们的性子。"

"我听我妈说，她从小也被别家艺班偷走过，一开始不给她饭吃，等听话了才让她演出，给人家白演了三年才逃出来。如果是这样，我们现在该怎么办？"

"我的意思是，如果华中他们是被别的艺班或船上的老板抢走了，那么现在我们是很难找到他们的。以小僧之见，他们也不会有生命危险，过一阵子肯定会出场演出，到时候他们在明处，一切就都好办了。"

"你是说，要等一等？"

"这是无奈之策，如果你不想等，可以先去京城找你们的班子。小僧住的普济寺离此不远，我这阵子不外出云游，可以不时来这里打探一番，一有消息立刻就与华中他们联系，然后帮他们进京，你意下如何？"

"看来也只能如此了。哎呀，真是太感谢你了。说来惭愧，你这几日帮我这么多忙，我却到现在还未请教你的大名呢。"

"小僧法号慧明。"

"慧明师父，请受小女一拜。小女姓濮名玉芝，河南怀庆府人，小女能遇到慧明师父如此热心肠的好人，真是三生有幸！"

"施主客气了，这全是你的造化。既然如此，小僧暂回普济寺，你就快上路吧。"

"慧明师父，咱们后会有期！如果救出华中他们，你一定要送他们进京城，小女拜托了！"

不承想，濮玉芝和小和尚前脚刚走，华中和虎娃他们后脚就来到了这里。

虎娃茫然地问："华中哥，咱们去哪里？"濮华中说："咱们应该去找我二姐。"虎娃说："玉芝姐姐肯定也在找咱们。"华中说："我二姐一定很着急，咱们一定要找到她。"虎娃说："我们人生地不熟，去哪儿找呀？"华中想了想说："咱们是在那个庙里被独眼龙他们绑走的，他们为不让我二姐和那个小师父知道，还杀了那个老师父对不对？"娃娃们说："对。"华中忧愁地说："若我二姐和那个小师父挖药回来，找不到我们她会怎么办？"虎娃说："那还用说，一定会到处找呗！"华中又问："到处找也找不到怎么办？"娃娃们摇着头说："不知道。"华中说："我想，我二姐到处找我们，那个小师父肯定还在庙里。"虎娃恍然大悟道："你是说，我们去那个小庙里等玉芝姐姐？"华中点点头。虎娃又说："可这儿是什么地方，那个庙又是什么庙，我们都不知道呀！"华中想了想，说："那里离保定府不远，我们先到保定府再说。"

几个娃娃说完，就一路打听着向保定府走去。来到保定府街头，已是饥饿难忍，于是又开始撂摊挣饭钱，吃饱了肚子，又一路打听着朝普济寺赶去。

濮华中和虎娃他们来到普济寺时，慧明正盘坐在大殿前做早课，咏经不绝。华中上前拍了拍慧明的肩，然后比画起来，意思是见到他姐姐没？慧明一看是华中他们，惊喜地瞪大眼睛，一个旋身站起来说："你们可回来了！"华中他们一听，吓了一跳，都用疑惑的目光望着慧明："你不是哑巴呀？"慧明一听笑了："我呀，见到坏人是哑巴，见了好人就不哑了。""噢，原来你是装的呀！"华中高兴地叫道,"师父,你见到我姐姐没有?"慧明点点头说:"你们丢失的第二天,我曾和你姐姐去白洋淀找过你们,可找了一天,也没找到。后来,你姐姐就去了京城,我也回到了这里。"华中问:"什么?我二姐她去京城了?"慧明说:"是呀,一直找不到你们,她只好先回京城将消息告知你爹。不过,临走时她让我在此等候你们,若万一你们回来找她,就让我带你们去京城寻找濮家班。"慧明说完,又突然想起了什么,问道:"是何人绑走了你们?"虎娃说:"有一个叫独眼龙的家伙,带一帮人把我们绑到白洋淀,说是让我们在船上演出。后来,华中哥带我们逃了出来。"慧明一听,若有所思地说:"果然不出所料,果真是那帮人劫了你们。我本来还准备过几天去白洋淀找你们呢,不承想你们却自己逃了出来,真是佛祖保佑!华中,你真是不简单,小小年纪就有勇有谋,将来肯定能干大事!"华中嘿嘿一笑,说:"我在娘肚子里就到处跑江湖,见的事多了,就不怕了。"慧明说:"这叫有胆有识。这样吧,你们先稍事休息,我准备准备,明天咱们就去京城。"虎娃一听明天才起程,惊慌地说:"大哥哥,咱还是快走吧,若是那帮坏人再来了怎么办?"慧明说:"小施主你放心,若他们再来,咱们就跟他们拼个你死我活。真是奇怪,听你姐姐说,你们六个在路上遇到歹人都不怕,为什么这次落到了那独眼龙手中?"华中叹了一声说:"当时虎娃昏迷不醒,我只顾照顾虎娃,他们一进来先抓了我,又抓了他们几个小的。你师父为救我们,挣扎着用铁头功去顶独眼龙,可惜没顶着,顶到了墙上,独眼龙就一刀杀死了他。"一听华中说起师父的惨死,慧明的泪水盈满了双目,停了好一会儿,他才从悲痛中走出来:"如果我师父不是重病缠身,他们是抓不走你们的。我师父在少林寺出家,就是你们河南的少林寺,从小练的是铁头功,厉害得很!不信你们去看看,师父头顶过的墙肯定裂了。"华中他们走近一看，果真是砖碎墙裂，都禁不住叫了一声："好厉害的功夫！"

此时，濮家班已进入了恭王府的萃锦园大戏楼，只是今天的搜身比往常要仔细很多。濮中阳面色凝重地带人走进戏楼后台，立即召开小会，宣布上演节目："今日第一个节目是《晃梯》，华义不在，由大毛顶上。第二个节目是《双人顶碗》，第三个节目是《顶缸舞》……念过的人快化装，别误了点。"被念到的演员开始整理自己的服装、化装。

王府管家走进后台，对濮中阳说："濮班主，我家王爷有请。"

濮中阳脸上掠过一丝不易察觉的警惕，不过他很快便用笑容掩饰了过去："哎呀，管家大人，你高抬草民了，我岂能配得上王爷的'请'字？"

管家寒暄道："濮班主已是艺界名人，竟还如此谦虚，在下佩服！"

濮中阳问："不知今日恭王爷请的是哪国使节？"

"听说是荷兰国。"管家说，"不过具体是不是在下也说不清，还请濮班主亲自问王爷吧。"

濮中阳说了一声"好"，便跟着管家去了恭王府的多福轩。

恭亲王正在看卷宗，管家走近小声说："主子，濮班主来了。"

"草民叩见恭亲王。"濮中阳行礼叩拜。

"免礼，免礼！坐！"待濮中阳坐定之后，恭亲王又说，"濮班主，昨儿个晚上，有人来刺杀本王，差点要了本王的命。"

濮中阳故作惊讶地问："谁这么胆大？"

恭亲王看着濮中阳，笑了笑，对外面喊道："抬上来！"话音刚落，两个太监便抬着飞腿张的尸首进来了。恭亲王看了濮中阳一眼，说："看看吧，怕是这凶手你也认得。"

濮中阳走过去，掀开飞腿张身上的布，再次故作惊讶地道："啊，原来是他？"

恭亲王朝太监们挥了挥手，让他们抬走了飞腿张，然后他问濮中阳："濮班主，这你怎么解释？"

濮中阳扑通跪地："草民濮中阳感激王爷昨儿晚上没去濮家班抓人，濮某感激王爷的不抓之恩！"

"起来，起来，说说，这个人是怎么回事？"

"回王爷的话，此人艺名叫飞腿张，活儿很绝。他原在天桥撂地卖艺，我看他和他的徒弟乔二双刀功夫极好，就让他搭班来了王府。草民并没有别的想法，只想让王爷看个稀罕，不承想他心怀不轨，竟干下这种事情。草民对不起王爷，请王爷降罪！"

"看来，你事先并不知道他们的底细？"

"是的，王爷。"

恭亲王笑了笑，朝一太监摆了摆手。太监掂出了飞腿张的假肢，上面还沾有血迹。那太监将假肢打开，从中取出手枪，拉出了用五个脚趾改装的暗器。濮中阳见状，禁不住暗吃一惊。

恭亲王说："本王记得，昨日飞腿张和乔二双刀玩那个倒骑驴时，突然一个跟头翻到台下，在距我很近的地方卸下了这个假肢，而你飞身出现，抢过这假肢顶在了头上——如果本王没猜错的话，你当时是为了救我才出的那个奇招——不知我猜得对不对？"

濮中阳如实说道："王爷猜的极是。只是草民当时并不知他是行刺，他们二人突然翻到了台下，我担心他们发生意外表演失误，所以才上前去帮忙。到了前面，我发现他们其实没有出差错，又不好再退回来，就夺过那个假肢顶在了头上，权当是表演了。"

恭亲王点点头说："噢，原来如此。"

濮中阳突然跪下道:"王爷,草民为抬高自家声誉,胡乱拉人进恭王府,让王爷受惊,请王爷降罪!"

恭亲王平静地说:"你别慌着领罪,我问你,你可知这飞腿张徒弟的下落?"

濮中阳说:"草民不知。"

恭亲王又问:"他徒弟还有个女儿呢?"

濮中阳说:"草民也不知。"

恭亲王见濮中阳有意隐瞒,又一摆手,一侍卫押来了濮华义。

濮华义看到濮中阳,惊讶地喊道:"爹,你也被他们抓来了?"

濮中阳瞪了儿子一眼,说:"恭王爷找我来问话,你不得胡说!"

恭亲王看了看濮中阳,问濮华义:"濮华义,跟你爹说说,你昨晚上去悦来客栈干什么去了?"

濮华义说:"我找红玉去了。"

恭亲王又问:"红玉是谁?"

濮华义说:"乔二双刀的女儿。"

恭亲王再问:"这么说,她之前去过你们濮家班?"

濮华义说:"是的,她去找我爹。"

听到这里,恭亲王有意看了看濮中阳,说:"找到你爹了吗?"

濮华义说:"没有,当时我爹、我哥、我妹妹都去了厚德福酒楼。"

恭亲王问:"他们去厚德福酒楼干什么?"

濮华义说:"王爷若问这事,我还有一肚子气呢。西太后点名让我们濮家班进宫演出,可我们在这里演堂会,分身乏术。那安德海为巴结太后,就让黄家班冒我们之名进了皇宫。黄家班是我舅舅家的班子,他们的活儿多是大活儿,跑马上刀山什么的,不适合在宫中演出，就让我们也出了几个节目。西太后最喜欢的就是我们濮家班的节目，不但赐了御品，还封我们濮家班为御用杂技班。"

恭亲王一听，吃惊地问道："还有这种事？濮中阳，你刚才为什么不说？"

濮中阳叹了一口气说："这种事虽是好事，但有损他人，草民不愿说。再者，王爷也没问及，草民不敢乱语。"

恭亲王愤怒地说："这个安德海，竟敢哄骗皇上和太后，真是胆大包天！"说完，又突然想起了什么，问濮华义："你刚才说什么，西太后封你们什么？"

濮华义说："封我们濮家班为御用杂技班，不得远离京城，随时奉诏参加大清国与外国交往时的招待演出。"

恭亲王一听，顿时转怒为喜："要这么说，这个奴才也算是提前将本王想办的事情办成了，太好了！本王想让你们去皇宫演出，也是这么个意思，这倒省得本王再去与那西太后费口舌了。接着说，这与你去悦来客栈又有什么关系？"

濮华义如实说："舅舅得到御赏之后，就在厚德福酒楼庆贺，我看舅舅有抢功之意，很生气，就装病在家没有去。心里烦，便拉坠琴寻乐。大概就在这时候，乔红玉来了。不瞒王爷，我喜欢这姑娘，就给她炫耀我们在皇宫里演出的情况。不承想说了没几句，她就不见了。我一路追到悦来客栈，店家正欲关门，我要闯店进去，不料就被你们埋伏的人给抓来了。"

恭亲王问："你是说，你爹昨晚一直未见到乔红玉？"

濮华义说："是的。"

听到这里，恭亲王朝濮华义挥了挥手说："濮华义，这里没你的事了，快回戏楼去准备演出吧！"

濮华义闻听此言，急忙起身，望了望父亲，走出了多福轩。

恭亲王看着濮华义走出门后，对濮中阳说："濮班主，我暂且信你所言。你知道昨晚本王为什么没派人去濮家班吗？"

濮中阳老实地说："草民不知道，草民只知道感谢王爷的不抓之恩。"

恭亲王说："我看得出，你什么都明白，只是不愿讲而已。恕你无罪，说一说，也好让本王掂量一下。"

濮中阳说："王爷一切按而不宣，全是为大清着想。去年传言太平军余孽要攻打北京，闹得人心惶惶，万巷皆空。现在人心刚定，如果将有人刺杀王爷的消息传出，很有可能再引慌乱，给夷人可乘之机。王爷能饮下一己之辱，为天下苍生和大清江山着想，真让草民敬佩之至！"

恭亲王一听，佩服地说："濮班主果然了得，猜得不错。濮家班一如既往，还继续来恭王府演堂会。据部下所报，那乔二中了枪伤，被一个女孩子救走了。现在可以断定，救他的定是那个乔红玉无疑了。濮班主，如果你们发现乔二父女的踪迹，要马上秘密告知本王，本王好派人捉拿他们。"

"王爷，草民有一事相求。"濮中阳再次跪地道。

恭亲王示意他站起来，说："讲！"

濮中阳起身说："草民想借贵府的马棚，让濮家班的人马全都住进来，一直到演完堂会再走，不知王爷能否答应？"

"为什么？"恭亲王不解地问。

濮中阳说："此举有三：一是避嫌；二是便于演出，省得出出进进给门官添麻烦；三是草民常年行走江湖，任何人都得罪不得，是谓明哲保身，望王爷见谅。"

恭亲王一听，目光复杂地看了看濮中阳，说："没想到濮班主如此滑头！你猜出我要扣押濮家班，所以就提前自罚了。好吧，你们已是御封的皇家专用杂技班了,你又如此要求,本王也就给你这个面子。让你们的人马住进这里,是对你们好,等抓住那乔二父女,此事也就了断了。"

濮中阳听完,面上掠过一丝惊愕。

濮华义一回到后台,众人都围了上去。濮玉兰焦急地问:"二哥,你这一夜去哪儿了,到这会儿才回来,家里人都急死了!"濮华义说:"我昨晚去悦来客栈找红玉,不承想被人绑了,刚才我才知道是在这恭王府里睡了一夜。"濮华龙不解地问:"你去找红玉,怎么被恭王府的人给绑了?"濮华义一头雾水地说:"我也不知道!"濮华龙又问:"他们没说为啥?"濮华义说:"没说,也不打也不骂,吃得好睡得好,刚才恭亲王让我见了咱爹,也没问啥,就问了问昨晚我为什么去悦来客栈。"濮华龙沉思片刻,又问道:"是不是红玉他们发生了什么事?"濮华义还是一头雾水,说:"我也不清楚。"

第八章

　　天桥黄家班演出的大棚外，进口处挂了两盏龙灯，用红绫系着，上写"万寿龙灯"四个大字。黄学禄带着一帮人在门外敲锣打鼓吹唢呐，大造声势："过来看哪，太后娘娘褒奖'天下第一棚'，御赐黄家班龙灯一对！"

　　黄秋菊、黄牡丹、黄海棠、黄月季姐妹四人，身着红装，骑马在大棚前来回走动。几匹马全系红彩，随着锣鼓点进退。黄来福穿着一新，在门口验票。御赐龙灯挂在门口，进门的观众都要叩头行礼。周围有不少看热闹的人，见看演出还要磕头，大多都拂袖而去。有人说："看个鸟玩意儿还要三叩六拜，没见过。"有人说："咱不看就是了，省得麻烦，走，看广东马戏去。"还有人问："慈禧太后不是爱听戏吗，啥时候又爱上杂技了？"被问的人说："不知道。不过，这家杂技班要将此灯挂下去，怕是没人敢进棚看他们了！"

　　果不其然，今天黄家班的上座率还不及往日的一半。黄来福满面忧愁，黄学禄看着台下寥若晨星的观众，问："爹，咋回事，挂了御赐龙灯，来看的人倒少了大半还多！"黄秋菊正在化妆，扭头说道:"来看个玩意儿,还得叩头,要是我我也不看!"黄海棠也说:"我看那龙灯还不如不挂,赶快还给我姑父家吧!"黄来福瞪了女儿一眼,说:"你们懂什么!这叫招牌,天底下再没有比这还大的招牌了!再说,这里是京城,皇家赏赐不稀罕,若到了外地,肯定天天爆满!"黄学禄想了一下说:"那咱就出京呗,这天桥的班子多,还不如去天津卫哩!""再看一天,如果还不行,咱就拔棚下天津卫!"黄来福说着站起来,"不说了,我去外面溜溜。"

黄来福走出黄家班的棚地,四处溜达,路过万人迷处,只见观众都在哈哈大笑。万人迷取俳优剧之长,纳入杂技之中,在绝妙的表演中,穿插各种滑稽的动作,常常让观众笑得前仰后合。万人迷先把一个泥弹抛向天空,再用手中的泥弹去打天上的那个泥弹,两个泥弹碰在一起,后者把前者打个粉碎,后者还没落下来,又一个泥弹打上去,又将其打得粉碎……围观者掌声如雷。接着万人迷又学妇人样,掩面羞涩而笑,然后扭怩着扔出一个泥弹,突然又忽地站起,将手中的泥弹击出,击碎空中的泥弹。接着,又如泼妇骂街般,一会儿指天一会儿指地,像是在演哑剧。围观者又是笑又是鼓掌,闹响了半条街,将围在"天下第一棚"门口的观者又引来了许多……

看到此景,黄来福双目直冒妒火,思忖了半天,决定要拜访一下万人迷。

恭王府大戏楼后台,濮中阳坐在魔术箱上抽烟,面色凝重。他叫来一个男演员,安排他回京门大车店把所有的房门都锁好,然后把马棚里的马都牵到恭王府。那男演员刚走,濮华龙就问:"爹,不回大车店真是你自己要求的?"濮中阳叹了一声说:"是呀,每天来来回回,还要搜身检查,不如干脆住在这里。"濮华龙担心地问:

"要是小妹和华中他们来了找不到我们咋办?"濮中阳说:"他们不会去找你舅舅?""中阳,按说玉芝他们也该到了。"唐天姣走过来说。濮中阳说:"我估摸着,也就这一两天的光景。"唐天姣说:"昨儿个夜里我还梦见小华中了,他长高了,嘴巴更甜了。"小狗子在一旁问:"大妈,啥是嘴巴甜?"濮玉兰笑着说:"嘴巴甜就是嘴上抹蜜了。"小狗子问:"那嘴巴上抹药是不是就是嘴巴苦了?"濮玉兰说:"你是嘴巴上抹屎,嘴巴臭。"小狗子噘着小嘴,不满地说:"你这闺女,一点也不尊重老叔叔。"濮华龙说:"好了好了,马上要开演了,都快换服装准备去吧。"众人一听,急忙各自忙去了。

看没人了,濮华龙才压低声音问:"爹,是不是发生了什么事,恭王爷为何将咱全部扣押了?"濮中阳严厉地看了儿子一眼,说:"胡乱猜啥!恭王爷这是看得起咱哩。"濮华龙望了父亲一眼,摇了摇头,说:"我不太信。爹,你好像有什么事瞒着我们。""就你能!快准备去吧,我去看看王爷和荷兰使节来了没有。"濮中阳瞪了儿子一会儿,借故去了前面,濮华龙用不相信的眼光望着他的背影……

演出已经开始了,台上正在演《走绳索》。女演员手擎一把玲珑艳丽的小花伞,在绳索上进退扭摆,翩翩起舞,驰骋跳跃,一会儿如惊鸿乍起,一会似醉猿突坠,险象环生,却又稳操胜券。突然,她以一个倾体大晃摇,倏然腾空,来了个"白鹤亮翅",落下时,双脚仍踩在绳索上……台下掌声四起。荷兰大使不停地鼓掌喝彩,恭亲王也频频颔首,站在幕后观察的濮中阳长出了一口气。

傍晚时分,乔红玉来到京门大车店濮家班的住处。她警惕地先在暗处观望,见濮家班住处冷冷清清,顿起疑色。突然,暗处亮起一点火光,原来是有人在打火抽烟,乔红玉看了看,发现是一个官兵,赶忙机警地退了回去。

此时,黄来福来到了万人迷的房前。敲门声惊动了正在为乔二双刀上药的万人迷,他禁不住一惊,问道:"谁?"黄来福说:"是我,万大哥,黄来福。"万人迷一听是黄来福,稍微放松了一些,悄声对乔二双刀说:"是黄家班黄老板,你先委屈一会儿。"说着,用床单蒙住了乔二双刀的脸,然后开了门。但他并不让黄来福进屋,把着门问道:"兄弟,有事?"黄来福说:"有点小事,进屋说,进屋说。"万人迷隔着门对黄来福说:"黄老弟,今日哥有点不方便,屋里来了个相好的,不好意思。"黄来福向来迷信,一听此话,大觉晦气:"哎呀,呸呸!晦气,咋正好让我撞上!撞上就撞上了,有点小事,进屋说了就走,不耽误你们的好事。"

见黄来福执意要进屋,万人迷思忖了一会儿,就放他进来了。万人迷指了指床上的乔二双刀,说:"长相有点对不住人,不让你看了。"黄来福看到了乔二双刀的一双大脚:"哟,样子丑,脚可不小,这可是一尺半的小金莲。"说着,就要用手去拃乔二双刀的大脚,被万人迷拦了:"哎,老弟,有事快说,别误了俺的好事!"黄来福这才住了手,从怀中掏出一串铜钱,放在桌上:"哥,给兄弟点脸面,抬抬贵手,明儿个别在我棚前撂地了!"万人迷看到钱,一乐,说:"我可没踢你场子的意思,今儿个哥是想到贵棚看看西太后御赏的龙灯,为感皇恩,就在你棚前玩了一小会儿。"黄来福不满地说:"你一玩不当紧,引得人都去看你了,这样下去,我们黄家班喝西北风都找不到地方买!"万人迷学女子状:"好,咱一言为定,从此奴家再不进恁黄家的门。"黄来福在万人迷后脑勺上捋了一把,说:"那咱就从此离婚!"二人大笑。

黄来福抱拳离开,不承想走到小庙门口,碰上了乔红玉。黄来福颇感意外:"咦,红玉姑娘,你怎么来这里了?身子好了吗?"乔红玉点点头说:"好了。"黄来福惋惜地说:"哎呀,多好的一次进宫机会,你却没能去。那皇宫,那两宫太后,那小皇上,乖乖,真不是凡人呀!"乔红玉说:"黄大叔,这不怪你,全怪红玉没福气。万大伯在家吗?"黄来福说:"在家,你找他干啥?"乔红玉说:"我……我想跟他老人家学点本事。"黄来福噢了一声,说:"你现在去有点不合适。"乔红玉忙问:"为啥?"黄来福说:"你万伯伯……他屋里有个……有个大脚女人。你个女孩儿家不要过去。"乔红玉怔怔地说:"大脚女人?"黄来福说:"对,那脚足有一尺二寸长,也不知你那万伯伯咋看中她了,真是老不正经、老不要脸!"乔红玉突然悟出了什么,笑了笑,说:"黄大叔,万伯伯可不是那样的人。""哟,你还不信?不信你就去看看,小心点,见到那个老女人可别把牙笑掉了!"黄来福说完就急急地走了。

望着黄来福远去的背影,乔红玉沉思了一会儿,进了小庙。万人迷一开门就问:"你去过濮家班了?"乔红玉说:"我没敢进去,情况非常可疑。"乔二双刀一听,内疚万分地说:"哎呀,果真连累了濮家班,这可如何是好?"万人迷说:"看来,恭亲王是想诱你们父女上钩呀。"乔红玉说:"大伯,我不明白,如果恭亲王想诱我们上钩,不扣押濮家班不是更易迷惑我们吗?"万人迷说:"这就是恭亲王的过人之处,他将被刺杀一事严格保密,让濮家班住在王府内,也是为了封锁消息,当然,他也是为了保护濮家班。你想想,如果在濮家班里将你们抓走,濮家班就沾上了窝藏刺客的罪名。现在濮家班的大车店不退,如果有不明身份的人出现,肯定会被抓个正着。你刚才好在没过去,若过去,定会中埋伏。"乔红玉担心地问:"是不是他们已经知道是我救了我爹?"万人迷说:"这还用说!那么多人追你,还能认不出你是个女的!好在他们看到的是背影，都不知道你长啥样，你只要不乱跑，就不会有危险。"

乔二双刀在床上挣扎了一下，说："可濮家班怎么办？看这阵式，不抓住我们，那恭亲王是不会善罢甘休的！"万人迷说："老弟少安毋躁，再等一等，濮班主会想办法透出消息的。我上街买几个小菜，今天咱们吃顿好的。"乔二双刀说："老哥，我住在这里已添了麻烦，还让你破费。"万人迷说："这可不是请你哩，我这是请闺女哩，闺女还没在我这儿吃过饭哩！"乔红玉说："万伯伯，你太客气了。"万人迷说："不客气，实话说，要不是这事，你说啥也不会来我这小屋里，又小又脏又乱，我自己都嫌寒碜。"乔二双刀说："你们艺人真苦哩！论老哥的本事，应该住上四合院才对。"万人迷长叹一声说："自古以来，谁把我们当人看呢！我这还是好的，我的师兄大金牙有个徒弟，在天桥挣不到钱，每天下午去妓院串场。所以啊，别人对西太后说三道四，俺们艺人还感谢她哩！咋说？这女人爱听戏，让角儿进宫里唱，这不，连黄家班都进了宫，这多多少少能帮我们艺人抬高点名声。人生在世，不就是想争一口气吗？你说是不是？"乔二双刀说："是呀。话说到这儿，小弟也不瞒老哥你了，当初我和师父是准备搭班黄家班进宫刺杀小皇上和西太后的，后来是濮班主突然邀我们去恭王府，我们这才临时改了主意。""噢，还有这事？"万人迷惊讶地说，"这濮中阳要你们去恭王府，是为了救黄家班啊。你想想，你们若在皇宫里刺杀太后，那黄家班能不被杀头吗？"乔二双刀说："是啊，濮班主是有意把危险留给了他自己，濮班主真是让人敬佩！"万人迷说："可不是吗，我万人迷没服过谁，我就服他！"乔二感动地说："如此好人，我们不该愧对人家。"说着流出了泪水。"好了好了，事情出来了，就别后悔。"万人迷说着就朝外走，边走边对乔红玉说："闺女，照看你爹，我去去就回。"说完便出了门。

万人迷刚来到街上，就听见一阵唢呐声从远处传来，远远地只看到一队人马，不知道发生了什么事。走近了，才看到是黄学禄和几个男演员抬着御赐龙灯和御瓷朝这方走来。龙灯和御瓷放在一张方桌上，上面垫了红绸，系了红绫，由四人抬着，前边有吹唢呐的，敲锣打鼓的。万人迷迟疑半刻，与看热闹的人群背道而驰，孤独地向菜市场走去。

看热闹的人越来越多，送龙灯的队伍也随之壮大。一行人马一路喧嚣着来到了京门大车店。到了大车店，黄学禄急忙跑在前面高声喊："姑父，表弟们，快出来迎接御赐龙灯——"店家听到喊声，忙跑出来说："哎呀，原来是黄公子，濮家班的人昨儿个都去了恭王府，至今未回。""晚上也不回来吗？"黄学禄满脸惊诧。店家指着马棚让黄学禄看："没回来，你看，连马都牵走了。"黄学禄愣了一会儿，对抬御赐龙灯的伙计打了一个手势，没精打采地打道回府了。

回到住处，黄来福问："欸，咋回事？你姑父家咋没收，是不是生气了？"黄学禄沮丧地说："连人都找不到，生的哪门子气？"黄来福一听，生气地说："不吭声就拔棚了，这不告而别，不是办咱难看吗？"黄学禄一听父亲误会了，忙解释："爹，你没听我把话说完，就胡猜啥！店家说，我姑父家的人全去恭王府了，连马也牵去了，晚上就住在王府。"黄来福听后一惊："有这等事？前些天不都是白天演堂会晚上回大车店吗？"黄学禄说："是呀，突然就不让回了。"黄来福越听越担心："是不是出了什么事？"黄学禄说："说不清楚，太蹊跷了，蹊跷得令人生疑。"黄来福说："确实有点怪。这样吧，你去找安德海，向他打听打听，看到底咋回事。"黄学禄说："宫门可不好进，我去哪儿找他？"黄来福说："你傻呀，拿锭银子给守宫门的，让他传个信儿不就得了。那安德海可是太监总管,谁不巴结?""好,那我去试试。"黄学禄说。

黄秋菊从另一个房间出来,看到黄来福面色不好,走过来问:"爹,你不舒服?"黄来福说:"没有不舒服,只是有点担心你姑父他们。"黄秋菊问:"我姑父怎么了?"黄来福说:"好像是被扣押在恭王府了。""什么?我去看看!"黄秋菊说着就要走。黄来福急忙拦住她:"你慌啥?我已派你哥去宫里找人打听了,等打听清楚了再说。"黄秋菊说:"我担心姑父和华龙他们……"黄来福说:"是福不是祸,是祸躲不过,你一个女孩子家能做什么?快回屋去。"说着硬推着黄秋菊进了屋。

黄学禄骑马直奔皇宫。

此时,慈禧正在储秀宫梳头。一个小太监捧着镜子,李莲英持梳子屏声静气,一梳一梳极其小心。安德海走了进来,跪拜道:"奴才安德海叩见主子吉祥!主子,唤奴才有何旨意?"慈禧说:"小安子,前天濮家班那个用坠琴学唱戏的好逗,他叫什么来着?"安德海说:"回主子的话,叫濮华义。"慈禧说:"濮华义,那小子的坠琴拉得有点意思!小安子,今儿宣他一人进宫为哀家再拉上几段,挑那吉祥的段子拉。哎哟,比名角儿唱的都好听。"说完,又突然想起了什么,"给他配弦的那个丫头就不必来了,让你们西宛剧社的操琴手来一个。"安德海"嗻"了一声,匆匆走出储秀宫,迎面碰到来传信的小太监。小太监说:"安总管,刚才有一个叫黄学禄的人,说是你的亲戚。"安德海忙问:"他人呢?"小太监说:"走了,说是晚上在厚德福等你。"安德海朝小太监摆了摆手,示意他离开。

恭王府的演出已经结束了,大伙正在卸妆。

濮华龙悄悄走近濮中阳,小声问:"爹,我总觉得发生了什么事,是不是飞腿张他们……"

"哎呀，你这孩子，咋没完没了的呢？"濮中阳懊恼地说，"我说过了，恭王爷让咱住在王府，是看得起咱们。平民老百姓，谁能住在这么豪华的地方，怕是进都进不来呢！知足吧！但也别忘乎所以，在王爷眼里，咱还是下九流！"濮华龙说："爹，我想起来了，我舅舅今儿让我去取龙灯什么的，你看，只顾忙，忘了这茬儿了。这样吧，我现在就去取回来，好让恭王爷也看一看！"濮中阳不耐烦地说："不就是龙灯和御瓷吗，先放你舅舅家，过几天再去取也不迟。让恭王爷看？恭王爷是先帝的兄弟，是道光帝的六子，现在是议政王，他会稀罕这个！别胡思乱想了，既来之则安之，好好和华义排排明儿个的节目单，咱要一场比一场演得好！"看父亲起了火，濮华龙忙说："爹，我知道了，肯定是出了什么事，您老不说可能有不说的道理，孩儿不问了。"濮中阳望着儿子，老半天没说话。

傍晚时分，安德海来到储秀宫，说："太后吉祥！小安子给皇太后请安！"慈禧看安德海一个人进来，就问："小安子，那濮华义怎么没来？"安德海说："回主子的话，那濮华义已被恭亲王扣押两天了！"慈禧惊讶地问："怎么回事？"安德海说："听内线说，恭王府前天发现了刺客，而这两个刺客搭过濮家班，到王府演过堂会，恭亲王便以此将濮家班扣押在了府内。"慈禧一听，甚感纳闷儿："这老六遭人刺杀，怎么没听到一点消息？"安德海说："主子，你想想，无论被何人刺杀，都不是一件光鲜的事。恭亲王又是极爱面子的人，他能不封锁消息吗？听说连抓凶手都是秘密地进行。"慈禧说："原来如此！这鬼子六，真是心细如发呀！"安德海一听，忙说："主子，恭亲王的心计，非常人能及呀！"慈禧看了一眼安德海，没有接腔，停了一会儿，问："凶手抓到了吗？"安德海说:"那内线说,一个凶手当场被毙,另一个凶手负伤逃走。恭亲王扣押濮家班就是想悄无声息地抓住凶手。"慈禧听后,沉默了一会儿,说:"不声张也好,省得又闹得满城风雨,让洋人笑话。如此说,那濮华义也在恭王府了?"安德海又说:"奴才已问过内线,濮华义现在正在恭王府演节目呢。"慈禧一听,惊讶地问:"什么?恭王府的堂会还在演?"安德海说:"不但堂会未停,连外国使节也照请不误。"慈禧皱着眉头想了片刻,说:"这奕䜣,什么事都做得滴水不漏啊。这样吧,他既然如此看重面子,那咱就借机破破他的面子。今天就算了,明儿个一早你就去恭王府,点名要那个濮华义进宫,看他鬼子六如何应付。"安德海一听,得意地"嚯"了一声就退下了。

　　安德海来到厚德福酒楼时黄学禄已经恭候多时了,桌上的酒菜也已齐备。坐定之后,安德海突兀地说:"表侄,你说咱家是贪你这杯酒吗?我告诉你,在宫中我并不比太后吃得差,顿顿山珍海味,御厨们那手艺,尤其是来自河南长垣的厨子,那菜做得可真叫绝!这算什么?这也叫菜?"黄学禄怔了一下,忙说:"是呀,表叔,要不你怎能进宫去侍候太后呢!"安德海长叹一声,说:"要说进宫,都是因为家里太穷呀。"黄学禄说:"表叔现在成了大福大贵之人,还不忘家乡人,实在令人敬佩。"安德海一听,感叹说:"我成为大福大贵之人容易吗?受了多少委屈,喝了多少苦水才熬到这一步。所以我就特别恨像恭亲王这样的人,他们凭啥?不就是生在了帝王家,投了个好胎吗?若把他跟我拉平,都从乡下一步一步来,他能混得过我?"一听这话,黄学禄忙奉承道:"那是那是,他肯定混不过,说不定现在正在家中种地哩。"安德海好像还不解恨,又说道:"怕是连地他都种不好!"黄学禄说:"就是就是,要是让他演杂技,怕是连表侄我也演不过哩!"安德海夹了一筷子菜,边吃边说:"这话不假。不过,这家伙看杂技可知谁高谁低。你看,天桥这么多班子他不挑,专挑了濮家班。表侄呀,那天真让我高兴,你爹不知怎么让濮家班也去了几个高手,尤其是那个濮华义,那坠琴学唱,真是绝!这不,太后让我去恭王府唤他再进宫哩!"黄学禄忙问:"表叔,那恭王爷为啥不让濮家班回大车店了?"安德海一听,诧异地问:"怎么,你还不知道?"黄学禄一脸茫然地问:"发生什么事了?"安德海四下望望,压低了声音说:"这事万不可泄密,泄了密可是杀头之罪!"说着,安德海招呼黄学禄坐近一些,与其耳语。黄学禄听着,面色开始急促地变化,越来越惊恐……最后连饭也无心再吃,单等着安德海赶快吃了走人,他好回大车店给父亲报信。可安德海吃得很慢,不知道过了多久,他终于吃饱喝足,一抹嘴起身回宫了。黄学禄一看安德海要走,急忙起身送客。安德海也无心逗留,就告辞离去了。

黄学禄将安德海送走之后,一刻不停,急忙朝富祥大车店跑去。黄来福正在算账,黄学禄一进门就喊:"爹,爹,出大事了!"黄来福一惊,手中的铜板散落在桌子上:"出了什么大事?"黄学禄气喘吁吁地说:"飞腿张和乔二双刀进恭王府刺杀恭亲王未遂,飞腿张命丧恭王府,乔二双刀负伤外逃,恭亲王为抓乔二双刀父女才扣押的濮家班。"黄来福瞪大眼睛问:"那飞腿张和乔二双刀刺杀恭亲王干啥?"黄学禄说:"听安公公说,那飞腿张和乔二双刀是太平军派来的刺客。""什么?"黄来福惊叫了一声,"他们是太平军?"黄学禄说:"是呀,连乔红玉都是。"黄来福一下子瘫坐在椅子上:"怪不得他们想方设法要搭我们的班,天哪,那一天若不是他们有病,随我们一同进了皇宫,岂不是……"黄学禄说:"安公公说,亏得那一天飞腿张去了恭王府,要不,非惹出大祸不可!安公公还特意安排,这事一定要保密!"黄来福担心地说:"可是,若恭王府一路查下来,咱怎么能脱掉干系?"黄学禄一听这话,也满脸忧愁地说:"是呀,恭亲王肯定不会善罢甘休!"黄来福担心得不知所措:"这可怎么办?"黄学禄说:"没办法。"

黄来福定了一会儿神,说:"咱是不是先离开京城,到外边躲一躲?"黄学禄问:"那我姑父他们怎么办?"黄来福无奈地说:"咱无权无势,也救不得他们呀。噢,对了,刚才我去万人迷的住处,在那里意外碰到了乔红玉。"黄学禄惊讶地问:"啥?你见到乔红玉了?"黄来福说:"还有,万人迷屋里藏着一个人,他说是他的老相好,可那人的脚足有一尺二寸长……噢,我明白了,那人是乔二双刀!"黄学禄一听,急忙关上房门:"爹,怎么办?是不是告诉官府,救出我姑父他们?""告官府?"黄来福说,"你可别忘了,乔二双刀他们可是太平军,你别看太平天国完了,可捻军现在还闹得欢呢,捻军、太平军,那可是穿一条裤子的好兄弟!再说,咱们闯江湖,最忌讳的就是惹是生非,无论是谁的密,咱都不能告!"黄学禄无措地搓着手说:"那怎么办?咱总不能在这里坐以待毙吧?"黄来福坚定地说:"现在唯有一条路,三十六计,走为上!"黄学禄想了想,仿佛也只有这一条路了,于是问:"啥时候动身?"黄来福说:"越快越好。"黄学禄说:"现在城门已关,怕是难以出城了。"黄来福想了一下说:"那就明天一早。记住,不要乱说,就说今儿个收入太低,挂龙灯进场的人少,不挂龙灯怕宫里的人知道了治罪,所以拔棚离开。"黄学禄面色凝重地点了点头。

第二天一大早,黄来福就带人来到天桥拔棚。吕总管急急走来,问:"哎,黄班主,生意这么好,你怎么拔棚了?"黄来福"呵呵"一笑解释说:"老家来人说县里要举办杂技大赛,非让我们回去捧场不可,吕总管,这父母官可不敢得罪呀。"吕总管说:"是这么回事啊,好,这回你们也算是荣归故里了。先派人回去送个信儿,让黄桥的知县到十里长亭迎御赐龙灯吧!"黄来福说:"那是自然,那是自然。"吕总管问:"账结了吗?"黄来福说:"等会儿就去,谢谢吕总管这段日子对我们的关照!""甭客气,应该的。我在账房等你。"吕总管说完就走了。

黄秋菊急急走过来,问:"爹,正演得火,怎么拔棚了?"黄来福四下望了望,压低了声音说:"火什么火,昨儿个进场的才几个人。"黄秋菊不满地埋怨道:"都怪你,挂什么龙灯!"黄来福小声说:"别胡说!不挂龙灯让安公公知道了要治罪的!"黄秋菊问:"咱走了,俺姑父家咋办?"黄来福说:"昨天不是让你哥去打听了吗?你姑父家没事,恭亲王让他们住府上,主要是怕误了堂会,洋人很讲究时间的。"黄秋菊满脸疑惑地看着父亲,说:"我不信!我觉得咱这走得太蹊跷,跟逃跑似的。"黄来福一听,呵斥道:"又胡说!""你不告诉我,我就去问我哥。"黄秋菊说着气呼呼地走了。

黄秋菊回到富祥大车店时,那里已是一片繁忙。演员们有套车的,有装杂技箱和行李的。黄秋菊穿梭于人群中,急急地寻找着黄学禄。黄牡丹正在搬行李,看到黄秋菊,说:"姐,你的东西还没收拾呢。"黄秋菊说:"你帮我拾掇一下。见到咱哥没?"黄牡丹说:"刚才还在呢,是不是帮海棠扛行李去了?"正好黄海棠拎个小箱子出来了,问:"大姐,找我哩?"黄秋菊问:"见咱哥没有?"黄海棠指着里面说:"来了来了!"话音刚落,黄学禄就扛着行李出来了。黄秋菊迎上去:"哥,咱咋走得这么慌?是不是有什么事?"黄学禄愣了一下,忙镇静下来,说:"老家有个台口,等咱演哩。再说,出来这么长时间,也该回家看看了。"黄秋菊不满地问:"咱不告而别,姑父家不知道怎么办?""他们在恭王府,咱进不去咋给他们说。其实,你也不必为他们担心,在王府里,有吃有喝,又能挣银子,比咱们还强!"黄秋菊焦急地追问:"昨儿个你不是说,他们被恭王府扣押了吗？"黄学禄说："那都是瞎传！昨晚上我见到安公公，安公公说住恭王府是咱姑父自己要求的，咱姑父你还不知道，出的主意没孬的，这回连恭亲王都被他征服了。"黄秋菊不相信："你们慌里慌张的，我总觉得不是这么回事，心里不踏实。"黄学禄见妹妹不放心，忙安慰道："哥知道，你挂念华龙兄弟，这不难，咱黄桥离京城近，过几天哥给你挑匹快马，你再来看他不就是了。"黄秋菊不好意思地喊了一声"哥——"，不让黄学禄说了。黄海棠却在一旁说道："哎，哎，大姐，别不好意思啊，谁看不出来，你是身在曹营心在汉，心里想的是你们濮家班。"黄秋菊一听，更加害羞："死妮子，小心我拧你的嘴。"黄海棠"嘿嘿"直笑。

第九章

濮玉芝风尘仆仆地到了京门大车店,却没找到濮家班的人。她正在疑惑,突然从暗处蹿出几个壮汉,将她团团围住。濮玉芝见状,迅速拔剑:"你们干什么?"一个壮汉轻蔑地望了望濮玉芝:"乔红玉,还不束手就擒!"濮玉芝疑惑地瞪着眼睛问:"乔红玉?谁是乔红玉?""装得倒像!兄弟们,给我拿下!"壮汉一声令下,几个人同时扑向濮玉芝。濮玉芝寡不敌众,体力渐渐不支,边打边退,退到一棵树下时,突然从树上降下一张大网,将她网住。壮汉们将濮玉芝装进一顶轿子抬走了。

这时候,黄家班的几辆马车已出了京城东门。马车缓缓行驶在通往通州的官道上,黄来福坐在头辆车上,车上插着写有"黄家班"的狗牙子旗。马车颠了一下,正在打瞌睡的黄学禄醒来了,四下望了望,问:"爹,到哪儿了?"黄来福说:"快到通州府了。"黄学禄问:"今儿个咱们在哪儿撂地?"黄来福说:"到了通州府再说。"突然,他听见黄月季着急地喊:"爹,我大姐在你们车上没?"黄来福说:"没有呀,她不是一直都和你们一辆车吗?"黄月季朝前车和后面的车上瞭望,说:"她不见了!"黄来福吃惊地扭着头喊:"什么?她不是与你们一同出城的吗?"黄月季说:"是呀,但是出城不远我就睡着了,不知道她去哪儿了。"黄来福一听,大喊:"停车,快停车。"

大家都被惊醒了。黄海棠揉着眼睛问:"怎么了,怎么了,发生什么事了?"黄月季说:"大姐不见了!""什么!"黄海棠惊叫了一声,就看到父亲下了车,开始挨车寻找。黄学禄也走过来,说:"爹,甭找了,怕是她出城不远就下了车,又回城找濮家班去了。"黄海棠一听,突然想起了什么:"对对对,一上车大姐就催我们睡觉,没想到她会半路下车去找我姑父。"黄来福一听,气急败坏地说:"这个闺女,这不是胡闹吗?你姑父家被恭王府扣押了,她能找得着?"黄牡丹、黄海棠、黄月季闻听此言都吃惊地瞪大了眼睛:"爹,我姑父家出事了?""没……没什么事。"黄来福意识到失口,忙掩饰。黄月季不信:"你刚才不是说被恭王府扣押了吗?"黄学禄生怕妹妹们知道,忙接腔打圆场说:"咱爹说话乱用词,不是扣押,是住在恭王府几天,便于演出。"黄月季不解地问:"之前不是每晚都回大车店的吗?"黄海棠也说:"是呀,突然不让回了,肯定是出了什么事。"黄来福说:"你们瞎猜啥?演个堂会能有啥事?常言说没有君子不养艺人,恭王爷让濮家班住在王府里,那是抬举他们。"黄牡丹又问:"那我大姐咋偷偷回城了?"黄来福一听,气不打一处来:"你大姐呀,和你们一样胡猜乱想,担心你华龙表哥呢!这闺女,我早看透了,她是人在黄家班,心在濮家班!还没结婚,就这样跑来跑去,成何体统!"黄来福越说越气,扭头对儿子说:"学禄,你卸下一匹快马,火速回京,把她给我找回来!"黄学禄说了一声"好",骑马直奔京城而去……

这时候的濮家庄,久不逢雨,太阳如火,地里的庄稼已焦了大半。田间到处是抗旱的乡民,黄氏女也带领十几个娃娃给庄稼浇水。娃娃们抬着瓦罐穿梭在小河与田间,小河里的水也接近干涸了,不少人在抢水,黄氏女望着抢水的乡亲,满目忧愁。人都到地里抗旱了,家里只剩下濮老汉一人,正坐在院里打瞌睡。一个贼人溜进小院,悄悄翻找银钱。黄氏女和娃娃们抗旱归来时,那贼人早已把玉芝捎回家的一包碎银偷走,溜之大吉了。黄氏女进屋,发现箱子有些异样,像有某种预感,怔了一下,扒了一番,大惊失色,急急跑出屋:"爹,有人来过没有?"濮老汉说:"没有呀。"黄氏女又问:"你一直醒着?"濮老汉说:"我打了一阵子盹儿。"黄氏女一听,急急说道:"你睡着的时候,贼人把玉芝捎回来的银钱偷走了!""什么?那……那我们怎么过呀?"濮老汉说着大哭起来,哭得心痛又茫然,让黄氏女也跟着掉泪。大灾之年,这钱是一家老小的生活希望。这下子,全家人的生活顿时陷入了困顿。

恭亲王下朝回来,在多福轩内刚卸下朝服,管家就匆匆走了进来:"主子,乔红玉抓到了!"恭亲王急切地问:"是吗?已确认就是乔红玉?"管家说:"说是她武功高强,出手不凡,只是她一直不承认自己是乔红玉,只承认自己是濮家班的。"恭亲王怔了一下,说:"别抓错了。"管家说:"主子,乔红玉是钦犯,自然不会承认自己就是乔红玉。再说,濮家班的人只会玩杂技,顶多会点防身功夫,怎会有如此高的武功?就凭这一点,就能肯定她是乔红玉。"恭亲王说:"那就抓紧审讯,先让她交出乔二双刀,然后再做处置。"管家问:"您看何处审讯为好?""这个嘛……"恭亲王思忖片刻,说,"这事不要声张,不能把她交给九门提督,也不能交给宗人府,那样就无法保密了。这样吧,先将她暂押在宛平县,告诉宛平知县胡月同,一定要严格保密,不可走漏半点风声。"管家"嗻"了一声,离去了。

管家出去不一会儿，英国大使额尔金和另一个英国人就来到了恭王府。恭亲王将二人领到锡晋斋。斋内有一幅外国油画，画上满天红霞，疏淡的天际下是一处幽静的西洋园林。有一群兴致盎然的俊男倩女，男人西装革履，女人长裙拖地。他们在草地上，有站有坐，男女携手搂肩，或亲亲热热，或眉目传情……英国大使额尔金一进去就被这幅油画吸引，走上前去仔细欣赏。恭亲王也跟着站在其后说："动静相宜，好像是雕刻的一样。"额尔金忙解释说："阁下，那是质感。"恭亲王不懂这个来自西方的术语，问："质感？何为质感？""质感就是……"额尔金想了想说，"怎么说呢？就是反差造成的凸凹不平的印象。实际上，油彩也是薄厚不均的。"恭亲王看了英国大使一眼，下意识地朝前凑了凑："哟，怎么一近看如此粗糙、模糊？真乃只可远观，不可近瞧也！"额尔金笑了笑，说："亲王阁下，西洋画必须从远处看，只有在一定的距离处观看，方能领略它的神韵。这和你们中国的写意差不多。"恭亲王在不同距离都看了看，说："恕我直言，你们的洋画不深远，没有我们大清国的水墨画有意境。"额尔金说："阁下所言极是，我们西洋人作画，主要是画人；贵国的画家泼墨，追求的是意境，文化背景不同，鉴赏的取向也不同。"

就在这时，恭王府门外来了一顶小轿，小太监福喜掀开轿帘，安德海下来，两手在胸前一甩，整了整衣服的下摆。然后给福喜使了个眼神，福喜会意，径直来到大门前，高喊道："门上哪个在？"守门侍卫看着福喜，笑道："伙计眼神不好使？"福喜傲慢地看了守门侍卫一眼，说："快去通报，就说大内总管安公公到！"守门侍卫一听，不敢怠慢，忙进去传话。几经辗转，安公公来恭王府的消息传到了管家这里。管家也不敢怠慢，一边让人请安德海进多福轩，一边小跑着来到锡晋斋，小声道："王爷，安总管来了。"恭亲王谈兴正浓，听得此言，很烦地问道："他来干什么？"管家说："说是要濮家班的濮华义去给太后娘娘拉坠琴。"恭亲王问："拉什么坠琴？"管家说："濮华义前天曾去宫中献艺，他拉坠琴不但能仿伶人唱二黄，还能仿人说话，西太后非常喜欢，所以特遣安公公来叫濮华义再进宫。"恭亲王一听，怔了一下，说："濮华义还有这一招儿？他怎么没在堂会上亮过？"管家说："奴才不清楚。"恭亲王想了一下说："你先叫濮华义过来，趁着额尔金先生在，让他给我们拉一拉，听听味道怎么样。"管家提醒道："王爷，那安公公——"恭亲王不耐烦地说："你去告诉小安子，就说我与英使正在商讨外交事宜，让他稍候。"管家应声退下。

安德海已在多福轩的偏厅等得满脸焦急，他来回踱着步，福喜不停地朝门外探望。安德海嘟囔："这个鬼子六——"话已出口便觉不妥，急忙掩了嘴，四下望望，见无王府奴仆，才敢接着说："他是有意办我难看。"话刚落音，管家进来了，与安德海寒暄一阵，便坐下陪其聊天。

濮华义和濮玉兰去锡晋斋为恭亲王和额尔金表演坠琴。濮玉兰用京胡伴唱，濮华义模仿的是京城名伶卢胜奎的《空城计》：

孔明（唱）：
我正在城楼观山景，
耳听得城外乱纷纷，
旌旗招展空翻影，
却原来是司马发来的兵。
我也曾差人去打听，
打听得司马领兵往西行。
…………

恭亲王击掌叫好，额尔金也喊"OK"。恭亲王问："濮华义，如此好的节目你为何不在堂会上演？"濮华义忙解释说："王爷，家父怕洋人听不懂，所以没上。"恭亲王说："哎呀，这个濮中阳，你看，额尔金先生不也高声叫'OK'吗？"濮华义说："真没想到。"恭亲王问："你能用坠琴学他说话吗？"濮华义说："能！"说着，濮华义用坠琴学额尔金说了一句"OK"。恭亲王和额尔金大笑。额尔金用生硬的中国话说："中国人，了不起！"濮华义一听，又用坠琴模仿："中国人，了不起！"额尔金激动地站了起来，恭亲王见状高兴地对门外喊："看赏——"

不知过了多久，恭亲王才送走外国使节。他来到多福轩，对安德海说："小安子，你有何事？"安德海急忙施礼问好："回王爷的话，奴才奉太后娘娘懿旨，前来让濮家班的濮华义去宫中献艺。"恭亲王问："何时前往？"安德海说："奴才一直在此处恭候王爷，就等您发话了，王爷发了话我们立即走。""好吧。"恭亲王顿了一下说，"不过，濮华义在宫中演过之后，要让他速回王府，别误了堂会。"太后在宫中等着看表演，安德海不敢耽搁，"嗻"了一声，急忙告辞。

安德海带濮华义走出恭王府，他上了轿子，从轿窗里朝恭王府望了一眼，目光很恶毒。濮华义肩扛大坠琴，和太监福喜紧紧地跟在轿子后面，一行人急急朝宫中走去。

黄秋菊果真不出家人所料，又回到了京城。她气喘吁吁地来到京门大车店时，已经是半下午了。店家正在汲水，看到她，急忙跑过来："哎，姑娘，你找谁？"黄秋菊说："俺找濮家班的人。""濮家班的人都去了恭王府，你看，连马棚里的马都牵走了。"店家说着压低了声音,"姑娘快走吧,今儿中午就从这里抓走了一个女的。"黄秋菊吃惊地问:"什么,抓走了一个女的?"店家叹了一声说:"是呀,我还认得她,好像是濮老板的小女儿。"黄秋菊又吃了一惊:"你是说玉芝?"店家说:"对对对,就是她!前些阵子好像是回老家去了,昨儿个刚回来就被暗藏在这里的人抓走了。"黄秋菊问:"是什么人?我姑父家的人知道吗?"店家说:"濮家班的人马都在恭王府,咋会知道?抓她的人全是高手,说不清是官府的还是黑道的。"听到这里,黄秋菊急忙告辞,匆匆走出京门大车店。

慧明和华中一行人经过长途跋涉,来到了京城天桥。天桥的热闹让华中和几个娃娃大开眼界,几个人边走边看。

说书场上,一个艺人左手执扇,右手拍醒木,开书:

  一块醒木七下分,上至君王下至臣。
  圣人一块敬儒教,天师一块敬鬼神。
  僧家一块劝佛法,道家一块劝玄门。
  …………

另一处,一女艺人正在唱弹弦:

  僧三点,点三僧。
  崩葫芦霸,霸葫芦崩。
  僧三点,会吹管。
  点三僧,会捧笙。
  崩葫芦霸,会敲磬。
  霸葫芦崩,会撞钟。
  …………

濮华中他们边走边看边听，个个眼睛都瞪得奇大。他们从没见过如此之多的艺术形式，禁不住陶醉在天桥的技艺中。

弹弦女艺人的对面，是一个杂技艺人，正在耍中幡。中幡是用竹竿制成的，高约三丈，竿顶有一把红罗伞，伞下挂着一面镶字的旗帜。那艺人先将竿子竖起托在手中，舞出许多花样：他将竿子竖于一个肘弯处，用力将竿子颠起，或用另一肘接住，或用脖子、脑门接住，或单手托住竿底，反腕将竿子移到背后，再将竿子抛起到前面，用下牙接住……表演精彩绝伦，引来一片掌声……

虎娃技痒，激动得直搓手："华中哥，咱也撂地试试吧，我急得手直痒痒。"华中说："这可是天桥，我爹说，这里是藏龙卧虎之地，连要饭的都是高手，我可不敢献丑，还是先找到俺爹再说吧。"慧明说："虎娃，华中说得对，等找到濮家班，有你们玩的。"

一行人在天桥一连转了几圈，也没看到濮家班。他们坐在天桥的台阶上，又累又泄气。虎娃沮丧着脸说："咱找不到班子怎么办？"华中也不解地说："真奇怪，咱家的班子和我舅舅家的黄家班怎么都不见撂地？"慧明忙问："他们住在什么地方你不知道吗？"华中说："我二姐知道，可咱们连她也找不到，你说咋办？"另一娃娃说："华中哥，我跑得又渴又饿。"华中说："我也又渴又饿，可惜没有一个钱了。"慧明想了一下，说："这样吧，咱们先撂地挣个饭钱怎么样？"虎娃沮丧地说："饿得连玩把戏的劲儿都没有了。""那就先玩几个不下大力气的。"华中说，"虎娃，你先叫叫场子。"虎娃不情愿地站起来，说了一声"好吧"，便使劲抖了抖神，双手抱拳，开始叫场子："大爷大娘，叔叔婶婶，大哥大姐，小弟弟小妹妹，敝人初来乍到，想借贵地挣口饭吃。小的今天表演几个戏法，给大伙解解闷，众位……众位……"不承想说着说着，竟然忘词儿了,他扭头问华中:"华中哥,下面是啥词儿?"这让慧明他们大笑不止,笑声吸引了几位看客。华中一看人围得多了,急忙走出来,双手抱拳:"诸位,我接着我兄弟的茬子往下说,'众位'后面该说啥呢?该说'有钱的捧个钱场,没钱的捧个人场'了!敝人学艺不精,技艺不高,如有露丑之处,还请在场的行家里手下场后指点一二,小的一定洗耳恭听。"说完,忙从包袱里取出流锤开始耍流星,念:"小小流星两个头,十人看见九人愁。今日落在我的手,玩个狮子滚绣球!"华中边说边耍,像猴子一样将流星舞得密不透风。

黄学禄牵马路过,见是几个娃娃撂地演出,便带头掏出几个铜板撂在地上。华中十分感激地望了黄学禄一眼,黄学禄觉得华中有点面熟,又望了华中一眼,想了想不认识,便牵马走了。

而这时候,天桥的另一处,换了装束的载淳和载澄也来游玩了。二人边走边吃着糖葫芦,来到了一个卖针的摊前,停下来,边吃边听卖针的数嘴子卖针:

> 大小姐哎来买针,真心真意有真心。
> 这一包来是大针,原是铁棒磨成针。
> 大针用来纳鞋底啊,你千万别忘了戴顶针!
> 这一包是半大针,钢针好比是真金。
> 真金不怕火来炼,烈火才能炼真金。
> 半大针用来缝棉袄,缝好棉袄敬双亲。
> 这一包是绣花针,绣花手里出巧人。
> 能绣龙能绣凤,还能绣鸳鸯卧花荫。
> 三包钢针都包好,我叫你小姐还开心。
> 我饶你一根大钢针!

我饶你一根半大针!

我饶你一根绣花针!

我叫你买得多来我开心,明年还买我的针!

卖针人边唱边表演夸张的动作,把一排排钢针熟练地甩扎在手中的一块桐木板上,惹得众人大笑不止。

听完,载淳和载澄离开了卖针人的摊子,二人边走边学卖针人:"我饶你一根大钢针!我饶你一根半大针!……"听得跟踪他们的太监小贵子暗自偷乐……

不一会儿,小皇帝就来到了濮华中他们撂地的摊子前。华中他们正在表演蹬人,六个娃娃,三个在下,三个在上。在下的双手双脚竖起,在上的娃娃和在下的娃娃手对手、脚对脚同时做同样的动作。他们先是如球般在地上翻滚,然后停下来,排成一排,在上的三个娃娃同时动作,倒立、转体、空翻。空翻落下,上面三个娃娃的屁股同时落在下面三个娃娃的双脚上。上面的三个娃娃缩成球状,下面的娃娃如蹬缸般蹬人,精彩又奇特,赢来不少掌声和欢呼声。慧明手捧一顶草帽收钱,来到载淳跟前,载淳没钱,向载澄讨,载澄的钱袋也空空如也,载淳急中生智解下一块玉佩撂在了草帽里……

待濮华中和虎娃等人表演结束,载淳上前与他们搭话:"你们演得真好。"虎娃打量了载淳一下,说:"玩得好你怎么不掏钱?"载淳尴尬地说:"我……我没带钱。"载澄在一旁说:"我们虽未掏钱,但我家皇……我家小掌柜不是给了你们一块玉佩吗?"华中不相信地问:"是吗?""是的。"慧明走过来,拈着那块玉佩对濮华中说:"这不!"华中拿着玉佩看了一会儿,惊讶地说:"这么好的玩意儿,你怎么舍得,还你吧!"载淳一听,乐道:"这东西我多得是，给你了我就不要了，权当咱们交个朋友吧。"华中一边看玉佩，一边问："这玩意儿是干啥用的？"载淳说："玉佩，乃佩戴之饰物。"华中怔然地问："什么意思？"载澄见华中听不懂，便解释说："就是戴在身上好看。""是吗？"濮华中又下意识地问了一句，然后将玉佩别在裤腰上，还夸张地来回走了几步，样子非常滑稽，让载淳、载澄和小伙伴们看得笑成一团。华中被大伙笑得有点不好意思，就说："哎呀，一点也不好看，像个狗尾巴。"载澄说："玉佩必须与服饰相配才会有美感。你看我们，长袍短褂，戴上它就显得富贵高雅。"华中说："我是穷人，没有相配的服饰，还是还你吧。"载淳说："我说过的话不能反悔，给你你就必须拿着！"华中大笑："你是朝廷呀，说话不落空。""我——"载淳不知如何解释，载澄急忙接道："我们小东家说的意思是给你你就拿着，不必客气。"华中说："那好吧，既然你这么说了，那我就收下吧。"看华中收下了礼物，载淳很高兴，问道："你能教我玩几招吗？"华中吃惊地问："什么？你要学杂技？这可是大苦活儿！"载淳说："不怕，朕喜欢！""震？"华中问，"谁是震？你的小名吗？"载淳自觉失口："呃……呃，不……不是……"载澄头脑灵活，忙随机应变解围道："他说的是真心喜欢。"华中"噢"了一声，笑着说："我还以为他小名叫'震'呢？他若叫'震'，正好与我这位小弟弟重名，他也叫'震'。"载淳和载澄一听，大笑。

这一切，被都不远处的小贵子窥视到了。待回到宫里，小贵子急忙向李莲英汇报了情况，他说："李公公，那几个小东西功夫真是了得，小主子太喜欢他们了，连随身玉佩都赐给了一个叫什么华中的娃娃。"李莲英忙问："是吗？太好了！他们是干什么的？"小贵子说："好像是来京城找什么人，一直未找到。"李莲英一听，高兴地说："哟，那这不太巧了吗！一直未找到，那咱就让他们永远找不到。正好西苑戏社里缺几个好身手的童监，如果让他们进来，不但能讨小主子喜欢，更能讨太后娘娘欢心，你说是不？"小贵子说："李公公，主意是好，可不知他们愿不愿意净身进宫？"李莲英不以为然地说："天下穷人哪个不愿进宫，只是都怕挨那一刀而已。说说，你是怎么进来的？"小贵子说："小的是被拍花子的卖到了南长街会计司胡同的毕五家，六岁那年就净了身，进宫当了童监，现在还给毕家供着月钱，逢年过节还要给毕家送礼。就这我还算好的，那年一同卖进去的几个娃娃，有两个都因刀口发炎尿路不通死了。"李莲英听后，说："起初是苦了些，可进了宫呢，不就有福气了？"小贵子一听，问道："公公的意思是让小人想办法把他们也弄到毕家？"李莲英一听，忙摆手说："不不不！毕五那老小子太滑头，手艺也不如地安门的那个小刀刘。这样吧，你先去地安门内方砖胡同找一找小刀刘，让他找骗子把那几个娃弄到他那里先挂档子，看中了再跟他谈价钱。告诉他包底是安公公，他就不敢黑你了。不过，一定要保密，听到没有？"小贵子"嚯"了一声，应声离去。

第十章

黄学禄追赶妹妹来到京门大车店,边走边喊店家,店家闻声出来:"是你呀,你不是常来吗?"黄学禄说:"是呀,我与濮家班有亲戚,常来。"店家说:"不知客官有何贵干?是不是来找濮家班的?若是找濮家班,请去恭王府。"黄学禄问:"这我知道,我此次来只是想问一问今日有没有一个女子来过?"店家说:"来过,中午来了一个,刚才又来了一个。"黄学禄不解地问:"中午还来过一个?"店家说:"可不是,一来就被抓走了。""什么,抓走了?"黄学禄吃惊地问,"被谁抓走了?"店家说:"说不清,说是官家,都没穿官服,说不是官家,又很霸气。"黄学禄急急地追问:"那下午来的那一个去哪儿了?"店家说:"她说她去恭王府找濮家班。"黄学禄一听妹妹还安然无事,不禁松了一口气,急忙告辞,翻身上马,直奔恭王府而去。

黄秋菊来到恭王府门前,被守门侍卫拦住了:"哎,哎,干什么?"黄秋菊说:"我找濮家班。"守门兵指着匾额说:"你可看清楚了,这里是恭王府,可不是天桥,哪里有什么这班那班的。"黄秋菊问:"不是在里边演堂会吗?"守门兵说:"别说没堂会,就是有堂会，这般时候也早该结束了。"黄秋菊说："堂会结束了，可濮家班的人马还在里边。"守门兵说："这我不知道。"黄秋菊一听，急忙哀求："你……你行行好，让我进去吧？"守门兵说："我怕你进去就出不来了。"黄秋菊说："出不来我也不怕。"守门兵说："你不怕我怕！"黄秋菊一听，气得说了一声"你——"守门兵反问："我怎么着？我已经给足你面子了。告诉你，这门可不是一般人能随便出入的，没有四品的官衔，你踏上这台阶就能要你的命。快走吧！"黄秋菊瞪了那守门兵一眼，愤然离开了恭王府，茫然地在大街上走着……

　　黄学禄快马加鞭也赶到了恭王府："军爷，我乃黄桥黄家班的黄学禄，因有要事，想进王府找一下濮家班班主濮中阳。"守门兵问："谁？你找谁？"黄学禄说："濮家班班主濮中阳。"守门兵指着大门上方的匾额对黄学禄说："你可看好了，这是恭王府，里边不是王爷就是福晋，不是贝勒就是格格，连王府的太监都有品级，没有什么这班那班！你要找班，去天桥。"黄学禄说："河南的濮家班不是在王府里演堂会吗？我真的有要事，求军爷行个方便……"

　　黄学禄正说着，突然来了一队结婚的队伍，鞭炮声震耳欲聋，惊了黄学禄的马。马挣脱缰绳，在大街上狂奔起来。黄学禄急忙跑下台阶去追马，边追边喊："截住它！截住它！"行人一片惊慌，哪里有人敢去帮忙拦截惊马？黄学禄孤独地追着惊马，追到十字路口时，已经累得气喘吁吁。就在这时，他突然看见不远处有个身影，一个鹞子翻身上了马，然后一勒缰绳，大喝一声，那马立刻就停在了那里，前蹄刨地，打着响鼻。一街两行的人齐声喝彩叫好。

　　黄学禄气喘吁吁地跑过来，一看马上的黄秋菊，又惊又喜："怪不得马朝这边跑，原来是它闻到你的味儿了。"黄秋菊下马，白了哥哥一眼，将缰绳递过去，扭头就走。黄学禄呵斥道："你干啥去？快随我回去，爹可挂心哩。"黄秋菊头也不回地说："我不回！"黄学禄走过去，拉住妹妹："恭王府连进都进不去，你在这儿瞎逛啥，除了让全家人担心，能济什么事！"黄秋菊固执地说："进不去恭王府，我就在这里等，他们总会出来的。"见妹妹如此固执，黄学禄急得不知所措："你这不是……华龙他们又没什么事，只不过在恭王府里住几天，你等他们无外乎见个面、说几句话，还能有啥？"黄秋菊说："你知道吗，玉芝妹妹被抓走了，生死不明，如此大事姑父和表哥都不知晓，咋办？""什么？"黄学禄惊叫一声，"中午在京门大车店抓走的是玉芝表妹？哎呀，这怎么是好！"黄秋菊手足无措地问："哥，怎么才能让姑父家知道玉芝表妹被抓的消息呢？"黄学禄思忖了一会儿说："这事得找一找安公公，让他帮咱们想想办法。"黄秋菊问："安公公在宫里，咱咋能找到他？"黄学禄说："得花点银子，托人给他递个信儿。咱帮过他的忙，他会给个面子的。"黄秋菊一听事情有了指望，忙催促哥哥说："那要快，不如你现在就去。"黄学禄说："不行，天色不早了，紫禁城不到太阳落就关宫门，只好等明天了。"黄秋菊问："那咱今儿晚上住哪儿？"黄学禄说："还回富祥大车店，那儿离京门大车店近。"黄秋菊说："行李都带走了，大车店里又是大通铺，没被子咋整？"黄学禄想了想，说："要不这样吧，咱住悦来客栈，也好趁机打听一下乔二双刀父女的事情。"

窝在小庙里的乔二双刀发高烧了。万人迷摸摸他的额头，然后看了看伤口："哎呀，伤口发炎了，这就麻烦了，草药来得慢，必须去教堂里找洋医生，洋药退烧快。"乔二双刀一听要去找洋人，挣扎着说："不！咳，咳……我死也不去让洋人看病！"万人迷焦急地劝道："兄弟，若高烧不退，伤口不愈合，可有生命之险哪！"乔红玉也跟着劝父亲："爹，我也听人说过，洋人的药水比草药来得快,你就去吧。"乔二双刀固执地喊:"我不去!我死也不去!"万人迷说:"兄弟呀,你别硬了,实话告诉你,你想去人家怕是还不给你看呢。人家若问你怎么中了枪伤,你咋说?洋人和朝廷虽然又打又谈,可对你们太平军那可是都不客气。再说,洋人那些龟孙,收钱只收英国人帮大清制的鹰洋,我老万头可没有。"乔红玉问:"伯伯,银锭可以吧?"万人迷说:"银锭可以是可以,可要打折。"乔红玉说:"只要能治好我爹的病,打折也不怕。我们的银子都在悦来客栈,你等着,我去拿。"万人迷叫住要走的乔红玉,说:"闺女,那可太危险了,恭王府肯定早已派人盯上悦来客栈了。"乔红玉说:"不怕,总比让我爹在这里等死强。"听了万人迷的劝,乔二双刀声音柔和了很多:"红玉,你可不能冒这个险哪。"万人迷说:"是呀,这样冒险不值得。闺女,你别急,让老伯想想办法。总之你要记住,不能硬拼,要智取。""智取?"乔红玉怔了一下。万人迷说:"对!"乔红玉疑惑怎样才能智取,万人迷压着声说出了心中的计谋,乔氏父女禁不住点头赞同。

这时候,濮华义正在紫禁城的储秀宫里为慈禧太后拉坠琴,慈禧坐在椅子上,边听戏,安德海边给她按摩。濮华义今天拉的是《昭君出塞》,一个老太监用京胡为他伴奏。慈禧听得入了迷,边听还用手边打拍子……不承想,正听得入迷,一出结束了。濮华义稍停了一下,紧接着又开始用坠琴演唱《长生殿》——

    日影照椒房,
    花枝弄绮窗。
    门县小悦赭罗黄。
    绣得文蛮成一对,

高傍着五云翔。
…………

紧跟几声小锣声,宫女念白:

自小生来貌天然,花面。
宫娥队里我为先,扫殿。
忽缝小监在阶前,胡缠。
伸手摸他裤裆间,不见!

听到这里,慈禧放声大笑。安德海和拉弦的太监都恨恨地望着濮华义。慈禧望着濮华义说:"华义呀,你最后一句让小安子他们不高兴了,怎么办?"濮华义却委屈地说:"太后,这可是书上写的,不是我加的。安公公要恨,就恨那写戏的。"慈禧一听,笑得更大声了:"小安子,听到没有,这可怪不得濮华义,要找你去找洪昇老儿。"安德海急忙跪地道:"主子,奴才不敢,只要主子喜欢,濮华义唱什么奴才都高兴。""是吗?"慈禧说,"那哀家就再点一出《珠帘寨》,学学程长庚的《昔日有个三大贤》。小安子,是怎么来着?"小安子说:"回主子的话,程长庚的这板戏是先西皮导板转原板,再变快板,是戏中人李克用唱的。"慈禧点点头说:"没说外行话。华义,那你就来这一段儿?"濮华义说:"小人遵旨!师傅,走弦儿。"老太监开拉过门儿,濮华义用坠琴学唱:

昔日有个三大贤,
刘、关、张结义在桃园。
兄弟们徐州曾失败,

古城相逢又团圆。
关二爷马上呼三弟,
张翼德在城头怒发冲冠,
耳边厢又听人呐喊,
老蔡阳的人马到了古城边,
城楼上助你三通鼓,
十面旌旗壮壮威严。
…………

演出结束后,安德海奉命将濮华义送出宫门,他对濮华义说:"你小子今日拉得不错,算是给我长了面子。不过,你不该让那《长生殿》中的小宫女上场说那么一句什么摸摸太监的裤裆——不见!"濮华义急忙施礼说:"公公息怒,小人绝不是故意的!"安德海说:"算了算了,咱家只是提醒你日后注意。"濮华义一听,惊讶地问:"还要来?"安德海一听,骂道:"你小子脑袋被驴踢了吗?你没看到太后娘娘那高兴劲儿,过不了几天,肯定还会下懿旨让你进宫。小子,脑瓜子放灵一点,只要侍候好了西太后,有你的好果子吃。"濮华义说:"我只怕恭王爷要一直留我们演堂会,不方便呢。"安德海一听,顿时气不打一处来:"恭王爷算什么,他不还得听西太后的!今天他误了时辰,我还没顾及告知太后呢。你放心,有我在,你什么都不用怕。"濮华义点点头,又问:"公公,既然如此,你看小的今儿个能否晚一点回恭王府?"安德海说:"可以,不过,也不能太晚,子时之前吧!"濮华义一听,谢过安德海就离去了。

地安门内方砖胡同小刀刘家是一个二进院,楼堂水榭俱全,大门旁有一药房，摆有药橱、锡罐什么的。宫中的太监有一半都是从这个院子里走出去的，刘家也和南长街的毕五家一样，世代干着阉人的营生，也就是说这刘、毕两家一直垄断着宫中的阉割生意。

走到小刀刘这一代，刘家家业已经很大，只可惜人丁不旺，多代单传，所以男孩子在刘家格外金贵。每天起床后，小刀刘必须得见见孙子，天长日久，就成了一种习惯。这一日，他看罢孙子，回到客房抽水烟，像是在等什么人。

不知过了多久，人贩子南二走了进来，问："刘爷，您找我？"

小刀刘看南二进来，抽了一下水烟说："南二，近来生意怎么样？在何处发财？"

"唉。"南二叹了一声说，"刘爷，甭提了，快半年了，一直没上货。"

小刀刘笑了笑，说："南二，蒙爷哩不是？就怕是上了货也不来我这里，朝南长街毕五家去了吧。"

南二一听，忙解释说："没没没！刘爷，毕五爷那个地方我早不去了，若哄您是这个——"南二说着用手比画了一个王八。

小刀刘问："为吗不去？"南二说："那个毕五爷，忒那个。去年我从河涧府南皮弄了几个雏，他老人家把价码压得让人想发火，从那以后，我就没跟他共过事。"

小刀刘"哼"了一声说："反正京城里就这两三家，宫里的慎刑司不收黑货，拍花的想找地方还得通过你，你小子光过手费就弄了不少，当爷我不知道？"

南二说："刘爷，您老把话说到这份儿上了，我也就有话直说。虽然干咱们这行缺德，让人断子绝孙，但穷人还都巴不得想进来挨一刀。说白了，不就是想进宫挣皇家的银钿吗？可您老呢，忒拿捏。挂档子时挑三说四，什么相貌要端正，说话声音要耐听，聪明伶俐要赛猴儿。连裆里的玩意儿您也讲究,您说那玩意儿再好不也一刀给劁了?"

"哎,哎,哎,我说南二,这你就外行了,我为吗要对娃儿挑三拣四?这可是为宫里的皇上娘娘挑人,模样周正,说话好听,进宫被皇上或娘娘看中,那不但是他们的福分,也壮我小刀刘的门面。再说,他们的月银高,我提的月钱也随着涨,何乐而不为呢?"

"这个我晓得,可您为何对娃儿的小鸡鸡也那么挑剔?"

"又外行了不是,你可别小看娃儿的小鸡鸡,那可是一面镜子。这下边长得周正的,那身段、脸盘也一定不会差到哪儿去。刘爷我这辈子割下的鸡鸡能装一马车,见过的更多,这可是我们刘家的祖传绝技,别人不懂哩。"

"原来如此,刘爷高明,南二这回可长了见识了。不知刘爷今儿个找小的有何贵干?"

"凡我找你,多有好事,信不?"

"信,哪儿能不信呢?嘿嘿,爷,有甚好事,小的洗耳恭听!"

"是这样的,有朋友相中了几个码子,你只需花言巧语把他们领到这儿,爷我就给你个好彩头,等于你是白手拿银子。"

"码子现在在什么地方?"

"在天桥,到地方有人指给你。"

"爷,您老就在家等好吧,哄娃子进瓮,那可是我南二的拿手好戏。"

就这样,一场灾难悄悄扑向了华中和几个娃娃……

化装成老太婆的万人迷一走三晃地来到悦来客栈,化装成公子哥的乔红玉随其左右,照顾着"奶奶"。乔红玉本来就是大美人,化装成小生,更是撩人眼目。店家看到漂亮哥走进来,忙迎了上来:"客官,住店?"万人迷翻了一眼店家说:"不住店来你们这里干什么?"店家忙赔笑道:"那是,那是。"说完,便领二人到了二楼,行至乔二双刀和飞腿张包的房间处,乔红玉暗示万人迷说:"奶奶,这两间多亮堂。"万人迷会意,道:"好,就住这儿吧。"店家一听,忙说:"哎,哎,老人家,这儿不行。""咋?"万人迷瞪着眼问。店家说:"这两间大房和那间单间是别人包的,主家还未回来结账,万万不可给别人住的。"万人迷故意问道:"是谁占着房间不住啊?"店家说:"这是几个安徽客,一个姓张,还有一对姓乔的父女。三人已走了几日了,不知为何至今未回,因还没退房,东西都还在里边放着,所以就要等客人回来,退房了才能再住人。"万人迷做恍悟状:"原来如此!那好吧,我们就将就着住他们隔壁的那两个单间吧。""好,好!"店家一边应承着万人迷,一边对着楼下高喊:"二楼七号、八号两个单间包了——"

这时,黄学禄兄妹也来到了悦来客栈,黄学禄喊了一声:"店家——""来了——"店家听到喊声,忙从楼上跑下来,"哎,客官,住店?"黄学禄点点头。店家望了望黄秋菊,问黄学禄:"客官,要几间?"黄学禄说:"两个单间。""好说,楼上请。"店家说着,就要领黄氏兄妹上楼。黄学禄提醒说:"外边还有一匹马。"店家边领黄家兄妹上楼,边喊:"好嘞,马入马棚,人入客房,客官,请了——"

赶巧乔红玉下楼打水,正好与黄家兄妹来了个碰面,三人都愣了一下。

店家把黄家兄妹领到楼上,走到万人迷和乔红玉的房间外面说:"客官,七号、八号刚有人入住了,十二、十三号也是两个单间,你看可以不?""好吧!"黄学禄说着,扭脸问妹妹,"秋菊,你住哪一间?"黄秋菊说:"哥,哪一间都行。"黄学禄说:"那好,你住十二号,我住十三号,先进去洗洗吧。"

黄学禄进了房门,店家正欲走,又被黄学禄叫住了:"店家慢走,我想打听点事。"店家怔了一下说:"客官请讲。"黄学禄关了房门,说:"我想打听一下有个叫乔二双刀的安徽客人,他们这几日回来过没有?"店家一肚子怨气,说:"那姓乔的呀,我也在等他们结账哩!他们就住在隔壁,好几日没回来了。"黄学禄问:"他们不是三个人吗,一个都没回?"店家说:"没有。客官,你认识他们?"黄学禄如实地说:"他们是艺人,曾搭过我们的班,份子钱还没给他们,人就不见了。""原来如此!"店家说完,突然想起了什么,提醒黄学禄,"不过,你还是少问他们的事,前天来了几个壮汉,也问过他们,现在就住在对面,像也是在等他们的。"黄学禄听后,略有所思地"哦"了一声。

不一会儿,黄秋菊也来到黄学禄的房间:"哥,刚才在楼梯口撞见的那位公子好面熟。"黄学禄说:"是呀,在哪儿见过呢?"黄秋菊突然想起了,她说:"噢,有点像乔红玉。"黄学禄一拍脑瓜,说:"对,对,不是有点像,而是太像了。""乔家父女不是也在这儿住吗?""对呀!"黄学禄指着墙壁对妹妹说,"就在隔壁。店家说,他们已几天未回了,可至今还未退房。"黄秋菊若有所思地说:"这就怪了,他们干什么去了?"黄学禄想说出真相,却又止了口。黄秋菊看哥哥欲言又止,焦急地问:"哥,我总觉得你和爹有什么事一直瞒着我们。"黄学禄支吾着:"你……你别多想,没……没事。"黄秋菊瞪了哥哥一眼,说:"哥,我想玉芝表妹被官府的人抓走,肯定与这乔家父女和那个飞腿张有关。"黄学禄故作糊涂地说:"怎么会与他们有关呢?"黄秋菊不信,说:"我记得那个乔红玉,神经兮兮的,与咱们搭班演出,跟她说话爱理不理的,肯定心中有什么鬼!"黄学禄一听,忙说:"小妹呀,你别瞎猜了,一人一个脾气，说不定她就是那性格。"黄秋菊不满地白了哥哥一看，说："就知道你会给她打掩护。我看得出，你和华义都喜欢她。"黄学禄呵斥妹妹："又胡说！好了好了，说正经的。"

黄秋菊见哥哥发脾气，沉默了一会儿，说："我想过了，咱们既然住在这里了，我看不如今夜撬开乔家父女的房门，到里边探个虚实，看能否找到他们的可疑之处。"黄学禄一听，担心地说："那不是当贼了吗？让人逮住了可要蹲大牢的。"黄秋菊说："不怕，这里又没有官府的人，店家好对付。再说，咱过去只是探虚实，并不偷他们的东西，怕啥？这样吧，我先去探探地形，以便下手。"黄秋菊说完，打开后窗，发现是回廊，很惊喜："哥，这里有回廊，我可以从我住的房后窗过去。"黄学禄探头朝外看了看，对妹妹说："既然有回廊，就肯定不断有人行走，更危险。"黄秋菊瞪了哥哥一眼，说："就你胆小，眼下救玉芝表妹要紧。"黄学禄说："小妹呀，我说的危险可不是单指开窗看东西，而是——"黄秋菊不等哥哥说完，就追问道："而是什么？"黄学禄长叹了一声说："事情到了这一步，我就直说了吧……"

就在黄学禄给妹妹说事情的前因后果时，乔红玉拎着水走到楼梯口，唯恐再碰到黄氏兄妹，一路躲闪着走进了万人迷的房间。万人迷正在吸鼻烟，见乔红玉进来，问道："闺女，啥事？贼似的？"乔红玉轻轻把门关上，小声说："大伯，刚才我看到黄家班的黄家兄妹也住在了这里。"万人迷开玩笑地说："是吗？怕不是来找你们父女进宫演出的吧？"乔红玉说："大伯，什么时候了，您老还开玩笑？"万人迷一听乔红玉责怪他，说道："闺女，你别生气，我这人不开玩笑没法儿活。当年我爹死前最后一个要求就是，让我给他开个阴阳两界都能笑的玩笑，我就给他讲了一个，让他老人家笑容满面地入了九泉。"乔红玉一听这话，也被万人迷的豁达和乐观感染了，忙问:"老伯讲的啥笑话?"万人迷说:"有一天,阎王问身旁的判官:'你跟我大半辈子了,我想把你转入阳世人间,你想做何等人物?'判官想都没想就说:'大王,我的想法很简单——父做高官子状元,绕家千顷尽良田。鱼池花果样样有,娇妻美妾个个贤。雕梁画栋龙凤间,仓库积聚尽金钱。天长地久人不老,富贵荣华万万年。'阎王一听,说:'人间要有如此好事,我阎王早就不干了,还会轮到你小子!'"乔红玉听了禁不住一乐,说:"大伯你真逗。"万人迷说:"闺女呀,人生在世,没有过不去的坎儿,心要放宽啊!"乔红玉若有所思地点点头。

万人迷想了一会儿,突然问道:"闺女,黄家班已经拔棚离京了,他们兄妹为何没走?"乔红玉猜测道:"是不是濮家班出了什么事?"万人迷听后,心情突然沉重起来,说:"这样吧,今儿晚上你先取出钱来给你爹看病,明儿个我去打听打听。刚才你去拎水看到可疑的人了吗?"乔红玉说:"没有。不过,他们肯定盯着这里,单等我们上钩。"万人迷一听,叹了一声说:"咱不是没钱吗?要是有钱,哪个龟孙来这里当贼。"乔红玉内疚地说:"大伯,都是我和我爹连累了您。"万人迷说:"看看,又说外话,啥连累不连累,我乐意!你想想,我一个孤老头子,一不玩把戏就闷得慌。这多好玩,我男不男,你女不女,若被抓了,说不定他们还把我当成白莲教的大师姐哩!我就是要让他们看看,有这么漂亮的老女贼吗?"乔红玉纠正道:"大伯,咱们来拿的可是咱自己的钱,咋能是贼呢?"万人迷一听,拍着脑袋笑道:"对对对!我忘了这茬儿了!"

不知不觉间,天至深夜。万人迷身穿夜行衣,在回廊里晃了一下,然后到乔二和飞腿张的房后窗前佯装要进屋,突然像发现了什么,急忙朝暗处跑去,后面有几个黑影急忙追去。这时候,乔红玉从自己住的窗里跃出,急促地到自己原来的包房前,破窗而入,取走了钱袋。

乔红玉刚走,黄秋菊也从自己的窗户里跃出,蹑手蹑脚到乔红玉刚打开的那个窗前,先试着推了推窗,窗开了,她有点惊喜,急忙跃了进去……

这时候,万人迷已经脱去夜行衣,又摇身变成了一个老太太,摇头晃脑地走出来。几个黑衣人一看迎面走来的老太婆,有点反应不过来。一黑衣人问:"老人家,你干什么?"万人迷说:"茅房……茅房在哪儿?"一黑衣人说:"你走错方向了,在那边。"万人迷摇着脑袋说:"老喽,吃饭找不到厨房,解手找不到茅房,睡觉摸不着大床,身边没有了老郎!"几个黑衣人又往前追了一阵,折了回来,行至乔红玉的包房时,发现了黄秋菊,进屋将其抓获,并堵住了她的嘴……

乔红玉听到走廊里的响声,悄悄开了一道门逢儿,看到黄秋菊被抓,一脸惊诧,悄悄出屋,尾随在那几个人身后……

到了宛平县衙,几个黑衣人将黄秋菊送到大牢。宛平县大牢的女狱卒将牢门打开,将黄秋菊关了进去。蹲在墙角处的濮玉芝被惊醒,抬头看了黄秋菊一眼,但牢房里灯光昏暗,她也看不清。黄秋菊抓住牢门高喊:"为什么抓我?为什么抓我?"女狱卒走过来,呵斥道:"喊什么?喊什么?"黄秋菊问:"你们为什么抓我?"女狱卒说:"你是钦犯,不抓你抓哪个?"黄秋菊据理力争:"我一没杀人,二没放火,凭什么说我是钦犯?"女狱卒说:"丫头,你小点儿声,留点力气明日过堂,拶子一夹你的十指,你想喊也喊不出了。"黄秋菊说:"就是死在大堂上,我也要喊冤枉!"女狱卒不耐烦地说:"好,那你就喊吧,喊渴了我给你送茶水,大叶茶,只是有点臊气。"黄秋菊一听女狱卒骂她,生气地反驳道:"你才喝尿!"濮玉芝爬起来,劝道:"大姐,甭喊了!这女牢头恶得很,尽量不要惹她。"黄秋菊一扭脸，二人都怔了，禁不住抱头大哭……

一路跟随黑衣人来到宛平县大牢的乔红玉，看到黄秋菊被送进牢中，知道事情不妙，忙又回到悦来客栈，叫开了万人迷的房门。万人迷开门，见是红玉，急忙让进屋，问道："闺女，得手了？"乔红玉说："得手多时了。"万人迷埋怨地问："那你咋不告诉我？"乔红玉说："大伯你不知道，我得手之后，那黄秋菊又进了我包的那个房，不承想被监守的人发现，被抓走了。"万人迷惊诧地问："抓走了？是谁抓的？"乔红玉说："看样子像是恭王府派来的人，我一路跟踪，可他们却去了宛平县大牢，这真让人奇怪。"万人迷不解地说："是呀，恭王爷那么大的权力，九门提督、宗人府都归他管，为何要去小小的宛平县？只是可怜那秋菊姑娘，要受苦了。"乔红玉皱着眉头说："我更奇怪的是，秋菊去我的包房干什么？难道是偷银子？她好像不是那种人呀！"万人迷说："黄姑娘当然不是那种人，这个我敢给你打包票。我跟濮家、黄家的人打交道多年，他们可都是正派人。"乔红玉又问："那她半夜三更去我包的那个房干什么？"万人迷想了一会儿，说："我也说不清，干脆等她出了监牢再问她。眼下救你爹要紧，快收拾东西吧。"

次日早晨，黄学禄起床去敲黄秋菊的房门，无人回应，他深感疑惑，急忙回到自己房内，从后窗朝外看，发现妹妹的包房后窗开着，又大声喊："秋菊，秋菊！"听无人回应，便跳窗过去，走近秋菊的包房朝里看，室内空空，便知事情不妙，急忙喊店家。店家听到喊声，急忙上楼来。黄学禄问："见我妹妹没有？"店家说："你是说昨晚和你一同来的女客官？"黄学禄焦急地说："是呀，那是我妹妹。""你妹妹？"店家说，"哎呀，恕我直言，她是一女贼！昨晚到这个包房行窃，被官府抓走了！"黄学禄惊得张目结舌："什么，被官府抓走了？店家，这可能是误会，她不是贼……"店家轻蔑地反驳道:"不是贼?不是贼去别人房里干什么?告诉你,如果那包房的乔家父女回来,说少了多少多少银子,她吃官司不说,还要赔银子。"黄学禄解释说:"店家,我妹妹真不是贼,她去乔家父女的包房,主要是想看一看……"店家气愤地斥问:"看一看?看什么?除去银子和首饰,她还能看什么?"黄学禄急忙解释说:"店家,这真是误会……"店家说:"是不是误会,你找官府说去吧。""好,我去找官府去!"黄学禄说着就要走,被店家叫住:"你别慌着走,别忘了付房钱。"黄学禄不耐烦地说:"少不了你的!"说完,黄学禄便和店家一起到楼下结账,走到楼梯口,看到万人迷和乔红玉住的房间,突然想起了什么:"哎,店家,昨儿个与我同时住进来的那个老太婆和公子哥何时走的?"店家叹了一声说:"别提了,二人半夜就溜了,连房钱也没给。昨儿个真是撞了鬼了!"黄学禄怔然片刻,然后双目一亮,急忙随店家下了楼。

黄学禄结了账,就急急来到京城监牢前,他对守门的狱卒说:"军爷,请问昨晚从悦来客栈抓来的女子关在这里吗?""女子?"狱卒说,"这地方只关押六品以上当官的,不关老百姓。"黄学禄忙问:"关老百姓的在什么地方?"狱卒说:"不知道。"黄学禄深感茫然……

第十一章

小贵子领南二来到天桥时,濮华中他们正在街头卖艺。小贵子指着华中他们说:"看到没,就是这几个娃子。"南二问:"他们是干什么的?"小贵子说:"听说是来京城找什么人,可至今未找到。"南二说:"这就对了,得有个下口处。这不,他们要找人找不到,可遇上我,一准儿能让他们找到。只不过不是他们要找的那个人而已!"小贵子说:"这可是你的看家本领,可别弄砸了,这几个娃可大有用处。"南二说:"是吗?那你就瞧好吧!"

正说着,看到慧明上场玩起了铁头功,慧明接过观众递过来的砖头,朝头上猛砸,砖断成两截儿,把南二看得直瞪眼:"哟,怎么还有个和尚?他是谁?"小贵子说:"好像与他们是一起的。对他你要小心,这小子功夫了得,会铁头功,能将墙顶破。他要是看出你的诡计,用头顶你一家伙,你不死也得半残!"南二担心地说:"咦,我的娘啊,那咋办?"小贵子说:"看来你骗术不是太高明,你就不会把他支开?""对对对!"南二拍着脑袋说,"有了,你看这样行不行?我领他们从前边巷口处的小庙前经过,和尚见庙,必去拜佛,你在庙内等他,缠着他半个时辰,然后领他从后门出,等他出来，我们已经走了，岂不妙哉！"小贵子说："办法是好，可这群娃娃会听你的？"南二说："这事你甭管，我有的是招儿。你只要想办法将那小和尚留在庙内，按我刚才说的办就行了。"小贵子说："你记住，万不可伤了他们，若伤了他们，李公公可要你的命！"南二一听这话，反感地说："我知道，这几个娃娃是为皇上和太后娘娘备下的。"小贵子说："知道就好！他们可是火王爷的供，摸摸烧手！快，快，他们演完了，要收场了，快上前搭讪，下面就看你的了。"小贵子说完，急急离去。

　　慧明的演出结束，人群散去，虎娃他们拾起散落在地上的铜钱，华中边为慧明穿衣服，边说："慧明师父，你的功夫太绝了。"慧明说："今天玩的不过是小菜一碟，和你姐在白洋淀找你们时，小僧曾玩过一手铁头揳钉，那才真叫绝。"华中一听，激动地说："是吗？明天你一定要露一手，让我们也见识见识。我告诉你，我爹可是爱才的人，他若见你有如此功夫，肯定会劝你还俗加入濮家班。"不承想慧明却说了一句"那是不可能的"。华中问："若是我二姐也这样说呢？"慧明像是不知该如何回答了，念了一声"阿弥陀佛"。华中一听慧明又念"阿弥陀佛"，不满地说："又来了！"

　　说话间，南二走了上来，帮虎娃他们拾地上的铜钱。虎娃一看，急急地呵斥南二："你干啥？你干啥？"南二嘻嘻一笑说："帮你们捡钱哪。"虎娃警惕地问："你是谁？"南二又嘻嘻一笑说："我呀，我是北五，专在天桥给人帮忙，为人解难。"虎娃上下打量着南二说："我咋没见过你？"南二问："你们是刚来的吧？"虎娃说："是呀，刚来一天。"南二装着很惊讶的样子说："怪不得呢，打听打听，'天下第一棚'黄家班、山西上党的赵家班、汴京一撮毛的刀山班，还有河南怀庆府的濮家班，没人不晓得我北五的。"虎娃一听南二还知道濮家班，惊喜地问："什么？你也知道濮家班?"南二说:"濮家班天下闻名,谁人不知!"虎娃说:"那我们怎么打听不到?"南二说:"那是因为你们没打听到正神,若向我打听,保证一打听一个准儿。"虎娃一听,高喊道:"华中哥,华中哥,这个人知道濮家班的下落。"华中一听惊喜万分,急忙走过来,拉住南二说:"是吗?你快说我爹他在哪儿?"南二怔了一下:"你爹?"华中说:"对呀,我爹就是濮家班的班主濮中阳。"南二一听这话,又怔了一下,嘴巴张了几张,说:"啊……濮班主呀,知道知道。"华中一听,急急地追问道:"你快告诉我他在哪儿?"南二结结巴巴地说:"呃……呃,在……在……在地安门内方砖胡同的一个客栈里。"华中又问:"濮家班都住在那里吗?"南二说:"呃……对对对!"

慧明见南二结结巴巴的,顿生警惕,他上前施了一礼:"请问施主尊姓大名?"南二说:"我叫南……不不不,我叫北五。"慧明问:"北五先生,地安门离此有多远?"南二定了一下神说:"不太远,我领你们去。"华中和虎娃思亲心切,一听此言,同时叫道:"太好了。"南二没想到如此顺利,暗自高兴:"那咱走吧?"华中说:"中,中,虎娃,快收拾东西。"虎娃和众娃娃们急忙收拾东西,各背各的小包袱。

华中问:"北先生,往哪里走?"南二说:"从这里往西。"华中兴高采烈地一挥手:"走嘞,找爹去!"南二领华中他们走出天桥。慧明见众娃娃寻亲心切,也只得满脸疑惑地跟在后面。

一行人走到万人迷住的小庙前,慧明双手合十诵经不止。南二见状,忙说:"小师父,你应该到庙里去挂挂褡,日后每天都可以来这里诵经打坐。"慧明说:"按佛规应该如此,只是不知庙内有无住持?"南二说:"有有有,这庙虽不太大,但香火很旺,连宫里的太监和宫女都常来上香哩。"慧明念了一声"阿弥陀佛",欲进庙,又回头安排濮华中说:"华中,你们一定要等我出来。"濮华中说:"好!"

慧明走进庙门,小贵子正在佯装拜佛。大殿里的神像色彩斑驳,一副残败样。慧明走到神像前,先拜了一下,然后四下望了望。殿内只有小贵子一人。慧明走近小贵子,打躬问道:"请问施主,殿内有住持吗?"

听到问话,小贵子先是微闭双目,然后猛地一睁眼,故作惊讶地叫道:"哎呀呀,这真是神了,太神了!实言相告,这庙里早已没了和尚和住持,我正向佛祖祷告让他给此庙派个住持来,这一睁眼,哇呀呀,面前就站着师父你。你就是佛祖派来的住持吧?"

慧明一听,忙说:"施主不可乱讲,小僧只是路过此地,见到佛祖神像,特进来一拜,我哪里是什么住持。请问施主,此庙没有住持,可有守庙的僧人?"

小贵子说:"也没有,这里无方丈,无住持,也无守庙的和尚,是个三无破庙。"

慧明说:"阿弥陀佛,既然如此,施主还一心向佛,实在难得。"

小贵子反问:"你的意思是说此庙破成这样,我还来信佛,对不?"

慧明说:"正是!"

小贵子说:"实言相告,我不但信,而且信得很。不但我信,宫中如我之人,全信。像我等人,若年老被逐出宫门,家人看不起,死后连祖坟都进不得,只好在寺庙栖身。像京西的恩济庄、关帝庙、金山宝藏寺、岫云观、玄盲观都是我们太监栖身的寺庙。有权有势的公公,能自己购房置地。我们无才无能,只能见庙就叩头,以求神灵保护,到老了有个栖身之处。"

慧明一听，又念了一声"阿弥陀佛"，说："原来施主也有此等难言之隐。"

小贵子苦叹说："是呀，我们男不男女不女的，何人能看得起？只有佛祖不嫌我们。"

慧明说："师父所言极是。法海渡舟，无我忘我；尘缘放下，一心向佛；普度众生，广结善果；我佛种下菩提树，洒向人间皆甘露。"

小贵子一听，高声叫好："哎呀，师父，你真是掌鞋的不拿锥子——真（针）中！今日佛祖显灵，让我有梦成真，万请师父收下我这个徒弟。师父在上，请受弟子一拜！"

慧明一听小贵子要拜自己为师，惊慌地说："哎呀，施主，万万使不得，小僧刚皈依佛门不久，道行浮浅，岂敢枉收弟子？再说，佛门清苦，青灯木鱼，晨钟暮鼓，绝不是你们宫殿中人所能受得了的。"

小贵子说："受得了，受得了。你可以将我收为俗家弟子吗？你放心，只要弟子皈依佛门，一定潜心参佛，持戒无为，弘扬佛法，普度众生！"

"施主精神虽可嘉，但我绝不可做不可为之事，望施主见谅。小僧我还有要事待办，失陪了。阿弥陀佛！"

慧明言毕要走，小贵子急忙拦住："哎，哎，哎，师父慢走，你听弟子我给你把话说……说完。"

慧明问："施主还有何事？"

小贵子说："师父，看来你是外地人，我……我告诉你，三里不同俗，十里改规矩，在京城做佛事，讲究个前进后出。意思就是香客必须从前门进，从后门出。若从前门进前门出，就视为对佛祖的不敬！"

慧明听后，诧异地问："是吗？京城怎么还有这规矩？"

小贵子说："那可不，要不咋说京城是天子脚下呢，啥事都比外地规矩多。不信你看京城里的庙堂，无论大小，都留有后门。"

慧明问："从后门可以绕到前门吗？"小贵子说："咋不能呢，佛教讲轮回，轮回轮回，不就是一个圆吗？走，弟子给小师父带路，保你能走到前门。"

慧明一听，说："阿弥陀佛！施主，要快一点。"

小贵子忙说："很近，出后门有个小巷口，转个弯儿就是山门。小师父，请！"小贵子说着便领慧明走出大殿，走到院内，然后出后门而去。

濮华中他们正坐在庙外的台阶上等慧明，一个小娃儿正在给虎娃掏耳朵。太阳已落，霞光射来，一片红光。南二走到庙门口听了听，断定殿内无人了，便急忙走近华中："小兄弟，你们那个小师父已进庙拜佛好一阵子了，怎么还不见回来？"

"是呀。"华中说，"我刚才就急了。你稍等，待我去看看。"

南二一听华中要进庙，暗自高兴："哎，哎，小兄弟，要不这样吧，咱们都过去，趁机也观观庙里的风景。"

"好！"华中又扭头对虎娃说，"虎娃，咱们都随北五先生进庙找慧明哥去。"

虎娃等一呼而起，随南二进了大殿。殿内空空，华中疑惑。虎娃他们你看我我看你，最后都看着南二："咦，慧明哥呢？"南二也装着很迷茫的样子说："是不是拜过佛之后，去后院找住持挂褡去了？走，到后院看看。"南二说完，又领他们到后院。后院也空空的，不见人影。

华中很着急，到处乱找，找到了万人迷住的那个小屋，见外面有锁，忙喊："北先生，这个小屋里有人住。"乔二听到喊声，警惕地注意着门外的动静。南二走过来，摇了摇挂在门上的铁锁，说："怕是天桥穷艺人无处居住，在这里看庙吧。"华中愣了一会儿，奇怪地问："这小院不大，都找遍了，慧明哥哥能去哪儿呢？"南二说："是不是他有意躲开你们了呢？"华中说："不会，绝不会！他已答应我姐姐要将我们带到京城，找到濮家班，出家人不打诳语，他说话算话着哩！"南二说："这就怪了，这个小庙就这么大一点——咦，那里有个后门，是不是他从后门溜走了？"华中一听，急忙跑到后门伸头朝外观望，那里是一条小巷，静静的，没一个人影。南二也跟过来，望了望，说："看来那个小师父是从这里走了。"华中一听，泪水在眼睛里直打转，凄厉地喊："慧明哥哥——"小巷深处传来回声和狗吠声。南二装着安慰华中，说道："要不，咱们再顺着小巷找一找？"华中茫然地问："能找到吗？"南二忙说："能，能！"说完，他便领华中他们顺小巷朝另一个方向走去，与慧明背道而驰。

　　小贵子领慧明从小巷的另一边转到了庙的前门，小贵子一看南二他们不见了，知道事情已成，心中不禁一阵暗喜："师父，看看，看看，哄你不？你可瞧仔细了，这是不是你刚才进庙的那个前门？"慧明一看华中他们不在，惊讶地问："华中和虎娃他们呢？"小贵子一听，故意追问："谁，谁？谁是华中和虎娃？"慧明说："就是我们一起的。"小贵子说："怎么，师父，原来不是你一个，是来了一群和尚？你们是不是要在这里挂褡做佛事，先派你进去看一看？""不不不！"慧明急忙解释说，"是几个小施主，他们是从河南怀庆府来的。"小贵子装着很着急的样子说："哟，那一转眼哪里去了？是不是他们进庙里找你去了？要不，我陪你再进庙找一找？""谢谢施主！"慧明说完，就随小贵子再次进庙，从大殿到旁殿，到庙后门，不见一个人影，最后又找到小巷里，还是不见一个人影，慧明担心地说："他们随一个叫北五的人走了。"小贵子明知故问："他们干啥去了？"慧明说："他们去找河南的濮家班。"小贵子说："那个叫北五的人可知濮家班的住处？"慧明说："他说他知道，可我觉得我们都被他骗了。"小贵子一听，急忙打消慧明的疑心："哎呀，师父，不可能不可能，他骗几个男娃子有啥用！我看你就别挂心了，你帮他们寻人，道理和那个北五一样，都是做善事。如果那几个娃娃在南……不不不，在北五的帮助下找到了濮家班，也就有了归宿，你的任务也算完成了。赶巧这庙已空，你也有了安身之处。你看，在这里修行多好，庙是破了些，香火是少了些，可是清静呀。你可以在此边修禅边为人释疑解难，可谓是普度生灵啊。""唉——"慧明长叹一声，咏道，"兀兀不修善，腾腾不造恶，寂寂断见闻，荡荡心无着。恶有恶报，善有善报，事到如今，也只能如此了。阿弥陀佛！"小贵子听得此言，怔然片刻，说："师父，我这儿有二两碎银，是我这个月的月钱，被北五提走一份之后，就剩这些了。你别嫌少，拿去买条被褥，买点吃的，先凑合着。我宫里还有事，过两天再抽身来看你。"慧明盘腿打坐，说了一声"谢谢施主"，便开始诵经。小贵子将碎银放在他脚下，悄悄溜走了。

这时候，南二已经领华中他们来到了小刀刘家。小刀刘正坐在藤椅上抽水烟，南二领六个娃娃进了厅堂，小刀刘微睁双目，挨个儿审视六个娃娃。当他看到华中和虎娃时，双目顿时发光。南二站在一旁，唯唯诺诺地说："刘爷，六个，一个不少，全带来了。""好好好！"小刀刘说，"先让他们进里屋安顿，咱俩再说事。"华中不走，问道："我爹呢？"小刀刘诧异地问："你爹？你爹是谁？"华中说："我爹是河南怀庆府濮家班的濮中阳。"南二嘿嘿一笑说，"小兄弟，你先别慌，来到这儿就算到了家了，不一会儿就能见到你爹。"小刀刘听出了话音，忙笑道："南二说得对，一会儿咱再去见你爹。"虎娃听小刀刘叫北五"南二",很奇怪:"咦,他不是叫北五吗,怎么又改叫南二了?"华中说:"对呀,你怎么又叫南二了?"南二说:"对呀,没错!我大名叫北五,小名叫南二。"虎娃说:"你骗人!华中哥,咱们上了他的当了!"华中上前抓住南二:"说,你为啥骗俺们?""没骗,没骗,"南二嘿嘿干笑着说,"不信你问刘爷。濮家班就住在这个客栈里。"虎娃环顾一周,说:"华中哥,这地方压根就不是什么客栈,像个药铺,你闻闻,净药味儿。"华中也立即悟出什么:"我们上当了,快走。"小刀刘一听华中要走,忙上前拦住他们,他狞笑一声,呵道:"哪里走!"华中说:"我们去找濮家班。"小刀刘说:"怎么说来就来,说走就走呢?"华中叫道:"你想干啥?"小刀刘说:"干啥?留住你们,让你们今生今世享受荣华富贵。"

华中看情况不妙,忙给虎娃使眼神,二人立刻靠在了一起,护住了另几个小娃娃。小刀刘一看这阵势,冷笑道:"哟嗬,还想亮招啊?胎毛未退,胆儿倒不小。"小刀刘说完,又对南二说:"把他们一个个收拾了,先撂到后院地下室里冷冷他们的性子。"华中说:"你敢!"南二以为华中几个小孩子很好对付,吼道:"你看老子敢不敢!"说着就上前去抓华中。华中飞起一脚正踢着南二的裆部。南二痛得转着圈儿叫唤:"哎哟,哎哟,刘爷,他踢着我的裆了。哎哟,一会儿你可要给他下手狠一点,让他断子绝孙,为我报仇。"小刀刘放下水烟袋,说:"没看出来,这小子还挺麻利。"小刀刘边说边撩起长衫下摆,转了转手腕,关节啪啪乱响,然后一运气,身闪如电,晃得华中他们眼花缭乱。华中大喊一声:"虎娃,跃身!"说着,就一个鹞子翻身蹿到了桌子上。虎娃就地翻滚,滚到了桌子下面,伸头问华中:"华中哥,下面咋弄?"华中高喊:"三拱桥!"虎娃听罢,一跃身,连翻了三个抢背,一个比一个高,最后落到一架药橱上,将上面的锡罐都弄倒了。锡罐里装的药核桃滚了一地,小刀刘一脚踏在核桃上,摔了个仰八叉。华中一看小刀刘摔倒了,忙对伙伴们喊:"快逃!"几个娃娃一听,急忙向门口跑去。

小刀刘眼见娃娃们要逃,跃身而起,抢先将门关上,然后点了几个娃儿的穴道。几个仆人跑来,抓住了华中、虎娃和几个娃娃。小刀刘说:"快,将他们全抬进地下室。"南二没想到小刀刘还有如此好的武功,不禁赞叹道:"刘爷真是好手段。"小刀刘边揉腰边说:"不给他们个下马威,他们就不知马王爷长三只眼。"南二说:"这几个娃儿怎么样?"小刀刘说:"刚才你也看到了,两个大点儿的,那长相和机灵劲儿,都是一等,将来怕是都是侍候皇上和娘娘的主儿。那几个小的现在还不能动,得再养养,看能否再挑出两个光鲜的。""嘿嘿……"南二献媚地笑着说,"刘爷又要发了。"小刀刘拿起水烟袋,吸一口,说:"老夫有了钱,你也跟着沾光不是?"南二点头哈腰地说:"那是,那是。"

濮华义来到富祥大车店黄家班原来的住处,见房门已锁,就从门缝儿里朝里望。店家走过来:"客官,你找谁?"濮华义说:"黄家班不是在这儿住吗?他们人呢?"店家说:"走了。原说要住一段日子,昨儿个突然就拔棚了。"濮华义惊讶地叫了一声:"什么?走了?"店家说:"走了,回老家了。"濮华义一听,怔了好一会儿,说:"奇怪,为何不言语一声呢?"说完,便急急回了京门大车店。

京门大车店的店家一见濮华义,忙迎了上来,问:"哎呀,濮公子,怎么就你一个人回来,濮班主他们呢?"濮华义说:"他们还得几天,我回来是想看看我小妹来了没有。"店家问:"你是说濮二小姐吧?"华义说:"是呀,她回来了?我母亲和我弟弟来了没有?"店家说:"我就见你妹妹一个人回来了,别的都没见。"华义一听,忙问:"我妹妹呢?"店家说:"唉,别提了,被人家抓走了。""是谁?"濮华义急急地问。店家摇摇头说:"不知道。"

濮华义心里立即像坠了一块巨石,他知道事情很严重,急忙跑回恭王府,给父亲汇报玉芝的情况。濮中阳一听二女儿被人抓走,心情似黑云压城。

濮玉兰问:"二哥,店家的消息准不准?"濮华义说:"店家认得玉芝,咋能不准?"濮玉兰也急得不行:"爹,那就快想办法去救妹妹呀。"濮华义说:"现在问题不光是玉芝一个人的,咱妈和华中他们来了没有,若来了,现在在哪里?"濮华龙说:"爹,华义说得对,现在不光是玉芝一个人的事了。"濮华义说:"咱们不能老被恭王爷困在这里,要回大车店,人丢了,就去找,不能像现在这样干着急。今日要不是安公公让我进宫,咱还啥也不知道呢!"濮玉兰说:"恭亲王说是对咱好,实际上是把我们变成了聋子和瞎子,外边的事一点也不知道。"濮华龙说:"怕是我舅舅家突然拔棚,也与这事有关。"濮华义说:"黄家班拔了棚,飞腿张和乔家父女不见踪影,我妹妹又被抓,这一连串的事真让人摸不着头脑。"濮华龙说:"是呀,华义去悦来客栈找红玉姑娘,被人带到了恭王府,玉芝回大车店找我们,被抓了,恭王爷突然不让我们回大车店,这些事似乎都有联系。"濮华义说:"我们不能在这儿住了,应该马上回大车店,先找到妹妹再说。"濮华龙和濮玉兰也随声附和:"是呀,是呀!"

一直没有说话的濮中阳望着儿女们说:"玉芝被何人抓了咱知道吗?现在被关在什么地方咱知道吗?若是被官府抓的,为什么要抓她,咱不清楚。若是被土匪绑票了,总该递个信儿,好让咱拿钱赎人。所以我琢磨,玉芝虽然被抓,暂时也不会有太大的危险,为啥？若是土匪抓的，人家是要钱；若是官府抓的，那就不是钱的事，定是有什么案子牵连到了她，也暂时不会要她的性命。"

濮华义说："那怎么办？我们总得救她呀。"

濮中阳说："现在天色已晚，一切要等到明天再说，都先睡吧。玉芝被抓一事万不可对别人讲，尤其是要对你奶奶保密。"

濮中阳说完，便不再言语。一直挨到天黑，他借故来到恭王府萃锦园的竹林，机警地躲过巡逻的侍卫。他昂首望了望高墙，犹豫着，不知过了多久，他像突然下定了决心，掏出绳子和鹰爪，欲扔向高墙，可就在这时，他又放弃了……不承想，濮华龙从暗处闪出来，说："爹，让我来吧。"濮中阳吃惊地问："你来干什么？"濮华龙说："爹，我看出你心中有事，又不便给我们说，孩儿知道你有难言之苦，见你夜不能寐，所以就跟来了。眼下当务之急是找我妹妹，让我出去吧。"濮中阳说："出去容易，回来也容易，可你别忘了，这里可是恭王府，如此出出进进可是要犯杀头之罪的。爹不是怕死，是怕因此毁了濮家班哪！"濮华龙说："孩儿明白爹的心思，可我妹妹若有个三长两短，咱们怎么向我娘交代？"濮中阳说："我已想好，这样太冒险，不如我明日正式向恭亲王提出来，咱们正大光明地走出去，岂不更好？"濮华龙问："如果他不同意呢？"濮中阳说："若他不同意，咱们再来这一招儿就占了理，人只有占了理才理直气壮，干起事来才有底气。"

小贵子走后，慧明又回到小庙里，四处又找了几遍，仍不见华中他们的人影。正在这时，突然从小屋里传来乔二的咳嗽声。慧明悄悄走过去，看到门是锁着的。屋里又传出乔二的咳嗽声，慧明满脸疑惑。突然，后巷里传来了脚步声，慧明急忙躲在了暗处。

来人正是万人迷和乔红玉。他们一直等到天黑才回到小庙，怕的是白天人多眼杂，会出什么事情。二人开了门，进了屋。万人迷轻声对乔二说："兄弟，让你受苦了，快，咱去找洋人瞧瞧去。"乔二固执地说："我不去，我绝不找洋鬼子看病。"乔红玉说："爹，你一定要听万大伯的，治病要紧。"万人迷说："是呀兄弟，给你看病的不是洋鬼子，是洋女人。红玉，快把门板卸下来，咱把你爹抬过去。"乔二一听万人迷要抬他，急忙说："别，别，我能走……"乔二说着就要挺身站起，一时不察差点跌倒，乔红玉见状，忙上前搀住了父亲，劝道："爹，你身上好烫，还是让我和万大伯抬你去吧。"乔二说："你万大伯年岁大了，怎能抬得动！哎呀，我头晕得厉害，像腾云驾雾一样。"万人迷说："你是烧晕了，别再搞什么乱七八糟的了，一切听我的。闺女，快卸门板。"

红玉急忙去将门板摘下，和万人迷一起搀扶父亲躺在门板上。二人抬起门板，不承想万人迷力不从心，腿直打晃，门板和门板上的乔二也开始摇晃。乔二于心不忍："老哥，还是我……走着去吧。"

"我……我还行。"万人迷说着，又差点失手把乔二翻下来。慧明见状，不由自主地跑上前去接过万人迷手中的门板。看到一个和尚冒出来，万人迷和乔红玉都吃了一惊。万人迷问："你是人是鬼还是神？"慧明说："施主，我乃今日来此庙挂褡的僧人，闲话少说，救人要紧，请你们放心，小僧不是坏人。"万人迷说："小子，你就是坏人这会儿也别坏，一定要当一会儿好人。"慧明说："阿弥陀佛，救人一命，胜造七级浮屠！老人家，这是小僧的造化。"万人迷说："来了这么好一个小和尚，看来，是佛祖显灵了。"

慧明和乔红玉抬起乔二，出了后门。万人迷指路："向南，向南。"慧明问："施主，哪儿是南？"万人迷一听慧明连南都不知道，急得直叫："哎呀，真是个笨和尚，跟北对着的不就是南吗？"

转了向的慧明又问:"那何为北呢?""哎呀,南北都不分,还念什么佛?跟我走!"万人迷说着,急步走到前头,几个人极快地消失在黑暗里……

第十二章

恭王府的大戏楼内,又一天的堂会开始了。台下坐着恭亲王和比利时的外交使节。台上正在演《弹板飞人》,由濮华龙和濮华义等人出演。道具很简单,一块长板,中间放着木墩,一人猛压木板,将另一个演员弹高,被弹出的演员在空中翻跟头,然后正好落在一个大汉高举的椅子内,惊险又新奇。

恭亲王很欣赏这个节目,双目放出赞许之光。不承想就在这时,被弹出的濮华龙一下失手,没落到椅子里,重重地落在了戏台上。全场哗然,急忙呼救……濮华龙被抬了下去……

濮中阳急急走到台下,跪在恭亲王面前:"王爷,犬子昨晚偶染风寒,今日失手,实在汗颜,草民叩请王爷降罪。"恭亲王边扶起濮中阳,边说:"俗话说,常在河边走,哪有不湿鞋,别说这些了,快去救人。"濮中阳起身说道:"谢王爷宽宏大量,不计草民之过。"说完,便急忙去救治儿子。

由于濮华龙摔伤,今天的堂会也就半途中止了。恭亲王把比利时大使请到多福轩内喝茶:"威妥玛先生,实在抱歉,今日的堂会出现了失误,让你跌眼了。"威妥玛忙说:"不不不,亲王阁下,节目很好，偶尔失误，不足为奇，我还是很喜欢中国杂技的。"恭亲王说："你不介意就好。"

这时，管家进得轩内，禀报："主子，濮家班班主濮中阳求见。"恭亲王说："快让他进来。"

濮中阳进来，施礼："草民濮中阳叩见王爷。"恭亲王说："免礼！令公子的伤怎么样了？"濮中阳说："谢王爷关心，犬子虽没生命之危，可左胳膊骨折，右膝骨也受了重伤。""那就快请郎中。"恭亲王停了片刻，又说，"你看，是不是请御医来给他瞧一瞧？"濮中阳说："谢王爷美意，犬子的伤事小，草民今日求见，另有其事。犬子是班内挑大梁的，他这一负伤，草民怕影响演出的质量，愧对王爷的期望。所以草民特请王爷开恩，暂停堂会几日，让濮家班回大车店休整。"恭亲王沉思片刻，说："也好，伤筋动骨一百天，调养濮公子的身体要紧。这样吧，让管家带你去领一百两赏银，你们暂回大车店，但不可远离，过几日，本王还有要事用得着你们。"

濮中阳谢过恭亲王，便急急回了戏楼后台，却不知道此时家乡正遭受严重的旱灾。

怀庆府濮家庄，地里的庄稼都焦了，外出逃荒的乡民成群结队，驮猴的、牵狗的、推车挑筐的。没走的乡民都聚在城内的龙王庙里，龙王庙内外人山人海，县令正带领百姓求雨。庙里的供案上摆满了供品，庙外的场地里也搭起了大案子，上面供奉着整猪整羊。香一连九炷，烧得正旺。县令高喊："祭龙王爷求雨开始——"县令话音刚落，锣鼓唢呐便响了起来，声震天地。

县衙的官员、老会首和乡党们等排立于案前，先施礼上香，后下跪叩头。接着，由县令带头，九个头面人物将九坛酒打开，摆在龙王面前。敬酒结束，只听三声炮响，老会首一声高喊："起龙喽——"喊声落，十三节龙灯高高擎起，在空中滚动着奔向龙王庙，先绕场奔跑一周，龙头高昂，十几把唢呐齐鸣，似龙嘶虎吼，接着，十几竿三眼铳同时点响，鞭炮如雨，喧嚣声中，开始起舞，整个龙身慢慢滚动，两盘龙如波浪翻滚，先是二龙戏珠，龙腾虎跃，滚地追风，接着是鹞子翻身，高空探海……呐喊声如潮似涌……

由于人们都在龙王庙里求雨，县城大街寂寥无人，黄氏女带着娃娃们在街头卖艺，又敲锣又打鼓，头上都冒汗了，只引来几个顽童。

濮金花和一娃正在玩《顶灯》，汗水顺着他们的面颊流下。由于围观者都是孩子，地上的簸箩里空空如也，黄氏女失望地停止了敲击。二娃、三娃、四娃、五娃围着她叫饿。

"走，咱们回家，我给你们熬野菜汤喝。"黄氏女说完，便背着鼓提着锣，带娃娃们朝回走。街头到处是乞丐和灾民，人市上，有许多头上插草卖身的女娃和女人。一个高台上，站着一个漂亮的女子，有几个富公子在叫价，最后，一个丑男人用五串钱领走了那女子……

濮金花捡了根草别在头上，说："师娘，把我卖了吧，给弟弟们买馍吃。"黄氏女上前搂住濮金花，去掉她头上的草标，说："孩子，咱到京城找班子去。"濮金花说："爷爷年岁大了，他一个人在家怎么办？"黄氏女犯愁地叹了一声，没有言语。濮金花见师母不语，又说道："师娘，让我在家侍候爷爷，您带弟弟们去京城吧。"黄氏女又叹了一声，抚了抚濮金花的头顶，说："回家再说吧。"

一行人回到家里，濮老汉咳嗽着为他们开门，问儿媳妇："挣到银子没有？"黄氏女摇了摇头。濮老汉长叹一声，说："都怪我不小心，让贼人盗走了玉芝带回来的银子。"黄氏女见公公自责，忙宽慰道："爹，您别伤心，明儿个我们还去城里，看有没有富人家演堂会。"濮老汉说:"唉,百天不雨,天下大旱,富人家也不会有兴致演什么堂会呀!"黄氏女说:"爹,您甭愁,总会想出办法的。要不,我请人再给中阳和华龙他们写封信,让他们再送回些钱来度灾荒?"濮老汉说:"他们在外挣钱也不容易,几十口子人,人吃马喂的,出门三里是外乡,不同在家里好对付。唉,说起来这全怪我人老不中用了,若有你婆母那样的好身体,也不会在家累赘你。"黄氏女一听这话,忙说:"爹,看您老说哪儿去了,谁没有老的时候,您放心,再苦再难,儿媳也不会丢下您不管的。"濮老汉抹了一把泪水,说:"村里人都走光了,连狗都跟着去南乡逃荒去了。这几天我一直在琢磨,要是全都在家等死,还不如你带这些娃娃进京去。听说河间府一带今年的收成还可以,你们逃命去吧。"黄氏女说:"爹,您千万别这样想,要死咱们也死在一块儿。"濮老汉说:"儿媳呀,你不能光顾我,我老了,不中用了,你要为这些娃娃着想呀。他们都是苦命的娃,落到咱家,无论多难,咱也要对得起他们死去的爹娘呀。"黄氏女说:"爹,您放心,我和中阳既然收留了这些娃娃,就一定将他们养大成人。您也别想那么多了,先歇一歇,我给娃娃们熬碗菜汤,别讲好赖,能充充饥,他们都饿坏了。""好,去吧。"濮老汉说完就独自进了自己的房间。

不承想待黄氏女做好野菜汤,端了一碗要送去濮老汉房里时,推门一看,濮老汉已悬梁自尽了。黄氏女惊叫一声,手一抖,碗碎汤洒……

父亲悬梁自尽的事,远在京城的濮中阳还浑然不知。这时候,他已带领濮家班回到了大车店。店家见濮中阳回来了,急忙迎上来,与濮中阳小声说着什么。濮华义和一个男演员抬濮华龙进了屋,濮华龙在床上不停地叫疼。濮中阳走进来,说:"别装了,没那么厉害。"濮华龙忽地坐起,说:"爹,到底没瞒过你的眼睛。"

濮中阳说："你小子那招数，瞒外行可以，瞒老子还嫩点。"濮华义如梦方醒地说："哎呀，哥，原来你是假摔呀。"濮华龙说："我若不假摔，怎能给爹找借口让咱们回大车店？"濮华义恍悟，说："早知道你是假摔，我就不抬你了，死沉死沉的。"濮中阳说："虽是假摔，但还是伤了，要好好调养几日。我去找你万大伯，让他给配几贴膏药。另外，这几日你们不可乱跑，把节目调一下，咱们先去天桥撂地。听说老家大旱，玉芝和华中又下落不明，都得用钱哩。"

黄学禄忧心忡忡地来到小庙，他见万人迷的房门洞开，里面空无一人，很是疑惑。正要离开时，慧明从后门回来了。黄学禄看到慧明，大吃一惊："咦，你怎么在这儿？"慧明怔了半天，说："施主，我不认识你呀。"黄学禄说："你不是和一群娃娃在天桥卖艺吗？怎么在这里？那几个娃娃呢？"慧明问："你问华中他们？他们被人骗了。"黄学禄忙问："被何人骗了？"慧明说："被一个名叫北五的骗子骗了，他说他能帮我们找到濮家班，要带我们去。路过此庙时，他骗我进庙拜佛，我进庙就被一个小太监缠住，那小太监骗我从后门出去，等我再赶到前面山门时，就不见了华中他们。"黄学禄一听，简直不敢相信自己的耳朵："什么，你说你们是来找濮家班的？"慧明说："正是！领头的那个大娃娃就是濮班主的小儿子濮华中。"

听到此，黄学禄不禁抱怨说："哎呀，你们怎么不早说呀？那濮华中就是我的小表弟呀。"慧明说："施主，你在天桥见过我们，为何没认出来？"黄学禄说："唉，我上次见他的时候他才一岁，现在都快十年了，咋能认得他！"

慧明见黄学禄如此着急，明白此人可能真是华中的亲戚，忙问："请问施主，您是——"黄学禄说："我是濮华中的表哥黄学禄，他母亲是我的亲姑姑。"慧明一听，忙说："阿弥陀佛，原来如此！施主，你知道濮家班现在何处吗？"黄学禄说："濮家班在恭王府里演堂会，他们压根儿还不知道这些。"慧明说："请施主速传信儿给濮班主，让他们赶紧找华中。""唉……"黄学禄哀叹道，"我告诉你，不但是华中找不到了，连我妹妹和表妹濮玉芝也找不到了。"慧明惊道："什么？玉芝姑娘也失踪了？"黄学禄点点头，说："不知道被谁抓走了，昨儿个我和妹妹找了许久也没找到。晚上，我们住在悦来客栈，不承想我妹妹也失踪了。店家说我妹妹是被官府抓走了，可我找了几个牢狱，也没打听到一点信儿。所以才来此找万大伯，想找他打听打听乔家父女的事。"慧明问："你是说那个住在这里的那个老头儿？"黄学禄说："是呀，秃顶，小眼睛，外号万人迷。"慧明说："他呀，刚刚与一个公子哥一起抬着一个病人去了洋人的教堂。"黄学禄迷惑半天，问："公子哥？"慧明说："对，抬的那个好像是那公子哥的父亲。"黄学禄一听，头顶聚了一个大大的问号，他自言自语："那是谁？"

过了一会儿，黄学禄问慧明："小老弟，你打算怎么办？"慧明说："我要找到华中他们。"黄学禄说："濮家班就住在京门大车店，等他们从恭王府出来，你最好先去找他们。"慧明说："找不到华中和虎娃他们，我无颜见濮班主和玉芝姑娘。"黄学禄叹了一声，说："玉芝和我妹妹下落不明，又找不到乔家父女，这可怎么办？"慧明说："我真没想到，京城会如此险恶。"黄学禄想了想说："这样吧，咱们分头去找，晚上在这里碰头。我先去教堂找万大伯。"黄学禄说完，二人走出小庙，分头去找。

他们刚走不久，濮中阳就来到小庙，见万人迷的房门大开，四下望了望，悄然走进房里。见房门被卸，屋内也没有了乔二双刀，他一脸疑惑，急忙走出小屋，拐进了小巷……

教堂的博爱医院里，一修女正在为乔二扎针。修女戴着大口罩，用茂菲氏滴管为乔二输水补液。万人迷不知道滴管是什么，问："姑娘，这个管子是干什么的？"修女用生硬的汉语告诉他："这是茂菲氏滴管，用这个为他输液，药在盐水里，直接扎进血管，消炎快。"万人迷说："喝了不是更快！"修女笑道："喝了进了胃了，不一会儿就排出来了，作用太小。"

万人迷又拿起白瓷盘里的注射器观察，修女急忙制止他："老先生，这是消过毒的，不可用手触。"万人迷问："这个大管子是干啥用的？"修女说："这是德国产的立考德注射器，可抽血，可注射，能盛二百毫升。"万人迷问："二百毫升是多少？""二百毫升吗？就这么多。"修女指了指玻璃上的标码，对万人迷说，"看，就到这里！"万人迷想了想，说："能不能把你们用过的送我一只，我玩把戏用？"修女不解地问："玩把戏？什么是玩把戏？""玩把戏就是……"万人迷想不起来词儿，突然灵机一动，从兜儿里摸出一枚铜钱，先让那修女看了看。然后，一转眼，钱不见了，最后从修女的兜里掏了出来，万人迷说："这就是我们中国的把戏。"修女一看，笑道："原来把戏就是魔术啊。"

就在万人迷和修女说笑之时，一直没有言语的乔红玉起身走到诊室里，向英国女医生特维斯询问父亲的病情。特维斯告诉乔红玉："你父亲受的是枪伤，按规定我们要查明情况才能治疗。"乔红玉说："他是打猎时被同行误伤了。"特维斯说："中国人打猎用的是土枪，而你父亲是被我们大英帝国的枪支所伤。"乔红玉怕特维斯生疑，忙说："是王爷家的贝勒用洋枪误打的。"特维斯问："打人的贝勒为什么不来？"乔红玉说："他们有权有势，我们惹不起，只好自己来找你们。"特维斯听了，停了一会儿，又问："情况属实吗？"乔红玉说："没半句谎言。""那好吧，我相信你一回。"特维斯说着，又拿起药方开药，然后对乔红玉说，"你快去药房取药，让护士加在盐水里注射。"乔红玉问："这是什么药？"特维斯说："盘尼西林，消炎的。"乔红玉不解地问："刚才你为什么没开这个药？"特维斯说："怕你们是太平天国的间谍。"乔红玉听后，禁不住怔了一下，待她回过神来，急忙离开了诊室，到药房里取了药，回到病房递给了修女。

万人迷问："怎么又拿了这么多药？"乔红玉说："这药才真正能治我爹的病。"万人迷一听，愤怒地说："弄了半天，刚才是糊弄我们的，这些洋鬼子。"修女看着万人迷，觉得这个小老头很是可爱，笑了笑，对他说："我们不是洋鬼子，我们是洋女人。"万人迷忙说："对不起，我把你当成中国人了。"

黄学禄来到医院大门外，朝里望了望，见有一洋人走出，忙上前问道："先生，这是洋人的医院吗？"那洋人看了他一眼，像是没听懂他的话，摇了摇头，一耸肩，走了。黄学禄壮着胆子，走了进去，开始挨个儿病房找人。不承想，那修女端着器皿从乔二的病房走出时，差点和探头探脑的黄学禄撞了。修女问他找谁，黄学禄嘿嘿一笑说："我找万人迷，他是这样的——"黄学禄学着万人迷的样子，说："稀顶，六十多岁，干瘦，身上没肉。"修女一听笑了，用头一指道："喏！"

正好万人迷扭过脸来，以为修女唤他，忙站起身跑过来："洋姑娘，啥事？"黄学禄一看是万人迷，叫道："哎呀，万大伯，我可找到你了。"看到黄学禄，不但万人迷吓了一跳，乔红玉也吃了一惊，她忙起身，急急走过来，示意黄学禄小声点。黄学禄一看是昨晚住店的公子，又看看万人迷，恍然大悟道："噢，原来昨晚伴悦来客栈的那个老太婆是你化装的。哎呀，我真笨，怎么没想到这一层呢？"乔红玉小声地说："看透别说透，才是好朋友，走，到别处我把我所知道的告诉你。"然后,二人来到教堂一旁一个无人的角落处,乔红玉把昨晚所见的一切都告诉了黄学禄。

黄学禄问:"你都亲眼看到了?"乔红玉说:"我一直跟到宛平县大牢,亲眼看到他们把秋菊姐姐关进了牢里。"黄学禄说:"如此说来,他们肯定是恭王府的人了?"乔红玉说:"这还用说!"黄学禄不解地问:"恭亲王那么大的权力,为何把我妹妹关到宛平县大牢呢?"乔红玉说:"我也是百思不得其解。"黄学禄沉思了一会儿说:"怕是玉芝表妹也在那里关着。"乔红玉说:"我琢磨着也是。要不,今夜我再去探一探?"黄学禄说:"我也去。"乔红玉生怕再给他们惹来祸端,忙说:"黄大哥,这种事我不想让你参与,对你不好。"黄学禄说:"我妹妹都被抓了,我怎能不参与!"

恭亲王下朝归来,回到府内,只见管家迎面而来:"主子,宛平县大牢又抓了一个乔红玉。"恭亲王止了步,惊讶地看着管家问:"什么?"管家说:"听派到悦来客栈的人说,昨天半夜,乔红玉开窗回屋,被他们当场抓获。"恭亲王问:"她承认自己是乔红玉了?"管家说:"没有,和上次抓的那个一样,也说自己不是乔红玉。"恭亲王说:"哟,奇了怪了,抓了两个都说自己不是乔红玉,那乔红玉在哪里?"管家说:"回主子的话,奴才分析,这两个中头一个可能是假的,因为从年龄上分析,头一个女娃才十六七岁,与乔红玉的年龄不符。而后一个,倒是年龄相仿。"恭亲王问:"你是说,这后一个才是真的?"管家说:"是,主子。"

恭亲王点了点头,走了几步,又突然问道:"后一个武功怎么样?"管家说:"听他们说,好像没什么功夫。"恭亲王又止了步子,说:"噢,那就是说,头一个年龄不像,但武功像,后一个武功不像,但年龄像,而且她还回过悦来客栈乔红玉的客房。"管家说:"是。"恭亲王说:"那就让宛平县胡月同先审一审,审清楚之后,再做下一步处理。告诉那胡知县,先暂不用刑,若打坏了假的,岂不冤枉了人家。"管家"嗻"了一声,下去了。

正在街头行走的慧明,突然发现了小贵子。小贵子在前面急匆匆地走,慧明紧跟其后。从大街一直跟进小巷,二人一明一暗,一前一后来到了地安门内方砖胡同。南二从小刀刘家出来,走到巷口处,见到小贵子:"哟,小老弟,你好。"小贵子一看是南二,问道:"是不是找刘爷领赏钱去了?"南二摇着头说:"唉,别提了,刘爷也太小气了,几乎是让我白忙活了。"小贵子不相信地说:"老哥,不会吧,是不是怕我要分成?"见小贵子不信,南二很着急,用手指头比画着说:"刘爷只给了这个数。"小贵子装着更不相信的样子说:"骗兄弟哩是不?""骗你是这个——"南二说着,又用手比画王八。小贵子缓了缓神,劝说道:"论说也值,只用了小半天工夫,就赚了那么多,等于白捡银子,你就答应了吧。"南二一听,生气地说:"答应个鸟,要是不让我顺心,我就去找那小和尚,让他来刘府要人。""咦,别别别,这可使不得。"小贵子急忙劝道,"我告诉你,这几个娃娃可是李公公让我找的。李公公你知道不?现在是大内副总管,西太后的红人哪!"南二说:"若是这样,那我更得搅和搅和了。"正说着,南二突然发现了慧明,急忙压低了声音:"哎,那小和尚跟踪你。别扭头,想法儿把他撇掉就是了,千万别让他知道娃娃在小刀刘家。"小贵子一听,惊了一下,说:"哎呀,没看透,这和尚还有这一手,要不是你,我今儿还真栽了呢。"南二说:"你快走,我从这个巷口岔过去。"说完,二人急忙走开。

慧明见二人分开,一时间不知跟踪谁为好。他迟疑了一下,急忙朝小贵子追去。小贵子走到小刀刘家门口时,故意不朝里拐,很急地走过。慧明也跟着走了过去。小贵子路熟，左拐右拐，不一会儿就把慧明甩掉了。

地安门内方砖胡同的小刀刘家里，小刀刘正在配药。

化了装的小贵子走进来问："刘爷，南二引来的几个娃娃现在怎么样了？"

小刀刘一看是小贵子，忙说："很犟，昨儿个老夫一不小心，还吃了点亏呢。"

小贵子说："他们都是玩把戏的，从小练功，虽不会武功，但一个戏子顶半拉武师，奇招儿也能来几手。"

小刀刘说："这几个小子，个个都是好身手，若不是我有功夫，怕昨儿个还让他们逃了呢。"

小贵子说："那可不行，万万不能让他们逃了，这可是李公公关照过的人。"

"李公公那边怎么说？"

"刘爷，这个你放心，李公公让我传话，说那边都打点好了，就等您这一刀了。"

"李公公好眼力，这六个娃娃中有两个眉目清秀的，身子骨也不错，等我摸了他们的裆，怕是两个进宫的好料。"

"刘爷，进宫是定了的，那边有李公公和安公公照应着，这边就看你的了。"

"有些话我可得说到前头，净身的事就是一刀子买卖，这一刀下去，可就没有后悔的地方了。若刀口发炎或娃娃们患病什么的出了事，可不能全赖到我的头上。"

"那是那是，这也要看他们的运气和造化。"

"是呀，谋事在人，成事在天，这还得看他们的命。就像你，舍不得那阳根，能摊得上那富贵吗？别看这几个娃灵里灵气的，他们要想享大福，必得吃这遭苦，受这茬儿罪。"

"摊上刘爷您这把刀，那是他们的福分。"

"这话我爱听。要说他们摊上我这把刀也的确是他们的福分，可不是吹，整个北京城你去打听打听，要说手快，会计胡同的毕五爷，尽忠胡同的赵三爷，再加上我，这三家不分高下。可要说稳、准，还不带痛的，那还就数我小刀刘了。毕五爷、赵三爷，快是够快，可那罪您受得了吗？来我这儿包您不叫痛，这要把话说俗点，就叫货比货。不信你问吕公公、赵公公、常公公他们，当初可都是从我刘家走进宫的，没一个叫痛的。李公公为吗让你把娃娃交到这儿，那是因为他懂。当初他是在毕五家去的势，他吃过亏。只是我这儿价码高一些，可高归高，一个字：值！说话到这份儿上，刘爷我就挑明了，例银咋说？"

"刘爷，这个你放心，李公公说了，到时候请您到内务府领现银。"

"怎么又要去内务府？那地方老欠账，讨账如要狗肉钱。这活儿我不接了，你领他们去找别人吧。"

"哎，哎，刘爷，别价，别价，你别着急，不想去内务府可以，我马上回宫向李公公禀报此事，让他再想辙，保管让刘爷您满意！"

"那好吧，我等你的信儿。先说好，例银不说定，我可不动刀。"

"那是，那是！"小贵子说完，又偷偷从刘府后门溜了出去。

华中和虎娃他们还被关在刘府的地下室内，门打开了，一个仆人对他们喊道："出来吧。"华中他们走出地下室，出门是一个小院儿，他们好一会儿才适应。接着看到小刀刘从一个门里走了出来。

小刀刘打量着华中问："小子，还有劲儿不？"

华中说："告诉俺，这到底是什么地方？"

小刀刘说:"想知道吗?那刘爷我就告诉你们,这儿是出太监的地方。"

虎娃问:"太监怎么出?"

小刀刘说:"就是把你们的小鸡鸡都割掉,送到宫中当太监。"

六个娃娃同时惊呼:"什么!"

小刀刘又说了一遍,六个娃娃面色骤变,同时捂住了裆部:"俺不让割!"

小刀刘见状,狞笑一声,捋袖子挽胳膊,说:"这就由不得你们了。"

华中一使眼神,六个娃娃麻利地向院门退去,可惜,院门已锁。小刀刘轻蔑地看着他们,说:"来这里的娃子,除去阉割就是死,别无他路。"

濮华中看无路可逃,又一使眼神,六个娃娃开始飞身向小刀刘进攻。他们用腿踢,用屁股墩,小刀刘却岿然不动。小刀刘傲慢地说:"昨儿个是老夫脚下无根,让你们讨了便宜,今日休想了。"说着,走到一块巨石旁,大喝一声,双手将巨石举过了头顶,众娃娃看得惊呆了。他轻轻放下巨石,拍了拍手,这才从怀中取出一把锃亮的阉刀,对着太阳照了照,然后逼向娃娃们。华中和虎娃护着四个小弟弟,一步步朝后退,眼见要退到院门时,小刀刘却突然收了刀:"看你们吓得!告诉你们,别人来求我为他动码子,没五十两例银也甭想。去阳根虽有点苦,可今生今世就算享上荣华富贵了。"华中一听,急得直喊:"我们不想要荣华富贵,更不想当太监。"小刀刘说:"小子,这事我可管不了,这不是你爹带你来这儿,说不当立马走人。这回我说了不算,宫里的李公公说了才算。"华中着急地说:"从今以后,俺不吃不喝,就饿死在你这儿。"小刀刘听后,一阵大笑:"绝食呀?那好呀,这正符合净身的规矩——三日内水米不进，把屎尿屙干屙净正利于我下刀。要不给你动了刀，排屎排尿的，把刀口胀发了可是会要你们的小命的。"华中和虎娃一听这话，一下就泄了气。

　　这时，把小贵子跟丢了的慧明正茫然地四处寻着，无奈之际，只得挨门寻找，他又回到小刀刘的府第大门前，望了望门楣上方的"刘宅"，正欲走，突然一个老汉带了一个十几岁的娃儿拦住了他："师父，请问这里是小刀刘家吗？"慧明指着门槛上方说："老人家，那上面写的是'刘宅'，但不知是不是小刀刘家。"老汉一听，高兴地说："就是这儿，可找到了。小师父，谢谢你了。"慧明诧异地望着兴奋的老汉问："老人家怎么这么高兴呀？"老汉说："哎呀，小师父，你不知道，俺是河涧府人，家里穷，我们那地方，不少人都进宫当太监发财了，所以我也想让这娃儿去宫里享福。花了不少银子，才托了宫里的常公公找了个缺，可进宫之前呢，必得先去势，所以就找到这小刀刘家，让他帮个忙。"慧明问："何为去势？"老汉小声地说："去势……去势就是把他的鸡鸡去了，好去宫里当童监。""原来如此！"慧明脑际间突然闪出小贵子在庙里的情景，望着老汉带儿子走进小刀刘家，慧明禁不住走到小刀刘家的大门前，隔着门缝儿朝里望，可惜除了一堵影壁墙之外，什么也看不到。慧明失望地叹了一口气……

第十三章

　　宛平县衙的大堂内，胡知县正在审问濮玉芝和黄秋菊："说，谁是乔红玉？"黄秋菊说："小女姓黄名秋菊，不是乔红玉。"濮玉芝说："小女姓濮名玉芝，也不是乔红玉。"胡知县说："如你们所说，那我们是抓错人了？"黄秋菊和濮玉芝同时说："是，大老爷。"胡知县一拍惊堂木："胡说！我们哪儿会有抓错之理。"黄秋菊说："大老爷，小女原本是黄桥黄家班黄班主的长女，自幼习艺，压根就不会什么武功，怎会是大老爷口中文武双全的乔红玉？"濮玉芝接着说："是呀，大老爷，小女濮玉芝，乃河南怀庆府濮家庄濮家班班主的二女儿，虽自幼习武，但绝不是大老爷所说的乔红玉。"

　　胡知县不相信她们的话，说："你们听好了，只要你们两个有一个承认自己是乔红玉，另一个就当堂释放。"黄秋菊和濮玉芝听胡知县这样一说，对视一眼，然后同时高喊："俺是乔红玉！"胡知县吃惊地问："怎么，你们又都是乔红玉了？"黄秋菊说："大老爷，小女才是乔红玉，她不是！"濮玉芝说："大老爷，她骗你哩，小女才是乔红玉，她不是！"胡知县指了指黄秋菊："你先说，你是乔红玉有什么理由。"黄秋菊说:"我和乔红玉岁数相当。"胡知县又指了指濮玉芝:"你说说,你是乔红玉的证据?"濮玉芝说:"乔红玉武功高强,我会武功。乔红玉说话口音和我差不多,这人说的是京话,与我不同!"黄秋菊迫不及待地抢着说:"大人,小女可是在悦来客栈被你们抓来的,我被抓时所在的那间房正是乔红玉的包房!"胡知县问:"那你半夜回包房干什么?"黄秋菊说:"我……我是想看看我爹回来没有。"濮玉芝说:"大人,她骗你哩,我是在京门大车店被你们抓来的,我去大车店才是去找我爹哩!"黄秋菊说:"不,大人,她骗你!"濮玉芝说:"大人,她才是骗你的!"胡知县见事情蹊跷,不耐烦地说:"好了好了,你们别吵了,没见过你们两个丫头这样的,争着当钦犯,既然想当,那本县就让你们如愿——一个都不放,收监!"

狱卒将黄秋菊和濮玉芝关进牢内,锁了狱门。黄秋菊看狱卒走远,抱怨濮玉芝:"傻丫头,你为何跟我争?"濮玉芝说:"我是想让你先出狱。"黄秋菊说:"你被抓,我姑父和表哥们还都不知道,我怕他们挂心你呀。"濮玉芝说:"你被抓时表哥和舅舅不是也不知道吗?"黄秋菊不想和表妹辩论,说:"无论怎么说,你都该先出去找姑父他们。"濮玉芝说:"你先出去告知他们一声不就得了。"黄秋菊说:"那不一样,你昨儿个不是说华中他们也下落不明吗?若是他们来到京城找不到濮家班,也找不到黄家班,怎么办?"濮玉芝说:"我出去也同样找不到濮家班和黄家班,不如你出去,先找到学禄表兄,你们比我有办法。"黄秋菊一听,急急地说:"我是不想让你在这里受苦,你知道不?"濮玉芝说:"我也一样。"黄秋菊瞪了濮玉芝一眼,说:"傻丫头,让表姐怎么说你呢!"

濮华乂寻找红玉心切,再次来到悦来客栈。店家看到濮华乂,不禁问道:"怎么又是你?"濮华乂直奔主题:"店家,乔二双刀包的房退了吗？"店家说："别说退房，连人影也没见。昨儿半夜有个女贼想进去偷东西，被官府抓走了。"濮华义一听，大惊："女贼？怕不是乔红玉自己回来取东西？"店家说："被抓走的那个姑娘姓黄，和她哥哥一起来住的店。不承想半夜起了歹心，进了乔红玉的包房偷东西。"华义急问："姓黄？"店家说："是呀，还有一匹马，现在还在后院马棚里，让我先帮他喂着呢。"濮华义着急地说："店家领我去看看那马行不？"店家想了想说："好吧。"说完，便领濮华义到后面马棚。濮华义一眼就认出那是黄秋菊骑的大红马，焦急地说："这是我表姐骑的表演马，你快告诉我，我表哥去了哪里？"店家问："你表哥？谁是你表哥？"濮华义说："就是这匹马的主人。"店家恍悟："他呀，一早就出去了，只说去找妹妹，却不知何处找去了。"濮华义一听，拔腿离开客栈。

万人迷在医院陪了乔二一天才回自己的小屋，正欲上床躺一会儿，濮中阳走了进来。万人迷看到濮中阳，惊讶地问："哎呀，你何时来的？"

濮中阳说："等你多时了，乔二呢？"

万人迷说："这几天你在恭王府享清福，却把我给累坏了。那乔二伤口发炎，草药不起作用，只好送他到洋人的医院。可我手头又没钱，还得我和红玉姑娘半夜去当贼。"

濮中阳一听，担心地说："你把乔二送到洋人的医院了？那多危险啊。"

万人迷说："你放心，上下都打点好了，谎话也说圆了，总算瞒过了洋女人。"

濮中阳听得此言，舒了一口气，说："老哥，真是对不起，在恭王府里我心急如焚，可又不便出来，万请老哥恕罪。"

万人迷白了他一眼说:"恕什么罪,把发财的银子分给我一些好了。"

濮中阳一听笑了:"小弟早给你备下了。"说着掏出一大锭银子,放在了桌子上。

万人迷见濮中阳真掏银子,急忙说:"咦,咦,咦,使不得,使不得,哥是跟你开玩笑哩,咋能当真!"

濮中阳笑着说:"有钱大家花,等你发了财别忘了我就行。"

万人迷说:"这辈子,都得是你救济我,想要我的银子,等下辈子吧。"

说完,二人大笑。笑过之后,濮中阳又说:"老哥,刚才你说你和红玉姑娘当了一回贼,偷了人家多少,快还人家,咱可不能坏了咱做人的规矩。如此一偷一还,就不一样了,算是巧借钱吧。"

万人迷说:"你放心,哥还没堕落到那步田地。红玉姑娘是回悦来客栈'偷'自己的银子!"

濮中阳长吁一口气:"那就好,你吓了我一跳。红玉姑娘现在何处?"

万人迷说:"在博爱医院里侍奉她爹,等会儿我再过去。她说今夜里有事,问她什么事,她又不说。对,还有黄家班黄来福的儿子也在那儿。"

濮中阳问:"你是说,学禄也在博爱医院?"

万人迷说:"是呀,说他妹妹秋菊昨儿个半夜在悦来客栈被官兵抓走了。"

濮中阳一听,大吃一惊,说:"我明白了,是恭亲王派人抓的。他为了抓到乔二父女,先抓了濮华义,后抓了玉芝,现在又抓了秋菊。"

万人迷问:"那怎么办?去找恭亲王要人行不?"

濮中阳说："他们不认识乔红玉，肯定以为两人之中有一个是乔红玉。现在要人，要谁？再者，他们是秘密抓的，咱有什么证据能证明是恭王府抓的，人家一句话就可以把咱们顶回来。"

万人迷一听，说："这事还挺麻烦。干脆，找几个人劫狱得了。"

濮中阳说："劫狱？劫哪个狱？那可是杀头之罪。咱是老实百姓，不到万不得已，可不敢朝法上顶。"

万人迷突然想起了什么："我想起来了，那红玉说秋菊好像是在宛平县大牢里关着。"

濮中阳一听，有点不太相信："是吗？京城有九门提督，还有宗人府，为什么要关到宛平县大牢……噢，对了，这就更证明是恭王府抓的人。因为恭亲王生怕刺杀一事声张出来，所以他就避开了城内的大牢，把秋菊送到了宛平县。如此一说，那玉芝应该也被关在那里。"

"一下关了咱俩人，不劫狱还等啥！"万人迷气愤地说。

濮中阳突然双目一惊，说："不好，红玉说她今夜有事，很可能是与学禄一同去宛平劫狱。"

万人迷不以为然地说："那就让他们去呗。"

濮中阳斩钉截铁地说："不行，你一定要阻止他们。万一红玉姑娘落入官兵之手，他们一定会要她交出乔二，到时候，怕是连你也会受连累。"

万人迷满不在乎地说："连累就连累，真要落到杀头的份儿上，咱老万也来个脸不变色心不跳，在菜市口当一回英雄。到时候，人们会奔走相告：真没想到，天桥玩把戏的那个万人迷，别看模样不咋的，原来还与太平军有联系呢。真没看透，人家还是英雄嘞！"

濮中阳叹了一口气，说："老兄，都这般时候了，你还开什么玩笑！快去，天色不早了，记住，一定要拦住他们。一句话，不能硬干！"

"好，好，好，我这就去，你帮我锁门。"万人迷欲走又突然想起没有门了，便说，"哎呀，我忘了，门用来抬乔二了。哎呀，我回来是取烟袋哩，让你一搅和，差点忘了正事。"说着，万人迷又进屋取出烟袋，急急走出门，对濮中阳说："先说好，拦不住他们，可别怪我。"

濮中阳迟疑了一下，说："这样吧，咱们一起去。可这房门都没了，咋整？"

万人迷说："屋里没啥东西，小偷进来都会可怜我，有没有门无所谓。"说完，二人就一起离开小庙，朝博爱医院走去。

天已大黑，博爱医院乔二住的病房里，乔二仍在输液。乔二睡着了，乔红玉看天色已晚，非常着急，一会儿到门外望望，一会儿看看吊瓶。这时候，修女走了进来，检查了药的情况，又换了一根蜡烛。乔红玉想了一下，对修女说："小姐，你先帮我看一会儿，我伯伯马上就来。"修女说："好，这瓶里的药还多着呢，要一个小时才能下完，没事的，我帮你注意着，你有事就去办吧。"乔红玉谢过修女，又去给乔二掖了掖被子，这才从床上抽出宝剑，走出病房。

出了医院大门，乔红玉急急朝一个巷口走去，黄学禄正站在巷口的一棵老槐树下等她。黄学禄看到乔红玉，问："乔师傅有人照看没？"乔红玉说："一会儿万大伯就来，咱走吧。"说完，二人消失在夜色里……

濮华义从悦来客栈匆匆回到京门大车店，进大门就急急地喊道："爹，爹！"濮玉兰听到喊声走出来，问："哥，你喊啥嘞？咱爹走了许久了，至今未回。"濮华义一听，更急了："哎呀，他去哪儿了？我有要事相告。"濮玉兰问："是不是玉芝有了下落？"濮华义叹了一声说："不但玉芝没有下落，听悦来客栈的店家说，秋菊表姐昨儿晚上也被抓走了。"濮玉兰惊叫了一声："什么？秋菊表姐也被抓了？"濮华龙闻听，急忙从房里蹿出来："华义，秋菊被抓了？"濮华义说："是呀。"濮华龙问："关在哪里？"濮华义说他也不知道。濮华龙什么话也不说，回屋取了一把匕首，别在腰间，就边穿外衣边朝外走。濮华义见状，叫道："哥，你干啥去？"濮华龙头也不回地说："找秋菊。"濮华义说："京城这么大，你去哪儿找？"濮华龙说："挨个儿监牢查问。"濮玉兰说："京城那么多监牢，你问得过来吗？"濮华龙说："你们不用管，告诉咱爹就是了。"濮玉兰说："哥，你的伤还没好呀。""心里的伤比外伤还严重。"濮华龙说完，便急急地走了。

濮华义看着哥哥的背影，茫然地问："这可怎么办？"濮玉兰埋怨说："都怪你，你不该让大哥知道。"濮华义说："是他听到的，咋能怪我！我去找咱爹。"

博爱医院里，修女正坐在乔二床边打瞌睡，濮中阳和万人迷急火火地进来，吓了修女一跳。万人迷一见没了红玉，忙问："洋姑娘，刚才那个小姐呢？"修女说："没有小姐呀，刚才是一位公子。"万人迷一听，突然想起了红玉女扮男装的事，忙说："噢，噢，对了，是个公子。你看我，一着急男女都分不清了。你告诉我，她去哪里了？"修女说："他说他有事，取了一把剑就走了。"说完，修女便离开了病房。

濮中阳不解地问："怎么又冒出了一位公子？红玉呢？"万人迷说："红玉就是公子，公子就是红玉，明白没？"濮中阳恍悟地"噢"了一声，说："知道了！"万人迷急问："红玉已经走了，怎么办？追不追？"濮中阳说："追不上的。这样吧，你照顾乔二兄弟，我回大车店。"万人迷担心地问："乔红玉要是出了事怎么办？"濮中阳沉默了片刻说："没办法，一切只能听天由命了！"

乔二醒来了，看到了濮中阳，要起来，被濮中阳按住："别动别动，碰到针头了还得重新扎。"乔二内疚地说："听说连累了你的儿子和女儿，还有黄班主的千金，我心里过意不去呀。我几次想去自首，万老哥不让，我无颜面对您了。"濮中阳说："哪里话，人生有多少劫数，躲不掉的。你不要多想，是祸躲不过，没有过不去的坎儿。你只管安心养伤，别的事情有我和万大哥，你放心吧，能保你多久是多久，若能躲过这一关，咱们就一起谢苍天。"乔二听了这话更是内疚，双目禁不住溢出泪水……

濮华龙心急火燎地来到悦来客栈，店家迎了出来："客官，住店？"

"有客房吗？"

"有，有，二楼正好还有一间。"

"那就上二楼。"

"好嘞，客官，请。"

店家说完，领濮华龙上了二楼，打开空房，让华龙进去。濮华龙左右看了一眼，见无人，一把将店家推进门内，然后用后背关上了房门。

店家被这突如其来的举动吓呆了："你……你要干啥？"

濮华龙掏出匕首，压住了店家的脖子，说："别喊，回我问话。说，昨天半夜是何人在此抓走了一个女的？"

店家看着濮华龙手里那把明晃晃的匕首，吓得不知所措："我……不不不，小人不知道。"

濮华龙声音低沉地呵斥道:"胡说,在你店里抓人,你怎能不知?告诉我,抓她的人从何处来?是些什么人?"

店家说:"好,我说我说。他们几天前包了对面两间房,但小人不知他们是什么人。"

濮华龙冷笑一声,说:"你肯定知道,只是不敢说而已。"

店家忙说:"不不不,小的真的不知道。"

濮华龙拿匕首的手加大了力度,审问道:"替他们保密是不是?那好吧,我这就让你永远封口。"

"哎呀,好汉,别别别,我说我说。他们来时说要抓乔家父女,并让我配合,说是若走漏了风声就要我们一家子的命。好汉,我上有八十岁老母,下有吃奶的娃娃,我得保护他们呀。"

濮华龙又问:"他们是什么人?"

店家说:"小人也说不清楚,说他们是官家可穿的是便衣,说不是官家却又很霸道,说的也是官话。"

濮华龙又问:"他们抓的人关在何处?"

店家说:"听他们说话好像是要去宛平县大牢,但小人说不准是不是关在那里。"

濮华龙用审判的语气问道:"没说假话?"

店家说:"没有半句谎言!"

濮华龙呼出一口气,收了匕首,又从怀中掏出一小锭银子,递给了店家:"对不起了,店家大哥,刚才小弟迫于无奈才出此下策,向你赔罪了。"说完,濮华龙一闪身便开门下楼,很急地朝宛平县走去。

店家摸摸脖子,又托了托手中的银子,怔了好一会儿,方自言自语道:"是做梦吧?"

慧明来到乔二住的病房时,乔二仍在输液,万人迷趴在床边打盹儿,慧明轻轻走过去叫了一声"老伯",万人迷醒来,一看是慧明,很高兴:"哎呀,小师父,今早多亏你帮忙哩,老夫替床上这个人谢你了。"慧明说:"老伯,您客气了!怎么就你一个,乔公子呢?""哪个乔公子?"万人迷愣怔半天,突然明白了过来,"噢——你是说她呀,会朋友去了。"慧明又问:"老伯,有一个姓黄的公子来过这里吗?"万人迷说:"黄公子呀,来过。你刚才问的那个乔公子,就是会他去了。"慧明说:"噢,怪不得呢。"万人迷问:"怎么,吃醋了?"慧明一听,忙说:"不是,老伯,您误会了。黄公子与我约好晚上在小庙里会面,我没等到他,所以来看看,原来他是去见乔公子了。"万人迷一听,笑道:"那当然,一个和尚,一个大姑娘,他自然不会去见你了。"慧明不解地问:"老伯,怎么还有大姑娘?""呃……"万人迷突然意识到自己说漏了嘴,忙改口说,"我只是比喻,可能那黄公子和乔公子一起去见大姑娘了。"慧明说:"原来如此!阿弥陀佛,那小僧就不等他了。老伯,告辞!"慧明说完即走,突然想起了什么,又止了脚步,说:"老伯,小僧还有一事相问。"万人迷说:"别说一事,老夫对你是百问不烦。"慧明说:"谢老伯,小僧想问地安门内方砖胡同里有个叫小刀刘的人,你知道不?"万人迷说:"小刀刘呀,我咋能不知,那货不是好货,专干缺德事,北京城无人不知无人不晓哩。"慧明说:"是吗?"万人迷说:"那可不!你别看他缺德,可还是朝廷的七品官哩。知道不,他和南长街的毕家,专给宫里总管内府供太监,专割人家的命根子,你说缺德不缺德。"慧明不解地说:"可我今天见一老汉,他领着小儿子去刘家,像是挺乐意让儿子进宫哩。"万人迷说:"这都是穷人家为生活所逼,指望把孩子送进宫里,能享上荣华富贵。像那安德海,穷极了,就自己割了自己,现在成了西太后跟前的大红人，沧州府老家也跟着他沾了大光。他在老家又买地又盖房，乡亲们都眼气哩！太监的来路有几条，刚才说的是一条。还有一条，是歹人拐骗别人家的小孩，送到毕、刘两家，图得一笔银子。还有就是毕、刘两家派人诱骗苦寒人家的娃娃，硬逼人家当太监，你说可恨不可恨。"慧明听后更加着急："你是说，他们还雇人骗别人家的娃？"万人迷说："那可不！你打听这些干啥？你也想进宫当太监？"慧明说："老伯，你真会开玩笑。小僧有几个朋友昨儿个在小庙前失踪了，我怀疑就是被他们骗去了。"万人迷问："你的朋友多大岁数？"慧明说："大的有十一二岁，小的才七八岁！"万人迷一听，说："有可能，他们要的就是这个岁数的娃娃。"慧明一听，焦急地说："这可怎么办？我一定得救回他们！"

地安门内方砖胡同小刀刘府第后院的地下室里，濮华中、虎娃发愁地坐在稻草上，另几个娃娃已经睡着。

虎娃愁着小脸问华中："华中哥，逃也逃不出，怎么办？"华中说："眼下还没办法，我正在想呢。"虎娃说："咱们在这里，谁也不知道。想救咱都找不到这鬼地方。慧明哥哥也不知去了哪里。"华中苦叹一声说："若是他能找到我爹就好了。"虎娃说："可他就是找到濮大伯又能咋的，他们能知道我们在这里吗？"华中一听，说："是呀，我们总得想办法让他们知道咱们在这里。"虎娃问："怎么才能让他们知道呢？小刀刘又逼得这么急，弄不好就会挨刀子了。"华中想了想说："现在，只有拖延时间，不让小刀刘割我们的鸡鸡才行。"虎娃问："可怎么才能拖延时间呢？"华中说："想法子呗，使劲儿想！我爹说了，活人不能让尿憋死。"虎娃说："咱绝食中不中？"华中说："你没听那小刀刘说吗，绝食正中他的意，说是动刀子之前必得三天不吃不喝，把屎尿屙干净。"虎娃又想了想说："那咱就猛喝水，一泡接一泡地尿，让他没法下手。"华中说:"可这地下室里哪儿有水呀?"虎娃一听很泄气地问:"这可怎么办?"华中说:"别着急,使劲儿想,总会有办法的。刚才你不就想了两个了吗?"虎娃问:"哪两个?"华中说:"绝食和猛喝水呀。"虎娃泄气地说:"不是没用吗?等于白想。"华中说:"别泄气,只要想的办法多,总会有管用的。我爹说了——"虎娃不等华中说完,就截住他的话说:"活人不能让尿憋死。"

这时候,乔红玉和黄学禄已经到了宛平县大牢,大牢牢门紧闭,门前有狱卒站岗,乔红玉和黄学禄躲在大牢对面的小巷里,观察着大牢门前的动静。

黄学禄说:"就两个把门的兵。"乔红玉说:"再等会儿,看有没有暗哨。"黄学禄说:"若没有暗哨怎么个劫法?我可没干过这个。"乔红玉看看黄学禄问:"害怕了?"黄学禄说:"说实话,是有点怕。"乔红玉听后,笑笑说:"你还挺实在。"黄学禄说:"跟你不敢说谎。快说,咋个劫法?"乔红玉说:"你把官兵引开,我进去。"黄学禄一听,急忙说:"你一个人怎么行,那太危险了。还是你把官兵引开,我进去救人。"乔红玉说:"你不会武功,进去就出不来了!"黄学禄说:"我虽不会武功,可你别忘了,我从小就练功,能顶半拉教头哩。虽打不过武功高手,但对付一两个狱卒还是可以的。"乔红玉说:"你不懂,大牢的狱卒不同于其他地方的,都会武功,可不是那么好对付的。再说,这是犯罪的事,我不想让你沾手。"黄学禄说:"你一个女孩子都不怕,我男子汉大丈夫还怕啥?"乔红玉说:"反正我已是钦犯了,自然不怕。再说,他们要抓的是我,若万一出不来,我就实话实说,让他们把黄小姐和濮小姐都放出来。"黄学禄说:"不行,我决不让你一个人进去。"乔红玉深情地望了黄学禄一眼,没说话。

黄学禄又观察了一会儿，说："没见有暗哨呀。"乔红玉说："再等等，干这活儿最好是下半夜，等他们人困马乏之时再下手。"

就在这时，一个黑影穿过，眨眼间到了一家店铺的一角处，双目警惕地观察着四周，细看原来是濮中阳那双沉着冷静的眼睛……

观察了很久，并没有发现异常，黄学禄看熬夜值班的狱卒困意上来，迫不及待地对乔红玉说："快看，那个狱卒打哈欠了，要瞌睡了，咱行动吧。"乔红玉看了看那个被困意裹挟的狱卒，说："你先从这边朝那个店铺处跑，千万别让他们抓住。"黄学禄点点头，安排说："你千万要小心！"乔红玉说："你不要担心我，干这种事，就是要各人干好各人的活儿，万不可分心。"黄学禄应了一声说："我去了！"

不承想正当黄学禄要动身时，乔红玉突然发现了什么，急忙拦住了他："慢，有情况！"二人朝牢门望去，只见濮华龙大踏步向牢门走去……

黄学禄一看，小声惊叫一声："哎呀，是华龙。"乔红玉也叫了一声："他怎么来了？"

不但黄学禄和乔红玉吃惊，藏在一旁的濮中阳也很吃惊，他眼睛瞪得奇大，看着濮华龙向牢门走去……

两个官兵发现了濮华龙，抽刀大呵："什么人，站住！"濮华龙说："狱爷，不必惊慌，你看我赤手空拳，一不探监，二不劫狱，没什么好怕的。"其中一个胖狱卒厉声问道："那你三更半夜来这里干什么？"濮华龙说："我只是来向狱爷打听一个人。"另一个小个子狱卒问："谁？"濮华龙说："请问狱爷，昨儿午夜时分是不是从城里悦来客栈送来一个姓黄的姑娘？"胖狱卒说："送这里来的只有男犯和女犯，哪儿有什么姑娘？"濮华龙说："狱爷，人生在世，都有难的时候，求狱爷发发善心，告诉小民。"小个子狱卒一听，笑道:"发善心?你是说平常我们发的都是恶心了?"濮华龙忙说:"不不不,狱爷误会了,小民的意思是,烦请狱爷开开尊口,告知小民昨儿半夜是不是从悦来客栈送来了一个女犯人。"胖狱卒说:"小子,牢狱有牢狱的规矩,这儿不是问事铺,你问啥我们告诉你啥,那这监牢不成你家开的了!"濮华龙一听,急忙从怀中掏出一锭银子递过去:"狱爷,怪小的不懂事,不知牢中的规矩,别嫌少,给二位来壶酒,请笑纳。"胖狱卒接过银子托了托,说:"小子,你也别觉得我们不讲究,这叫有权不用,过期作废,你这一小锭银子,算是打开问事铺的大门了,有什么事快问吧。"濮华龙说:"还是刚才那个事。"胖狱卒问:"那女犯叫什么来着?"濮华龙忙说:"叫黄秋菊。"胖狱卒问小个儿狱卒:"兄弟,女牢里有无这个姓黄的?"小个子狱卒说:"女牢里昨夜进来的那个女人不叫黄秋菊,过堂时她说她叫乔红玉。"

巷口处的黄学禄和乔红玉听到这话,都吃了一惊,接着又支耳细听起来。

濮华龙接着问:"狱爷,大前天在京门大车店抓了一个小一点的女犯,是不是也在这里?"胖狱卒问:"叫什么?"濮华龙说:"姓濮叫玉芝。"胖狱卒又问小个子狱卒:"兄弟,有吗?"小个子狱卒说:"有是有,可也不叫濮玉芝,她说她也叫乔红玉。"

暗处的濮中阳听到此言,也吃了一惊。

濮华龙又问:"狱爷,这我就不明白了,怎么有两个乔红玉?"胖狱卒说:"这事连大老爷都不明白,我们怎么知道?好了,问事铺关门了,你快走吧。"濮华龙说:"狱爷,她们都不是乔红玉,一个是我的妹妹,一个是我的表妹,你们抓错人了。"两个狱卒都闭了双目,不再吭声。濮华龙又朝怀中摸银子,可惜没有了,他接着说:"狱爷,我手头没有银子了,你看能不能这样,我先欠着你们的,明天一定还给你们。"胖狱卒睁开眼,说:"哟嗬,来这里行骗来了!小子,俗话说,能欠阎王账,不欠小鬼钱,我们弟兄不是阎王是小鬼,不赊账!再说,开天辟地没见过谁敢跟牢头搞价钱。快走吧,再晚了就把你当成劫狱犯抓起来。"濮华龙哀求地说:"狱爷,你高抬贵手,就赊我十两银子的吧,明儿个我一定还你。"小个子狱卒说:"你赊了账不还我去哪儿找你?"濮华龙说:"草民姓濮名华龙,是河南怀庆府濮家庄濮家班的,到天桥一问,无人不知无人不晓,几天前濮家班还被西太后封为御用杂技班呢。"胖狱卒对小个子狱卒说:"兄弟,听到没有,这小子给咱哥儿俩吹哩!还什么御……御用杂技班,不就玩个鸟把戏吗?下九流的行当,吹什么牛!"小个子狱卒没有理会胖狱卒的话,他对华龙说:"权当你吹的全是真的,我们怎么信你?我看你最好留下信物,到时以物换银子。"濮华龙说:"好,你们要什么信物?"小个子狱卒说:"留下你一只手怎么样?"濮华龙说:"好,只要你们敢要,我就敢留!"濮华龙说着,挽起袖子伸出了手。见濮华龙不怕,两个狱卒反倒怕了。濮华龙朝前走,他们朝后退。胖狱卒边退边说:"哎,哎,小子,算你有种!哥儿俩服了!银子不要了,也不留手了,有啥事你就问吧。"

濮华龙以恶降恶,从心理上降服了两个狱卒,他收起手臂,又把刚才的话重说了一遍。

胖狱卒说:"你问的这几件事我们均不知道,抱歉了。"小个子狱卒接着说:"只有一条可以答应你,明日我们可将你来打探的消息告知牢内那两个女犯。"濮华龙说:"那就多劳狱爷了,等救出我小妹,我一定来重谢二位。"胖狱卒一听,想起刚才那一幕,气不打一处来,说:"你也别空头许诺,今日碰上你算俺哥儿俩晦气。巡逻兵马上就要过来了,你快走吧,再晚怕你就走不了了。"濮华龙双手一拱道:"多谢了,咱后会有期!"小个子狱卒一听,忙说:"你千万别与我们后会有期,不吉利。"

濮华龙并没有接小个子狱卒的话,他转身向巷口走去。在店铺暗处的濮中阳一直盯着儿子。濮华龙走至巷口,刚一拐角,便被黄学禄拉到暗处。濮华龙警惕地问了一声"谁",黄学禄在黑暗中做了一个手势,说:"嘘——我是你表兄。"濮华龙惊奇地问:"你怎么在这儿?"黄学禄说:"我和红玉姑娘一起劫狱来了。"濮华龙忙问:"红玉姑娘呢?"乔红玉从另一个暗处闪了出来:"濮大哥,我在这儿。"濮华龙一见乔红玉,担心地说:"哎呀,好像到处都在抓你,你来这儿多危险,快回去。"乔红玉感动地说:"濮大哥,都是我连累了你们,你们对我却还像亲人一样,真让我惭愧。"濮华龙说:"说的啥话!虽然我不知道你干了什么,但就凭直觉,我就能看出你是个好姑娘。"乔红玉说:"濮大哥,你就别夸我了,再夸我会更加无地自容的。"黄学禄在一旁说:"是呀是呀,咱们都是好人,谁也别夸谁。表弟呀,刚才你跟那两个狱头说的话我们都听到了,他为什么说狱里已有两个乔红玉了?"濮华龙说:"肯定是秋菊和玉芝两人争着说自己是乔红玉。"乔红玉说:"我已是钦犯,冒充我是死罪,她们为什么会如此?"黄学禄说:"是呀,这事挺蹊跷。"濮华龙说:"表哥,刚才你说你和红玉姑娘是来劫狱的,怎么劫,我也算一份儿。"乔红玉目光坚定地说:"不,濮大哥,你和黄大哥都别参与了,我一个人闯进去。"黄学禄说:"刚才不是说好由我将狱卒引开吗?怎么又变了?"乔红玉说:"劫狱是杀头之罪,红玉不想连累两位大哥。"濮华龙说:"我们两个男子汉,怎好看着你一个弱女子进牢救人。这样吧,由我表哥把狱卒引开,咱们两个进去救人。"黄学禄想了一会儿,说:"表弟,你和那两个狱卒熟了,还是你去将他们引开,由我和乔姑娘进去救人。"濮华龙说:"表哥，舅舅就你一个儿子，你绝不能去！"

就在这时，濮中阳来到了巷口，他低沉有力地说："都不能去！"

三人同时一惊，濮华龙问："爹，你咋来了？"濮中阳说："是你表哥和红玉姑娘让我来的。"黄学禄惊诧地问："姑父，你知道我们要来劫狱？"濮中阳点了点头，说："我来有两个目的，若晚了，就帮一帮你们；若不晚，就阻止你们。"黄学禄问："为何要阻止我们？"濮中阳说："劫狱是杀头之罪，不成功是死，成功了是亡命天下。我们是艺人，要在光天化日之下演出糊口，你们成了被追逃的犯人，怎还敢出头露面？对一个艺人来说，那是生不如死。所以我要阻止你们。"濮华龙问："那我妹妹和秋菊怎么办？"濮中阳反问："难道除了冒险劫狱就没别的办法了？"黄学禄说："我看要想来得快，唯有劫狱。"濮中阳说："错！劫狱是快，但后患无穷！许多事情，不是只有一种解决办法，是你动没动脑筋。"乔红玉说："濮大伯说得对！都怪我救人心切，一心来劫狱，却没动脑筋想别的办法。其实，他们只是想抓到我，只要我被抓到，他们就会放出秋菊和玉芝妹妹。"濮中阳说："绝不能让他们抓到你，他们抓你就是为了找到你爹。"乔红玉一听，感动地说："濮大伯，我爹就交给您老和万伯伯了。"濮中阳一怔，忙问："闺女，你要干什么？"乔红玉说："刚才我听那两个狱卒说，秋菊和玉芝在狱中争着冒充我，她们肯定是有意保护我。我若再做缩头乌龟，还有何脸面见她们。濮大伯、濮大哥、黄大哥，后会有期！"乔红玉话音未落，退后一步拜了一拜，转身就朝大牢跑去。濮中阳、濮华龙和黄学禄急忙不顾一切地追了上来。不承想正好一队巡逻兵路过，他们不便追上前去，只能哀喊："乔姑娘——"

乔红玉不顾一切地朝牢狱大门跑，两个狱卒见跑过来一个女的，还手持宝剑，禁不住惊慌失措："你要干什么？"乔红玉大声地说："我是乔红玉，前来自首，快开牢门！"小个子狱卒警惕地盯着乔红玉说："哥，千万别上当！你看，那边还有几个男的，说不定这是他们的阴谋，等我们一打开大门，他们就会杀过来的。"胖狱卒说："这还用说，我早就看出来了，刚才那姓濮的小子想用钱打开牢门，看我们哥儿俩不见钱眼开，这不，又让这女的来武的呢。"

乔红玉此时已逼近了他们，二人一起向乔红玉挥刀，可压根儿不是对手，一眨眼，连刀都不知是如何掉的。小个子狱卒忙求饶："姑娘，有话好说，只要不让我们哥儿俩见血，你要咋做俺就咋做！"乔红玉说："我就是你们要抓的乔红玉，快开牢门，将那两个女的放出来。"胖狱卒说："姑娘，开牢门可以，可放那两个姑娘可不是我们说了算的。"乔红玉说："那就快让我进去。"小个子狱卒说："好好好，你想坐牢，容易，我这就给你开门。"乔红玉催促："快一点！"

小个子狱卒打开监狱大门，乔红玉转身又向濮中阳他们拜了一拜，濮中阳、濮华龙、黄学禄同时呼喊："乔姑娘——"

第十四章

深夜，慧明再次来到小刀刘家的门前，望了望高墙，又顺着墙朝后门走去，走到一棵大树前。他抬头望了望，又丈量了一下大树离高墙的距离，便脱去僧衣，绾在腰间，爬上了高树。他爬上一根树杈，观察了一番，看中了一根粗壮的树枝，将僧衣撕开，系在树枝上，试了试，最后脚一蹬树干，荡了过去。只是差了一点没荡到墙上，他探身一扒，扒住了墙头，翻了上去，朝下探了探，看见一花房。他顺着花房下到了刘家后院，像猫一样，机警地东躲西藏，每到一间房前，都要听听里边的动静。突然，有一扇门响了一声，走出来一个仆人，小跑着到茅房去了。慧明借机进了那间房，摸到一个大头。不承想那人正做梦："小姐，你别摸我的头呀……"慧明急忙缩回来，悄然溜出屋去。

地下室里，濮华中和虎娃二人相互依偎着睡着了。一只蝎子爬了过来，爬到了睡在边上的娃娃身边，那娃娃睡梦中一翻身，压住了蝎子。娃娃惊叫一声，惊醒了华中和虎娃。

濮华中忙问："小毛子，咋了？"小毛子叫道："蝎子蜇我的屁股了。"虎娃说："快把毒水挤出来。"小毛子一边指着被蜇的地方,一边大喊:"哎哟,疼,疼!"华中过去按倒小毛子,问:"是不是这个地方?""再朝后一点。"小毛子说,"对对对,哎哟,疼!"华中说:"忍着点,我给你挤毒。"华中说完,便开始使劲儿给小毛子挤毒水,小毛子疼得大喊。

在院里寻找的慧明隐隐约约听到了小毛子的叫喊,急忙顺着声音寻去,不承想走进了一个厅堂。月光洒进来,厅堂的柜子上摆满了牌位,原来这里是刘家祠堂。小毛子的声音也渐渐隐去。慧明在厅堂里东寻西找,什么也没发现。他不小心碰倒了香炉,响声惊动了巡夜的仆人。那仆人警惕地喊了一声"谁",慧明机警地躲在柜子后面。巡夜仆人边喊边走到厅堂门口,加大了音量:"是谁?快出来!"慧明用手捏着喉头发出怪腔:"是我……我是你刘老爷……"巡夜的仆人一听,顿时全身的毛发竖起,大叫一声"有鬼",然后落荒而逃。慧明借机逃出厅堂,朝后花园跑去。

几个仆人和小刀刘打着火把从前院跑过来,小刀刘领众人进了厅堂,见到歪倒的香炉,小刀刘怒斥那仆人,说:"哪儿有什么鬼,这分明是人。"一仆人说:"老爷,若是贼人,来这祠堂里干什么?"小刀刘:"这来的不是贼人,是来救那几个娃娃的。"巡夜的仆人问:"那咋办?"小刀刘说:"明天就给他们断水断粮,三天以后下刀。"

濮中阳、濮华龙和黄学禄回到了大车店,正在睡梦中的濮华义被惊醒,迷迷糊糊地问:"爹,找到我哥了吗?"濮中阳说:"找到了。"濮华义发现黄学禄也在,很奇怪,说:"咦,表哥来了?你们几个咋碰到一起了?"黄学禄说:"在大牢前碰到的。"濮华义问:"你们去大牢干什么?"濮中阳厉目看了一眼华义说:"你好好睡觉吧,少管闲事。"濮华义又问:"你们找到秋菊姐了吗?"黄学禄说:"不但没找到秋菊,连红玉也进了大牢。"濮华义一听乔红玉进了大牢,忽地把被子一蹬:"你们见到红玉了?她怎么进大牢了?"濮华龙说:"红玉姑娘为救秋菊和玉芝,去大牢自首了。"濮华义一听,抱怨道:"你们为何不拦住她?她为什么自首?她进牢怎能救得了秋菊姐和玉芝?爹,到底发生什么事了,你为何要瞒着我们?"濮中阳呵斥道:"你好好睡你的觉,别管那么多事。"濮华义不满地反驳:"爹,你总是把我当小孩儿!我觉得有些事情可瞒,有些事情不可瞒,现在秋菊姐、玉芝和红玉都被抓了,我也被人抓了一回,如此这般不明不白地让人抓来抓去,显得我们太窝囊了!"濮中阳厉声呵斥道:"有些事不让你们知道,是为你们好!"

濮中阳的声音威严四射,音落威存,大家都不敢再言语。

不知过了多久,黄学禄才试探着说:"姑父,我看这件事让华龙、华义他们知道也没什么坏处,至少可以帮你想想对策,晚辈觉得你也太谨慎了。"濮中阳长叹一声:"学禄呀,你们太年轻,历朝历代,凡是沾反朝廷的事,可都是杀头之罪呀。"濮华龙说:"我看有时该反也得反,总不能逆来顺受。像他们这样乱抓人,真是欺人太甚!"濮中阳瞪了濮华龙一眼:"你爹我逆来顺受了吗?我若逆来顺受就不会去救乔家父女!我们久在江湖,处处险恶,凡事都要多动脑子,不可莽撞行事。如果今日我晚到一步,你们几个肯定会酿成大祸,轻者丢命,重了可能会连累整个濮家班和黄家班!"

濮华义越听越急:"爹,到底是什么事如此严重?"

黄学禄看了姑父一眼,对表弟说:"来,我告诉你。"说着就与濮华义耳语起来。

濮华义越听眼睛瞪得越大,最后叫道:"如此说来,那红玉姑娘会被杀头的呀。爹,快想办法救她呀。"

濮华义说完,便急急地穿衣服。濮华龙见状,问道:"华义,你起来干什么?"

濮华义义不容辞地说:"我要去救红玉姑娘。"

濮中阳又大喝一声:"放肆!为什么不让你知道,怕的就是你这莽撞性子。若能救红玉,我们三个会回来?大牢里岗哨林立,把守森严,你一个人,如何救得了她们?!"

濮华义忧心如焚地说:"总不能看着她们在狱中受苦!"

黄学禄说:"表弟你别着急,等天明了我去求那安公公,说不定他能帮上忙。"

濮华义说:"一个太监能帮什么忙!这些朝廷的人,对太平军恨之入骨,他们怎会帮忙?"

濮中阳说:"乔红玉是太平军,可秋菊和玉芝不是呀,救出来一个算一个嘛!"

濮华义担心地问:"那红玉姑娘怎么办?"

濮中阳长叹一声:"那只有看天意了。"

宛平县大牢的女牢里,牢门打开,乔红玉被狱卒推了进去。黄秋菊被惊醒,一看是乔红玉,吃惊地说:"哎呀,红玉姑娘,你怎么也被抓了?"乔红玉冷静地说:"我是自己进来的。"黄秋菊一听,着急地说:"哎呀呀,傻丫头,你不该进来,他们要杀你呀!"乔红玉动情地说:"好姐姐,你们都不怕死,都说自己是乔红玉,我还有什么可怕的!"黄秋菊一听,忙解释说:"哎呀,好妹妹,你误会了,我和玉芝表妹争着冒充你,是因为他们要放走一个不是乔红玉的。"乔红玉说:"如果是这样,你们的精神更是可贵。"

濮玉芝也醒来了,坐在那里听二人对话。乔红玉走到濮玉芝跟前,问:"这位就是玉芝小妹吧?"黄秋菊说:"玉芝,快起来,她就是乔红玉。"濮玉芝站起来,望了望乔红玉,说:"我表姐说,你敢刺杀西太后,真是了不起!"乔红玉说:"小妹,别说了,你越说我越觉得对不起你们。"濮玉芝说："不！你知道我为什么不爱杂技爱习武吗？我崇拜英雄，尤其是像你这样花木兰式的女英雄。红玉姐，你太了不起了！"黄秋菊说："是呀，我给玉芝表妹讲了你和张爷爷的故事，她可佩服你们了。"乔红玉说："我们那不过是一次失败的行刺，没什么可敬佩的，倒是你们更使我敬佩。像濮大伯、万伯伯，不顾个人安危，救下我父亲。他们的行动甚至越过了行刺本身。还有你们二位、华龙大哥、学禄大哥，都是那么善良、讲义气，真是让我感动。秋菊姐，请你原谅当初我对你的不恭。"黄秋菊说："别说了，自从知道你的真实身份，我才知道你当初对我们冷淡是为我们好，你是怕我们受牵连哪。"乔红玉无奈地摇了摇头，说："可最后还是牵连了你们。"濮玉芝说："红玉姐姐，你不要自责，如果我生在南方，肯定也要参加太平军。"乔红玉看着濮玉芝，苦笑道："小妹，你可真会宽我的心。"

　　黄秋菊突然想起了什么，问道："红玉妹妹，我和玉芝被抓的事情你是怎么知道的？"乔红玉说："你被抓的那天夜里，是我先进房取银子，后来见你被抓，我一直跟踪到这里。赶巧又见到了你哥哥，便和他一起来劫狱。不知濮大哥怎么知道了消息，他竟一个人来大牢打探。后来我们三个准备劫狱救你们，被赶来的濮大伯拦下了。"濮玉芝说："哎呀，我爹真是，拦什么拦，要不然你们在外，我和秋菊表姐做内应，打一仗多好。"乔红玉说："小妹妹，还是大伯做得对，如果劫狱，会带来不少无谓的牺牲。通过这阵子和你们接触，我已没了反志。细想想，太平天国曾闹得那么大，最后还不是失败了，我们这一小撮人能干吗？光靠行刺，是推不倒大清国的。"黄秋菊说："是呀，我姑父常说，咱们是艺人，吃的是太平饭，天下一乱，受苦的是老百姓，常在江湖走，要尽量少惹是非。"濮玉芝却不以为然："那也不能缩头缩脑地怕事！"乔红玉说："小妹你错怪濮大伯了，我看他并不怕事，而且敢作敢为，要不，他也不会冒险救我父亲。"黄秋菊说："是呀，这个可不是吹，我姑父在江湖上那可是有名的讲义气，连万人迷那个怪老头儿都服他。"濮玉芝说："不讲我爹了，现在说咱们的事，连真的带假的一共三个乔红玉，怎么办？"乔红玉说："我来自首的目的，就是让你们两个出去。"濮玉芝问："我们出去了，你咋办？"乔红玉说："我是冒死而来，还怕甚？"黄秋菊说："那不行，我可不愿你死。"濮玉芝说："我更不愿，我还想让你教我武功呢。"乔红玉感动地看着她们说："好姐姐、好妹妹，你们的好意我领了！你们不要挂心我，人活百岁也是死，只要死得其所，就没什么遗憾的。今生今世，能遇到你们，我已是死而无憾！"濮玉芝想了一会儿，说："你我都有一身武艺，秋菊姐也顶半个教头，干脆，咱们三个现在就破狱逃走，杀他个痛痛快快。他们抓我那天，硬是从树上落下个大网罩住了我，到现在我还憋着气，正想拼他个鱼死网破！"黄秋菊说："玉芝说得对，你们两个好功夫，真不如杀开一条血路，咱逃出去！"乔红玉说："不行！我已经给你们添了不少麻烦，不能再让你们去冒险。"濮玉芝说："红玉姐姐，我一见你就喜欢，我决不能让你去死！你若不答应越狱，那好，我还冒充你，让他们真假难辨！"黄秋菊一听，精神顿时一振："好办法！咱们三个还都叫乔红玉，看他们怎么处理。"濮玉芝说："表姐，干脆，咱们两个和红玉姐姐结拜成干姐妹算了。"黄秋菊说："好呀！正好我们黄家班有四朵金花，加上红玉，正好是五朵金花！五匹马配五朵金花，更壮观！"乔红玉急忙说："要不得，要不得！我乃是朝廷钦犯，不能再连累你们了。"濮玉芝说："已经连累了，还说啥客套话！"黄秋菊说："是呀，红玉姑娘，我看得出，我哥哥非常喜欢你，为了我哥，我不怕受连累。"濮玉芝说："对！我们一家人好像都很喜欢你，我看你和我二哥也怪合适的，正好濮家班的女孩子少，我又不会杂技，演来演去就我姐姐一个女主角。这一点可比不得我表姐家，我有四个表姐，不缺你一个。我看你和我二哥更像一对儿，你就当我二嫂吧！到时候，秋菊姐也嫁过来，咱濮家班也有四朵金花了。"乔红玉躲开她们热情的目光，说："只怕你们的想法要落空了。"黄秋菊说："红玉妹妹，你又没有刺杀恭亲王，我看事情不会如你想的那般严重。"濮玉芝也说："是呀是呀，红玉姐姐，你别想那么多了，要多往好处想。来，咱姐妹三个磕头吧。"濮玉芝说着，捡起三根稻草插在了地上，然后跪下来说："表姐、红玉姐姐，快跪下。"黄秋菊拉过乔红玉，三人跪地结拜……

博爱医院的病房内，修女正为乔二拔针。特维斯医生走进来，问修女："他温度正常了吗？"洋修女说："正常。"特维斯又摸了摸乔二的额头，用听诊器听了听他的心脏，说："你温度正常，心律正常，再换一次药，就可以出院了。"乔二说："谢谢大夫。"

特维斯让修女给乔二换了药，她前脚刚走，慧明后脚就来到病房内问："万伯伯，黄公子回来没有？"万人迷说："别说黄公子，乔公子也没回来。不过，你来得正好，我正愁一个人没办法把他弄回去呢。"慧明看看乔二，问："乔施主好了？"乔二说："好了，我能走。"万人迷说："不行不行，千万别充硬汉，来时是把你抬来的，走时还得把你抬回去，这就是天意。小师父，那个破门板在走道里，先取过来，等他换好药，咱们就抬他回小庙。"慧明点着头，念了一声"阿弥陀佛"，待乔二换了药，他便与万人迷一起将乔二抬回了小庙。

三人回到小庙，慧明扶着乔二走进小屋，万人迷边安房门边说："昨儿个我还对中阳说，现在我老万已穷到没有房门也不担心的地步了。"慧明说:"若是碰到好心肠的小偷,怕是还会救济你几个钱呢!"万人迷说:"可我至今连一次也没碰到过,真是没福气。"

说话间,濮中阳急匆匆地走进来说:"万兄,你怎么让乔老弟出院了?是不是没钱了?"万人迷说:"这事可不是我当家,是一个叫什么维特斯的洋女人让回来的。"慧明说:"大伯,人家不叫维特斯,叫特维斯。"万人迷一听笑道:"哟,不小心给她改名了。这些洋人,起名字太怪,叫什么特维斯,叫特好吃多好!"慧明和乔二都笑了。

濮中阳走近乔二,关切地问:"兄弟,觉得怎么样?"乔二说:"觉得有力气了。""那就好!"濮中阳说完,看了慧明一眼,问,"这位小师父是?"万人迷一听,忙介绍说:"他叫慧明,是来这个小庙挂褡的僧人,褡没挂上,倒给我帮了不少忙。慧明,这位就是大名鼎鼎的濮班主。"慧明一听,惊喜地望着濮中阳,突然跪倒在地,激动地哭了:"濮大叔,小僧可找到您了。"濮中阳奇怪地问:"这是怎么回事?小师父,快起来。"万人迷说:"就是呀,你怎么又是哭又是跪的,像见了包大人一样。"慧明擦干泪,站起来,给三人细讲了缘由,从玉芝带着华中几个娃去庙中躲雨,一直讲到华中他们被骗子南二骗到刘府的危情。

濮中阳听后,很是着急地问:"你是说,华中他们是被人骗走的?"慧明说:"是的。小僧为救华中他们,昨夜夜探刘府,却差点被人捉了。"濮中阳不解地问:"刘府为什么要骗几个娃娃?"慧明说:"大叔,你听了不要激动。听万伯伯说,那刘府的主人小刀刘是专为宫中送太监的。"濮中阳一听,大惊:"什么!你是说,骗子将华中他们骗到刘府,是要让他们当太监?"慧明说:"从眼下的情况看,极有可能。"濮中阳说:"你昨儿去刘府,见到华中他们了吗?"慧明说:"没有。"濮中阳呼出一口气,报着一丝侥幸的心理问:"就是说,华中他们在不在刘府还不能肯定?"慧明说:"小僧虽不敢十分肯定,但也有八分把握。只可惜,我未能探出他们关在什么地方。"濮中阳问:"那刘府在什么地方?"慧明说:"地安门内方砖胡同。"濮中阳焦急地说:"走,咱们现在就去刘府。"却被万人迷拦住,万人迷说:"慢,老弟,你少安毋躁。我与那小刀刘曾有过一面之交,这小刀刘会些武功,刘家几代都干这种缺德的营生,与皇宫有着千丝万缕的联系,万不可莽撞。"濮中阳心急如焚地问:"老兄你说怎么办,我总不能看着娃娃们变成太监吧?"万人迷说:"小刀刘既然将人骗到手了,他是绝不会轻易放人的。你要知道,他和南长街的毕府,每一季都要给内务府进四十名太监,净身一类的活儿全由他们两家包了。买来和骗来的孩子净身之后,就成了他们的人,这些娃儿进宫当了童监,月份钱和别的进项还得归他们。你说,这是多大一笔财路呀,他会轻易撒手?"濮中阳说:"文的不行,那就来武的。"万人迷说:"你我共事这么多年,我第一次见你如此不冷静。来武的?那更不行,且莫说小刀刘本身就有武功,他家的仆人也个个都有些身手。就说论官职,他是七品,虽然是个虚职,品级不高,但他通过宫里的公公们能通到皇上和太后那里,连地方官员都不敢招惹他们。你想跟他动武,谈何容易?"濮中阳说:"如此说,就没一点办法了?"万人迷说:"办法肯定有,可我还没想到。这样吧,我先陪你到那里探探风,然后再想对策不迟。"濮中阳焦急地说:"老兄,这事可慢不得,他若一刀下去,我那几个娃娃就……"万人迷说:"老弟,这样吧,让慧明在家照看着老乔,我们这就走。"

一旁一直没有言语的乔二也着急了,说:"濮老兄,我已经快好了,你们别牵挂我了,让慧明也去吧,他毕竟探过一回路了,熟悉,救孩子要紧!"濮中阳点点头说:"那也好,乔老弟,你多保重!"说完,三人便急急出了小庙,直奔地安门的刘宅而去……

刘府地下室内,濮华中他们仍在睡觉。突然,那个被蜇了屁股的娃儿叫了起来:"哎呀,不好了,我的屁股肿了。"华中和虎娃等人全被惊醒。华中走过去,扒开那娃儿的裤子一瞧,屁股肿得像馒头。娃儿哭着说:"华中哥哥,好疼呀,这可咋办呀?"华中安慰他说:"别害怕,这是昨儿个的蝎子毒没挤干净。"

虎娃也围过来,一看被蜇处,惊叫了一声:"哎哟,像个大馒头。"另一个娃儿纠正虎娃说:"是个肉馒头。"另一个更小的娃儿说:"吃起来一定很香。"虎娃说:"那是屁股蛋儿,应该是好臭。"被蜇的娃娃见被众人戏弄,很是委屈地说:"人家疼得不行,你们还有心说笑!"

华中望着那个"肉馒头"发愣,突然,他像是悟出了什么,眼睛一下亮了起来:"虎娃,小弟弟们,咱们有办法了。"虎娃忙问:"有什么办法了?"华中说:"小刀刘不是要割咱们的鸡鸡吗?咱们绝食他不怕,又打不过他,但如果咱们的小鸡鸡都肿得像馒头,他不就没办法动刀子了!"虎娃不解地问:"怎么才能让鸡鸡肿得像馒头呢?"濮华中指了指那娃儿的屁股,说:"喏!"虎娃他们一听,同时惊叫:"用蝎子蜇我们的小鸡鸡呀?"华中说:"对!只有这样,才能不当太监。"一娃儿说:"那多疼呀!"被蜇的娃儿也说:"我宁肯当太监也不再让蝎子蜇了!"华中说:"当了太监一辈子男不男女不女的,还要进宫伺候皇上、太后,伺候得不好还会被杀头!这样吧,谁怕疼谁就去当太监吧。"众娃一听后果如此严重,齐喊:"我不当太监,我不当太监!"华中说:"那好吧,大伙儿都不愿当太监,那咱就都让蝎子蜇一回吧!"被蜇的娃娃说:"我叫是两回呀!"虎娃开玩笑地说:"那你岂不是赚了?"华中说:"虎娃,咱们先逮蝎子吧,逮蝎子要先按住它的头,小心别让它先蜇了咱们的手。"说完,几个娃娃就开始找蝎子。虎娃先逮住了一个,喊道:"华中哥,我按住了一个。""别慌,我去捏过来。"华中说着,走过去,小心地捏住了蝎子,问大伙儿:"谁先来?"几个娃娃望着那尾巴乱扭的蝎子,直往后退,华中说:"别害怕,蜇过之后再把毒挤出来一些,过一段时间就会好的。小牛,你先来吧。"叫小牛的娃娃胆怯地走过来,声音颤颤地说:"华中哥,我害怕。"华中说:"别害怕,我被蝎子蜇过,像扎针一样,不是太痛。"小牛壮了壮胆,说:"好吧,反正早晚都得挨蜇。"小牛走过来,小心地解开了腰带。华中走近他,说:"闭上眼睛。"小牛闭上了眼睛,华中拉开他的裤腰,将蝎子递了进去。小牛大叫了一声,疼得撂了一个抢背……

第十五章

宛平县衙的大堂内，胡知县再次升堂审问乔红玉一案。两班衙役分列两旁，乔红玉被两个衙役带到堂上。胡知县一拍惊堂木说："台下女子，报上名来！"

"小女姓乔名红玉。"乔红玉如实回答。

胡知县又一拍惊堂木，厉声喝问："你真的是乔红玉？"

乔红玉说："小女子行不更名，坐不改姓，大人，小女真的是乔红玉。"

"乔红玉，本县问你，昨晚子时你们来劫大牢的一共几人，共犯姓甚名谁，家在哪里，快快如实招来。"

"大人容禀，昨晚小女是前来投案自首，并非劫狱。"

"胡说！本县听守门狱卒禀报，昨夜子时你们一共四人，除你之外，还有三个男的。起初是一男人前往狱门处胡搅蛮缠，妄图搅乱视线，借机劫狱。亏我守门狱卒高度警惕，你们才未得逞。不承想你们一计不成又施一计，派你伪装自首，想以诱骗之术打开狱门。若不是巡逻侍卫及时赶到，说不定你们已经得逞了。"

"大人，小女冤枉呀。"

"事实如此,你有什么可冤的?"

"大人,狱卒所言万不可信。如若小女自首是假,为何现在在大堂受审?再说,若是小女劫狱,就凭小女的武功,怕是那两个守门狱卒早已成了刀下鬼了。大人,小女昨晚确实是真心实意前来自首。至于那三个男子,我和他们素不相识。"

"又胡说!狱卒说,你入狱门之时,他们高喊红玉,你怎么能说不相识?这分明是谎言!不动大刑,量你不会招。来人,上夹棍!"

"大人,且慢!昨晚小女来大狱自首之时,确有三个男人在街头小巷口高喊红玉。但大人莫忘记,小女来投案之前,狱中已经关押了两个红玉,大人怎能断定他们是在喊我这个红玉?"

"好一张利口!不过,在你来之前,狱中确有两个红玉。你这一来,狱中可就有三个红玉了。"

"大人,小女子前来自首,目的就是恳求大人将前两个红玉放了。"

"放了?为什么?"

"因为她们全都是假的。"

"这我就不明白了,大清律法明明规定:误保匪人,与匪人同科。她们明知道乔红玉是钦犯,为何还要冒充呢?"

"大人不知,她们二人原本是亲表姐妹,大人过堂时曾说过只要她们之中有一个承认自己是乔红玉,就可放走另一个,所以二人就争着当乔红玉了。"

"以你之言,她们还都是讲义气的典范了?"

"正是!"

"什么正是,我看是'歪是'!现在本县问你,你又如何证明你是真正的乔红玉?谁敢说不是她们的家人出高价收买了你,让你前来冒充乔红玉,放她们出去呢?"

"大人,小女真是乔红玉。"

"你说你是真的,狱中的那两位也说她们是真的,我们谁也没见过真正的乔红玉,你说是就是了?你要拿出足够的证据,或者有有力的证人,否则,本县是不会相信你的。"

这时,黄来福急匆匆地来到了万人迷住的小房子前,他边敲门边喊:"万兄,万兄……"乔二听到喊声,十分警惕,不敢应声。黄来福见没人应,便推门走了进来。乔二急忙用被子蒙了头。

"装什么装,故意逗我是不?怕是又藏了相好的吧?"黄来福说着掀开被子,一看是乔二,吓得一下子蹲坐在了地上,"哎呀,我的妈呀!你咋还敢在这儿藏着不走?"乔二一看是黄来福,松了一口气说:"是黄大哥呀,小弟身负重伤,差点丢了性命,多亏濮大哥和万老兄救我一命。"黄来福恍悟地愣了一会儿,说:"呃……是这么回事啊。哎呀,黄家班虽然离开了京城,但听说你的事情之后,我也是替你们父女担心呀。怎么样,伤好了吗?"乔二说:"好多了,能走道儿了。"黄来福说:"那就好!我说老弟呀,不是哥说你,你们乔家也是杂技世家,放着生意不做,搞什么冒险的事!改朝换代可不是一句话,要死好多人哩。你杀了这个皇上,再换个别的什么人当皇上,能保证比这个好?我看也未必。我和你的想法不一样,咱是艺人,得过且过,求个平安就是了。"乔二说:"老哥所言极是,过去我还真没这么想,这次死里逃生,悟出了不少道理。"黄来福说:"这就叫不吃一堑,不长一智。"乔二也深有感触地说:"是呀!哎,黄家班现在何处?是不是又回京城来了?"黄来福说:"现在沧州撂地,自家门口,挣多挣少无所谓,我想过了这阵子再来天桥。我看老弟你呀,应该赶紧带闺女离开这是非之地,回老家重操旧业，就凭你们父女那几手绝活儿，再拉个班子，保准能在皖地一带重振乔家班的威风。"乔二说："这就得看运气了，但求苍天保佑吧。"

二人又说了一会儿话，黄来福问："老万头呢？"乔二说："他刚和濮大哥出去了。"黄来福一听，忙问："我姐夫他们从恭王府出来了？"乔二说："好像是吧，我这几天烧得昏迷不醒，具体的情况也说不清楚。"黄来福又问："那学禄和秋菊呢？他们来过没有？我这次从沧州赶来，就是专程来找他们兄妹的。"乔二说："秋菊姑娘没来过，黄公子来过。"黄来福一听，急忙问道："那学禄去哪儿了？"乔二说："昨儿晚上和红玉一起出去了，至今未回，我也正挂心呢。"黄来福一听学禄和乔红玉一同出去了，大惊失色："什么？他和你女儿一起出去了？"

濮中阳、万人迷和慧明三人来到地安门内方砖胡同时，濮华中他们正在地下室里"哎哟"成一团。声音很快惊动了小刀刘，他赶过来问："怎么回事？"仆人说："可能是饿的吧。"小刀刘说："再饿也不能给他们饭吃，明天就可以动刀了。你带他们出去解手。"

濮华中又喊了一声"哎哟"说："老爷，我们不是饿的，是被蝎子蜇了。"小刀刘闻听一惊："什么？被蝎子蜇了，蜇什么地方了？"濮华中说："小鸡鸡。"小刀刘更加吃惊："什么？"说着急忙走过去，拉开濮华中的裤子一看，气愤至极："怎么偏偏蜇了这个要害地方！"说着转身呵斥喊疼的虎娃："你喊什么？"虎娃说："我的鸡鸡也被蜇了。"小刀刘大惊失色："什么，你们是不是全被蜇了鸡鸡？"六个娃娃同时回答："是的！"

小刀刘气得来回走，喊道："怎么这么巧，你们六个全都蜇了一个地方？"正走着，他突然悟出了什么，上前抓住濮华中恶狠狠地问:"说,你们是不是故意的?"濮华中看着凶神恶煞的小刀刘说:"不是我们故意的,是蝎子故意的。"小刀刘气急败坏地质问:"胡说,蝎子怎能故意蜇你们?"华中说:"因为它不想让我们当太监。"小刀刘说:"好呀,敢跟我玩花招,看老爷我如何收拾你!来人,将这些家伙全捆了,吊起来,看他们还有什么招儿!"小刀刘刚说完,一仆人匆匆走进来说:"老爷,老爷,外边来了几位客人要见你。"小刀刘很烦地问:"什么人?"仆人说:"其中一个我认得,是天桥玩把戏的万人迷。""他来干什么?"小刀刘一听,压了一下火气,又整了整衣衫,走出了地下室。

濮中阳、万人迷、慧明三人正在大门前等候,仆人出来告诉他们:"我家主人有请。"三人随那仆人进门,进了客厅。小刀刘坐在太师椅上,一动不动,边抽水烟边扫了濮中阳等人一眼,没有吭声。万人迷见状,忙上前施礼道:"天桥艺人万人迷拜见刘老爷。"小刀刘说:"噢,是万师傅呀,几年不见,又老了。"万人迷说:"刘老爷,我若不老咋能显出您年轻呢!干脆,我来府上当您的陪衬得了!"小刀刘笑了笑,说:"你老万是人老嘴不老,还是那么损。就凭你这张嘴,北京城没人敢得罪你!弄不好你就会编排编排在天桥上演,把人都搞臭了。说吧,找老夫有何贵干?"万人迷说:"说不上贵干,一点小小的事情来求老爷帮帮忙。"小刀刘:"说吧,什么事情?"万人迷指着濮中阳对小刀刘说:"刘老爷,这位是河南濮家班班主濮中阳,他的小儿子几日前带几个娃娃来京城寻班,被人骗了,想问问骗子是不是将娃儿们卖到了您这里?"小刀刘望了一眼濮中阳,问:"河南人?"濮中阳说:"河南怀庆府人。"小刀刘说:"玩把戏的?"濮中阳说:"雕虫小技,在江湖上混饭吃。"小刀刘又说:"听宫里的公公们说,濮家班的玩意儿连西太后都看中了,怎么濮班主如此谦虚?"濮中阳说:"那全是太后娘娘的恩抬。"小刀刘问："刚才万师傅说你丢了娃娃？"濮中阳说："是的，犬子濮华中从老家带五个娃娃来京城找我们，赶巧那几日濮家班在恭王府演堂会，他们在天桥卖艺时被人骗了，至今下落不明。"小刀刘不满地看着濮中阳问："所以你就找到我这儿来了？"濮中阳说："如果有人把娃娃卖到了贵府，我愿以双倍价格赎回。"小刀刘又把目光转向万人迷问："老万头，是你引他们来的，说说，你有什么证据没有？"万人迷忙说："刘爷误会了，我们来只是想打听一下。如果有濮班主要找的人，刚才濮班主也说了，愿以双倍之价赎回。若没有，那刘爷费费心，帮我们打听打听，定当重谢！"小刀刘站起来说："有句话叫什么来着？对，叫'烂眼子肯招灰'，你们丢了娃娃，别处不找，专来我这里打听，可见我刘某真是臭名昭著呀！"万人迷一听，忙说："哎呀，刘爷您又误会了！刘爷是响当当的一把刀，多少人想进宫求您还求不得呢，咋能是臭名昭著呢！我老万若不是岁数大了，也巴不得进宫享荣华富贵呢！"小刀刘说："既然如此，若真是有人将濮班主的六个娃娃卖到我这儿或南长街的毕家，岂不是娃娃们的福分？"濮中阳说："刘爷，濮家为杂技世家，玩杂技多是从娃娃开始培养，育出一个名角儿很不易。所以在下不想让儿孙贪图富贵，只求将这门技艺代代传下去。"小刀刘不满地说："你是说，若那几个娃娃真在我这里，我这一刀下去，你家的技艺就传不成了？"万人迷说："是呀，别说杂技传不下去，连人都传不下去了！"

　　一直没有言语的慧明正在观察厅内的一切，想从中寻找到蛛丝马迹。

　　小刀刘不耐烦地说："只可惜，他们都不在我这儿。恕不奉陪，送客！"慧明突然发现了载淳送给华中的那块玉佩，急忙从一个药柜下拉了出来："慢，刘爷，这块玉佩是华中的，怎么会在这里？"

小刀刘闻听惊了一下，接过玉佩看了看，又吃了一惊："这可是宫里的东西，他一个玩把戏的娃娃怎么可能有这个？"慧明说："是一个阔公子送给华中的。"小刀刘反问："既然如此，你怎能肯定这玉佩是他的呢？"小刀刘说着，拉开抽屉，取出一块同样的玉佩放在柜上，说："这全是宫里的东西，我这里什么都缺，就不缺这玩意儿！"慧明见状惊诧不已。小刀刘看了看慧明，对仆人说："送客！"

濮中阳、万人迷和慧明各揣心事地走出刘宅，不知过了多久，万人迷突然说："我说小师父，你如此一弄，咱连刘爷也得罪了。"慧明说："我敢肯定，那玉佩就是华中的那一块。"濮中阳说："万兄，看来华中他们就在刘府。"万人迷无奈地说："他不承认，咱们能怎么办？"濮中阳叹了一声说："看来这是一个很强的对手。"

河南怀庆府濮家庄的野外添了一座新坟，上写"濮益荃先生之墓"。黄氏女身穿重孝，跪在坟前为濮老汉烧纸。她的身后，跪着一排身穿重孝的娃娃，都在哭爷爷，纸钱翻飞，乌鸦鸣叫……

埋葬了公公，黄氏女带领娃娃们赶往通往京城的官道。官道上到处都是去南方逃荒的灾民，黄氏女带着一群娃娃与灾民逆道而行，向北走着……

宛平县的知县迟迟没有断明真假乔红玉，只得硬着头皮来到恭王府禀报实情。恭亲王与福晋正在花园里赏花，管家领着胡知县走了过来。

胡知县见到恭亲王，先施一礼："下官拜见恭王爷！"恭亲王说："免礼！胡大人，本王给你添麻烦了。"胡知县说："为王爷效劳，是下官的荣幸。"恭亲王问："那乔红玉找到了吗？"胡知县一听，急忙跪下说："王爷，恕下官无能，贵王府送到小县的前两个女子都抢着当乔红玉,昨儿个午夜又有一女子前来自首,她说她才是真正的乔红玉。""是吗?"恭亲王好奇地问,"竟有这等怪事?她既然去自首,肯定有一定的目的喽?"胡知县说:"王爷明鉴!那女子自首的目的是要求放出前两个女子,她说她们是在冒充乔红玉,她才是真的。"恭亲王冷笑一声:"醉翁之意不在酒呀!"胡知县说:"下官也是这么想的,很有可能是前两个女子的家人或是别的什么人花了大钱,收买了这女子。"

恭亲王思忖片刻问:"能花巨资买人命的人物,除去官宦富豪之外,还会是什么人呢?"胡知县忙说:"请王爷示下。"恭亲王说:"那一定是太平军和捻军的余党。"胡知县忙说:"王爷英明无比,明察秋毫,下官就没想到这一层。王爷,请您明示,如何处置这三个女子?"恭亲王说:"三个都不能放,先暂押大牢,等大鱼上钩。"胡知县得令不敢怠慢,急忙告退,赶回宛平县。

濮华义也赶到了宛平县,他急急到了大牢,从怀里掏出一锭银子贿赂守门狱卒。

守门的胖狱卒接过银子,看了濮华义一眼,问道:"你有何贵干?"濮华义说:"狱爷,您看我能不能见一见乔红玉、濮玉芝和黄秋菊?"胖狱卒掂了掂手中的银子,说:"见与不见,可不是我说了算的。"濮华义问:"那谁说了算?"胖狱卒又掂了掂手中的银子,说:"糊涂人有福,装糊涂可就要受罪了!"濮华义说:"狱爷,小民不懂您的意思。"胖狱卒收起银子说:"不明白就算了。我问你,昨天夜里你不是来过了吗?"濮华义说:"没有呀,昨儿我一直在家睡觉,从未来过这里呀。"胖狱卒又看了看濮华义,说:"不是你?我看你跟昨夜来的那位长得差不多。"小个子狱卒在旁边插言:"你若是昨晚的那位,别说跟囚犯见面,怕是想走都难了。"濮华义问:"为啥?"小个子狱卒说:"大老爷说了,要以劫狱罪论处。"濮华义说:"狱爷,那绝不是我!你想想,咱一个平头百姓,老实守法,咋敢劫狱呢?我来这里,只是想求你们开恩,让我见一见我的三个妹妹。"胖狱卒说:"别说三个,一个也难见。"濮华义一听,忙哀求道:"狱爷,你们的贵手一抬,就让我永世难忘哩。"胖狱卒说:"我实话告诉你,女牢中压根儿就没有你说的什么玉芝和黄什么菊。"濮华义一听愣了:"这就怪了,她们明明被关在这里,怎么会没有呢?狱爷,那乔红玉呢?"胖狱卒说:"乔红玉倒是有三个,不知你要见哪一个?"濮华义诧异地叫道:"三个乔红玉?""对!"胖狱卒说。濮华义说:"不会吧!"胖狱卒说:"别说你不信,连我都不信,可这事偏偏是真的,连大老爷都发了愁。"濮华义说:"既然这样,我就先见一见昨儿半夜前来自首的那一个。"小个子狱卒说:"她呀,正在过堂。"濮华义说:"过堂?你们还要给她上大刑呀?"小个子狱卒说:"对。告诉你小子,她若真是乔红玉,怕是还要杀头哩!"濮华义一听,大惊失色:"什么,还要杀头?"

小刀刘府第的地下室内,不知道什么时候多了几个木架,木架上吊着濮华中他们,一个胖仆人坐在门口看着他们。不知过了多久,有个娃娃喊:"华中哥哥,我饿……"另一个娃娃也喊:"华中哥哥,我的胳膊我的鸡鸡都好疼呀。"虎娃说:"你们一疼一饿就喊华中哥华中哥,难道他不疼不饿吗?""虎娃,别吵他们!"华中喝住虎娃,对娃娃们说,"小弟弟,忍一下,饿过头了就不饿了。"仆人走过来,对华中说:"他们受这份儿罪,都怪你小子想的孬点儿,你给我说说,当太监有什么不好?不但能吃香喝辣,还能天天和皇上、娘娘们在一起。紫禁城,不当太监你辈子都进不去!再说,刘爷给人净一回身,至少要收六十两银子,现在不收你们一个子儿,真是便宜你们了!"华中反问:"太监好你为啥不去当?"仆人说:"我岁数过了。若年轻十岁,我非挨一刀进宫去看看皇上的三宫六院不可!听说宫里的女人个个都是大美人,鲜嫩得很,嘿嘿……"虎娃说:"你当不上,将来可以让你儿子去当!"仆人说:"我连老婆都找不到,去哪儿生儿子!"

正说着,小刀刘走了进来,呵斥那仆人:"你在这里跟他们瞎说什么!"仆人说:"老爷,小人是劝他们安心去当太监。"小刀刘瞪了他一眼,说:"这用不着你劝,他们愿意去得去,不愿意去也得去!只要进了我这个院子,由不得他们了!""是是是,老爷说得对!"仆人说完,急忙退至门口。

小刀刘走近华中,先狠狠地晃了晃华中,然后又围着他转了一圈儿:"小子,这就是你不听话的后果。"华中瞪了一眼小刀刘:"俺们宁死也不去当太监。"小刀刘冷笑道:"就这么吊着,不给饭吃,让你们求生不成,求死不得,看你小子还有什么能耐!进来——"小刀刘话音未落,只见另一仆人端着碗走了进来。小刀刘说:"给他们上上药,尽快消肿,别误了动刀。"

仆人应声走近华中,先拽下华中的裤子,不承想华中飞脚一踢,将药碗踢飞了,药水溅了小刀刘一脸一身。小刀刘气急败坏地指着华中说:"打!给我打!就这小子不听话,给我狠狠地打!"一个仆人得令,拿起皮鞭正欲打华中,不承想又被小刀刘拦下了:"慢!暂不打他,省得误了大事。这小子,我要让他先挨第一刀!"仆人放下手中的皮鞭,问:"老爷,是不是先把他抬到净身房?"小刀刘说:"你懂什么?他的鸡鸡还肿着,怎么割?再去配药,多下些冰片。先把他的双腿捆了,再给他上药!"仆人应声退下。

小刀刘气冲冲地走出地下室,不承想刚出地下室,就听到一个老汉的哭声。

一个仆人匆匆走过来,禀报:"老爷,老爷,前几天净身的那个娃儿因尿路不通刀口发炎,快不行了。"小刀刘一惊:"怎么会呢?"老汉哭着走过来,边哭边说:"刘爷,按你的吩咐,我用嘴给娃儿吸尿吸血,仍是不通呀。"小刀刘一听:"哎呀,让你请天府井口的周大嘴,你就是舍不得花钱!你当谁都能吸呀!那可是功夫,要有气吞山河之势,又要有控制之力,力不到不行,力过了也不行!"老汉止了哭,说:"好,好,我去请,我去请!"小刀刘长叹一声说:"晚了,刀口已发炎,回天乏术了!"老汉大惊,又开始放声恸哭:"哎呀,我的儿呀……"

第十六章

富丽堂皇的养心殿内,小皇帝载淳坐在华贵的御座上。御座后面,隔着八扇黄色纱屏,一左一右坐着两位皇太后。恭亲王与几位大臣在议朝政。

一大臣说:"启奏两宫皇太后,河南怀庆府一带连岁未登,多年重灾,穷民景况不堪入目,州县各城乞丐遍地,乡间饿殍满眼。黄河以北各州府物价奇高,只有人价极低,满大街都是卖儿卖女的人。"慈安问:"当地官员为何不倾力赈灾安抚?"那大臣说:"回太后,地方官员为师不贤,安阳林州一带的百姓对县令极度不满,咒骂之声充满城乡,已有恶徒林中热借机纠集闹事。"慈禧一听,气愤地说:"果真有人搅浑水!"另一个大臣说:"太后,微臣以为,群情汹涌之初,应擒首恶以儆余凶。"又一位大臣说:"太后,微臣认为,此等刁民,甚属可恶,应不分首众,一律重处,以警其余。"慈禧说:"借大灾起衅,逞凶不法,此风不可长。必严拿究处,以惩凶顽,毋得疏从!"启奏的大臣说:"太后,严行穷治,属以乱治乱,惩刁风固然重要,而当地官员赈灾不力,实属'长令不明',要给予应得的处分,以示朝廷仁道,流布恩泽,以达'非独伤肌肤之效'！"一大臣反驳说："微臣认为，究官之不力，不可取。诚虑刁民会因此长奸，不可不防刁风甚渐！如果助长以下抗上，刁民闹事而即参县、州官员，将使刁风益炽矣。将来愚顽之徒，必且以此挟制官长，殊非整饬刁风之道。"慈禧点了点头，说："言之有理，缉邪之功大，讳灾之罪小，因此不必革职，仍留原任。好吧，林州这件事就议到这，还有要奏的没有？"

恭亲王说："臣还有一事要奏。"慈禧说："说吧。"恭亲王说："太后，纵观四海，如今工业浪潮已席卷欧洲，如今又袭入我大清。臣以为，这是我大清国的一大变局、一大机遇。以臣薄见，我大清一向所有的长矛、土炮和木船早已敌不过西洋的坚艇利炮。为了强国，必须虚心向西方学习，师其所能，才能夺其所恃。"慈禧不解地问："去年不是已派斌椿去欧洲了吗？"恭亲王说："回太后，欧洲距我大清较远，日本近年来与西洋通商，大炼钢铁，国力日益飞进，也是我们效仿之榜样。当然，他们大炼钢铁，多造轮船、军火，是为自保，还有虎视眈眈于我大清国之野心，我们不可不防啊。"慈禧问："以六爷之见呢？"恭亲王说："臣以为，我们除去筹办洋务之外，还要注意外交。日本与我大清近如唇齿，我们要与其搞好关系，在道义上先赢其一招儿。为此，臣奏请两宫太后，委派一杂技班前往东瀛，增强相互了解。"

听到这里，慈禧对慈安说："姐姐，我看这办法可行。杂技出国无语言不通之虑，洋人也看得懂。"慈安说："是呀，是好办法，也该让洋人看看咱们大清艺人的绝技。"慈禧点点头，又问恭亲王说："六爷打算派哪家杂技班？"恭亲王忙说："请太后示下。"慈禧说："哀家已封河南濮家班为御用杂技班，就让他们去吧。"恭亲王一听，忙说："臣遵旨！"

濮中阳带慧明回到大车店，濮玉兰正在缝补道具。濮中阳问："玉兰，你哥呢？"濮玉兰停下手中的活计说："他们都不在，我也不知道去了哪里。"濮中阳介绍说："慧明师父，这是我的大女儿，叫濮玉兰。玉兰，慧明师父是保定普济寺的僧人，帮助过你妹妹，也是他带华中他们来京的。"濮玉兰忙把针线放下，起身施礼说："见过慧明师父。请问，我弟弟他们在哪儿？"慧明双手合十道："阿弥陀佛！玉兰姐姐，华中他们失踪了。"濮玉兰一听，大惊："什么！爹，这是真的吗？"濮中阳痛苦地点了点头。濮玉兰焦急地问："怎么回事？玉芝和华中他们怎么都失踪了？"濮中阳说："玉芝已有了消息，她和你秋菊表姐都被关在宛平县的大牢里。华中他们也有了信息，可能被关在一大户人家的宅院里。"濮玉兰一听，更急了："爹，这到底是怎么回事？你快去救他们呀！"濮中阳说："爹正在想办法，这件事要对你奶奶保密，千万不要让她知道。"

这时，濮华义垂头丧气地进了屋。濮中阳见儿子回来，忙问："华义，你去哪里了？"濮华义说："我去了宛平县大牢。"濮中阳呵斥道："你去那里干什么？大白天的，多危险！"濮华义说："我想见一见乔红玉和玉芝她们，可是人家不让见。那狱卒还说红玉姑娘正在受大刑，还要被砍头呢！"濮玉兰一听，吓了一跳："红玉姐犯了什么罪？为啥要被砍头？那玉芝和秋菊表姐呢？"濮华义说："不知道。爹，难道就没一点救她们的办法吗？"濮中阳叹了一声说："我已让你表哥去找安公公了，看他能否有办法。"

黄学禄来到紫禁城午门前，向守门兵问道："军爷——"守门兵傲慢地看着黄学禄，厉声道："干什么！皇宫禁地，不得逗留！"黄学禄说："军爷，是这么回事，我呢，是大总管安公公的表侄，想求军爷给他捎个信儿，说俺有要事找他，今晚在厚德福酒楼等候。"守门兵说："我不管你是不是安公公的表侄，皇宫有皇宫的规矩，太监会见亲戚朋友有规定时间，不可随便出宫。就算安公公是内务府的大总管，也得守规矩不是？""那是那是，所以想求军爷您行个方便。眼下这事，规矩是死的，人是活的，您说是不是啊军爷！"黄学禄说着，将一锭银子悄悄递给了守门兵。

有钱能使鬼推磨，那一锭银子，果真使动了守门兵。他乖乖通知了安德海，安德海得到邀请，如约来到厚德福酒楼。

黄学禄把安德海迎到坐上，给他斟酒。安德海问："表侄呀，托人把我喊出来，有何贵干呀？"黄学禄说："表叔，十万火急呀！"说着，黄学禄直抹眼泪。安德海见状，忙问："哟，什么事呀？火急火燎的，还抹眼泪？"黄学禄哭着说："表叔不知，我妹妹秋菊和表妹玉芝都被恭王府的人抓进宛平县大牢了！"安德海吃惊地问："什么！还有这等事？"黄学禄说："昨儿个小侄去了宛平县大牢，连见都不让见！"安德海怔了一会儿，问："是不是与刺杀恭亲王的案子有关？"黄学禄说："说不清。不过，昨儿个那乔红玉已经投案自首了，可他们还没放回无辜。"安德海一听，不相信地问："什么？你是说那红玉姑娘投案自首了？"黄学禄点点头说："是呀，红玉姑娘讲义气，为救秋菊和玉芝，人家硬是奔到大牢投了案。"安德海一听，直咂舌："这傻丫头！投什么案呢！她爹呢，那个乔二双刀现在何处？"黄学禄说："不知道。"安德海说："得，这下好了，乔红玉这一投案，必得交出她爹。要不，恭亲王是不会放过她的。"黄学禄说："乔红玉投了案，他们为何还不放秋菊和玉芝呢？"安德海想了想说："是呀，按说是该放了，这不是殃及无辜吗？恭亲王为何不放她们，这事还真有点怪。"黄学禄哀求说："表叔，你救救她们吧！"安德海说："恭亲王这人，外人都以为他满腹经纶，治国有方，可咱家以为，此人阴险毒辣，是个笑面虎。我琢磨着，他眼下不放秋菊和玉芝，很可能是想利用她们引出乔二双刀。"黄学禄说:"有了乔红玉,还用得着她们俩?"安德海说:"这你就不懂了,不放秋菊和玉芝,乔二双刀就会欠黄家班和濮家班的人情,说白了,乔二双刀终究算是江湖中人,他不能不讲义气,说不定他也像他女儿一样投案自首呢。"黄学禄茫然地问:"可眼下怎么办?她们可是在狱中受苦呢。"安德海想了想说:"这个你放心,我回宫就让小贵子去宛平县一趟,要胡知县手下留情,尽量不动刑,好吃好喝地侍候着。"黄学禄又问:"那她们何时能出来?"安德海一听这话,明白黄学禄是把放人之事寄托在他身上了,为难地说:"表侄呀,你要知道,恭亲王眼下可是议政王,除了西太后,没人能拦得住他要干的事。这飞腿张和乔二双刀也是,怎么这么笨,到了恭王府也没刺杀成功!要不然,可是去了西太后的一个心腹大患呢!这样吧,你少安毋躁,等我回宫后先探探恭王府那边的情况,然后再瞅机会见机行事。但你也要明白,只要一沾太平军和捻军的事,那宫廷上下可都是一个想法——杀无赦,灭九族!"黄学禄吓呆了……

  黄来福匆匆赶到濮家班的住处,一进院就喊:"姐夫,姐夫!"濮中阳走出来:"哟,怎么是你呀?"黄来福说:"不是我,这北京城里谁会喊你姐夫?"濮中阳问:"你不是带班回沧州了吗?"黄来福说:"唉,秋菊得知你们被困恭王府,就没回去,这不,被人抓了——"濮中阳急忙手指压唇,示意黄来福小点儿声儿。黄来福见状,忙说:"怎么?老太太在屋里?"濮中阳说:"倒不是我娘在屋里,这事不可张扬,知道的人越少越好。"黄来福点点头问:"听那万人迷说,玉芝也被抓了?"濮中阳叹了一声说:"是呀,事情全赶在一起了!"黄来福说:"那就快想办法呀,总不能这样干等着!"濮中阳哀叹一声说:"兄弟呀,说白了,咱们只是一个外地艺人,在别人眼里不过是个下九流。可咱面对的是谁,是皇亲国戚,是一人之下、万人之上的恭亲王。更何况，这案子牵连着太平军和捻军。大清有律，误保匪人，与罪人同科，是杀头之罪呀！"黄来福一听，急得头皮发麻："真是作孽呀！咱不知犯了哪颗灾星，碰上这等事！"濮中阳安慰道："来福兄弟，事情既然已经出来了就别怕，没有过不去的坎儿！我已让学禄去找安公公了，看他是否有办法。"黄来福说："但愿他能帮上忙。"濮中阳说："如果不行，咱再想别的办法。"黄来福无奈地叹了一声："也只能如此了。"

厚德福酒楼的一角处，濮华义正在一个人喝闷酒。此时，他已有了七分醉意。卖唱老汉领女儿来到他面前说："客官，点一曲吧？"濮华义觑着眼一看，说："还是你们？河南老乡？"老汉说："是！"濮华义说："老乡见老乡，两眼泪汪汪。那就点一曲。"卖唱女问："请问客官点哪一曲？"濮华义说："我心里有气，唱段老家的河南坠子吧。"卖唱女说："好！"老汉走弦，卖唱女开唱：

> 做官的五更待漏伴君王，
> 为将的铁甲夜巡守战场，
> 经商的提心害怕一本账，
> 读书的十年勤学守寒窗，
> 做工的没明没黑叮当响，
> 为农的怕旱怕涝怕火荒，
> 有钱的发愁金银无处放，
> 贫苦人衣食无着饿肚肠，
> 尘世上各人甘苦不一样。
> 大哥你身在酒楼犯惆怅，
> 无论发生什么事，

大哥的心胸要放敞亮。
　　…………

　　濮华义长叹一声,掏出几枚铜钱,递给那老汉,说:"小妹妹唱得好,正好劝到我心里。可劝人谁都会,事情一到自己头上就不行了。我的妹妹和我的心上人身陷囹圄,可我又无能为力,我真是这世上最笨的笨蛋!"说到恨处,濮华义禁不住摔了一个酒杯,声音惊动了刚从雅间里走出来的安德海和黄学禄。

　　店小二跑过去,扶住了濮华义,说:"客官,你喝醉了。"濮华义推开店小二,说:"我……我没醉,没……醉。"黄学禄走上去,搀住了濮华义:"表弟,你醉了。"濮华义见是表兄黄学禄,酒醒了一半,说:"我……醉了?我没醉!你……表哥,怎么样,找到安公公了吗?安公公能救红玉和表姐、玉芝她们吗?"黄学禄说:"安公公就在这儿,他一定能救她们出来。"安德海走过来,用手扇了扇濮华义呼出的酒气,说:"华义表侄呀,其实你才是最有能力救你妹妹她们的。"濮华义不解地说:"安公公,你净开……开玩笑,我……我一个玩把戏的,要钱没钱,要权没权,人生地不熟的,咋救啊?"安德海提醒说:"你小子别忘了,西太后可是最爱听你的坠琴学唱……"

　　小刀刘府的地下室里,华中他们还被吊着。几个小点儿的娃儿已经睡着了。仆人走过来,把他们一个个叫醒:"不能睡不能睡,人被吊着是不能睡的,血凝住了会残废的。"华中说:"那你就把他们放了吧,吊我一个。"仆人说:"老爷不发话,我不能放。"华中说:"只要我还吊着,他们就不会惹麻烦。"仆人指了指虎娃,说:"这小子也和你一样捣蛋。"虎娃说:"那就把我也吊着!"仆人问:

"那他们要是偷偷把你们放下来怎么办?"华中说:"不吊他们,你可以仍绑着他们啊。"仆人厉声反问:"我凭什么听你小子的?"华中说:"将来我进宫当了太监,混出了名堂,我可以给你好多好多银子。"仆人一听,仿佛真看到了那一天,目光里一片憧憬:"真的吗?不过,我不想要银子,我想见见娘娘。"华中说:"那我就带你进宫去见娘娘。"仆人说:"听说宫里守卫森严,草民百姓压根儿进不去!"华中说:"你真笨!你不会换换装,穿上太监的衣服,随我一同进去?"仆人一听,高兴地直叫:"哎,对!扮成太监进宫,这办法好!小子,没看出来,你还挺有脑子!说好了,咱一言为定!"华中说:"一言为定!"仆人想着华中前程似锦,自己也能跟着沾光,便依了华中的话,把几个娃娃放了下来,然后用绳子将他们拦腰捆了几道,说:"你们几个有福气,能坐着睡了。"

醉意很浓的濮华义来到了小河边,他手拿酒葫芦,边走边喝,跟跟跄跄地走到了与乔红玉初次见面的地方,过去的场景历历在目。本想借酒消愁,不承想越喝越愁,边喝边回忆,越回忆,越害怕乔红玉遭杀身之祸,"红玉,你不能死呀……"他边走边喊,不知道什么时候便醉卧在了草丛里,睡着了……赶巧唐天姣和小狗子到河边散步,走到这里。小狗子人小眼明,离老远就看到一个人横卧在草丛里,急忙跑过去一看,回头喊道:"大娘,你看,是华义。"唐天姣走过来一看,大叫:"华义,你咋躺在这里呀?"濮华义呓语说:"红玉、玉芝、秋菊姐,你们都不能死呀!"唐天姣人老耳聋,问小狗子:"小狗子,华义他嘟嘟囔囔说的啥呀?死呀活呀的。"小狗子说:"他说:'红玉、玉芝、秋菊姐,你们都不能死呀!'"唐天姣说:"真是喝醉了,玉芝回老家还木回来,秋菊随黄家班离了京城,什么死不死的,多不吉利。"小狗子一听也装着很气愤的样子说:"是呀!"说着,他便"呸呸呸"三声,对唐天姣说:"大娘,说破了!"唐天姣被小狗子的可爱举动逗笑了,问:"不过,他说的红玉是哪个?"小狗子说:"红芋?大娘,是不是华义想吃咱老家的红芋了?"唐天姣:"你小子,就知道吃!红玉是个人名,听起来也是个姑娘,不知是哪个班里的。"小狗子说:"反正不是咱濮家班的,也不是黄家班的。黄家班里的姑娘我都认识,什么秋菊、海棠、牡丹、月季……"小狗子正说着,突然被唐天姣打断了:"老侄子,大娘我想起来了,这红玉呀,八成是华义在宫里演出时看上的一个宫女……哎哟,这下可好了,等来年,咱先让华龙将秋菊娶过来,然后再给华义办喜事,秋菊、红玉,再加上玉兰和玉芝,咱濮家班的坤角儿就多了!"小狗子提醒说:"大娘,宫女不会演活儿,咱不要!"唐天姣笑着说:"傻侄子,宫女不会演活儿,可长得漂亮,那可是皇家挑的人,上台当个递手儿,肯定吸引人!"小狗子说:"那就让她给我当递手儿吧。"唐玉娇说:"好,快回去通知你大哥,让他把华义抬回去。"小狗子不想回,便说:"慌啥嘞,这河边多凉快!"

慧明在地安门胡同口处秘密监视着刘府出出进进的人,离老远他就看到河涧府老汉哭着走出刘府。一仆人急急追上老汉,左右看了看,将老汉拉到一旁,说:"老人家,我家主人说你现在别哭哭啼啼的,等走出一段路再哭不迟。"老汉高声哭喊:"我儿子都被你们弄死了,还不让我哭?"仆人劝:"老人家,我家主人干这营生,忌讳有人哭着号着从这门里走出去,让人看了坏名声哩!你儿子既然已到了这一步,也是天意,一般很少出这种事的。老人家,我家主人说互相理解,他还要靠这把刀吃饭哩。"那仆人说着,从怀里掏出一锭银子,放在了老汉的手中。老汉一甩手把那银子打掉,说:"我儿子都没了,我还要这银子干啥?我送来时是活蹦乱跳的一个娃儿，现在只剩我一个了，连尸首你们也不让拉走，还不让我哭？今天我非哭不可！"说着就放了大声："我的儿啊……我可怜的娃儿呀……"那仆人见老汉放了高声，急忙上前捂住了老汉的嘴："老东西，你果真是敬酒不吃吃罚酒！来人——"几个高大的仆人闻声跑过来，将老汉的嘴一堵，架着朝小巷深处跑去……

慧明急忙跟上去……

濮中阳和一男演员抬回了濮华义，唐天姣和小狗子跟在后面。濮华龙要抬，被濮中阳止住："你膀子还没好，不能抬。"濮玉兰从屋里出来，问："我二哥咋了？"濮中阳说："喝醉了。"唐天姣怕孙子渴，安排玉兰："玉兰，快给你二哥倒水去。"

濮中阳和那个男演员把濮华义抬到屋里，放到炕上，小狗子急忙为濮华义脱鞋子，唐天姣急忙给濮华义盖被子。濮中阳说："娘，你歇着去吧。"唐天姣若有所思地看了儿子一眼，说："中阳，你出来，娘有话问你。"濮中阳边答应边安排濮华龙："给他熬点白萝卜水，让他醒醒酒。"濮玉兰端来茶水，递给大哥，然后又去厨房熬白萝卜水。

濮中阳随母亲走进另一间房，问："娘，有啥事，还挑地方说？"唐天姣说："娘问你，刚才在河边，华义嚷嚷什么红玉、玉芝、秋菊……不能死，你给娘说说，他咋说这种话？"濮中阳说："娘，这人喝醉了，不都爱胡说八道吗？"唐天姣"哼"了一声说："娘看得出，你肯定有什么事瞒着我。前天夜里，我做了个噩梦，梦见你爹穿一身白，白衣白帽在白云里飞，我咋追也追不上。咱江湖人忌讳说梦，我就一直没说。我觉得，老家可能发生了什么事。"濮中阳说："听说河南大旱，庄稼苗儿全旱死了，我正打算派人回去看看呢。娘，您放心，上次我已让玉芝捎回了银两，我爹他们吃几个月没问题。"唐天姣说："灾年钱不算钱，你最好还是再让谁回去看一看。若不中，干脆就让华龙他娘带那些娃娃过来，咱朝西北开拔。"濮中阳一听，忙说："娘，我爹岁数大了，身体不好，若不是要照顾他老人家，我怎会不让华龙他娘跟班呢。"唐天姣想了想说："要不，我回去照顾你爹吧？"濮中阳说："那哪儿成，你也八十多岁了！再说，您那蹬缸之技是咱的看家节目，离了你要少半个天哩！"唐天姣一听也是，沉默了一会儿，又开始牵挂孙子孙女："奇怪呀，都一个多月了，玉芝和华中他们怎么还没到？是不是路上遇到什么事了？"濮中阳说："这两个孩子都贪玩，怕是一路撂地，边走边演显能耐呢。"唐天姣缓了一口气，说："但愿如此！只要没什么事就好！那这次你打算让谁回去呀？"濮中阳说："我这两天正想这个事。华龙身上有伤，不能骑马；华义呢，西太后喜欢他的坠琴学唱，说进宫就得进宫，看来，只好让玉兰回去了。可她一个女孩家，我还真有点不放心。"唐天姣反问道："玉芝比她小，你怎么放心了？"濮中阳解释说："玉兰不同玉芝，玉芝从小练功习武，能保护自己，玉兰那都是花架子，不顶用。"唐天姣想了想，说："这样吧，反正这几天不撂地，让她骑马，为防路上有什么事，让她女扮男装！"濮中阳想了想，说："只能如此了！"

慧明一路跟随这一行人到离刘府不远的一个巷口处，见刘府的几个仆人将河涧府老汉扔在了北巷里。慧明等他们走远，急忙上前扶起老汉，为他去了嘴里的布，问："大伯，怎么回事？"老汉认出了慧明，哽咽道："小师父，我儿子没了，他们还不让哭，硬是将嘴捂了，架到了这里。"慧明问："前天你儿子不还活蹦乱跳的吗？怎么说没就没了？"老汉悲叹一声，泪如泉涌："唉，都怪我，为了能让他早日进宫享荣华富贵，没来京时我就给他禁了食，想赶个早儿。不承想那小刀刘给我儿子动刀那天喝多了酒，刀法失准，开刀第二天就肿了，孩子发高烧，尿路不通⋯⋯"慧明一听，同情地说："阿弥陀佛！有生有死，生生死死，又是一个轮回！老伯，你也上岁数了，身体重要，要节哀呀。"老汉说："都怪我太穷，活活害死了儿子。若知是这样，让他当什么太监呀！"慧明说："老伯，刘府里还有别家娃娃准备当太监的吗？"老汉说："自愿的没有了，不过，强迫的还有。听几个仆人说，刘家地窖里还关着几个被别人骗来的河南娃娃，说是小刀刘花银子买来的，等净了身，让他们进宫给他挣月钱哩！"慧明忙问："一共几个？"老汉摇了摇头，说："不知道。"慧明忙问："地窖在什么地方？"老汉擦了擦泪说："刚才我去找小刀刘，他好像刚从地窖里出来，一脸怒气——若是那样，地窖就应该在后院刘家祠堂的下面。"

一天的时间过得很快，转眼间又到了掌灯时分。京门大车店的马棚里，濮中阳和黄来福二人正在商谈事情。濮中阳问："安德海怎么说？"黄来福说："学禄说，安德海还未明确表态，只说瞅机会，眼下也只能不让秋菊和玉芝她们在狱中受大苦。"濮中阳点点头，说："尽管他是西太后的红人，但毕竟是个太监，在皇亲国戚眼中不过是个大点儿的奴才，难为他了。"黄来福说："是呀，咱也不能光指望着他，还得想别的辙儿。"濮中阳想了想，说："到了万不得已，我就去求求恭亲王。"黄来福问："能行？"濮中阳说："通过这些天在恭王府里演堂会，我对恭亲王多少有了些了解，这人还是通情达理的。"黄来福提醒："对这些当官的不能太相信，你别忘了，飞腿张和乔二双刀刺杀的就是他，若是成功，他就成了刀下鬼了。他肯定恨死了乔家父女。咱们的这两个闺女不知犯了什么神经，真名实姓不说，偏偏说自己是乔红玉！弄不好，恭亲王一个都不会放过！在他手中，错杀十个八个算啥！"濮中阳长叹一声，说:"除了找他,还能有什么办法?"黄来福想了想,说:"办法是有一个,就怕你不同意。"濮中阳说:"说说看。"黄来福说:"恭亲王不是要利用她们钓大鱼吗?那咱就将乔二供出来。"濮中阳一听,一挺身站起来,厉声说道:"胡说!"黄来福见濮中阳不同意,便哀求说:"哥,此事就你知我知天知地知,为了秋菊和玉芝,咱就告一回密吧!"濮中阳"哼"了一声说:"我宁肯舍了女儿,也不能干这种事!"黄来福觉得很委屈:"你当我想干?谁不知道告密之后,良心难安,可这是两条人命呀!舍他一个救出两个,不值得吗?再说,咱又没冤枉他,他真的是刺客。如果秋菊和玉芝因此被砍头,咱这当爹的、当舅的、当姑父的,就不良心难安了?"

濮中阳凝重地沉默了好一会儿,说:"兄弟呀,这是两码事。秋菊和玉芝若丢了性命,那只能怨咱们没能耐,可要是供出乔二双刀,那就丢了咱做人的本分!"黄来福一听,心急如焚地说:"姐夫!哥哥!兄弟我也闯江湖大半辈子了,有啥不明白的,可这不是没办法的办法吗?"濮中阳说:"是呀,是没办法的办法。实话说,我也想过这法子,但想归想,万不能去做,做了就会后悔终生!既然你啥都明白,哥也不多说了,这事就到此为止。明天我去求见恭亲王,看他能否法外开恩,放了她们三个。"黄来福一听,大吃一惊:"什么?你还想救乔红玉?"濮中阳说:"红玉又没参加刺杀,不能与她父亲同罪。再说,像红玉这样的角儿,实在难寻。培养出一个名角不容易,死了多可惜!咱能救则救,不管能不能救成,首先得有救她的打算,你说是不?"黄来福说:"姐夫,这好人都让你当了,我不成了小人了吗?"濮中阳说:"又胡说,你内心无邪,是条难得的汉子,要不,我会当你姐夫?"

不知不觉到了午夜时分,慧明来到刘府后门的胡同,利用大树荡进了刘府,下到了刘府后院。由于前天来过一次,他道清路熟地来到了刘家祠堂，认真地寻找着地下室的门。一直找不到，他很着急，开始在墙上乱摸，不承想一推，还真推开了机关。原来靠着几案处的，是一堵假墙，推开就是台阶。

慧明下了台阶，看见一道门。他悄悄推开，见那仆人正坐在一处打盹儿，便轻手轻脚从他身边走过。

慧明发现了濮华中，轻轻将他晃醒。华中一看是慧明，惊喜万分地喊道："慧明哥！"慧明一听，急忙指了指门口的仆人，示意他不要声张。守门的仆人被惊醒了，他站起身，走过来，慧明急忙隐在暗处，华中佯装熟睡。仆人检查了一遍，见无异样，便又回到门口坐下打盹儿。不一会儿，就传来了鼾声。

慧明悄悄解下华中，与他耳语一阵，二人开始向守门仆人包抄。慧明一个猛冲抱住那仆人的腰，华中上去用布堵了他的嘴。二人将仆人捆了个结实，然后叫醒了虎娃和另几个娃娃。

虎娃一看到慧明，高兴地问："慧明哥哥，你怎么知道我们在这里？"慧明说："等出去再告诉你们，快随我来，脚步要放轻！"

说完，慧明便领华中他们走出地下室。他们专走暗处，绕到了后花园的高墙处，慧明对华中说："我先上去拉他们，你和虎娃在下边帮忙。"濮华中说："好！"

慧明麻利地上了高墙，然后放下绳索，濮华中和虎娃急忙用绳索捆牢小牛的腰，慧明费劲地拉上来一个娃儿，将他放到墙外。然后又将空绳索放到墙里，如此反复，一个娃儿一个娃儿地救……

一仆人挑着灯笼巡夜，打开假墙，走到地窖，发现守门仆人被捆，大惊失色，急忙给其松绑，问是咋回事。守门仆人顾不得多讲，着急地说："快，他们刚跑了一会儿，快追！我去叫老爷。"说完，二人便急忙走出地下室，兵分两路。巡夜仆人朝后花园跑去。守门仆人朝前院跑去，边跑边喊："老爷……老爷……他们跑了……"

慧明刚刚将第四个娃娃拉上去,巡夜仆人就已喊着跑了过来:"有贼人……"慧明急忙把第四个娃儿放到墙外,又将绳索放下来,催促说:"华中,快,快,快!"濮华中说:"虎娃,快,你快上!"虎娃说:"不,华中哥,你先上!"慧明说:"快,你们别争了,来不及了!"

巡夜仆人已跑了过来,高喊道:"哪里逃!"华中上前抱住那仆人的腿,高呼:"虎娃,快!"虎娃见状,生怕华中吃亏,对慧明说:"慧明哥,你快带他们几个跑,快,我帮华中哥拦住他们!"虎娃说着,也扑向了那仆人。

慧明见状,声嘶力竭地喊道:"华中、虎娃……"华中边和那仆人厮打,边喊:"慧明哥,你快走呀!"

一队仆人已高喊着朝这边跑来,慧明见状,急忙借助墙外的那棵大树,荡到了外面。华中和虎娃将那仆人绊倒,朝前厅跑去。小刀刘正好带人堵住了他们,二人再次不幸被抓。

小刀刘问:"那四个呢?"赶过来的巡夜仆人气喘吁吁地说:"跑了!"小刀刘气急败坏地说:"还不快追!"仆人应声而去。随后,一队仆人手执火把跑出刘府后门,来到小巷里,紧追着慧明和几个娃娃。慧明背着一个娃,手拉小牛,让另两个娃娃拽着他的衣襟,穿街走巷,跑得气喘吁吁……

慧明带着娃娃们跑进了小庙,几个仆人在庙门口迟疑了片刻,也进来了。慧明又带娃娃们从后门跑出,顺小巷向一边跑去。几个仆人在庙里找了一阵,没找到,也出了后门,不过他们顺着小巷跑去了相反的方向……

慧明带娃娃们又转到小庙前门,逃脱了一场惊险的追捕……

第十七章

　　第二天中午,濮中阳来到恭王府的大门前,不承想被守门兵拦住:"干什么?"濮中阳见状,忙客气地说:"军爷,在下是河南濮家班的班主濮中阳,前几天还在王府里演堂会,想劳驾您通报一声,俺有要事求见王爷。"守门兵说:"濮班主,不是我驳您的面子,恭亲王日理万机,哪儿有时间见您!"濮中阳说:"既然如此,能否让我见一见贵府的管家?"守门兵说:"王府有王府的规矩,见仆人只能在二门外,那可委屈您了!"濮中阳笑道:"哪里话,若不是你高抬贵手,怕是我大门也进不去哩!"守门兵一听,也笑了:"那是!濮班主,您进去吧,我让人给您传话。不过,王爷快下朝了,您留点心。"濮中阳忙施礼感谢:"有劳军爷,在下记下了。"说完,便从侧门进了王府。

　　濮中阳边等管家,边时刻注视着大门外。管家闻讯从内院匆匆走出来:"哟嗬,我当是哪个,原来是濮班主。"濮中阳说:"正是在下,在下这厢有礼了。"管家说:"哪里哪里,咱二人还客气啥!濮班主找我有何贵干?"濮中阳说:"濮某今日确有一事相求。"管家说:"请讲——"濮中阳说:"小女濮玉芝,前些日子在京门大车店被恭王府的人抓了，现被关在宛平县大牢。在下想请管家帮我见见王爷，恳求王爷法外施恩，放了小女。"管家左右看了看，压低了声音，问："此话当真？"濮中阳说："不敢妄言！"管家恍然大悟道："噢，原来在京门大车店抓的是令爱啊！哎，不对呀，当时你们濮家班都在这里演堂会，她怎么在大车店？"濮中阳说："是这样的，小女月前回老家探亲，回来时正赶上我们进了恭王府，所以……"管家点点头说："原来如此！不过，这事很棘手呀。实不相瞒，此案牵涉着太平军和捻军派来的刺客。那飞腿张刺杀王爷未遂，命丧九泉，可乔二双刀父女至今仍潜逃在外。为抓乔家父女，王爷才派人到京门大车店和悦来客栈监视。除了令爱，前几天在悦来客栈也抓了一个。"濮中阳说："她叫黄秋菊，是内人的娘家侄女。"管家问："你是说，她是沧州府黄桥黄家班黄班主的千金？"濮中阳说："正是。"管家说："濮班主，此事很棘手呀！"濮中阳紧张地问："为何？"管家说："因为她们都自称是乔红玉……"

就在这时，大门处传来一声高喊："王爷回府——"

管家一听，忙说："哎呀，王爷下朝了，我得去应酬，濮班主，你不是想见王爷吗？那就朝亮堂的地方站站，等下我朝这边多望几眼，让王爷看到你。王爷很欣赏你，看到你肯定会招呼你的——快，快，轿子进大门了，失礼了！"濮中阳说："哪里话，您快去迎接王爷。"

管家急急朝大门外走去。

恭亲王的轿子进了大门，在二门前停下，恭亲王下轿，管家迎了上去。恭亲王朝管家来的方向望了一眼，发现了濮中阳，问："管家，那位是不是濮班主？"管家说："回主子的话，正是濮家班的濮班主。"恭亲王说："本王正有要事找他，快让他过来。"管家急忙跑过去："濮班主，王爷叫你呢。"濮中阳闻听，疾步走来，施礼说："草民濮中阳叩见恭亲王！"恭亲王忙说："免礼，免礼！走，到内厅叙话。"说着，二人便朝多福轩走去。

恭亲王和濮中阳议了一会儿时政后，说："大清国再不能单凭忠勇救国了，忠勇蛮力在洋人的洋枪洋炮面前显得那么滑稽可笑，不堪一击。洋人远渡重洋来我大清肆意妄为，凭借的是什么？凭借的是科学、机巧、睿智。大清国不能再闭关锁国、夜郎自大，关着门当皇帝了，应该看看外面的世界是什么样子，不能再游囿于'四书五经''之乎者也'了！"濮中阳说："王爷所言极是。"恭亲王说："所以，我想让你们濮家班走出国门，让洋人了解了解我们的国粹文化。你们呢，也可以带回些外国的好东西。去年，我派斌椿去西洋考察，从上海坐轮船出国，先到法国马赛港，在欧洲共游历一百多天，游历了十多个国家，大开眼界。"濮中阳听后，思忖了一会儿问："不知王爷打算委派敝班去哪个国家？"恭亲王说："本王的意思是想让你们去日本。日本这几年进步很大，有许多可学之处。"说着恭亲王从几案下取出两本书，递给了濮中阳，又说道："这是我让斌椿他们编写的西欧考察日记，这本是《乘槎笔记》，这本是《航海述奇》，你不妨拿回去看一看，对你们去东瀛可能有助。"濮中阳恭敬地接过书，说："谢王爷抬爱，草民一定认真拜读，完成王爷交付的使命。"

接着，恭亲王说："刚才我已面陈两宫太后，也得到了她们的首肯，就差下懿旨了。你看还有什么困难吗？"濮中阳想了想，说："王爷，草民认为，出国演出不同于在国内，是代表我大清国，所以草民恳求濮家班与沧州府黄桥黄家班合班出洋，以震咱大清威风。"恭亲王问："黄家班？"濮中阳点点头说："对，黄家班号称'天下第一棚'，其跑马上刀山等节目气势磅礴，惊险刺激，名不虚传。"恭亲王一听，不由赞叹说："濮班主，你处处为国家着想，不贪一己私利,难得!好,本王答应你。除此之外,还有什么难处吗?"濮中阳一听这话,突然跪地:"王爷,小民还有一事相求。"恭亲王示意让他站起来,说:"请讲——"濮中阳起身,说:"小女濮玉芝,月前回河南给家父送银两,回到京城时正赶上我们在王府演堂会,她刚到京门大车店就被抓了,现被押在宛平县大牢。"恭亲王一听,恍然大悟道:"噢,原来如此。实不相瞒,当初让你们住进王府,目的是抓乔二父女。听宛平知县禀报说,他们先抓了两个,后来又自首了一个,奇怪的是,她们都说自己是乔红玉,本来很简单的事情如今却复杂了。本王怕冤了好人,所以至今未让他们动大刑。若她们三个都是假的,好说;若其中有一个是真的,就难办了。你说,放谁不放谁呢?"濮中阳忙问:"请王爷明示。"恭亲王想了一会儿说:"我看这样吧,既然你说令爱在宛平县大牢,就请少安毋躁。另外两个女子你可认得?"濮中阳说:"草民没到牢中看过,说不准。但在悦来客栈抓的那个叫黄秋菊,就是黄桥黄家班班主的大女儿,也是拙荆的娘家侄女。"恭亲王说:"如果是这样,你们濮、黄两班合团出国,现在至少少了两个角儿呀!"濮中阳忙说:"王爷明鉴。"恭亲王说:"既然这样,我会告知那胡知县,让他尽快结案就是。"濮中阳一听,急忙跪拜:"草民谢王爷法外开恩!"

京门大车店内,唐天姣正在为孙女绾头发,绾了头发之后,她取出一件男衫,说:"这一件是你二哥的,穿上看看合适不?"濮玉兰点点头,赶紧换上衣服,还没等她发言,唐天姣就说:"这真叫姓何的嫁给姓郑的,郑(正)何(合)氏(适)呀!"濮玉兰笑笑,心想这哪里是"郑何氏",这分明又宽又大,只能凑合着穿了。她明白奶奶的心思,害怕她一个姑娘家路上遇到危险,所以也没说什么。她又整了整衣衫，问："奶奶，你想俺爷爷不?"唐天姣一听，白了孙女一眼说："傻丫头，哪有孙女出奶奶的洋相哩!"说着，唐天姣从箱子里取出一双胶鞋，递给濮玉兰，说："这是洋人卖的胶鞋，轻便又耐用，让你爷爷下雨时穿。"濮玉兰说："中，这叫老婆儿心疼老头儿，下辈子还能聚头!"唐天姣一听，笑了："又出奶奶的洋相哩! 这鞋呀，其实是你爹孝顺你爷爷哩。丫头呀，路上少说话，非得说话时要用粗嗓门儿，别让人家听出来你是个姑娘。住店要住大店，太阳不落就住下，日出三竿再启程，记下没有?"濮玉兰说："记下了，奶奶，连这一遍你都说八遍了!"

小狗子手拿一包糖跑进来，说："玉兰，这包水果糖你拿着，回去给一娃、二娃、三娃、四娃和金花他们。"濮玉兰见状，乐了："哟嚪，小狗子叔叔很重感情呀，成了角儿也不忘小伙伴儿!"小狗子骄傲地昂着脑袋说："那当然，江湖义气头一桩嘛!"濮玉兰笑得东倒西歪。

看天已近中午，唐天姣就催促孙女起程。说着，便帮孙女掂包裹，小狗子和华龙也跟在后面送。喂马的男演员从马棚里牵出一匹马，玉兰一跃身上了马，华龙看着女扮男装的妹妹，不放心地说："玉兰，路上要小心!"濮玉兰说："记下了!"唐天姣说："你爹去恭王府了，说有要事，就不送你了。"濮玉兰一听笑了："又不是出征去边关打仗，回老家而已，过几天就回来了，送什么送!"濮华龙说："对咱妈说这里一切都好，别让她挂念。"濮玉兰说："好，哥，你再给我二哥熬点白萝卜水，也不知他昨儿个喝了多少酒，到现在还不醒。"濮华龙点点头说："我会的! 路线你要记熟，从保定府朝衡水方向走，再从南宫到威县……"玉兰嫌大哥啰唆，便一字一句地说："大哥，我——记——下——了!"唐天姣说："那就上路吧。"玉兰说了一声"好"，一勒缰绳，一挥鞭子，一人一马飞驰着出了大车店。

玉兰刚走不一会儿，慧明就带着四个娃娃来到了京门大车店。唐天姣和小狗子正在练功，四个娃娃跑上去，哭着喊奶奶。

唐天姣一下揽住四个娃娃，激动地说："乖乖，你们怎么才到？华中呢？玉芝呢？"小牛哭着说："奶奶，玉芝姐在保定府就和我们走散了，华中和虎娃哥还在刘府关着呢。"唐天姣一听，惊讶地问："哪个刘府？关我孙子干什么？"小牛着急地说："奶奶，你快去救他们吧，那个瘦老头儿可坏了，他要割华中和虎娃哥的鸡鸡，要让他们当太监呢！"唐天姣一听，大惊失色叫了一声："什么——"便昏了过去。

慧明急忙扶住老太太，小狗子急忙跑进屋叫濮华龙。濮华龙一见奶奶昏倒，惊慌失措地扑过去："奶奶，奶奶！怎么回事？"小牛吓哭了："我就说了华中哥和虎娃哥……"还不等小牛说完，慧明便拦住了他："好了好了，小牛你别说了，不怪你，都怪我没嘱咐你们。"

正巧，濮中阳回来了，见老娘昏过去了，他急忙掐老太太的人中，边掐边喊："娘，娘……"唐天姣醒了过来，头一句话便是："中阳，快去救华中和虎娃……"濮中阳望了望慧明带回来的四个娃娃，心中已明白了八九分，十分感激地看着慧明说："慧明师父，谢谢您！"慧明内疚地说："只可惜，小僧未能救出华中和虎娃。"濮中阳说："你单枪匹马闯虎穴，已经不容易了。华龙呀，你好好照顾你奶奶和这几个娃娃，我和慧明师父到刘府要人。"濮华龙说："爹，我去吧。"濮中阳说："我已经去过一趟了，道儿熟。"

濮中阳和慧明匆匆赶到刘府时，小刀刘正在和南二讨价还价。小刀刘说："你还嫌价低，昨儿被人救走了四个，知道不？"南二不相信地问："此话当真？"小刀刘气愤地说："我何时说过谎话？"

南二一听，急了："刘爷，那就快报官将他们抓回来呀！"小刀刘一听，反问道："报官？本来就来路不明，报官不是自投罗网吗？"南二想了想，说："刘爷说的也是，可一下跑了四个，也太可惜了。"小刀刘说："所以，这回我可亏大了，你也得将就着点儿。"南二说："我……这……这娃儿在你府上，跑了与我有什么干系！刘爷，咱说话得凭良心呀，交货时，我就要求货款两清，你说等一等，不会亏我的，您老不能食言哪！"

正说着，一个仆人匆匆进来说："老爷，濮家班班主和前天来的那个小和尚又来了。"小刀刘一听，不由气恼道："他们昨儿救走了人，现在来肯定是讨要那两个大娃的，胆子真不小呀！"南二忙说："那个小和尚也来了？刘爷，我得避一避。"小刀刘看了南二一眼，冷笑道："你怕了？如若你再讨价还价，我只有把你交给他们了！"南二一听，慌了神色："哎，不不不，刘爷，您千万别告诉他们啊！"小刀刘见南二怯了，忙趁机追问："价怎么说？"南二忙说："一切听刘爷的！"小刀刘说："好吧，你就从后花园的小门出去吧。"南二一听，忙告辞，一溜儿小跑去了后院。

小刀刘看着南二慌不择路地走了，对仆人说："让他们进来吧。"仆人应声而去。小刀刘又叫来一仆人，与他耳语一阵后，说："快去！"那仆人闻令，急急走了。

小刀刘见一切都安排好了，便整了整衣衫坐在太师椅上，看上去镇定自若，其实内心里正翻江倒海地思考着如何应付濮中阳。正想着，仆人便领来了濮中阳和慧明。

小刀刘见濮中阳和慧明进来，便开门见山地问道："濮班主二次来寒舍，有何贵干？"濮中阳说："在下来要犬子濮华中和小徒虎娃。"小刀刘耍赖地说："上次登门，我已声明他们不在，为何还来纠缠？"慧明说："他们两个就在府上，如果不交出，我们就报官。"小刀刘听慧明威胁他，也起了劲儿："哟嗬，出家人管起尘世的事来了，看来你俗缘未尽呀！报官？好呀！我也正要报官呢！昨夜本府失盗，有贼人从后花园翻墙而入，盗走金银无数，贼人所用的爬墙绳索现在府中，二位是不是见识见识？拿上来！"

仆人一听，急忙拿来了昨儿慧明用的爬墙绳索。小刀刘接过绳索，摊给他们看："二位，看到没有，这就是证据。"濮中阳知道此事是真，不想节外生枝，便转了话题："刘爷，山不转水转，在下求刘爷高抬贵手，放了犬子和小徒，所损银两皆由我濮某赔偿，不知你意下如何？"小刀刘把绳索朝地上一摔，说道："你就是送个金山，我这里也没有你说的那两个娃！有本事你就去报官，刘爷我在家候着。送客！"

濮中阳和慧明见状，很无奈，只得出了刘府。他们刚迈出门槛，身后的大门就关了个严严实实。

慧明气愤地说："大叔，这小刀刘耍无赖，咱报官吧？"濮中阳说："小师父，报官可不是一句话的事，天下乌鸦一般黑，更何况咱是外地人。听你万大伯说，这小刀刘虽是七品衔，但能通皇宫，咱就是有理怕也告不赢！"慧明问："那怎么办？要不，我今晚再入虎穴……"濮中阳说："老虎不吃回头食，说不定他正等着你去哩！若被他们抓住，再想救人可就犯难了。"慧明一听，懊悔不已："唉，都怪我太莽撞，如果叫上个帮手，肯定能全救出来。"濮中阳说："咋能怪你呢？你是怕夜闯民宅牵连我们，才独闯独行。小师父，你这片善心，可敬哪！"慧明叹了一声说："谢大叔明白小僧的一片心！可是，华中他们怎么办？"濮中阳想了想说："现在唯一的办法就是尽快找到骗他们的小太监和那个叫北五的人。只有他们才是铁证，有了铁证咱们再去刘府要人就有了底气。"慧明说："好，明儿个我还去刘府周围吊着，他们肯定会去刘府的。"

第十七章

　　二人边说边走，不一会儿来到了万人迷的住处。乔二见濮中阳来了，惊喜地说："濮大哥！"濮中阳见门没锁，说："这老万咋这么粗心，连门也不锁，若万一有生人来了怎么办？"乔二说："是我不让他锁的。"濮中阳一听，责怪地说："你也太大意了！"乔二说："不妨事，反正这里认得我的人少。濮大哥，秋菊和玉芝她们放出来了吗？"濮中阳叹了一声："还没有。"乔二起身，说："干脆，我现在就去自首，让他们放了无辜。"濮中阳一听，急忙拦住乔二，说："兄弟，自古衙门抓人容易放人难，急不得。再说，你若去自首，不是白白辜负了我和万兄的一片心？"乔二感激地直流泪："濮大哥，都怪我……"濮中阳忙说："又说外气的话。万老兄呢？"乔二擦了一把泪，说："他去天桥摽地去了。"濮中阳点点头，问："你的伤怎么样了？"乔二一听，忙从床上下来，伸了伸胳膊，说："基本上痊愈了。"一旁的慧明见状，高兴地说："大叔大难不死，必有后福！"乔二说："小师父，我还有啥后福，只求平安度日就好！"

　　几个人闲扯了一会儿家常，濮中阳问乔二："兄弟接下来有何打算？"乔二说："听你的，我准备带女儿回安徽老家，将乔家班重新集合起来，再培养一批娃娃，重闯江湖。"濮中阳郑重地点了点头。这时，乔二突然想起了女儿，面色沉重地问："濮大哥，你见到红玉没有？这丫头几天没回来了，我有点担心她。"濮中阳怕乔二知道了真相担心，忙说："红玉姑娘有勇有谋，不会有事的。这样吧，你还休息着，我和慧明去天桥找万大哥。你少出门，小心为妙！"乔二点着头说："濮大哥，兄弟听你的。"

　　黄来福救女心切，也来到恭工府的大门前。守门侍卫拦住他问："干什么？"黄来福说："军爷，俺是沧州黄桥黄家班的班主黄来福，劳驾军爷通报一声，我有要事求见王爷。"守门侍卫一听，不耐烦地说："怎么回事，昨儿个来了个濮班主，今天又来了个黄班主，还都有要事求见王爷。我就纳了闷儿了，你们玩个把戏，能有什么要事？去去去！"黄来福一听，忙哀求地说："军爷，你不知道，人命关天哪！"守门侍卫说："州有州府，县有县衙，有冤你去告状，有罪你去伏法，关王爷什么事！"黄来福说："军爷有所不知，小女黄秋菊就是被恭王府的人抓到宛平县衙的，必得有王爷开恩放人，才能救小女一命。"守门侍卫不相信地说："这我就不懂了，什么大不了的事，还得恭王府派人去抓人？恭王府是什么地方？恭王爷是什么人？你也不想想，你一个玩把戏的，跟议政王差多远？王爷日理万机，怎么会管你们这等小事！去吧去吧，在这里站久了没你什么好儿！"黄来福闻听，很是无奈，也只好离开……

　　天桥一如既往地热闹非凡，人流如潮，偷偷跑出宫门的载淳和载澄再次来到天桥这个艺术的天堂，他们手拿糖葫芦边走边看。一个吹糖人的正在吹老鼠，案子上摆满了老鼠，有骑马的，有抬轿的，也有吹喇叭的，组成了"老鼠嫁女"的景象。这边，一群猴子也正抬着小花轿娶亲，扮新郎的猴子翻着跟头围着花轿打转，急着想看新娘的样子，被一只老猴拦住了。老猴戴着老花镜，背了个钱褡子，一副老者打扮。它一扬手，前边吹唢呐的、敲锣打鼓的猴子开始走动，绕场转圈儿。如此诙谐的场景，让观众们笑得不行，纷纷朝场内掷铜钱。一个娃娃顽皮，朝场里掷了一块水果，前头的"吹鼓手"一哄而上乱抢一通，婚礼队伍一时大乱。最可笑的是，在轿内扮新娘的猴子也跃出花轿，拽下盖头，加入了哄抢的队伍。观众们大开眼界，笑得前俯后仰，载淳和载澄也笑得东倒西歪的……

　　濮中阳和慧明来到天桥找万人迷，正走着，慧明突然发现了载淳和载澄，忙说："濮大叔，你等等。"说着，便去追载淳和载澄。不承想追着追着，载淳和载澄进了戏园子。慧明急急赶到门口，刚要进去，就被拦住了："师父，买个票？"慧明一摸口袋，没钱，很着急。濮中阳见状，急忙过来，为他买了一张票。慧明说："大叔，你再等会儿。"说完，便急急地进了戏园子。此时，戏园子里正在唱《擂鼓战金山》：

> 韩世忠（唱）：
> 江水滔滔向东流，
> 二分明月是扬州。
> 抽刀断得长江水，
> 容你北上到高邮，
> 抽刀断不得长江水，
> 难过瓜州古渡头。
> 江边自有青青草，
> 不妨牧马过中秋。
> ……………

台下观众异常多，卖瓜子的、送茶水的穿梭其中。慧明东瞅西望，却找不到载淳和载澄。殊不知，此时载淳和载澄正在戏台底部隔着木板缝隙看演员们化妆。顽皮的载澄用一根小木棍儿朝缝隙里捅。一个女演员正在换戏靴，小棍儿正好捅到了她的脚心里，痒得她惊叫了一声，顺手抓住了那个小木棍儿。载淳和载澄见状，忙嬉笑着跑出来，混进了观众里……

慧明找不到小皇帝，泄气地走出了戏园子，濮中阳迎上去问："找到没有？"慧明丧气地说："没有。"濮中阳问："他们是谁？"

慧明说:"就是他们送给华中的那块玉佩,小刀刘说那是皇家的物件,我想他们一定是官宦子弟,有权有势。他们又喜欢华中,所以我就想让他们帮帮忙。"濮中阳点点头说:"中,不管咋说是个门路,你就在这里等,这个戏园子就这一个门,他们早晚会从这里出来的,我去找你万大伯。"慧明说:"好!"说完,二人分手。

濮中阳来到天桥一隅,见万人迷正在表演口技。万人迷坐在自己画的圆里,先学飞禽走兽——猪娃娃拱奶声、母羊生羊羔声、猪被杀时的嚎叫、鸭惊鸡飞声……又学市井百态——磨剪子磨刀声、唢呐声、斗蛐蛐声……最后学蚊子叫,声小却可听,还一边在自己的秃顶上拍蚊子,一抬手,蚊子又飞了……赢来不少掌声和笑声。濮中阳站在人群里,直等到万人迷演出结束,才凑上去搭话:"万师傅好手段哪!"万人迷听到声音,头也不抬地说:"老喽,怎么也赶不上濮家班的濮中阳呀。"说完,二人大笑。笑过之后,万人迷问:"你屈驾来这里找我,定是有要事相告吧?"濮中阳说:"是的。"万人迷忙问:"又发生了什么事?"濮中阳说:"红玉姑娘自首了。"万人迷一听,大惊:"什么?这不是犯傻吗?乔二知道不?"濮中阳说:"刚才他问我,我没敢告诉他。"万人迷气得直抱怨:"这不是让我们白忙了一场吗?还有救吗?"濮中阳说:"难!"万人迷又问:"秋菊和玉芝呢?"濮中阳说:"也难!"

慧明一直在戏院门口等,不知过了多久,才见载淳和载澄走出来。他急忙跑上去:"二位小施主,请留步。"载澄一看是个和尚,就问:"小和尚,有什么事?"载淳定眼一看,叫道:"咦,你不是那个会玩杂技的小师父吗?"慧明说:"正是小僧。"载淳忙问:"你的那几个伙伴呢,他们现在何处?"慧明说:"他们正在难处!"载淳问:"怎么回事?"慧明说:"那日与二位小施主分别之后,他们被骗子骗到了地安门内的小刀刘家,至今还被关在那里。"载淳一听，不平地说："光天化日之下，怎能随便关押无辜！走，我们陪你去救他们。"载澄见状，阻拦道："主……我说少爷，我们能救得了吗？"载淳昂着高傲的脑袋说："天下还有我们救不了的人？走！小师父，你带路。"

慧明带载淳、载澄来到小刀刘府，载澄霸气地拍了两下门，喊道："门上哪个在？"一仆人开门，问："你找谁？"正问着，抬眼一看，看到了慧明："哎哟，小臭和尚，怎么又是你？"载淳高傲地朝前迈了几步，说："快叫你们当家的出来见我！"仆人一见这阵势，乐了："哟嗬，你是谁呀，这么大口气，怕是胎毛还没退吧！"载淳一听，不知该如何对答，气得不知所措："你……我……"载澄急忙上前一步："这位大哥，请你通报你家主人，就说我家少爷来访。"仆人问："你家少爷？你家是哪家？"载淳说："天下第一家！"仆人说："小子，天下第一家是爱新觉罗。"载淳一听，说道："我就是……"还没等他说出关键，载澄就急忙拦住了："我们家少爷与爱新觉罗家是至亲，只要你通报一声让我们过去，日后有你的好处。"仆人不相信地问："是吗？有什么好处？老子要现时现报，说什么日后，剜到篮里才是菜！"说着便伸出手来："有什么好处，拿来吧！"载澄见状，摸摸钱带，空的，问慧明："小师父，你有银子没，碰上这无赖，不用银子不行。"慧明尴尬地说："我……我也没有。"载淳见状，又从身上解下一枚玉佩，递给载澄说："给他这个行吗？"慧明说："怕是也不行，他们主人有一大把这样的玉佩，说是御赐的。"载淳一听，惊讶地问："他怎么会有御赐之物？"载澄怀疑地说："怕是吹牛的吧？"慧明说："不是吹牛，他们主人很厉害哩！"载淳急忙问："有多厉害？"载澄说："是呀，他一不是王爷，二不是贝勒，怎能有宫中的玉佩？"慧明说："二位小施主不知，这家主人姓刘，外号小刀刘，是专为皇宫供奉太监的。"载淳、载澄同时一惊："什么！"慧明重复了一遍："是专为皇宫阉割太监的。"载淳问："你是说，他们将你那几个小伙伴骗到这里，是要把他们变成太监？"慧明说："是的！"载淳说："怪不得太监尿不高，原来还要在这里变一变。走，咱进去看看他们是怎么变的，一定很好玩。"载澄犯难地说："可我们没钱，那个奴才不让我们进去怎么办？"载淳说："那就告诉他，朕……"载澄一听，急忙捂住了载淳的嘴，又对他耳语一番，然后拉着他跑了。

慧明见载澄和载淳跑了，急忙叫道："哎，哎，小施主，小施主……"载澄边跑边回头对慧明说："小和尚，我们回去取钱去，你在此等候！"仆人见两个小孩跑了，也叫道："哎，哎，怎么跑了？鸟毛还没长，就想充阔哩！臭和尚，你搬来的这两个小子真丢人，净他娘的吹大话！他以为他是谁？是小皇上？呸！"仆人骂着，气冲冲地关上了大门。

慧明望了望远去的载淳和载澄，长叹一声，摇了摇头。

载澄拉着载淳跑到胡同口处才停下来，载淳质问堂兄："你怎么不让朕进去瞧稀罕？"载澄说："我听人说，当太监要割鸡鸡，好可怕哩！"载淳担心地说："那几个玩杂技的小孩怎么办？"载澄神秘地问："主子，你不是喜欢他们吗？"载淳说："是呀，朕喜欢，尤其喜欢那个叫华中的。"载澄说："你既然喜欢他们，他们成了太监，不就可以天天和你在一起了吗？"载淳一听，突然兴奋起来："唉，对！让他教咱们变魔术、走绳索、翻跟头！"载澄说："他们成了太监，就是主子的奴才，你让他们干什么他们就得干什么。"说是这么说，想到华中他们要被割鸡鸡，载淳还是很怜悯地说："没想到会这样，他们好可怜啊！"载澄见皇帝动了恻隐之心，忙劝道："这可是神仙赐给主子你的礼物，主子你应该高兴才对！"载淳说："那个可恶的仆人目无皇上，绝不能放过！"载澄说："主子，别忘了,咱们是化装跑出来的,他怎么能知道你是皇上!走吧,快回去吧,宫门马上就要关了,让太后发现就麻烦了。"载淳说:"哎呀,朕差点忘了回宫的大事,快走!"说完,二人急促地朝皇宫的方向跑去……

第十八章

京门大车店的濮家班住处,濮华义醒来之后就问:"哥,我睡了多长时间?"濮华龙说:"整整一天一夜。"濮华义焦急地问:"安公公那里有消息了吗?"濮华龙说:"学禄哥一直在紫禁城外等着安公公,至今没有消息。"濮华义一听忙起身,边穿鞋边说:"我去找他。"濮华龙说:"你先吃点饭再去。"濮华义说:"酒劲儿还没散尽,不饿。咱爹呢?"濮华龙说:"他和慧明师父去地安门内小刀刘家了。"濮华义忙问:"华中他们怎么样?"濮华龙说:"昨夜里慧明师父救回来四个,可惜没能救出华中和虎娃。"濮华义急得头直冒火:"这可怎么办?事情都赶在了一起,真他娘的急人!哥,你在家招呼着,我去找咱爹和学禄哥。"濮华义说着,拔腿就朝外走。濮华龙忙叮嘱他:"有消息了快回来告诉我!"濮华义应了一声"中",便急急地朝皇宫走去。

濮华义走到紫禁城外时,黄学禄还在焦急地等待中。濮华义急急走过去问:"表哥,安公公有消息了吗?"黄学禄说:"我在这里等了快一天了,也没见到人。"濮华义说:"不是糊弄你的吧?"黄学禄说:"他是西太后身边的大红人,可能是脱不开身吧。"濮华义说:"我看咱不能光指望着他一个人,还得想别的办法。"黄学禄叹了一声说:"还有什么别的办法,咱一没权二没银子三没人脉,能攀上安公公,已是造化了!"濮华义说:"西太后这几天也不召我进宫拉坠琴了,若是能进宫,我还能当面求她帮忙。"黄学禄说:"她会管这等事?"濮华义说:"她管不管是她的事,但我要是能见到她,一定要给她说一说……"

这时候,载淳和载澄慌乱地朝宫门口跑来了。濮华义一眼就认出了小皇上,忙对黄学禄说:"表哥,快,那个小孩是皇上!"黄学禄和濮华义急忙跑上去拦住了载淳和载澄:"参见皇上!"载淳怔怔地看着濮华义问:"你是谁?"濮华义说:"皇上您忘了,我去宫里给您和太后娘娘拉过坠琴……"载淳恍然道:"噢,想起来了,你有什么事?"濮华义一时间不知道该从何说起:"我……"

一旁的载澄急忙拉住载淳,对濮华义说:"他不是皇上,你认错人了!主子,快走,宫门要关了!"说完,便拉着小皇上朝宫门跑去。濮华义一看小皇上要走,急了:"万岁爷,您不能走,我有要事求您。"濮华义边说边伸手拉载淳。

就在这时,宫门里跑出来两个持刀的侍卫,上前拦住了濮华义。载淳和载澄借机进了皇宫,跑远了。濮华义被拦在门外,侍卫呵斥他:"惊了圣驾,要你的命!"濮华义不理他,还立着脚朝宫门深处望。

黄学禄急急走过来解释:"军爷,我们去宫中演过杂技,和皇上见过面,是熟人,嘿嘿,熟人……"说完便急忙拉着濮华义离开了……

濮中阳和万人迷边走边说。万人迷问濮中阳:"恭亲王怎么说?"濮中阳说:"像是想以她们三个为诱饵,抓住乔二。"万人迷一怔:"看来只有抓住乔二,秋菊和令爱才能有救了。"濮中阳凝重地说:"是。"万人迷担心地问:"那红玉姑娘呢?难道只有死路一条了?"濮中阳沉默了一会儿说:"恭亲王是不会放过她的。"万人迷哀叹道:"可惜了,多么好的一个角儿呀,我玩了一辈子杂技,还没见过如此好手段的姑娘,舞剑、杂技、软功,活儿多全哪,简直就是个天才!真是不懂,当初这乔二为何要带女儿参加什么捻军!"濮中阳说:"恭亲王还想让濮家班和黄家班出洋演出,若能多个红玉姑娘,就更出彩了。"万人迷惊诧地问:"你们还要出洋演出?"濮中阳说:"是呀。只是太后娘娘还没下懿旨。"万人迷叹道:"乖乖,这下你们可混大了,开天辟地头一遭呀!不过,怎么还有黄家班?"濮中阳说:"原来是没有的,是在下向恭亲王申请的,恭亲王已经首肯了。"万人迷问:"黄老板知道不?"濮中阳说:"还没顾得上告诉他呢。"万人迷说:"中阳老弟,这就是我佩服你的地方,有了好事想着别人,我看那黄老板就做不到。"濮中阳谦虚地笑道:"他是我的内弟,该帮就要帮他一把嘛!"万人迷认真地说:"亲戚是亲戚,可别忘了同行是冤家。你能把冤家变成亲人,就怕别人不能呀!"濮中阳说:"不说这些了。帮不了红玉姑娘,我这心中老是别扭得慌。"

恭亲王下朝归来,轿子刚到大门口,守候在一旁的黄来福便跑上去拦轿喊冤:"王爷,小民冤枉呀——"轿子停下来,两名侍卫跑上去架开了黄来福。黄来福极力挣扎,边挣扎边高喊:"小民冤枉!小民冤枉!小民黄来福有重大冤情要见恭王爷!"恭亲王在轿子里问管家:"何人在轿前喧嚷?"管家说:"回王爷,有人拦轿喊冤。"恭亲王一听乐了:"拦轿喊冤?稀罕!本王只在戏里听到过,这回见到真的了!让他过来!"管家遵令,对侍卫喊道:"带喊冤人过来!"两卫士架着黄来福走了过来,恭亲王对两个卫士说:"放开他。"侍卫放开黄来福,黄来福急忙跪地:"草民叩见恭亲王,叩见青天大老爷!"恭亲王一听笑了:"你怎么像唱戏一样,还青天大老爷!你叫什么名字?"黄来福说:"小民姓黄名来福。"恭亲王问:"有何冤枉?"黄来福说:"王爷容禀,草民本是沧州府黄桥黄家班的班主,以卖艺为生。小女黄秋菊,几日前在悦来客栈突然被抓,现被关在宛平县大牢。草民求王爷为小民申冤!"恭亲王说:"噢,你就是黄家班的班主,怪不得如此胆大妄为,敢拦本王的轿子,原来是你进宫给两宫太后演了杂技!本王问你,你女儿为何被抓你知道吗?"黄来福说:"小民不知。"恭亲王突然变得一脸严肃:"既然不知,你怎么就乱喊冤枉呢?本王觉得,官府抓她必有抓她的道理,绝不是胡乱抓人。她现在只是关押在牢,等问清楚了,有罪抵罪,无罪释放,有何好大惊小怪的?"黄来福说:"王爷有所不知,这事听说是牵连着一个大案,可小女是无辜的。"恭亲王又问:"你怎么知道她是无辜的?"黄来福一听,不知该如何解释,支支吾吾地说:"我……"恭亲王说:"所以呀,一切要等结了案才能水落石出,真相大白,你少安毋躁,耐心等待就是了。"

就在黄来福为女儿喊冤之时,宛平县衙的大堂上又开始了新一轮的审问。胡知县问:"你们三个都说自己是乔红玉,难道就不怕杀头吗?"乔红玉问:"大人,我们都叫乔红玉有什么错?为什么要杀头?"胡知县说:"乔红玉是太平军派来的刺客,当然要杀头。"乔红玉又问:"大老爷如何能证明乔红玉是太平军派来的刺客?"胡知县说:"这还用说,她可是乔二双刀的女儿,是刺杀恭王爷的那个飞腿张的义孙女!"乔红玉又问道:"请问大老爷,那乔红玉进恭王府刺杀恭亲王了吗?"胡知县说:"那倒没有。"乔红玉说:"她没有刺杀,怎么就成了刺客呢?"胡知县一时间竟被问住了:

"这……听你这么一狡辩，本县明白了，你是在拐弯抹角地承认你就是那个真正的乔红玉！"乔红玉说："大老爷明鉴！既然认定我是乔红玉了，就请大老爷法外开恩，把她们两个假的放了吧。"胡知县说："好吧。"

不承想黄秋菊、濮玉芝同时喊道："慢！大老爷，我才是真的乔红玉！"胡知县转向黄秋菊和濮玉芝，问道："她说你俩是假的，你俩又都说自己是真的，有何证据吗？"黄秋菊说："大老爷，你刚才说我乔红玉是太平军派来的刺客？"胡知县说："对呀！"黄秋菊忙问："请问大老爷，太平天国现在何处？"胡知县说："太平天国嘛，已被全部剿灭了。"黄秋菊又问："既然太平天国已被剿灭，小女怎么就成了太平军派来的刺客了？难道洪天王他又复活了？"胡知县又被问住了："这……如此一说，你也是在为那乔红玉开脱罪行，可见你是真的乔红玉无疑了！"黄秋菊说："大人英明！既然认定小女是乔红玉，就该速速将她们二人放了。"胡知县说："刚才我还分得清，让你如此一搅和，本县又分不出真假了。"

说着，胡知县又转向濮玉芝："喂，那个小丫头，她们两个都说自己是真的，那么就剩你是假的了，如果你承认自己是假的，本县就当堂将你释放。"濮玉芝说："大老爷，小女才是真正的乔红玉！"胡知县说："既然你也说你是真的，那就说出理由来！"濮玉芝说："大老爷，小女压根儿就不是太平天国的人，我是捻军派来的！"胡知县一听，道："有道理，太平天国已被剿灭，眼下捻军活动猖狂，连僧格林沁将军都被你们杀了，看来你们是想里应外合攻打京城了。"濮玉芝说："对！我们的计划是先刺杀恭亲王，然后活捉西太后！"胡知县一拍惊堂木，喝道："大胆妖女，原来你才是真正的乔红玉！"濮玉芝高兴地说："对呀，大老爷，既然你认定我是真的，那就该快快放了这两位姐姐！"

乔红玉、黄秋菊一听，忙说："大老爷，你千万别听信她的一派胡言，小女我才是真正的乔红玉！""不，大老爷，她俩是假的，我是真的！"濮玉芝也争了起来。胡知县一拍惊堂木："大胆！我看你们三个是串通一气来戏弄本县，本县警告你们，皇上有旨，只要是太平军和捻军的余孽，一律杀无赦！小心你们的脑袋！来人，把她们押入死牢，退堂！"

胡知县急急催马来到恭王府的多福轩给恭亲王禀告案情："下官问过不少案子，却从未见过如此奇怪的事。"恭亲王长吁一口气说："是呀，本王也深感好奇，她们明知是死罪，却为何都争着说自己是乔红玉呢？"胡知县说："下官就是闹不明白才来请示王爷的。"恭亲王想了一会儿说："可能是因为她们都是江湖女子，讲义气吧。"胡知县忙说："王爷明鉴！大堂上，她们每个人承认自己是乔红玉之后，就要求放掉另外两个。"恭亲王说："若真如此，也算是精神可嘉。"胡知县说："王爷，虽然精神可嘉，可分不清真假，下官也不好治她们的罪呀！"恭亲王说："前天河南濮家班班主濮中阳特来见我，说他的女儿被抓了；昨天有个姓黄的艺人拦轿喊冤，说他的女儿也被抓了，而且都说是被关在宛平县大牢。这就是说，先前抓的那两个女子，极可能是假的。"胡知县说："王爷不知，就是她们在大堂上高喊着'刺杀恭亲王，活捉西太后'的呀！"恭亲王一听，脸色突变："如此狂妄，定与太平军有牵连！既然她们都说自己是乔红玉，那就成全了她们，将她们绑赴刑场，格杀勿论！"胡知县说："下官遵命！"

小刀刘府的地下室里，华中和虎娃被反绑着关在一间暗房里。一仆人打开门，小刀刘走进来，得意地望着华中说："小子，现在可没人能救你们了，他们做梦也不会想到我会把你们关在这里。"

华中愤恨地望着小刀刘说："我们不愿当太监，你为何逼我们？"小刀刘说："宫中除了安德海和李莲英，有哪个是自愿当太监的？他们都是被自己的父母逼来的！小子，你爹已知道你要进宫当太监了，还要感谢我呢！"华中说："你胡说，我爹才不会让我当太监哩！"小刀刘说："可现在当不当已不是你们父子说了算的了！"华中一听小刀刘把话说到这份儿上，他想了一会儿说："你放了虎娃，让我一人去当太监，行不？"小刀刘问："为什么？"华中说："我还有两个哥哥和两个姐姐，我当了太监还有哥哥姐姐孝顺我爹娘。可虎娃没爹没娘了，家中只有一个奶奶。他原本出来是想挣钱养活奶奶的，你让他当太监了，谁养活他奶奶呀！"小刀刘说："如果真是像你小子说的那样，那他更应该去当太监。玩玩意儿能挣几个钱，当太监可是有月钱拿的，铁饭碗！"华中叫道："可谁给他奶奶养老送终呀！"小刀刘说："眼下只要有银子，啥事办不成？替人披麻戴孝哭爹哭娘的都有，还要他亲自去扛引魂幡吗？"

虎娃瞪了小刀刘一眼，对华中说："华中哥，你别求这老贼。"华中说："虎娃，你当了太监，就不能传宗接代了，你家就绝后了！"小刀刘轻蔑地说道："你们这些穷鬼，辈辈都穷，还有什么可往下传的，哈哈哈……"

华中见小刀刘如此嘲笑他们，气急败坏地说："你若不答应，我就死给你看！"说着华中就起身朝墙上撞，一仆人眼疾手快地拦住了他。小刀刘看着在仆人怀里挣扎的华中，说："怎么着，想以死相抵呀？就为这小子？我马上就给他净身，让你亲眼看着，让你死了这条心！"

濮玉兰回到家中，见房门紧锁，一片肃杀，心生奇怪。她下马隔着门缝儿朝家里观望，看见院内一片狼藉，练功用的立架东倒西歪，她对着门缝喊："娘——爷爷——"可回答她的只有一阵热风。

一老者拄着拐棍走过来，问："这位小哥，你找谁？"濮玉兰认出了老人："发根爷，是我呀，玉兰。"老者细细打量了一下，惊喜地说："哎呀，丫头，是你呀？你这一女扮男装，我都认不出了。你爹呢，班子都回来了？"濮玉兰说："班子没回来，还在京城撂地演出呢。发根爷，我娘他们呢？"老者说："唉，咱这里大旱，地里旱光了，人也走光了！你娘她带着一群娃娃进京找你们去了。"玉兰忙问："那我爷爷呢？"老者诧异地问："怎么，你还不知道？你爷爷他——"濮玉兰急急追问："我爷爷他怎么了？"老者哀叹一声说："为了让你娘能安心带娃娃们逃命，他悬梁自尽了！"濮玉兰一听，泪如泉涌："啊！爷爷……爷爷……"

黄氏女已带着娃娃们来到了安阳府，他们在闹市一隅开锣卖艺。黄氏女边敲锣边喊："诸位看官，有钱的捧个钱场，没钱的捧个人场，怀庆府遭大旱，可怜这群娃娃，赏个馍也算您积德行善了！诸位细瞧，这女娃的软功也算得上大清朝无双了……"

场子里，濮金花正在玩软功，一阔公子拦住黄氏女："喂，停锣停锣！"黄氏女止了锣，不解地问："这位看官，有何赐教？"阔公子说："你说她的软功天下无双，那我撂枚铜钱，她能反着用脚捡起来吗？"黄氏女说："这位小哥，只要你撂得起，她就捡得起！如果你财大气粗，愿意多多行善积德，那你撂到太阳落西山，她就能捡到太阳落西山！而且她不但能捡起，还能用脚撂进钱筐里！"阔公子说："好！那我就先撂一枚试试！"阔公子说着撂地上一枚铜钱，濮金花将双脚弯到两腮处，用脚趾捡钱，捡起，又扬脚将铜钱撂进了钱筐。赢来一片掌声。阔公子又一连撂了两枚铜钱，濮金花用双脚同时捡起，又一起撂进了钱筐。掌声更烈……

这日上午小刀刘府后院一片忙碌，三间筒子房内，中间摆着很大的一张床，几个仆人正在忙活。大白天还点着三盏灯，虎娃被抬进来时，炉火正旺，炉里烧着烙铁，几案上摆着几瓶老酒，一仆人将酒倒进一个铁盘，点燃之后，两个仆人押来了濮华中。

小刀刘坐在太师椅上抽着水烟说："先把这小子安置了。"两个仆人听到吩咐，忙将华中拴在了明柱上。小刀刘拿着烟袋站起来，对华中说："你小子看好了，看我是如何给他去势的！把虎娃拉过来！"两个仆人拉虎娃到大床前，小刀刘说："先给他摸摸裆。"一仆人伸手去摸虎娃的裆，不承想虎娃用力一夹双腿，疼得那仆人嗷嗷直叫。小刀刘一看到这般时辰了，虎娃气势还如此之盛，很是懊恼："小子，你放老实点，今儿个算你走运，由刘爷我亲自操刀。你要听话，若不听话，我这一刀下去割错了地方，你小子受罪事小，怕是小命难保！"虎娃恨恨地把目光转向小刀刘，喊道："你最好一刀杀了我！"那仆人趁虎娃喊叫，顺势摸了摸虎娃的裆，然后对小刀刘说："老爷，裆浅了，可以下刀了。"小刀刘点点头，挽起袖子，从柜子里取出几把刀，摆在一个盘子里，先走到濮华中面前，冷笑一声："小子，你先瞧瞧刘爷这几把刀。众人为何称我为小刀刘，就在这儿！这是四把刀，照老规矩，得先给你们报名：这把叫'一心镰'，这把叫'白光铲'，这把叫'一利掉'，这把叫'不觉痛'。小子，是你替他拣一把，还是让他自个儿挑？"华中哭喊："虎娃，哥哥救不了你呀……"小刀刘不解地问："你小子这话说得，你为何要救他？这可是好事，多少人想进宫还进不去呢！挨过这一刀，就是荣华富贵，这是他的福气！"说完他又走到虎娃面前："怎么样，你选哪一把？"虎娃望着明闪闪的刀子，哭了："华中哥，我害怕……"

小刀刘拿起一把刀子，亮了亮："你要是怕那我就替你选了，就这把'一利掉'了!"虎娃怯怯地看着:"不!我不要!"小刀刘哪里会理会虎娃,他将盘子撤下,举起那把"一利掉",说:"小子,这就由不得你了。抬上来!"几个人应声抬起虎娃,利索地脱了他的衣服,把他按倒在那张大床上。虎娃边挣扎边喊叫:"我不要!我不要!"华中也哭着呼喊:"虎娃!你要挺住呀!"

在两个娃娃的哭喊声中,小刀刘稳如泰山,他吩咐仆人:"拉线!"小刀刘话音刚落,房梁上吊着的一个轱辘就开始吱吱扭扭地响,还拖着一根细细的线。一仆人小心地将线拉下来,递给小刀刘。小刀刘熟练地用那根细线拴住了虎娃的命根子。虎娃又挣扎又喊。小刀刘对仆人说:"快按牢他!"两个仆人忙扑上去将虎娃按牢。小刀刘又将袖子挽了挽,说:"取烙铁!"一仆人用铁夹子夹过一根烧红的烙铁。小刀刘将那把"一利掉"放在烙铁上消毒,又高喊道:"端烧酒!"另一仆人急急端来燃烧着的热酒,小刀刘连手带刀在热酒上来回翻腾了一阵后,双手捏刀,双目向上,默默念叨了一阵,然后对虎娃说:"小子,我已替你求了神了,你断子绝孙可跟我没关系了!"虎娃被两个仆人按着,悲凉地哭喊着:"我不要,我不要……"

小刀刘不理会虎娃,又高声念:"天也沉,地也沉,从此男女不再分。双手劈开生死地,一刀割断是非根!"说完手一挥,一刀下去,喊道:"一利掉!"仆人们也随着喊:"一利掉!"随着喊声,一股鲜血从虎娃的两腿之间射出来,喷了小刀刘满脸。虎娃大叫一声,昏了过去。濮华中凄厉地喊:"虎娃——"

给虎娃去势之后,小刀刘满脸是血地坐在太师椅上抽水烟,华中在一旁哭泣,一个仆人正用烧酒为虎娃洗伤口。

这时候,南二走了进来:"刘爷,忙着呢?"小刀刘说:"刚做了一个,等下再做那一个。"南二走近一看,惊了一下:"哟,还没醒呢！"小刀刘随着南二的叫声，朝虎娃望了望，说："已下过捻子了，洗了伤口得几天不能动。"

南二又看到濮华中，走过去，对濮华中说："别怕，就一刀，刘爷刀法好，一咬牙就撑过去了。"濮华中看到南二，愤怒地吐了他一脸，骂道："都是你骗我们！"南二张开大手擦了擦脸，说："事到如今，我可得把话挑明了，这事可怪不得我和刘爷，是宫中有人看中了你们的玩意儿，让你们进宫给太后献艺。"华中说："你骗人！我宁死也不进宫！"南二见华中死到临头还在耍横，恨恨地说："只要刘爷给你动了刀，你就成太监了，不进宫还你能干啥？"华中一听，脱口骂道："南二，我干你娘！"南二说："小子，去了势你这辈子也甭想那事了！""我不！我不！"华中绝望地喊着，使劲朝明柱上碰头。小刀刘见状，忙高喊："快拉住他，伤了就不能动刀了！"一仆人上前扳住了华中的脑袋，说："刘爷，他的后脑勺磕出血了。"小刀刘闻听，忽地站起："怎么搞的，今日动不了刀了！快给他按上止血散！"另一个仆人急忙过去给华中敷药。

南二走近小刀刘，说："这小子真倔！"小刀刘说："有脾气就有志气，说不定他日后进了宫，还能成为大总管哩！到时候，你可要小心他报复你。"南二一听，忙提醒："还有你呢，刘爷。"小刀刘说："我已年近古稀，等到他得势，我早成了老朽，他会把仇恨全集中到你身上。"南二倒吸一口凉气："这倒也是！刘爷，快给我结账，日后我再不来你这里了，省得他一直惦记着我。""今日正忙，明日你再来吧。"小刀刘对南二说完，就放下烟袋，站起身安排仆人："把虎娃抬下去，净床，明日再为那小子去势！"

这时候慧明正在巷口处，盘坐在地，双手合十，佯装化缘，他不时看看刘府，监视着刘府的动静。有人朝他化缘的钵内掷钱，他就朝掷钱者吟一声"阿弥陀佛"。

河南林州境内有一座天平山，山峦起伏，壁立千仞，深渊悬崖，奇峰争秀。山上有一座古寺，山门上写有"天平寺"字样，早已斑驳。古刹位于一片松林之中，地势险要，只是庙宇已残破不堪。庙内住有一股土匪，百十号人。大殿内有一张虎皮椅，四周碗灯高吊。殿外的场地上，土匪们正在打扫场院，一片忙碌。大殿前墙壁上，挂有大大的"寿"字。两旁对联是：青松多寿色，丹桂有丛香。

土匪首领林中热搀过八十岁老母，说："娘，你看布置得如何？"林母说："好！这些都是大户人家才能办得起，不承想现在我这个穷老婆子也轮上了。不过，儿呀，好是好，就是有点名不正言不顺。"林中热说："娘，眼下朝廷腐败无能，女人当政，本来就名不正言不顺！人生乱世，谁有刀枪谁是英雄。过去我爷我爹都是老实巴交的庄稼人，结果受了一辈子苦。人生一世，横竖就这么几十年，咱人老几辈子都是竖着走道，如今，咱也横着走几遭，让那些当官的看看。我林中热背着脑袋混，他们也奈何不得我！"林母说："儿啊，不管你是盗是匪还是起义军，可你都年过三十了，至今不娶家小，将来老了咋办？"林中热说："娘，孩儿走到今天这一步，还娶什么妻生什么子，会连累人家的。"林母不满地瞪了儿子一眼，说："常言说，儿大当婚，女大当嫁，就是当了土匪也不能不娶妻啊！有了合适的，就给我找个儿媳妇，娘也好有个伴儿。这山上，不是石头就是树，娘连个说话的也没有，闷得慌！"林中热说："好好好，娘，孩儿虽然拉了反旗，可只杀贪官、只抢大户，从不糟蹋老百姓。没有合适的，儿总不能学那些坏土匪去抢良家民女来压寨吧？"林母把眼一瞪说："你若那样，娘就碰死在你跟前！"林中热说："还是呀，哪儿有良家民女会甘愿上山来当土匪婆？不抢不绑可不得慢慢找。娘搬到山上住,不就是要监督着孩儿,让孩儿当个不祸害百姓的好人吗!"林母一听,也觉得儿子说得在理:"唉,这事就是在这儿卡着,娘愁呀。"林中热说:"娘甭愁,等孩儿把事闹大了,像太平天国的洪秀全那样打,就打到北京去,推倒皇帝老儿,赶跑洋鬼子,到时候给您老人家多找几个儿媳妇!"林母叹了一声说:"唉,就怕娘等不到那一天哩!"林中热说:"娘,今儿个是您的八十大寿,少说丧气话!娘能长命百岁哩!"

戴眼镜的赵师爷走了过来:"大王,这寿联是我自个儿编的,您看中意不中意?"林中热说:"我肚里墨水不多,你念念。"赵师爷指着壁上的寿联念道:"上联是:青松多寿色。下联是:丹桂有丛香。"林中热说:"好!满山的青松都为我娘祝寿,又含有寿比南山不老松之意,好!赵师爷不愧是秀才呀!"赵师爷谦虚地笑笑说:"多谢大王夸奖!"林中热问:"大典兄下山请戏班子回来没有?"赵师爷说:"还没有。"林中热问:"怎么回事?"赵师爷说:"山下遭大旱,怕是戏班子都早已外出逃荒去了。"林中热说:"找不到戏班子,找个杂技班或唢呐班也行啊。"赵师爷说:"同一个天下,怕是玩把戏的班子也不好找哩!"林中热说:"总不能全走光了吧!多跑几个地方找嘛!我娘八十大寿,一定要热闹热闹的。"赵师爷听林中热决意要热闹,便说:"好,我再派人下山去催催二大王。"

这时候二大王杨大典正在安阳府内,因为一直找不到戏班子,他正准备回去,正好赶上黄氏女带着娃娃们在古庙前卖艺。黄氏女又敲锣又打鼓:"快来看哪,百猴闹春!有人要问了,这才十个猴子,咋能叫百猴闹春?诸位,我这十个猴娃都是当年美猴王孙悟空的徒弟,一个顶十个!不信你们瞧——"

尽管锣鼓敲得响,但来看把戏的人并不多。二大王杨大典听到锣鼓声,也来看热闹。只见一个娃带着九个娃娃正在锣鼓声中表演。他们做猴状，时而打闹，时而叠起，好玩又滑稽，引得观众笑声不断……

一连表演了几个节目，看揽不来人，黄氏女就收了场。这时候杨大典走了过来，试探地问道："请问这位大姐，你们唱堂会不？"黄氏女说："堂会？什么堂会？是喜事还是祝寿？"杨大典说："我家老太太八十大寿，想请你们去演几天堂会，不知意下如何？"黄氏女说："这位老弟，论说，为你家老太太祝寿我们不该推托，只是我们是去京赶班的，在此摆地只为挣几个盘缠，不想耽搁路程。"杨大典见黄氏女推辞，忙解释道："大姐你看，咱这里闹大灾，戏班子和玩玩意儿的班子都外出逃荒去了，我跑了一天也没找到一个，我家主人还非要显显孝心，让老太太高兴高兴。我刚才看这些娃娃的活儿又精彩又新鲜，我家老太太一定喜欢。大姐，就算帮小弟个忙，价钱随您要。"黄氏女一听犯愁地说："哎呀，这事倒让我为难了。"杨大典说："大姐，进京路途遥远，到我们那里演几天堂会，权当是打个尖儿。再说，娃娃们还小，赶急了怕腿脚受不了，不如咱们相互帮衬帮衬，权当是小弟求您了。"黄氏女为难地说："老弟你把话说到这一步，我若再推辞就太不近人情了。不知你家主人要演几天？"杨大典说："祝寿嘛，一般都是三天九场，这个数吉利。"黄氏女说："那中！俺们从怀庆府赶到这儿也不近，让娃娃歇歇腿脚也好。"杨大典一听黄氏女答应了，高兴地说："大姐，这回你可算帮了我大忙了。"黄氏女问："你们家离这儿多远？"杨大典说："不远，你稍等，我这就去雇车。"黄氏女疑惑地问："怎么还要雇车？"杨大典说："娃娃们小，有段山路，我怕累着他们了，误了玩玩意儿。"黄氏女越听越意外："怎么还有山路？"杨大典怕黄氏女生疑，忙笑着说："嘿嘿，一小段儿。"说着他又用手指头比画："就这么长一小段儿。"说着便去雇车。

不一会儿杨大典便带着两辆车来到黄氏女面前："大姐，车雇来了，快请上车吧！"黄氏女说："好，孩子们，上车！"娃娃们争先恐后地上了马车。杨大典和黄氏女也上了车。杨大典说："娃娃们，可都坐好了。大姐，咱们走吧？"黄氏女抬头看了看天，说："好，赶早不赶晚。"杨大典对车夫说："走吧。"马车随着车夫扬鞭催马开始朝林县境内奔去。

黄氏女他们刚跟杨大典走不久，濮玉兰便飞马赶到了安阳城。进城后，濮玉兰边走边向街上的人打听黄氏女。街上的人大多都摇头不知，濮玉兰很失望。就在这时，一位卖枣的小姑娘边吆喝边朝这边走来："卖枣了——内黄黄家村的大红枣——"濮玉兰见状，牵马上前："小妹妹，你好！"小姑娘看一身男装的濮玉兰叫她，以为来了生意，高兴地说："大哥哥，要买枣吗？这可是俺黄家村的特产，内黄大枣就数俺黄家村的最好，个大核小肉筋味儿甜！看样子，你像外地人，我劝你买一些！今年大旱，明年枣会贵的。"濮玉兰说："谢谢你小妹妹，我不买枣，我只是想跟你打听点事。"小姑娘说："你说吧，凡我知道的都告诉你。"濮玉兰说："这几日，你见过一个婆婆带着一群娃娃在这儿卖艺没有？"小姑娘说："见过见过，他们自称是怀庆府濮家班的娃娃班，其中一个小姐姐的软功很是了得！"濮玉兰惊喜地叫道："对对对！你知道他们现在去哪里了吗？"小姑娘说："就在那边那个庙门口。""谢谢小妹妹。"濮玉兰说着掏出几枚铜钱，递给了小姑娘。小姑娘高兴地接过铜钱，顺手抓了把枣给濮玉兰，说："大哥哥，尝尝俺的枣好吃不好吃。"

濮玉兰接过枣，与小姑娘告别后，就急忙来到黄氏女刚才演出的地方，并没有找到母亲。于是她向一位老人打听："老人家，你见到一个婆婆带着一群娃娃玩玩意儿没有？"老人说："见到了，刚才还在这儿。"濮玉兰惊喜地问："他们人呢？"老人说："好像被人请走了。"濮玉兰问:"去了哪里?"老人说:"这个我不清楚,我只看见是两辆马车拉走的,朝西去了。""谢谢老伯!"濮玉兰施礼道谢之后,翻身上马,朝西追去……

第十九章

　　宛平县街头,乔红玉、黄秋菊、濮玉芝分别站在三辆囚车上,从县衙大牢向刑场走去,囚车的木轮子在石板路上发出咯噔咯噔的响声。开道的狱卒在前面敲锣高喊,囚车的前后全是官兵。官兵队伍里,有一顶蓝呢大轿,轿内坐着胡知县,街两行站满了老百姓。

　　队伍走了一个时辰,才来到宛平县刑场。刑场上已经搭起了一个一人高的斩台,斩台上有三根粗大的斩桩,官兵把乔红玉、黄秋菊、濮玉芝分别绑到三个斩桩上。三个刽子手手执鬼头刀,头勒大红巾,身披执行带,走上斩台,分立在三个女子一旁。

　　监斩台上,胡知县正襟危坐,两旁官兵守卫森严。

　　这时候京门大车店濮家班的住处,濮中阳正与黄来福商量事情。黄来福说:"昨儿个我去恭王府门前拦轿喊冤,那恭亲王要我少安毋躁,耐心等待,不知是什么意思。"濮中阳说:"他也是这样对我说的。不知道事情会不会有变化。"二人说完,都神色凝重地沉默着。不一会儿,黄学禄急急跑进来说:"爹、姑父,大事不好了!我妹妹她们已被押赴刑场,午时就要开刀问斩了!"黄来福、濮中阳同时大惊："什么？"黄学禄说："恭亲王要杀她们三个！"黄来福一下子瘫坐下来："姐夫，怎么办？"濮中阳问："华龙和华义呢？"黄学禄说："他们已去了宛平县，说是万不得已，就劫法场！"濮中阳一听，顿时着急起来，说："快走！"黄学禄说："你们先去，我去告诉乔大叔。"濮中阳迟疑了一下，想说什么，没说出口。黄来福说："姐夫，如此大事，应该告知乔二。"濮中阳长叹一声，说："原想瞒他一段时间，不承想事情来得这么快。事到如今，也只好如此了。"说完，三人像旋风一样出了门……

宛平县刑场里，执刑官正在为乔红玉她们核验身份。他走到乔红玉跟前："你叫乔红玉？"乔红玉说："是！"执刑官听后对着监斩台高喊："第一名女犯乔红玉验明正身！"执刑官喊完，又走到黄秋菊跟前："你是不是叫乔红玉？"黄秋菊点了点头。执刑官又对着监斩台上高喊道："第二名女犯乔红玉，验明正身！"喊完，又走到濮玉芝跟前，问："你是乔红玉？"濮玉芝点了点头。执刑官又高呼："第三名女犯乔红玉验明正身！"三个犯人，同名同姓，引起台下一片哗然。刑台正中的竹竿影子正在一点一点缩短。台下的人群中，濮华龙和濮华义机警地观察着台上的动静。

濮华义不时地朝远处望，边望边焦急地问："哥，咱爹他们怎么还没到？"濮华龙说："若是骑马来，也快了。"濮华义说："要不，咱先动手吧！我去让大头哥把马朝这边牵一牵，好接应。"濮华龙看看台上，说："现在他们戒备正严，再等会儿。"濮华义说："到了午时三刻，让学禄哥他们在下面制造混乱，我们上台救人。我救红玉姑娘，你救秋菊表姐，咱爹救咱妹。"濮华龙警惕地朝周围望了望，说："小声点！走，再靠近点儿，最好能让红玉她们看到咱们，好打配合。红玉和玉芝都有一身好功夫，也能助我们一臂之力。"濮华义说："好！我早憋了一肚子气，这回定要杀他个痛快!"

不远处的一堵墙头后面,大头正牵着三匹马等候着,看到濮中阳和黄来福飞马而来,他急忙喊叫:"表叔,表叔,这儿——"濮中阳听到喊声,发现了大头,急忙招呼黄来福下马。大头说:"表叔,你们可来了,华龙和华义怕是都等急了。哎,学禄呢?"濮中阳说:"学禄一会儿就到,你看好马,需要时我会打呼哨,听到哨声你就朝那里奔。"大头说:"好,我记下了,你们快去吧。"说完,濮、黄二人便急急朝刑场走去。

离老远他们就听到执刑官高声说道:"回大人,三名罪犯皆已验明正身,姓名无误,等到午时三刻,即可行刑!"不多时,一执刑官喊道:"午时到——"胡知县起身高喊:"午时已到,钦犯大乔红玉、中乔红玉、小乔红玉均已验明正身,刽子手已到位,准备执刑——"

濮华龙和濮华义一碰眼神,正欲跃身上台,突然被两只大手按住:"慢!"濮华龙、濮华义回头一看是父亲,不禁异口同声地喊了一声:"爹!"濮中阳警惕地看着台上说:"谨防有诈,还不到午时三刻,炮锣未响,再稍等片刻。"

就在这时,胡知县又在斩台上高喊:"钦犯乔二,如若你此时能上台自首,本县就能保你女儿性命——"

濮中阳说:"果真不出我所料,这是要诱捕乔二啊。我上台冒充乔二自首,你们千万不要妄动!"黄来福担心地说:"姐夫,太危险了!"濮中阳说:"情势所逼,先保住她们为重。若能一换三,也值了!"濮中阳说完,一个箭步跃上刑台,大声高喊:"乔二来也——"

台上的官兵一听"乔二"二字,先是吓得后退几步,然后又围了上去。濮玉芝、乔红玉、黄秋菊一看是濮中阳上台冒充乔二,都很吃惊。濮玉芝禁不住叫了一声:"爹!"

胡知县喜不自胜地起身,高叫:"把钦犯乔二带上来!"

官兵们带濮中阳到监斩台前,胡知县打量一下濮中阳,惊喜地问道:"你……你就是乔二?"濮中阳冷笑道:"大人,这个世上,面对着刽子手的鬼头刀,有谁敢冒充刺杀恭亲王的钦犯?"胡知县说:"嗯,说的也是。这阵子,你藏得好严实呀!"濮中阳说:"谢谢夸奖!"胡知县说:"乔二,你可知道,你这么一上台,可给本县解决了一个大难题,让本县一下就验出了谁是真的乔红玉。"濮中阳一听,忙说:"这里边没有我的女儿,她们都是冒充乔红玉的。"胡知县说:"我说乔二,刚才你一上台自首,本县可是亲耳听到你女儿喊了一声'爹!'。来人,把乔红玉带过来!"

官兵带来了濮玉芝。

濮中阳吃惊地喊道:"她不是我的女儿。"胡知县冷笑了一声:"嘿嘿,晚了,现在一切都晚了!"濮玉芝哭着说:"爹,您不该上台呀!"濮中阳心痛地望着女儿,泪水夺眶而出,说:"我不是你爹!"胡知县说:"乔二,本县用尽了计谋,终于将你们父女抓获了。怎么样,你们父女马上就将一同赶赴黄泉了,你还有什么话要说吗?"濮中阳坚定地说:"她不是我女儿!"濮玉芝说:"爹,您做得对,女儿佩服您!"

刑台上的乔红玉见状,急得大声呼喊:"大老爷,你弄错了,他不是乔二!你们千万别上了他的当呀!"黄秋菊也哭着喊道:"大老爷,他真不是乔二呀!"胡知县说:"乔二,听到没有,就是因为这两个假的,搅得本县这几天分不清真假乔红玉。现在她们又开始搅浑水了,论说也该罚,可你今日能自首,也算了了本县的一大心病,老爷今日就给你个面子,你说,如何处理她们?"

濮中阳说:"大人,乔二我既然已经自首,你就该将她们三个全放了！我再次告知，这里面没有我的女儿！"胡知县说："刚才你们父女已经相认，你女儿还夸你做得对，对你十分佩服，你怎么还说这等话，是不是后悔了？我告诉你，放那两个假的可以，放你女儿万万不能！来人，将那两个假乔红玉当场释放，将乔氏父女绑上斩桩，准备执刑。"

南二从小刀刘府里走出来，贼头贼脑地东张西望。坐在巷口佯装化缘的慧明发现了南二，看南二朝这边走来，他急忙起身躲在暗处。当南二走至胡同口时，慧明一个箭步冲出来，抓住了南二。南二先是一怔，一看是慧明，忙叫道："干什么？你干什么？"慧明说："干什么？小僧我终于找到你了！"南二耍无赖地嚷："你找我干什么？我又不认识你！"慧明说："你不叫北五，你叫南二！走，随我一起去小刀刘家要人！"南二继续耍赖道："要什么人？我又不认识小刀刘。你光天化日之下行凶，我可要喊了！来人哪——"一听南二喊叫，慧明急了，用头朝南二头上撞了一下，南二头上顿时起了个包，疼得直叫："哎呀，疼死我了……"慧明说："你要再喊，我就用力撞你，你见过我的铁头功，只要稍一用劲儿，就能把你的脑袋撞开瓢儿！"南二见状，忙求饶："哎呀，和尚爷，你千万别撞！你让我干啥我就干啥行不？"慧明说："我问你，刚才你去刘府干什么去了？"南二如实回答："我去要钱去了，可那小刀刘耍赖，说你们已救走了四个，只给我两个的钱，还耍我明日再来取。"慧明说："你见到那两个娃儿没有？"南二说："见了，只是那个叫虎娃的已经被去了势了。"慧明一听，大惊："什么？虎娃他已经被……"南二说："是的，我去时刚刚动过刀子。"慧明忙问："那个大一点儿的呢？"南二说："那个大点儿的宁死不答应，用头撞柱子，流了血，小刀刘说带伤不能动刀，要等一等。"慧明一听还有救,说:"走,快领我去救他!"南二一听,急了:"哎呀,和尚兄弟,就你一个去肯定救不出来人,你想想,刘府上下那么多人,他们会听你的?你最好多找一些人去。"慧明思忖片刻,说:"那好,你跟我一起去叫人。"南二胆怯地朝后缩:"我……我害怕。"慧明厉声说道:"你现在知道害怕了,当初骗我们时为什么不怕?走!"南二看看慧明的光头,又摸摸自己脑袋上的包,只好无奈地答应:"好好,我走,我走!"

二人来到京门大车店濮家班的住处时,唐天姣正给小牛他们的伤处抹药,小狗子在一旁端着药碗。唐天姣边抹边心痛地说:"哎哟,看这胳膊勒得,这小刀刘真是蛇蝎心。"小牛说:"奶奶,我们还用蝎子蜇鸡鸡了。"唐天姣惊叫:"什么?用蝎子蜇鸡鸡?那不得肿得尿不出来呀?"小毛子说:"是华中哥让我们蜇的,他说蜇肿了鸡鸡,小刀刘就不能让我们当太监了。"唐天姣怔了半天,恍悟道:"哎呀,还是我那孙子有脑子。也不知他现在怎么样了。"

就在这时,慧明押着南二走了进来,问:"奶奶,濮大叔他们呢?"唐天姣一看是慧明,忙站起身来说道:"华龙华义一大早就骑着马走了,半中午时,你濮大叔和你黄大叔也骑着马走了。神神秘秘的,是不是去救我那个孙子了?这位是谁?"慧明说:"他呀,他就是南二!"唐天姣怔了半天:"南二是谁?"小牛认出了南二,说:"奶奶,就是这个人把我们骗到小刀刘那里去的!"唐天姣一听,火气顿时冲头而出:"什么!"小毛子说:"就是他!"

小狗子一下蹿到南二的肩膀上,双手猛打南二的脑壳,边打边骂:"坏家伙!坏家伙!"小牛和小毛子见状,也上前各揪住南二一只耳朵。南二疼得如杀猪般号叫。

唐天姣走过去,止了小狗子他们,问南二:"说,我孙子现在在哪儿?"南二说:"老奶奶,你孙子现在……在小刀刘那里。"唐天姣说:"走,快领我们去找我孙子。"南二说:"老奶奶,小刀刘家人多势众,去的人少了怕是不行。"唐天姣说:"怎么着,你们光天化日之下敢胡作非为,邪还能压正了?"南二见唐天姣不信,又说道:"老奶奶,这是京城,什么鸟儿都有,有些地方就是邪能压正!"唐天姣反驳:"我就不信了,牛还能吃了日头!小师父,走,我们去要人!"慧明见南二说得在理,就劝道:"奶奶,还是等等濮大叔他们吧。南二说的是实情,刘府里确实危险。"唐天姣说:"小师父呀,奶奶我担心我的孙子,等不及了!刘府纵是狼窝虎穴,我老太婆也要去闯一闯!"小狗子说:"大娘,俺们也要去!"小牛、小毛也说:"奶奶,俺们也要去!"南二说:"哎呀,你们几个就不要去了,小刀刘正找你们哩!"唐天姣一听这话,忙说:"小狗子,听大娘的话,好好照护他们几个。小师父,咱们走!"慧明一听唐天姣真要去,担心地叫了一声:"奶奶——"唐天姣说:"孩子,你别担心,奶奶活到这份儿上,别说小刀刘,连皇上我都不怕!"唐天姣说着,一把拉过南二,就朝门外走去。

不多时,唐天姣和慧明、南二来到了小刀刘府上。唐天姣命令南二:"叫门!""是是是!"南二边说边走到门前,"门上哪个在?"仆人在门里问:"找谁?"南二说:"我,南二!找刘爷!"仆人说:"刘爷不是让你明儿个再来吗?你怎么又回来了?"南二说:"我有要事告知刘爷,快开门!"

仆人开门,一看到慧明,惊奇地问:"咦,你怎么带他们来了?"唐天姣瞪了那仆人一眼,说:"怎么了?我是小刀刘他老姨,还不让他出来迎接?"唐天姣说着就进了门。南二想借机溜走,却被慧明一把抓住。仆人见势头不对,忙问:"你们……你们干什么?"唐天姣说:"干什么?要我孙子!快说,小刀刘在哪里?"仆人说:"我……我不知道!"唐天姣伸脚将廊内一把木椅踏了个粉碎:"说不说,不说就让你尝尝我另一只脚的厉害!"仆人见年逾八旬的老妇人竟有如此力气,吓得目瞪口呆:"我说我说,老奶奶,你千万别动手动脚,刘爷他……他正在后厅休息。"

唐天姣和慧明押着南二径直朝刘府后厅走去,那仆人像疯了一样在前头跑着。小刀刘的确正在太师椅上休息,两个丫鬟为他捏脚捶肩。那仆人慌里慌张跑了进来:"老爷,老爷——"小刀刘睁开双目,喝道:"什么事,大惊小怪的?"仆人说:"老爷,门外来了个老太婆,还带着南二和前几天来的那个小和尚,说是来要她孙子!"小刀刘吃惊地问:"老太婆?"仆人说:"是是是,那老太婆的功夫非同一般,你别看她满头白发,看样子有八十多岁了,可力量超人,小脚轻轻一踢,就将一把老槐木椅踢了个粉碎。"小刀刘一听急忙起身,对那仆人说:"看样子来者不善,你快去将那个叫华中的娃子藏起来,藏到最严密的地方,千万不可让她找到。"仆人应声而去。

小刀刘赶走了丫鬟,整了整衣袖,端起水烟袋边抽边想对策。不一会儿,唐天姣和慧明就带南二走了进来。南二见到小刀刘,显出一脸的无奈:"刘爷,小的被迫无奈,只好领他们来了。"小刀刘故装惊诧地看着南二问:"你是谁?我不认识你啊?"南二说:"……我是南二呀!"小刀刘说:"不管你是南二还是北五,我与你素不相识,你贸然闯我府上,这叫私闯民宅,快走。要不然,我可要报官了!"南二一听急了:"我……我……哎呀,刘爷,是这位小师父认出我了。"小刀刘说:"小师父我倒认得,他来了不止一次了!你,我不认得!"

唐天姣开口了:"你是刘老爷?"小刀刘看了看唐天姣,说:"正是在下,请问您是?"唐天姣说:"我是濮华中的奶奶,听这小子说,他骗了我孙子之后,将他们送到了你这儿。"小刀刘说:"我与他素不相识,他怎么会送到我这里?"慧明一听小刀刘耍无赖,厉声问南二:"他怎么不承认了?"南二害怕地望了望慧明,对小刀刘说:"刘爷,事到如今,你也别不认了,你若不认,他们可是要拉我去见官的,到时候,小的怕是也顾不得您老人家了。"小刀刘怔了一下,改口说道:"他们一下偷走了四个,今天又跑了一个,你让我怎么说?"唐天姣问:"你说什么,今天又跑了一个?"小刀刘说:"不敢对您老人家撒谎,你若不信,刘爷我给你个面子,任你在府内查找。"唐天姣不相信:"哄谁呢!你的府第这么大,将一个娃娃随便一藏,谁能找得到?"小刀刘说:"既然你将话说到了这一步,我也无甚可说了。反正已实言相告,信不信由你!"唐天姣又问:"我问你,剩下的那一个呢?"小刀刘说:"剩下的那一个已经去过势了。"唐天姣说:"什么?他在哪里?"小刀刘说:"在后厅院的去势房。"唐天姣听罢,立即对慧明说:"小师父,麻烦你回去告诉你濮大叔一声,就说我留在刘府侍候我那动过刀的孙子,不走了。"小刀刘一听唐天姣不走了,大惊:"什么?你还要住下?"唐天姣说:"我作为奶奶,住下来侍候我孙子,有什么不可?""你你你……"小刀刘不知如何是好,他转向南二恶狠狠地说,"都是你干的好事!"

宛平县刑场里,乔红玉和黄秋菊已经被放了,濮中阳被押上刑台。乔红玉和黄秋菊扑上去,被官兵拦住了,并强行将她们推下了刑台。

看着父亲和妹妹被绑上了斩桩,濮华龙和濮华义要上台救助,濮中阳用严厉的目光制止了他们,然后他对胡知县高喊:"大人,我要见恭亲王!"濮华龙和濮华义听到这声喊,互望了一眼,当即就明白了父亲的意图。濮华龙说:"你带红玉姑娘快快离开这里,我去恭王府求见恭亲王,现在唯有恭亲王能救咱爹。"濮华义说:"哥,怕是来不及了,咱动手吧。"乔红玉说:"是呀,华龙哥,动手吧。"濮华龙说:"我爹临上台时一再叮嘱,不可轻举妄动,我们一旦动武,就是反了,罪无可赦!现在要想办法拖住他们才是。"黄来福想了想说:"这样吧,我也上台说自己是乔二,搅搅他们的局,把时间朝后拖。"乔红玉说:"黄大叔,太危险了!"黄秋菊说:"是呀,爹,能不能再想想别的办法?"黄来福说:"事到如今,这是最好的办法了。"濮华义说:"舅舅,你不能再冒这个险了。"黄来福这时候却显得格外豁达:"人活百岁也是死,你爹都不怕,我怕啥!我一直都想学你爹,总也学不像,这回一定要学个像的!华龙,你快去恭王府。华义,你赶快把红玉姑娘带走,这里太危险了。"黄来福说完,纵身跃上刑台,高喊:"刀下留人!我真乔二来也——"

官兵们一见又来了一个乔二,赶紧包围了黄来福。胡知县也大吃一惊:什么,真乔二?这就奇了怪了,三个乔红玉刚刚分出真假,怎么又冒出来两个乔二!今天是不是要出什么事?于是对官兵说:"暂停行刑,加强警戒,把刚才来的这个乔二给我带上来。"

官兵押着黄来福到监斩台。胡知县问:"你是真乔二?"黄来福说:"自然是真的!"胡知县说:"乔二是刺杀恭王爷的钦犯,你知道不?"黄来福说:"我自己干的事我还能不知道!"胡知县厉声反问:"知道自己是钦犯,还敢来自首?"黄来福说:"恭亲王我都敢刺杀,还能不敢来自首?"胡知县说:"有胆量!本县问你,刚才我喊你那么久,你为何不自首,偏偏让那个假的抢了先?"黄来福说:"我来晚了一步,若来得早,怎会轮到他!你要知道,刚才那个假乔二是为了救他女儿,才抢在了前头。"胡知县一惊:"救他女儿?哪个是他女儿?"黄来福指了一下斩桩上的濮玉芝:"那不,被绑在斩桩上的那个小妮儿。"胡知县说："这我就不明白了，他冒充乔二，他的女儿必定就是乔红玉，父女俩现在全被绑在了斩桩上，不但没救出女儿，连他自己也搭了进去，这不是偷鸡不成蚀把米吗？"黄来福说："大人，这里边有个弯儿，我不说你怕是不知道。"胡知县问："弯儿？什么弯儿？"黄来福说："刚才我好像听到他高喊着要见什么爷？"胡知县说："他说他要见恭亲王！"黄来福说："他是刺杀恭亲王的刺客，为何还要高喊着见恭亲王呢？"胡知县怔了一下："哟，我倒没想到这一层。是呀，他是刺杀恭亲王的刺客，为何还要见恭亲王呢？"黄来福提醒说："弯儿就在这里，这个小弯儿里还有个大弯儿，不知内情的人自然绕不过这些个弯儿……"胡知县打断他："得得得！你就直说这个大弯儿和小弯儿里到底藏着什么。"黄来福说："大人，他既然敢见恭亲王，就证明他不是真乔二！我是真乔二，所以我不愿看到恭亲王，因为我刺杀未成功，见到他我就感到自己太无能……"胡知县听烦了，举手止住黄来福："停停停！你少在本县面前说些没用的。别看那个假乔二喊着要见恭亲王，就是恭亲王来了，他冒充钦犯恭亲王也不会饶他的！"黄来福说："大人有所不知，他和恭亲王是朋友。只要王爷一到，就能证明他是假乔二；乔二一假，他的女儿自然也就不是乔红玉了。"胡知县想了想说："嗯，有道理。"这时候斩台上的濮中阳突然高喊道："大人，你别听他胡说，他才是假的，我才是真的。"黄来福看了姐夫一眼，镇定自若地对胡知县说："大人，他为何承认他是真的？只有他说他是真的，你才允许他见恭亲王哩！"胡知县问："我要是不允许他见呢？"黄来福说："大人不会的，恭亲王为抓我乔二，动了如此大的干戈，他定要亲眼看到我才肯送我去见阎王。"胡知县"哼"了一声说："乔二，你别忘了，若是恭亲王来了，说我办案不力，错将他的朋友当成了钦犯，那我岂不是吃不了兜着走！亏你将实情说出，让本县躲过了一劫。今天本县就破例不让恭亲王见活的。来人，把这个乔二也绑上斩桩，两个乔二一起杀头，不留活口！"

刚刚走出刑场的濮华义和乔红玉听到这话，急忙又拐了回来。看着父亲被官兵五花大绑，黄秋菊泪流满面。

本想救姐夫的黄来福一看胡知县要将两个乔二一起斩首，惊慌失措地高喊："哎，哎，大人，你怎能连恭亲王的脸面都不顾！"胡知县冷笑一声说："本县要先顾头上的乌纱帽！"

黄来福被绑上斩桩。胡知县命令道："执刑官，给第二个乔二验明正身！"

濮华义看事态发展到这种境况，说："咱们动手吧！"不承想却被乔红玉拦住了："慢！我觉得，这可能是胡知县和恭亲王的阴谋，刚才我在法场外看到今日的兵格外多，很可能是在诱我们劫法场。"濮华义说："那咱就拼了。"乔红玉冷静地说："再等等。"

被绑上斩台的黄来福和濮中阳的目光百感交集地相撞，濮中阳抱怨说："你不该冒这个险。"黄来福却笑着说："兄弟来陪陪你。"

执刑官走过来问黄来福："你叫乔二？"

黄来福说："对，我叫乔二！"

执刑官对着监斩台高喊："第二个乔二验明正身！"

胡知县听罢，高喊："刽子手准备——"胡知县边说边朝台下扫视。

濮华义、乔红玉和黄秋菊紧张地朝刑台移动着。乔红玉小声对他们说："只要那狗官的手一落下，我们就冲上台去！"

濮华龙已经飞马来到了恭王府前，他飞身下马，将缰绳一扔，连马都不顾，直奔府门。守门侍卫见一人飞奔而来，急忙拔刀拦住:"干什么,干什么?"濮华龙见状,急忙施礼道:"军爷,我父亲已经被绑上斩桩,事情紧急,草民要求见恭亲王!"守门侍卫说:"你父亲被绑上斩桩,肯定是犯了死罪,关王爷什么事?"濮华龙解释说:"军爷,我父亲是为救几个被冤枉的民女,才上台冒充钦犯,被绑上斩台的!"守门侍卫一听乐了:"嘿,这哪儿跟哪儿呀!也不知是你不会说,还是我不会听,反正我是越听越糊涂。"濮华龙急得不知所措:"军爷,恕草民嘴拙,一两句说不明白,只求军爷高抬贵手,放草民面见恭亲王,他老人家只要一听就能明白!"侍卫说:"你小子是说我听不懂咋的?怎么王爷一听就明白,我听了却不明白!你这不明摆着说我是笨蛋吗?"濮华龙急得直喘粗气:"军爷,误会误会!我的意思是恭亲王早就知道事情的来龙去脉,所以一听就明白。时间紧迫,再晚就来不及了,快让草民进府吧?"侍卫说:"小子,恭王府可不是谁人都能进的,快走!"

濮华龙无奈,只好走下台阶。那匹马偎过来,懂事地用嘴拱他的脸。濮华龙望着马,突然眼睛发亮。他急忙上马,在恭王府门前玩起了马术,濮华龙时而在马上站立、倒立,时而藏于马的一侧,那马越跑越快,濮华龙越玩越精彩。守门侍卫被吸引了,禁不住拍手叫好。濮华龙见时机成熟,急忙将身子藏于马腹下,一声呼哨,那马飞似的跑进了恭王府。守门侍卫大惊失色:"快抓住他!"可惜为时已晚,飞马带着濮华龙已经直奔后院而去……

刑台下,黄学禄、万人迷和乔二三人匆匆来到刑场,一看到台上被绑着的濮中阳和黄来福,三人很是惊诧。黄学禄向一老汉询问:"大伯,怎么台上绑了那么多人?"老汉说:"这两个人都称自己是什么乔二,上台救下了两个女子。"乔二一听,大惊:"什么?他们都称自己是乔二?"老汉说:"是的!"

乔二一听，顿时急火攻心："万大哥，看来他们是为了救红玉才冒充我的。你去找濮公子和红玉他们，我上台去救他们。"万人迷说："兄弟，不行，你一上去就——"乔二说："濮大哥和黄大哥为救红玉，都要被杀头了，我乔二再不出面，怎还有脸见人！万大哥、黄公子，今后红玉就托付给你们了！"乔二说完，捂着胸口朝刑台跑去，一跃上了刑台。

黄学禄想拽他，却为时已晚，只能大喊一声："乔大叔——"万人迷看着跃上斩台的乔二，叹了一声："晚了！快找华龙、华义他们，想办法救人！"

乔红玉看到跃上台的乔二，禁不住叫了一声："爹！"黄秋菊急忙捂住了她的嘴，二人拥在一起。濮华义一看，更加着急："怎么乔大叔也上台了？哎呀，这下完了！"

乔二一跃上刑台就被官兵围住了，他一身凛然。一官兵问："你是谁？"乔二反问："你们要抓的是哪个？"官兵说："我们要抓的是乔二。可乔二已经抓到两个了，你是不是也想当乔二？"乔二大义凛然地笑笑："小兄弟说得不错，快领我见那狗官！"官兵说："乖乖，这个可能是真的，你听，一上台先骂'狗官'。"

执刑官忙走向监斩台，说："大老爷，又上来一个自称是乔二的！"胡知县诧异地问："怎么又上来了一个？看来今天肯定要出大事！怕是会有人来劫法场呢！按王爷吩咐，本县先将火烧足再说！先暂停行刑，将第三个乔二带上来，本县要给他们来个一锅煮！"

乔二被带到监斩台，胡知县打量了他一阵子，问："你为何要冒充乔二？"乔二大笑："狗官，你真是狗眼看人低，有眼不识泰山，老子才是真正的乔二，你乔大爷！"胡知县一听，心想：乖乖，来势汹汹，气势压人，就是假的，也比前两个装得像！正想着，突见乔二解开上衣，露出伤处。乔二拍着伤口对胡知县说："狗官，看看老子身上的枪伤，你该辨出真假了吧！"胡知县看了看那还未长好的伤口，说："你这一套那两人没有。听说那乔二离开恭王府时中了一枪，但至今未能证实，所以本县也不能以枪伤断真假。不过，你既然来了，我也不会亏待你，你也请上斩桩吧。刚才要杀的是三个乔红玉，这回要斩的是三个乔二，这事在大清朝怕是头一份儿！来人，今日本县要大开杀戒，将他们全部斩首示众。按大清律法，再将他们暴尸三十天！快将这个乔二也押上刑台，绑上斩桩！"

乔二被押上刑台，走到濮中阳面前时，他突然跪下，哭着说："濮大哥，请受小弟一拜！"濮中阳看到乔二，痛惜地说："你呀，糊涂！万不该来！"乔二说："濮大哥，是小弟连累了你们，我已经来晚了。小弟碰上大哥你，实乃三生有幸，死又有何惧！"乔二说完连磕三个响头，起身，又走到黄来福跟前，跪下："黄大哥，请受小弟一拜！"黄来福说："兄弟，你别拜我，我这都是跟我姐夫学哩，他才是真英雄。"乔二哭着说："黄大哥能学到这份儿上，自然也是英雄，小弟佩服！"乔二说着磕头不止，泪流满面。

官兵拉起乔二，将其绑上斩桩。

胡知县又高喊道："给第三个乔二验明正身！"

执刑官为乔二验明正身，再次呈报："第三个乔二验明正身！"

胡知县看了一眼乔二，吁了一口气："钦犯三个乔二已经验明正身，刽子手已到位，准备执刑——"

濮华义和乔红玉等一听此言，正欲上台劫法场，突然有人高喊："刀下留人，恭亲王驾到——"

第二十章

宛平县刑场上,恭亲王的轿子在一片簇拥中到来。胡知县带一帮人迎接:"下官叩见恭王爷!"恭亲王下轿,看了一眼刑场,问:"乔二自首了?"胡知县说:"回王爷,一共自首了三个。"恭亲王问:"哪个是真?"胡知县说:"回王爷,下官看哪个都像真的。所以下官想请示王爷,将他们全部正法!"恭亲王沉默了一会儿,问:"验明正身了吗?"胡知县说:"全都验明正身了,无一差错,现在他们全都被绑上了斩桩,临刑之前无一反悔,皆自认自己是钦犯乔二!"恭亲王说:"噢,挨个儿把他们带过来,让本王瞧瞧这三个不怕死的。"胡知县说了一声"嗻",高喊道:"把第一个乔二带过来!"

恭亲王走上监斩台坐下,官兵从刑台上卸下濮中阳,带了过来。恭亲王一看是濮中阳,很惊讶:"咦,这不是濮班主吗?"濮中阳忙跪拜道:"草民濮中阳叩见恭王爷!"站在一旁的胡知县一听,吃惊地问:"咦——你怎么改口了?你不是自称乔二吗?"濮中阳说:"回大人的话,草民冒充乔二上台自首,目的是救那三个女娃。"恭亲王叹了一声说:"濮班主,你这个玩笑可是开大了!你可知，你如此行为，可是有戏弄大清律法之嫌哪！"濮中阳说："回王爷，草民从不敢藐视大清律法，只是当时情况紧急，草民若不冒充钦犯乔二，很难救下无辜。现经王爷提示，方知触犯了律法，草民向王爷请罪。"恭亲王说："濮中阳，本王问你，你所说的那三个无辜女娃都是谁？"濮中阳说："回王爷，其中一个叫黄秋菊，是黄桥黄家班黄班主的千金，也是拙荆的娘家侄女。另一个名叫濮玉芝，是草民的小女儿。"恭亲王又问："还有一个呢？"濮中阳说："草民不敢隐瞒，另一个是乔二之女乔红玉！"恭亲王一听，大怒："大胆！你明知乔红玉也是钦犯，为何将其说成无辜，并冒死相救？"濮中阳说："王爷恕草民斗胆，那乔红玉虽是乔二之女，但她并未参加刺杀行动。草民救她是惜她有一身好功夫，一心想让她加入濮家班远渡重洋完成王爷您交付的大任，为我大清增光！"恭亲王问："怎么？她也有一身绝技？"濮中阳说："是的，王爷，乔红玉不但舞剑、耍剑一绝，她的马术也十分了得！草民深知培养出一个出色的杂技人才绝非一日之功，不但需要吃苦，还需要一定的灵秀之气。乔红玉如此年轻，已经如此出色，请王爷法外开恩，允她戴罪立功，到东洋扬我大清的威名！"恭亲王说："濮中阳，你不顾个人安危，冒死救乔红玉，难道就因为她有一身绝技吗？"濮中阳说："是的，王爷！"恭亲王不以为然地"哼"了一声，厉声说道："大清国之大，人才济济，本王岂能因你这番花言巧语就赦免一个罪犯！"濮中阳见王爷动怒，忙哀求说："王爷，草民愿自己受罚，万请王爷法外施仁，为大清的杂技留住人才。"恭亲王瞪了他一眼说："你的事情还未说清，却又为一个钦犯求情，你是不是想得太天真了！来人，将这个濮中阳暂且押下，带第二个乔二上来！"话音刚落，官兵就上前拖走了濮中阳，濮中阳边走边喊："王爷……王爷……"

第二十章

胡知县高喊:"带第二个乔二!"

黄来福被带到监斩台前。恭亲王一看,又吃一惊:"哟,你不是那个拦轿喊冤的黄什么福吗?"黄来福跪下说:"没错,正是草民黄来福!"恭亲王说:"黄来福,本王问你,你说你的女儿冤枉,可你为什么要冒充钦犯乔二上台自首?"黄来福说:"王爷,说来怕您不信,我这都是为了救我那姐夫濮中阳!王爷不知,我姐夫他是个大好人,为人义气,又有胆略。你看,他今日为了救三个无辜的女娃,竟不顾生死冒充钦犯乔二,上台自首,这可不是一般人能做到的。若不是王爷您来得及时,怕是我们哥儿俩都已成了刀下冤鬼了。"恭亲王说:"这么说,你上台自首还是向他学的?"黄来福说:"王爷,您这话说得一点不假。他是我今生最佩服的人,不怕王爷见笑,黄某平常什么事都以他为榜样,可就是学不到位,就这回学像了,他还骂我糊涂。"恭亲王又问:"本王问你,怕死吗?"黄来福一听,叹了一声说:"王爷,说不怕是假,不过,这会儿要说怕就有点厌了。"恭亲王听后,沉默了一会儿,说:"本王饶你不死,只是有个条件!"黄来福说:"王爷请明示!"恭亲王说:"你能告诉我第三个上台自首的是真乔二吗?"黄来福一听,犯了难:"王爷,这你就让小的为难了,你想我一不是当官的,二不是审案的,说出来不怕王爷笑话,刚才被绑上斩桩,已吓得尿了裤子,到现在,双目还冒着金花呢!王爷您说,我怎能看得出那第三个乔二是真是假呢?"恭亲王听罢,冷笑一声:"你呀,比那濮班主,还是差那么一点!他知道何时说谎,何时说实话。若是濮中阳,他一定会说第三个乔二是真的,你知道为什么吗?"黄来福说:"恭请王爷明示。"恭亲王说:"因为本王见过乔二,他知道已经瞒不住了,就不会再瞒!"黄来福一听,恍然大悟:"哎呀呀,我真笨,怎么忘了这一层!"恭亲王突然厉声问道:"黄来福,你可知罪?"黄来福说:"王爷,小民冒充乔二只是为了拖延时间,目的是盼王爷您来为我们申冤,不承想将您盼来了,您却又说我们有罪,真不知小民何罪之有?"恭亲王说:"黄来福,有罪没罪可不是你说了算的!来人,将其押下,让他好好想想他罪在哪儿!""是,王爷!"胡知县说着,命令手下将黄来福带了下去。

黄来福被带下去后,恭亲王又说:"带第三个乔二!"

刘府内的去势房里,虎娃已经醒来,他边哭边喊:"华中哥……华中哥……哎哟,痛!"仆人见虎娃哭得可怜,心生怜悯,好心劝道:"小子,你别哭了,一抽泣就会牵动下边的筋……哎呀,别动别动,你千万别动,弄不好,你小命就没了。"可哪儿能劝得住剧痛在身的虎娃。"我找华中哥……"仆人看劝不住,烦了,说:"那小子在别处关着,过两天会跟你一样躺在这儿的!"

就在这时,唐天姣在一仆人的带领下走了进来。唐天姣刚一进门就喊:"虎娃,虎娃,乖孙子,你在哪儿?"虎娃看到唐天姣,悲凉地喊了一声:"奶奶——"唐天姣急忙跑过去。她掀开被子一看,虎娃的裆部还在冒血,气得对着门口大骂:"小刀刘,你个天杀的,作孽呀!好好的娃儿弄成这个样子……"

虎娃哭着说:"奶奶,疼……"唐天姣心疼得满眼是泪:"乖孙,都怪奶奶来晚了。你放心,我决饶不了那个小刀刘!你华中哥呢?"虎娃说:"动刀前他也在这儿,后来我昏了过去,醒来就不见他了。奶奶,我想华中哥。"唐天姣一听,一把拉过仆人问:"说,我孙子呢?"仆人没想到老太太竟有如此力气,吓得不知所措,胆怯地看着唐天姣,又指了指虎娃说:"这……这不是吗?"唐天姣说:"另一个。"仆人说:"另一个……他……他……"

正在这时候,小刀刘走了进来:"我说过了,你的那个孙子跑了。"仆人望望小刀刘，忙说："是，是，你的那个孙子跑了！"躺在床上的虎娃说："奶奶，他说谎，刚才他还说华中哥在别处关着，过两天就给他动刀哩！"小刀刘瞪了那仆人一眼，厉声问："你说了吗？"仆人矢口否认："没……没……我没说，他在撒谎！"唐天姣揪着仆人的手又一使劲，说："你放屁！小孩子压根儿就不会撒谎！"

小刀刘沉默了一会儿说："老人家，他和他的话都不可信，你得信我的。"唐天姣松了那仆人，问："凭啥信你？"小刀刘说："因为我是这个院子的主人！再说少让这个娃儿说话，他一说话就牵动身子，下面就冒血。还有，千万不要动这个药捻子，看到没有，就是这个，要是一股尿出来淹了创面，怕是你这个孙子也保不住。"唐天姣一看，顿时气不打一处来，骂道："小刀刘，你个天杀的，干这种缺德事，就不怕断子绝孙吗？"小刀刘说："老人家，这可都是朝廷让干的。你想想，他们若是不用太监，谁会挨刀子去势？要骂，你就骂皇上，最好到紫禁城大门口去骂！"唐天姣说："你别绕圈子，快说，我那孙儿在哪儿？"小刀刘说："我说过了，你那孙儿跑了！"唐天姣气得直咬牙："你撒谎！"小刀刘说："你若不信，你就找嘛！"唐天姣恨恨地看着小刀刘，说："你放心，我会找到我孙子的！"

二人对峙了一会儿，小刀刘就离开去势房去了前厅，刚坐下，化了装的小贵子走了进来："拜见刘爷！"

小刀刘一看到小贵子，就说："哎呀，你可来了！"

小贵子忙问："刘爷，发生什么事了？"

小刀刘叹了一声说："唉，别提了，前天夜里，六个娃娃一下被人救走了四个。今天南二又被那个小和尚抓住了，还带来了一个老太婆，登门朝我要人哩。"

小贵子一听，略显不满地说："刘爷，你瞧你这事办得！这六个娃娃可是李副总管特意安排的，现在一下跑了四个，人家又登门要人，你让我如何交差？"

小刀刘说："你别担心，没跑掉的这两个都是我看中的雏儿，那可是要模样有模样，要身段儿有身段儿。将来入了宫，保准是留在内宫的材料！"

小贵子催促说："那就赶紧给他们去势，只要一去势，他们这辈子除了进宫当差，还能咋，怕是他们的家人也只得认了！"

小刀刘说："老夫也是这样想，只是刚去势了的那个名叫虎娃，另一个却把自己的头磕破了。这活儿见血就得等一等。可让人想不到的是，那个要人的老太婆就是这个娃儿的亲奶奶，她以侍候虎娃为名，硬是留下不走了，让我没法下手呀！"

小贵子一听，也急了："怎么还有这等事！刘爷，这可棘手，怎么办？"

小刀刘说："我不正犯愁呢嘛！更可怕的是，那小和尚已来过几趟，这回还抓到了南二，更胆大了，还扬言要报官，公公，你也要小心哪。若他告了官，怕是得连累你哩。"

小贵子一听，急得不知所措："这可怎么办？若是让太后知道了，治我一个私自出宫的罪，我怕是连小命也难保了呀！"

小刀刘说："不但如此，听下人说，前天那小和尚还带来了两个小屁孩儿，说话口气很大，张口就要我放人，说我若不放人就会有我的好果子吃。下人说他们年龄虽不大，但气度非凡，说不准是哪家王爷的公子呢！"

小贵子一听，大惊："什么？两个小公子？"

小刀刘说："是呀，守门仆人说他们高矮差不多，一个十三四岁，一个十五六岁，一看就是富家小公子。只是不知他们怎么会认识那个小和尚和这几个娃娃?"

小贵子一听,大叫一声说:"不好!这两位公子怕是皇上和恭王爷的大贝勒!他们在天桥看过他们玩玩意儿,所以认得这几个娃娃。"

小刀刘大吃一惊:"什么!是皇上?怎么可能呢?"

见小刀刘不信,小贵子说:"咦,我就是跟踪皇上去天桥的,肯定没错。"

小刀刘一听,面色骤变:"哎呀,这可坏了!那天守门仆人嫌他们多管闲事,对他们恶声恶气的,他们一定饶不了那个仆人,也饶不了我!哎呀呀,这可怎么办?"

小贵子说:"所以这两个娃娃绝不能再有闪失,赶快给另一个娃儿去势,将来送进宫内,你才能用他们将功折罪。你知道吗,小皇上可喜欢他们哩,尤其是那个叫濮华中的,小皇上把随身玉佩都送给他了。"

小刀刘一听,恍然大悟:"怪不得哩,那块玉佩果真是宫中之物!这样看,将来他进了宫,肯定会成为小皇上的红人。只是现在那老太婆占着去势房,我没法下手呀!"

小贵子忙问:"你把他藏在哪儿了?"

小刀刘说:"现藏在府中,不敢让他露面。那小和尚又回去叫人去了,怕是他们还要来要人。"

小贵子想了一会儿,说:"若是这样,更不保险,若万一被他们找到,我们岂不白忙了一场?我看不如让他换换地方,去南长街毕五爷那里,让毕五爷帮帮忙。"

小刀刘一听,摇头不迭:"不行不行,我宁可不做这桩买卖,也不会去找他帮忙!"

见小刀刘到这般时候还这般较真,小贵子不耐烦地说:"哎呀,都什么时候了,您老还较真儿!这样吧,你别出面,你只管将那娃儿转到毕府就行,下面的事全由我去办,这娃儿还算你的,怎么样?"

小刀刘说:"再等等,同行是冤家,不到万不得已,我刘某绝不出此下策!"

宛平县的刑场上,乔二已经被带到监斩台前。乔二怒视着恭亲王,恭亲王却冷眼相观,说:"终于又见到你了!"乔二说:"这你应该感谢濮中阳和黄班主。"恭亲王反问道:"如此说来,本王能抓到你,还是他们两个的功劳?"乔二说:"你还不算是个昏王。若不是他们二位临危不惧,为救三个无辜不怕牺牲自己的精神感动了我,我宁肯自杀也不会来自首。你应该知道,太平军和捻军都是宁死不可辱的汉子。"恭亲王说:"本王为抓到你不惜任何代价,我不愿看到一个想杀我的人在这个世界上存在。只是令我没想到的是,你这么容易就上钩了。"乔二"哼"了一声说:"从我上台自首的那一刻起,就发现是你在利用我们艺人的'义气'做文章。濮大哥上了你的当,黄班主上了你的当,那三个女娃也上了你的当。"恭亲王说:"原以为你是一介武夫,不承想还有点脑瓜儿!既是聪明人,就别再做糊涂事,说,那日你身负重伤越墙而逃,是何人在外接应救下了你?"乔二说:"无可奉告。"恭亲王说:"你不说我也猜得出,定是濮中阳和黄班主他们。"乔二说:"乔二做事从不连累他人!"恭亲王反问道:"是吗?不过你已说漏了嘴,刚才的一声濮大哥足以说明你们的关系非同一般。"乔二说:"是的,这濮中阳着实不是一般人物,我们当初为混进恭王府刺杀你,装作走投无路向他求救,他以为我们是艺人便收留了我们。可当我们要在演出中刺杀你时,是他及时察觉救了你。论说,他应该是你的救命恩人。我为他的仗义喊他一声濮大哥,你却恩将仇报要杀他,你的良心何在?"恭亲王大怒:"大胆!你身为该死的囚犯,竟教训起本王来了。你既然敢自首,就应该敢担当。说,这些天你藏在何处,是何人帮你疗伤的?"乔二说:"是我的同党。"恭亲王问:"他现在哪里?"乔二说:"很抱歉,他们已回捻军大营了。"恭亲王厉声道:"一派胡言!救你的人肯定与你非常熟悉。据当时追赶你的人报告,在外接应你的那个人道清路熟,而且轻功了得。你今日只要说出那个人是谁,本王可免你一死。"乔二一听哈哈大笑道:"这可能要让你失望了。"恭亲王说:"乔二,本王刚才就让你不要做糊涂事,现在为何还要装糊涂?"乔二止了笑说:"我很清醒。"恭亲王说:"这就怪不得我了,本王原想赦你女儿不死,你如此顽固,就别怪我不客气了。来人!"官兵说:"到!"恭亲王说:"将台下放走的那两个女子重新抓回来绑上斩桩,本王料定她们之中定有一位是乔红玉。今日本王要大开杀戒,宁可错杀一百,不可漏掉一个!"乔二一听,急忙高喊:"那里面没有我女儿!"

可惜没有人相信他的话,官兵们已朝台下走去。就在此时,人群中有人高喊:"慢动手——我就是救乔二的那个人!"众人望去,竟是万人迷。万人迷正欲上台,被乔红玉死死拉住了:"万伯伯,你不能上去。"黄秋菊也急切地说:"是呀,万伯伯,你这是找死呀。"濮华义说:"万伯伯,让他们来吧,来一个我们就杀一个。"万人迷很是感动地说:"孩子们,你万伯伯孤单一人,生怕百年后坟前冷清,这回我们哥儿几个一同去见阎王,每年清明节你们上坟时,别忘了也给你们万伯伯烧点纸就行!"黄秋菊和乔红玉都哭着说:"万伯伯,你别说了,我们就是你的女儿。"万人迷说:"好!我当你们的干爹吧。快喊声干爹,再晚了我就听不到了。"黄秋菊和乔红玉已经泣不成声:"干爹……"濮华义也说:"万伯伯,从今以后，俺就是您的干儿子。"万人迷一听，更是感动："我老万孤零零一人大半辈子，不承想临死前儿女都有了。孩子们，都别哭，人活百岁也是死，不如借此机会死个轰轰烈烈！孩子们，保重！"万人迷说完，整了一下衣袖，毅然上了刑台。

这时候濮华龙飞马来到了刑场，他将马交给大头，急急朝人群中跑去，来到濮华义他们跟前，问："怎么回事，万伯伯怎么也上去了？"黄学禄说："万伯伯是为救我爹和你爹上台自首去了。"濮华义问："哥，咋回事，那恭亲王来了，怎么一个也不放？"黄学禄说："你看，不但不放，还把万伯伯也引得去自首了。"濮华龙想了一下说："恭亲王的目的可能就在这里，你看，他用这种办法不但诱住了乔大叔，连万伯伯也上了当。他可能还会诱我们劫法场，他肯定认为捻军会派人来劫法场，咱们要审时度势，万不可妄动，上了他的当。"乔红玉说："华龙大哥说得对，再不能因我爹一个连累大伙了。"濮华龙想了一下说："这样吧，你们快带红玉姑娘离开这里，她在这里凶多吉少。看来，咱们请恭王爷请错了。"濮华义早就忍耐不住了："干脆，杀上去得了！"濮华龙提醒说："你看爹的眼睛，一直在盯着我们，他怕的就是咱们莽撞。学禄，你和华义快带红玉和秋菊离开这里。"黄学禄说："好！"

刑场上，官兵已将万人迷带到了恭亲王的面前。恭亲王上下打量了一下万人迷，问道："是你救了乔二？"万人迷凛然地说："正是在下。"恭亲王问："姓甚名谁？"万人迷说："姓万名雷霆，外号万人迷。"恭亲王说："万雷霆，万人迷，全是上好的名讳。"万人迷说："谢王爷夸奖。"恭亲王冷笑了一声，说："万人迷，现在乔二就在你面前，你将他背起转上三圈儿如何？"万人迷说："看来王爷是不相信我能背得起这高大的乔二了？那好吧，既然王爷不相信，咱就打个赌如何？"恭亲王说："赌什么？"万人迷说："赌人命!"恭亲王说:"是赌你我之命还是赌他人之命?"万人迷说:"王爷贵为皇亲国戚,小的命如草芥,自然与王爷赌不起,咱就赌他人之命!"恭亲王说:"讲!"万人迷说:"若我输了,台上所绑之人任王爷处斩;若王爷输了,就请王爷开恩,将我等全放了!"恭亲王说:"好聪明,你们的命本就全在本王手中,你这赌可是全让本王下注,你却空手套白狼啊!"万人迷说:"王爷此言差矣!万某刚才所言全是以命为赌注,而王爷才是空手套白狼,无论王爷是输是赢,您还当您的王爷,而我输了,却是几条活生生的人命呀!"恭亲王说:"万人迷,你果真是万人迷,你用计一步步引本王上钩,拿大清律法做戏,本王岂能上你的当!本王看你又老又瘦,怎能背得动乔二这个大汉,但通过你刚才的一番剖白,本王猜测你有一身硬功夫,并且救乔二又在紧急时刻,人急力量大,所以本王相信乔二是你救下的。说,你是如何藏匿他的?"万人迷说:"乔二伤后,我在恭王府墙壁外接应,凭借着道清路熟,撇掉追兵,将其藏匿于小庙之中,是我亲手给他取子弹、上金创药。后来他伤口感染,还是我送他到洋人的医院打针。王爷若不信,可派人去问那个洋女人特维斯医生。"恭亲王说:"本王不必去问,一听就知你讲的是实话。说,为什么不顾生死,大义凛然地上台自首?"万人迷说:"万某自首,目的要比他们多。他们只是为了救这个救那个,而万某除了救人,还有其他目的。"恭亲王一听,来了兴致:"是吗?讲出来让本王听听。"万人迷说:"一是为救我的干女儿乔红玉,请王爷赦她不死;二是为了救濮班主和黄班主,这两人为了别人敢不要命,万某佩服!三嘛,就是想看看王爷是什么模样。"恭亲王问:"为什么要看看我是什么模样?"万人迷说:"小人久闻王爷英俊潇洒,治国有方,今日一见果然不凡。只可惜……"恭亲王问:"可惜什么?"万人迷说:"只可惜王爷未能继承皇位!若王爷继承了皇位,就凭王爷的才能,大清国绝不会到这种地步!"恭亲王惊慌地呵斥道:"大胆刁民,竟敢有辱皇上,还不住口!"万人迷说:"王爷息怒,刚才是小人放肆了。小人是说若不借此机会一瞻王爷尊容,怕是这辈子也难见到,所以今日万某上台自首,很是值得。"恭亲王说:"好一张利口,只是爱胡说八道。"万人迷说:"王爷,小的不只有一张利口,还会多种绝技,所以才能在京城里混出个'万人迷'的诨号。如果王爷不嫌弃,就让小的在临死前给王爷您露上几手,定能让王爷也着迷。"恭亲王说:"面对杀头,竟还有如此雅兴,你也算是个人物了!可惜今日时间不多了,你只能去阎王那里亮绝技了。诸位,钦犯乔二已经自首,协犯万雷霆也自投罗网,来人,将他们二人绑上刑架,验明正身,杀无赦!"

  慧明和南二走在大街上,街上人来人往,很是热闹,南二时刻都想溜走,但慧明看得很紧。路过一个胡同时,南二想趁机钻进胡同,被慧明一把抓住:"想干啥?"南二说:"尿尿。"慧明念了一声"阿弥陀佛",说:"憋着!"南二看看慧明,不再吭声,心却急得似猫抓。

  路过一个卖草帽的摊子时,南二眼珠一转,趁慧明不备,抓起一摞草帽抛向了空中。草帽在天上乱飞,路人在下面乱抢。卖帽人急得直叫:"哎哎,我的草帽……我的草帽……"好多人拾起草帽戴在自己头上,一时间,大街上都是戴草帽的人。南二也戴上一顶,扭头就跑。

  慧明哪里还分得清谁是南二,他追了这个追那个……而南二早已扔了草帽,躲在一个小店里,看慧明追人,禁不住窃喜。慧明忙了一阵,长叹一声,念道:"阿弥陀佛!"

黄氏女他们已经赶到了天平山下,杨大典喊道:"师傅,停车,停车。"两辆马车徐徐停下。黄氏女探头朝外望了望,有点疑惑地问:"到了?"杨大典说:"马车只能到这儿,前面是山道,咱们就从这里上山。"黄氏女大吃一惊:"什么,还要上山?"杨大典说:"大姐,你别害怕,没多高的。"黄氏女下车,抬头朝山上望,只见层峦叠嶂,周围都是千年古树,她惊讶地望着杨大典,问:"这地方前不靠村,后不靠店,再往里走,不是更没人烟?"杨大典忙说:"不不不,大姐有所不知,这山里可有不少人家哩!只不过都在深山里住,这里不同于平原,要到地方才能看得到。"黄氏女看了杨大典一眼,说:"一般大户人家都不住山里,你们家主人怎么住那么偏僻?"杨大典说:"大姐,这你就不懂了,在我们这里,凡是有钱人都在山里盖房建院,专留着夏天住,皇帝在承德不也有避暑山庄吗?"黄氏女"噢"了一声,说:"是这么回事啊!老弟呀,你千万别骗我。"杨大典说:"看大姐说的,哪能骗你呢!再说,你们是卖艺的,又全是娃娃,我能骗你啥?"黄氏女说:"那可不好说,你要是人贩子呢?"杨大典说:"大姐呀,你多虑了。刚才在大街上你没看到,啥都值钱,就娃娃不值钱。我若是人贩子,拿一个馍馍就能换一个人,会费这么大劲儿请你们?"黄氏女说:"老弟你有所不知,我这群娃娃非同一般,他们个个身手不凡,若到北京天桥卖艺,保准能挣大钱!刚才怪老姐姐我多心了,老弟你千万别往心里去!"杨大典笑笑说:"我看大姐也是爽快人,话说开了就好了。大姐,你看天色不早了,快让孩子们下车赶路吧。"黄氏女说:"中,孩子们,快下车,各带各的东西,千万别落下。"一声令下,孩子们争先恐后下了车。他们第一次见到大山,一片惊呼。一娃说:"乖乖,这山真高呀!快挨着天了。"三娃说:"不是挨着,是已经穿破天了。"五娃说:"瞎说,离天还远着哩。"三娃说:"怎么是瞎说，你没看到那云都把山头给遮住了？"五娃说："云是云，天是天，还相差十万八千里呢。"濮金花走过来对弟弟妹妹们说："别争了，要赶路了。"

杨大典已结了车钱，让车夫走了，他对黄氏女说："大姐，走吧。"黄氏女说："好，娃娃们，走，上山观风景。"孩子们一听，又是一阵欢呼……

第二十一章

宛平县刑场上,乔二和万人迷被绑上斩桩,刽子手立在他们身后。到了这般境地,濮中阳心知已经不可挽回,禁不住大声呼喊:"王爷,万人迷骗你,是我救了乔二。"万人迷对不远处的濮中阳说:"濮老弟,晚了,王爷离这儿远,听不到你的喊声,你就把这好事让给我吧!"濮中阳悲凉地喊了一声:"万大哥——"万人迷说:"兄弟,攒住劲儿等会儿再喊,让我到阴间也能听得到!"

胡知县在斩台上高喊:"刑犯已验明正身,行刑——"胡知县声音刚落,炮声响起,刽子手们举起了鬼头刀。

濮华义要上台拼命,被黄学禄拦住:"你这样冒险,咱们都得死!听大表兄的,快将红玉姑娘送回去。"话音刚落,台上刽子手的鬼头刀已经落下,乔二的人头滚落在了地上——

乔红玉大叫一声,昏了过去……濮华义急忙扶住乔红玉。黄学禄说:"二表弟,快上马,把红玉姑娘送回大车店。"濮华义急忙翻身上马。黄学禄和大头将乔红玉递给了濮华义,濮华义飞马朝京城赶去。

黄秋菊朝刑台上望了望,惊奇地说:"哥,快看,万大伯还活着。"黄学禄一看，万人迷正恍惚着眼睛晃脑袋，完好无缺，便说："可能是恭亲王手下留情，让万伯伯陪杀。"黄秋菊问："什么是陪杀？"黄学禄说："就是像别的刑犯一样，只是刽子手下刀时让刀从头顶上滑过，并不真的杀头。"

刑台上，晃着脑袋的万人迷，发现自己还活着，回首望了望刽子手，问："我是在阴间还是在阳间？"刽子手凶凶地看着他不说话。万人迷又问："你怎么搞的，我的头怎么还长在脖子上？"刽子手盯着他的脖颈，好一会儿才说："碰上你，老子算是倒了大霉了！""咋回事？"万人迷越听越糊涂，扭头看到濮中阳又问："濮老弟，这到底是咋回事？"濮中阳说："万大哥，是恭亲王手下留情，法外施恩，不杀你了！"

胡知县过来宣布："濮中阳、黄来福、濮玉芝、乔红玉、黄秋菊，恭王爷有令，念你们身怀绝技，肩负出洋邦交之重任，所犯罪过概不追究，望今后以此为鉴，苦练技艺，为我大清增光。万人迷窝藏钦犯，本该以死罪论处，念在是初犯，特免死罪，暂押牢房，听候发落！钦犯乔二，要高悬首级，暴尸一个月，以儆效尤！来人，将万人迷送进大牢，严加看管！"说完，便示意官兵把濮、黄二人放了。

濮中阳和黄来福被释放之后，急急跑过来，围着万人迷。濮中阳说："万兄，你要多保重！你放心，我会向恭亲王给你求情的！"万人迷说："大难不死，必有后福。兄弟，没想到这恭亲王还是个爱才的主儿！"黄来福感慨地说："咱们今日不死，多亏我姐夫这些日子与恭亲王的交情哩！"濮中阳说："恭亲王高瞻远瞩，大人大量，我们应苦练技艺，报效国家！你放心，我会向恭亲王再求情的！"万人迷摇着头说："算了算了，恭亲王能不杀我，已属难得，反正我孤身一人，在牢中吃上几顿不要钱的饭，也算是福气哩！"

濮中阳沉默了一会儿，说："万兄，临走之前，咱们悄悄跟乔二兄弟告个别吧。"万人迷说："我正有此意！"

濮中阳和万人迷、黄来福几个人面向乔二的尸首，默站致哀，垂泪不止……

濮华义策马回到了京门大车店，下马抱起乔红玉朝室内跑去，边跑边喊："开门，快开门！"小狗子听到喊声，开了门："二侄子，你抱的是谁？"濮华义气喘吁吁地说："是红玉姑娘。"小狗子说："噢，她就是红玉姑娘啊，她怎么了？"濮华义说："她昏过去了。我奶奶哩？快叫我奶奶！"小狗子说："大娘去小刀刘家找华中去了！"濮华义一听，急得不知所措："这可怎么办？"濮华义急得满头大汗时，慧明走了进来。

濮华义见到慧明，如见救星，十万火急地说："小师父，快，你快救救红玉姑娘！"慧明走过去，用手试了一下乔红玉的鼻息，然后掐住了她的人中穴。不一会儿，乔红玉醒了过来……

濮华义见红玉醒了，惊喜地叫道："哎呀，你可醒了！"乔红玉说："我爹他……"话没说完已泪流满面。濮华义安慰她："红玉，节哀！"

林州进山的路上，濮玉兰正策马急驰，看到对面驶来的两辆马车，她急忙下马："师傅，请留步！"两辆马车停下，前车的车夫问："这位公子，什么事？是不是要雇车？"濮玉兰说："师傅，小生不雇车，只是想向您打听点事。"那车夫说："请讲！"濮玉兰说："请问，刚才是何人雇了你们的车？"车夫说："是一大汉，让我们拉了一群娃娃和一个婆婆，说是为他们家的老太太祝寿，要娃娃们去演堂会。"濮玉兰一听，大惊："什么！已经进山了吗？"另一个车夫说："是呀，小哥，你也甭追了，山上又不能骑马，你步行何时能赶上他们！再说，这里山高林深，现在天色也不早了，你若迷了路，山里野兽甚多，多危险哪！"前车的车夫说："是呀，公子，你最好先找个地方住下来，明日再上山不迟！"濮玉兰急得不知所措，说："师傅，这里人烟稀少，我又无亲无故，这可如何是好呀！"后边的车夫问："你这么着急，他们是你的什么人呀？"濮玉兰说："那婆婆是俺娘，娃娃们都是她这几年精心带出来的徒弟。"那个车夫说："噢，是这样啊！其实，你也不必太担心，他们是被人请去演堂会的，听那大汉说要演三天哩！我看你也不必上山，不如就在山口处等候，三天后他们肯定会下来的。"前边的车夫说："是呀，你进山还真不好找到他们呢，不如在山下等着！"濮玉兰说："谢二位师傅提醒，只是小生寻母心切，想尽量往前赶一赶，能赶多远是多远吧！"濮玉兰与两位车夫告别后，再次催马前行。

杨大典和黄氏女带着娃娃们已经到了天平山的半山腰，山势越来越陡，林越来越密，娃娃们个个累得气喘吁吁。走到一片平坦山谷地时，四周美景如画，泉水哗哗，娃娃们高兴地跑过去，以手掬水猛喝。黄氏女见状，忙对濮金花说："金花，别让他们猛喝，泉水太凉，热嗓子喝凉水，会哑嗓的。"

杨大典说："大姐，你也累了吧，咱歇歇吧?"黄氏女朝山路的深处望望，问："还有多远？"杨大典说："翻过这个山头就到了。"黄氏女说："你不是说就一小段儿山路吗？你这一小段儿可真不小！"杨大典笑了笑，说："我若不这么说，你会带娃娃们来吗？"黄氏女看了看杨大典，说："恕我直言，我看你有点不像正经人。"杨大典笑道："大姐眼光真毒呀，看出来了?"黄氏女吃惊地问："你们是土匪？"杨大典说："大姐，你别怕，我们虽为土匪，但我们是好土匪！"黄氏女说："土匪还有好的？"杨大典说："我们杀富济贫,不祸害百姓,不欺负良家民女,还不好?"黄氏女不相信:"天下会有这种好匪?"杨大典说:"我大哥林中热,是条好汉。原来我们归捻军,曾国藩在周家口设营之后,我们那支队伍就被湘军打散了。林大哥就带我们藏在这天平山上,我们怕'捻军'二字会引来官府追杀,就自称土匪。你知道,官府怕捻军不怕土匪,因为土匪只讲发财,而捻军可是要夺江山的。"黄氏女说:"我不信你大哥会那么好。"杨大典说:"大姐不信也没关系,等下见到我大哥你就知道了。"

这时,山上传来了歌声:

> 我和情哥隔道河,
> 隔片竹林看不着。
> 十冬腊月酷霜打,
> 竹林青青叶不落,
> 小妹心中常有哥。

有人接唱:

> 小妹生得乖又乖,
> 远远见她飘过来。
> 走路好比蝴蝶舞,
> 打伞好比牡丹开,
> 爱坏多少好人才!

又传来一个粗犷之声:

> 南瓜出来金对金，
> 葫芦出来银对银，
> 扁豆出来打夹板，
> 豇豆出来拉胡琴，
> 小妹我生来爱坏人！

杨大典听到歌声，惊喜地说："大姐，你听，我们的人来接了。"黄氏女"哼"了一声说："一听这骚歌就知道你们不是好人！"杨大典说："山里人烟少，寂寞，我们男人全靠唱山歌寻乐子，大姐你别介意。"黄氏女叹了一声："到了这份儿上，介意有什么用，只好听天由命了。"

赵师爷带着几个小匪过来了，杨大典忙起身挥手喊道："老赵，我们在这儿。"赵师爷回喊："二大王，请来班子了吗？"杨大典说："请来了，这不，是怀庆府的濮家班。"赵师爷一看是一群娃娃，问："怎么是一群娃娃？"杨大典说："赵师爷，你可别小瞧这些娃娃，他们可是个个有绝活儿。"赵师爷说："是吗？看不出来。"黄氏女不满地说："看不出来是怪你不会看，你瞧——"黄氏女说着一下将腿踢到脑后，命令孩子们："孩子们，上！"话音刚落，一娃、二娃、三娃挨个儿腾空而起，一只脚正好落在黄氏女立起的那只脚上，亮亮相又空翻落地，看得赵师爷和几个小匪惊呆了。

黄氏女收了功，望了一眼赵师爷，道："看出来没？"赵师爷急忙施礼道："这位大嫂，刚才在下口粗失礼，还望大嫂海涵。"黄氏女还礼说："同在江湖走，别客气。"赵师爷说："大嫂说话痛快，请——"

杨大典怕孩子累坏了腿脚，吩咐众匪："弟兄们，咱们一人背一个娃，上山喽！"几个匪各挑走不动的小娃儿驮在肩上，边走边唱上了山歌——

  鸡蛋没得鸭蛋光，
  男孩儿没得女孩儿香，
  三月清明亲个嘴儿，
  九月重阳还在香，
  好比那蜂蜜拌白糖。
  …………

一匪又唱：

  妹妹呀山坡呀火辣辣地想，
  哥哥俺放羊啊在河床！

另一匪接唱：

  十八里高坡啊担担的面，
  哥哥呀你的窑洞在村头，
  放你的羊吧别回头！

一阵笑声在山间树林中荡漾……

回京城的路上，濮中阳与黄来福并马而行，濮华龙、黄学禄、黄秋菊、大头等人随后。

黄来福还在感慨恭亲王的不杀之恩，说："没想到恭亲王如此大度，姐夫，他还是欣赏你！"濮中阳说："也不尽然，其实，这里面也有你的功劳。"黄来福诧异地问："有我什么功劳？姐夫是不是取笑我？"濮中阳说："你别忘了，是你带人进宫演出，濮家班才被御封为御用杂技班的。因此，恭亲王要动我们，也不能不考虑一下两宫太后给我们的这个虚名。还有，你可千万别以为恭亲王是轻易地放了我们。其实，他做事十分缜密，可谓滴水不漏！你看，他先用三个女娃诱我等上台，后又诱出乔二和万大哥。他明知我们无罪，却不放我们，让我们在刑台上看着乔二被砍头。他这样做有两个目的：一是对我们惩罚，让我们做陪杀；二是诱我们的人劫法场。幸亏华龙他们还算冷静，没酿出大祸，要不，我们全得完！"黄来福倒吸一口气，道："哎呀呀，你如此一说，吓我一身冷汗！怪不得我看你一直盯着华义他们，原来还有这一层。如此一说，这竟是一个大阴谋。"濮中阳见黄来福现在才后怕，说："兄弟，咱们行在江湖，遇事不能不多问个为什么，尤其跟这些当官的打交道，更须处处小心，多长个心眼儿。"黄来福说："姐夫，你又让兄弟长见识了！"

濮中阳神色凝重地沉默片刻说："不过，这些话只能藏在心底，看透也不能说透。对外咱们还是得感谢恭亲王的不杀之恩，完成他交给的出洋重任。"黄来福忙说："那是，咱们两班合一班，走遍天下都不怕！"濮中阳说："话可不能这样说，还是应该不打无准备之仗。这样吧，你和学禄速回沧州把班子带回来，咱们多排演一些节目，你看如何？"黄来福也兴致大起："我也是这么想的，最好弄些新玩意儿，震震东洋鬼子！"濮中阳说："那好，为赶时间，不如咱们现在就分头行动，你和学禄回沧州带班，让秋菊随我回大车店。"黄来福爽快地说了一声"好"，便喊号勒马。濮中阳和黄来福下马，黄学禄、黄秋菊和大头也下了马。黄学禄问："爹，怎么不走了？"黄来福说："你姑父说，咱们要抓紧排练出东洋的节目，让我们回沧州带班去。"黄学禄问："回沧州？现在？我……我还想看看红玉……"黄来福明白儿子的心思，劝道："红玉有你姑父他们照应，你就放心吧。再说，沧州离这儿不远，两三天就回来了！"黄秋菊说："是呀，哥，我把你这片心带给红玉不就是了。"黄学禄不好意思地望了望众人，又迟疑片刻才上马。黄来福也跃身上马，对着濮中阳抱拳道："姐夫，俺走了！"濮中阳也抱拳回礼，然后兵分两路，各奔所去。

小刀刘府第的后院去势房内，虎娃已经睡着，坐在旁边的唐天姣小心地给他盖了盖，然后站起身，对监视她的仆人说："你看好他，别让他乱动，我出去走走。"仆人为难地说："老人家，我家主人吩咐不让你乱走乱串。"唐天姣把眼一瞪："哟，你家主人真孝顺，是不是怕老身我年岁大了，累坏了腿脚？"仆人结结巴巴地说："不是……是不准你乱走乱串！"唐天姣说："咦，这就不对了，你家主人可是答应我留下来找我孙子的。"仆人说："老人家，这事小的不知道，小的只知道他吩咐我看着你，不让你乱走！"唐天姣又一瞪眼道："咋了，把我当犯人了？如果我硬要出去走走呢？"仆人说："老人家，你千万别乱走，算小的求你了！请你给小的留碗饭吃！"唐天姣反问："哟，老身我如果硬要出去走走，那小刀刘还能辞退你不成？"仆人一听，点头不止。"哟嘀，这么一说，可让我老太婆为难了。"唐天姣想了片刻，又说道，"你看咱们能不能这样，你装作不知道不就行了。"仆人叫苦："你一个大活人从我面前走过去，我怎会不知道？"唐天姣说："不是让你装吗？我只要不让他看到，你不就可以装作不知道吗？对不？"仆人说："对是对，可不怕一万就怕万一呀！"唐天姣说："这个你放心，我不会砸你的饭碗的。"仆人想了想说："那好吧，看你是个好人，小的就帮你一回，你可要快去快回啊。"唐天姣打量了一下那仆人，说："哟，没看出来,你还是个好心娃,那就谢谢了。你放心,天黑之前我一定回来。"说完,便走到门前,左右望了望,朝刘府内宅走去。

刘府内宅院里,小刀刘的夫人正在厅堂花圃前教孙子小乐背唐诗。小乐坐在奶奶面前,很认真地学。刘夫人戴着花镜,手举一本线装书,念:"锄禾日当午——"小乐跟着学:"锄禾日当午——"刘夫人又念:"汗滴禾下土——"小乐又跟着学:"汗滴禾下土——"唐天姣走过来,接着说:"谁知盘中餐——"刘夫人吃惊地回首观望,看到唐天姣,问:"你是谁?"唐天姣笑道:"我呀?我是我孙子的奶奶,你是你孙子的奶奶,咱们都是奶奶!"刘夫人一听,笑了,说:"你说话怎么这么别扭!"唐天姣说:"因为我有别扭事!"刘夫人忙问:"你有什么别扭事,说出来让我听听?"唐天姣说:"你看,咱二人同样是奶奶,你教你孙子背诗学文,而我却要陪着我孙子来去势。"刘夫人恍然大悟道:"噢,原来你是来让你孙子去势的。看你的穿戴举止并不像太穷的人家,为何还要让孙子进宫当太监?"唐天姣说:"不是我要,是你家刘爷要!"刘夫人不解地问:"你们想让娃子进宫挣银子,碍我家老爷什么事?"唐天姣说:"因为我孙子是被骗子骗来卖到你府上的。"刘夫人诧异地问:"有这等事?"见刘夫人不信,唐天姣说道:"大妹子,老姐姐一点没骗你,现在你府上还有我两个孙子,一个已经去了势,另一个被你家老爷藏了起来,连见都不让我见!俺愿意出银子为我孙子赎身,可你家老爷不同意。"刘夫人听后,为难地说:"可我家老爷从不让我过问这些事,我该如何帮你?"唐天姣哀叹了一声说:"我不是让你帮我,我只是对你诉诉苦。没办法,这就是命!"

刘夫人沉默了一会儿说:"其实呢,能进宫当差,也不是什么坏事,不少人还巴不得呢!"唐天姣说:"论说也是,我也没别的想法,就是想见见我那孙子。但话又说回来,你家老爷不让我见,可能是怕我见到孙子哭哭啼啼的，妨碍他去势吧！"刘夫人说："这话不假，给娃娃们去势前，都看得紧，要三天不吃不喝呢！"唐天姣说："听大妹子如此一说，原来你家老爷是对俺好哩！看你这孙子多有福气，从小就读书习文，长大了定能当大官哩！我那孙子不中，贪玩，长不大似的，五六岁了还跟我睡哩！"刘夫人说："可不是，我这孙子也是，到现在还一直跟着我。"唐天姣问："你们大户人家，不是有奶娘和丫鬟吗？还让你劳神？"刘夫人叫苦："大姐呀，你有所不知，大户人家也有大户人家的难处，像我，老了，我家老爷又娶了四房姨太太，早就不来我房里了。我嫌寂寞，所以就带着孙子。"唐天姣说："隔辈儿亲嘛，这也是好事。"刘夫人说："也不光是因为隔辈儿亲，刘家已经单传了好几辈儿了，这辈儿就这一个男娃，我家老爷视他为掌上明珠，有我孙子在我房里，老爷就会来得勤哩！"唐天姣说："哟，没想到大妹子还藏了这份心思，真让老姐我佩服。"刘夫人不好意思地笑："让您见笑了！"唐天姣说："俺穷苦人家讲究少年夫妻老来伴，你们大户人家好像不讲这个。"刘夫人哀叹一声说："唉，大户人家的女人，越老越不值钱哩！像你这事，若是让我家四姨太去给老爷说，保准能成！她年轻呀，是老爷的心头肉！"唐天姣说："大妹子，她能说成我也不去求她，我就觉得咱俩脾气相投，越说越投缘哩！"刘夫人也说："我也是！我现在就不能看到那些年轻女子，恨不得也给她们去去势，一个个把她们劁了！"唐天姣一听笑了："哎呀，笑死我了！时间不早了，我得去看看我孙子，反正我得在这儿住几天呢，有空我就来找你闲聊，你可别嫌烦！"刘夫人笑道："不烦不烦，我还巴不得哩！"唐天姣说："那我走了。"刘夫人忙起身道："好，小乐，给奶奶说走好！"小乐很乖地说："奶奶，走好！"唐天姣走过去摸了摸小乐的头说："哎呀，这娃儿真乖！那我走了！"刘夫人说："你走好！"唐天姣说："好好好！你留步，误了你教娃儿背书哩！"唐天姣说完走出了宅院，又四处望了望，才朝去势房走去。

慧明带濮华义来到了小刀刘家门前，濮华义上前擂门："门上哪个在？"守门仆人开门问："找谁？"濮华义说："找我奶奶。"守门仆人问："你奶奶？谁是你奶奶？"慧明上前一步，说："就是今儿中午来找孙子的那位老太太。"守门仆人一看是慧明，很烦地说："怎么又是你？告诉你们，老太太正在去势房内侍候她孙子，她孙子刚去过势，需要安静，不能见任何人。"守门仆人说完，啪地关上了门，任濮华义再叫，也不开了。濮华义气愤地说："这守门人比狱卒都坏！"慧明说："主要是他们的主人太坏！走吧，只好等到半夜再翻墙进去了！"濮华义一听，突然眼睛一亮道："走，先看看你上次翻墙的地方。"说完，二人朝胡同口走去。

二人来到慧明翻墙的地方，慧明指了指墙外的那棵大树，对濮华义说："那天我就是从这棵树上荡到墙上去的。"濮华义问："不知里面现在有没有防备。"慧明说："有防备也不怕，咱们可以从这里上墙，但不在此处下去，在墙上走一段儿再下去。"濮华义说："好办法！走，先找个茶馆坐一坐，天黑后再说。"

这时候，天平山山寨一片繁忙，外出打野味的土匪们陆续回来了，他们抬着野猪、山鸡、野兔什么的，从大厅前经过。林中热看到他们打了一头大野猪，很高兴。抬猪的胖匪说："大王，这都是老太太有福气，我们出山寨不远就碰上了这个大家伙，追了二里路，终于打到了。"林中热一听，很是感动："唉，若不是山下受灾，怎能让弟兄们去打野味？说什么也得下山弄些安阳城里的名吃让大伙热闹热闹呀！"胖匪说："大王，这年头，咱弟兄饿不死已算是大福大贵了！不过，你也别过意不去，等老太太百岁大寿时，咱们干脆去安阳府下馆子,挑安阳城最好的馆子,好酒好菜地猛吃猛喝一回,怎么样?"林中热说:"托兄弟的吉言,咱弟兄就等那一天!只恨那些狗官,于灾情不顾,只管花天酒地,若不是顾及老娘,我定会趁此机会,再举义旗招兵买马,杀他们个片甲不留!"胖匪说:"大王,前些天你下山聚众大闹县衙和府衙,已让那些狗官吓破了胆,若你再举义旗造反,怕是还能赶清兵出关哩!"林中热苦笑道:"弟兄们随我上山不容易,刚才只是说说气话,说实话,我不能再冒这个险了。太平军和捻军闹那么大的动静,临了怎么样?还不是落了个失败的下场。这年头,咱们能守住这山头已算不易了,就得过且过吧!"

杨大典和赵师爷领着黄氏女和娃娃们来到山寨。杨大典远远地喊道:"大哥,班子请来了。"林中热高兴地说:"好啊!"可一看全是娃娃,又有点泄气:"怎么全是娃娃?"杨大典说:"大哥,你可别小瞧这些娃娃,他们个个有绝活儿!"赵师爷也跟着说:"是呀大哥,我刚才也不信,可一领教,真有绝活儿!喏,这位是他们的班主,黄大姐。"

林中热看了看黄氏女,忙打招呼:"黄班主,你好!"黄氏女一听林中热喊她班主,忙解释:"俺们是濮家班的小班儿,我夫家姓濮。你要称我为班主,应该叫濮班主;若叫大嫂,就叫濮大嫂;若喊大姐的话,就喊黄大姐。"林中热笑道:"哟,一听这串话,就知濮班主是个痛快人!那好,我就喊你黄大姐吧。"黄氏女点了点头,问:"刚才听你说话像是不太相信这些娃娃的活儿,是不是先给你亮几招?"林中热笑道:"免了,大姐!大典兄弟和赵师爷既已亲眼见过,我信他们。大姐,你们爬山累了,先歇歇腿脚吧。"黄氏女说:"既是来给老太太祝寿的,那咱就按规矩来,先拜拜寿星佬吧。请林大王将老太太请出来吧!"林中热高兴地说:"还有这规矩?

好,好,大典兄弟,快请我娘出来!"

林中热只顾高兴,万没想到此时安阳府衙内,知州邱成立正在与勇营赵统领密谋剿匪。邱成立说:"赵将军,这次林中热聚众闹事,惊动了朝廷,两宫太后下了懿旨,一定要剿灭他们保一方平安。"赵统领说:"邱大人,末将奉提督之命前来剿匪,定会倾尽全力!"邱成立说:"据密报,这林中热是隐藏于天平山的捻军残部,他们打出匪的旗号,就是想躲避官府的缉拿。不过这回他们自动跳了出来,咱就给他来个老账新账一起算!赵将军,这可是个立功的好机会啊!"赵统领说:"请大人放心,末将定会将其全部歼灭,了却朝廷的心头之患。"邱成立说:"只是此地山高路险,匪徒匿于深山老林,要想全部剿灭,硬攻是不行的,必得智取。"赵统领说:"大人所言极是,不知大人有何妙计?"邱成立说:"本府已得到确切消息,后天是匪首林中热老母亲的八十大寿,林匪是孝子,正准备热闹一场,咱们不如这样——"说着二人咬起了耳朵。赵统领听后,朗声赞道:"妙妙妙!邱大人,这真是一条绝妙之计!"邱成立阴险地笑了笑,说:"到那时,官兵里应外合,来他个瓮中捉鳖,怎么样?哈哈哈⋯⋯"

天平山上的山寨里一片喜庆,杨大典和赵师爷搀出了林母,黄氏女上前施礼:"大娘您老人家好,怀庆府濮家班班主濮中阳之妻黄氏女给大娘拜寿,祝您老人家福如东海,寿比南山!"林母高兴地说:"好好好,来了就是咱娘儿俩的缘分!"黄氏女说:"娃娃们,叫奶奶!"濮金花带领娃娃们一下围住了林母,齐声喊:"祝奶奶福如东海,寿比南山!"林母高兴地笑成了一朵菊花,对儿子说:"热儿,快给娃娃们拿好吃的!"见母亲高兴,林中热更是高兴,他高声对弟兄们喊:"上糖果!"几个匪徒应声端出几大盘糖果,林母和林中热亲手分给了娃娃们⋯⋯

第二十二章

由于山路陡峭崎岖，濮玉兰只得牵着马艰难地爬山，不承想走着走着，马突然止步不前，惊恐地嘶叫着。濮玉兰见状，忙警惕地四下观望，看到不远处两只狼正卧在路口，濮玉兰一下子惊呆了。还未等她反应过来，两只狼就开始向她和马袭来。马生硬地躲闪着，用后腿踢狼。濮玉兰从地上捡起一截干树枝防备着。突然，一只狼向她扑来，眼见要扑到她跟前时，只听嗖的一声，那只狼中箭倒地了。另一只狼见状，仓皇逃窜，一只猎狗追了上去。

濮玉兰惊魂未定，四下张望，看到从一棵大树后走出来一位俊后生。他手执弓箭，腰挎猎刀和箭囊。见狼跑远了，他一声口哨，召回了那只猎狗。

俊后生走到濮玉兰跟前，说："吓着了吧，小哥？"濮玉兰定了一下神，不好意思地笑笑："谢谢您！"俊后生说："我叫苏格力，就住在前边的小村里，你叫什么？"濮玉兰说："俺叫濮玉……叫濮华义。"俊后生说："噢，华义兄，你来这深山老林干什么？"濮玉兰说："俺来找俺娘哩。"苏格力问："你娘？她在哪儿？"濮玉兰说："她带一帮娃娃，被山上一家大户人家请去演堂会了。"苏格力一听，很奇怪：“大户人家？这山上哪儿有什么大户人家？八成是被林大王请上山了吧？"濮玉兰诧异地问："林大王？"苏格力说："对呀，林大王。他叫林中热，只杀富济贫，从不祸害百姓，我们这一带的山民都很敬仰他。"濮玉兰说："你是说，那林大王是土匪？"苏格力说："也可以这么说，不过山下官府称他们土匪，我们称他们义军。听村里的族长说他母亲这几天要过八十大寿，周围几个村的百姓正准备去山上为老太太祝寿呢。"濮玉兰又问："我娘他们被请上山，是不是也是为了给那老太太做寿？"苏格力说："我看十有八九是这么回事。"濮玉兰问："这里距山寨还有多远？"苏格力说："远倒不远，只是山高路陡，现在天色也不早了，又有野兽出没。你孤身一人，不宜上山。这样吧，不如你先随我回村里，住上一宿，明日我再送你上山，不知你意下如何？"濮玉兰迟疑着，又朝山上望了望，无奈地说："那好吧，那我就先谢谢你了！"苏格力笑道："我还得用你的马驮狼呢，我该谢谢你哩！"说着，便将死狼放在马背上，领濮玉兰上了路。

不大一会儿，苏格力和濮玉兰就来到了村里。苏家是一个小柴院，篱笆墙壁，茅草房，墙上钉有兽皮什么的。苏母已年过半百，正在石臼里舂米。苏格力离老远就喊："娘，快开门，来客人了。"苏母见儿子带客人回来，忙起身开门。苏格力边从马上卸下那头死狼，边说："娘，这是我在山上遇到的，叫濮华义。"濮玉兰礼貌地行了一个礼说："大娘，你好。"苏母上下打量了一下濮玉兰，说："哟，多俊的小哥，快屋里坐，我去给你们烧茶。"濮玉兰说："大娘，你别客气。"苏格力说："华义兄，让我娘忙，越忙她越高兴。俺这深山老林，成年也不见来一个客，来了都要当贵客待。"苏格力边说边接过濮玉兰的马缰绳，将马牵到院里，拴在一棵树上，又到羊圈里抱了青草放在马前。马嗅了嗅青草，打了个响鼻，然后才开始小心地吃草。苏格力见状，对濮玉兰说："华义兄，你这马大概也是头一次来山里，你看，怕生哩！"濮玉兰说："它是上山累坏了，再往高处，怕是它就不能走了。"苏格力说："你不该牵马上山，应该把马寄放在山下的村子里。林大王他们的马都在山下养着，从不朝山里牵。"濮玉兰说："我第一次上山，哪儿懂这些？多亏我这马是训出来的，听话，要不，刚才怕是等不到你搭救就喂了狼了。"苏格力说："你该感谢这马哩，我是听到它的嘶叫声才朝那边去的。"

苏母从厨房出来，对儿子说："力儿，怎么让客人站在院子里，快进屋呀。"苏格力听母亲一说，突然意识到失礼了，忙上前扳住濮玉兰的肩头，说："走，华义兄，进屋说。"濮玉兰非常别扭地望着苏格力搭在自己肩上的那只大手，然后急中生智，弯腰装着整理靴子，摆脱了苏格力的胳膊，然后起身笑笑，随苏格力朝房里走去。

濮中阳、濮华龙一行人回到了大车店，看到乔红玉还在抹眼泪，濮中阳走过去，劝道："红玉姑娘，事情到了这一步，你也别过分伤心了，要保重自己的身体。"乔红玉悲哀地叫了一声："濮大伯……"便又泣不成声了。

濮玉芝和黄秋菊坐在红玉身旁，安慰乔红玉。黄秋菊说："红玉妹妹，日后我们就是你的亲人！"濮玉芝说："红玉姐姐，乔大叔是好样的，他是英雄！姐姐，咱们习武之人心也要硬，要把仇恨记在心里，君子报仇，十年不晚！"濮中阳看了女儿一眼，想说什么，没吭声。

小狗子和小牛几个娃娃跑进来，几个娃娃看到濮玉芝，一下扑了上去，都哭着喊姐姐。看到失而复得的几个娃娃，濮玉芝欣喜若狂:"哎呀,哎呀,这是不是在做梦?我可找到你们了!快说,你们啥时候到的?华中和虎娃呢?"小牛说:"玉芝姐,你快去救华中和虎娃吧,他们马上就要被小刀刘割掉鸡鸡了!"濮玉芝丈二和尚摸不着头脑:"怎么回事,什么小刀刘什么割鸡鸡,快告诉姐姐!"小牛边哭边说:"那个老头可坏了,要用小刀割我们的鸡鸡,要不是慧明哥哥把我们救了出来,我们可都没鸡鸡了。"濮玉芝闻听,大吃一惊:"你们见到慧明了?他在哪儿?"小狗子说:"慧明师父和华义去那个小刀刘家了,我大娘也在那儿。"濮中阳一听,也十分惊讶:"什么?我娘也去了?"小狗子说:"是呀,中午就去了,到现在也没回来。"濮中阳叹了一声:"哎呀,她……她去干什么?"

濮华龙说:"爹,你别急,我奶奶肯定是惦记华中才去的。"濮中阳说:"就怕她知道了,到底还是没瞒住!"濮玉芝不解地说:"爹,这都哪儿跟哪儿呀,我怎么越听越糊涂了?"濮中阳说:"唉,一句话也说不清楚,待会儿我从头告诉你。这样吧,你和你秋菊姐在家照顾红玉姑娘,我和你哥去小刀刘家找你奶奶。"濮玉芝说:"不,我也要去!"濮中阳刚说了一个"你",乔红玉接腔了:"濮大伯,玉芝妹妹挂心华中兄弟,就让她去吧。"濮中阳犹豫了一下说:"好吧,不过,你这个急性子到时候可不要乱来。"濮玉芝说:"我记下了。"

大概过了半个时辰,濮中阳、濮华龙、濮玉芝三人到了小刀刘府大门前。濮中阳让濮华龙上前叫门。守门仆人打开门,问:"找谁?"濮华龙说:"找你们家老爷。"仆人问:"你们是谁?"濮华龙说:"我们是你家老爷的朋友。"仆人朝濮华龙身后望了望,看到了濮中阳:"咦,后面那人来过吧?"濮中阳上前一步,说:"你说的没错,我是来过一回。既然是熟人了,就请行个方便吧。"仆人说:"我家老爷特意吩咐,这几天一律不会客。"濮中阳说:"那你就实言相告，我们是来要人的。"仆人一拍脑瓜说："噢，我想起来了，你上次是和那个小和尚一同来的！这么说，我更不敢让你们进来了，因为我家老爷防的就是你们！"濮华龙问："为什么专防我们？"仆人说："这不明摆着吗，你们来要人，老爷不给，所以就干脆不见了。中午来了一个老太太，我好心放她进去了，她进去了竟不走了，为此我家老爷差点踢了我的饭碗。请你们多多包涵。"仆人说完，啪地关上了门。

看仆人关了门，濮华龙不知所措地问父亲："爹，怎么办？"濮玉芝说："干脆翻墙进去。"濮中阳严厉地看了女儿一眼，说："天色已晚，怎能私闯民宅？"濮玉芝说："他这算什么民宅，简直是贼宅！好，私闯民宅犯法，咱叫门总可以吧！哥，你让开，我接着叫！"濮玉芝说完，上前急促地敲门……

小刀刘正在夫人的卧房里逗小乐玩。小刀刘问孙子："小乐，奶奶教你几首诗了？"小乐伸出小手，说："五首。"小刀刘说："背一首让爷爷听听。"小乐一听，想了想开始背："床前明月光，疑是地上霜……"不承想背着背着突然忘了，刘夫人见状，忙在一旁提示："举头望明月……"小乐立即接上："低头思故乡。"小刀刘一听，高兴得哈哈大笑："哟，我孙子聪明，长大定能高中榜首当状元！"小乐说："爷爷，啥叫去势？"小刀刘怔了一下，问："你问这干什么？"小乐见爷爷不回答，就闹着说："我就要问，我就要问！"小刀刘说："好好好，爷爷告诉你，去势呀，就是把小鸡鸡割掉。"小乐一听，急忙捂住小鸡鸡，说："好可怕！"小刀刘突然觉得好奇，转身问刘夫人："他怎么知道去势？"刘夫人说："哎呀，是这样，傍晚时分，我正教小乐背诗，突然来了个老太太。她说她孙子被去了势，她是在此侍候孙子的。"小刀刘一听，大吃一惊："什么，那个唐老太婆来内宅了？"刘夫人说："是呀，人还挺好的。"小刀刘一听，很烦地说："好个屁！她是来向我讨要她孙子的，我还特意叮嘱过下人，不许她乱跑乱蹿，到底没看住她！"刘夫人好心劝道："人家不愿让孙子去势，你就将娃儿还给人家呗。"小刀刘一瞪眼，说："你懂个屁！这两个娃儿是宫里李副总管特意派人弄来的，说是让他们进宫有大用处，不能有半点闪失。"刘夫人说："不就是当太监吗？能有什么大用处？"小刀刘说："妇人之见！这两个娃儿生得聪明可爱，又自幼练了一身功夫，李副总管让他们进宫，是想送进西苑戏班，培养成名角儿，取悦西太后！"

就在这时，一仆人急匆匆走进来："老爷——"小刀刘问："什么事，着急上火的？"仆人说："门外来了几个人，敲门不止，说是来讨要那个叫华中的娃儿。"小刀刘一听，站起来说："哟嗬，他们还真能较劲，先住下个老太婆，又一拨一拨地来人闹腾。看来，我真得照小贵子说的去求求毕五爷了。"仆人小心地问："老爷的意思是要送那个濮华中去南长街毕五爷那里？"小刀刘说："对！送走后，咱就说娃儿自个儿偷跑了，他们找不到人，不信也得信！"仆人说："好主意！"小刀刘想了片刻说："你赶快去把那娃儿从花园后门送到南长街去，对毕五爷说是宫中李副总管安排的，尽量明天就给他去势，省得夜长梦多。只要一去势，就算是万事大吉了。别忘了告诉毕五爷，这是我小刀刘的码子，只是借他的地方用一用。至于例银，日后我亲自给他结账。快去！"仆人应声而去。

刘府门外，濮玉芝仍在敲门，而且越敲越急促。濮中阳见一直没人应声，便说："小芝，别敲了，咱们明天再来吧。"濮玉芝说："小刀刘今天不开门，我就不走了，就一直敲下去。"濮华龙说："爹，你就让我妹妹敲呗，我不信他小刀刘能沉得住气。"濮中阳厉声说："再敲就变成闹了。"濮玉芝说："我就是要闹他个鸡犬不宁！"

不承想正说着，刘府的门突然打开了。小刀刘气咻咻地走出来，对玉芝说："好大的口气！你扰乱民宅，难道就不怕我报官？"濮玉芝傲慢地盯着小刀刘："怎么着？告诉你，我可是刚从斩桩上放下来的人，我什么都不怕！"小刀刘上下打量了一下濮玉芝，说道："原来是个鬼呀！"濮玉芝说："对，是个女鬼！"

濮中阳上前施礼："刘爷，小女莽撞，多有得罪，请刘爷宽恕。"小刀刘看了一眼濮中阳，说："濮班主，你们三番五次来我府上闹事，是何居心？"濮中阳说："刘爷此言差矣，若不是你扣住小儿不放，怕是我们今生今世都形同陌路。"小刀刘说："中午你家老太太和那个小和尚来，我就告诉她你儿子已经逃跑了，现在府里只剩下一个叫虎娃的。她不信，坐在去势房里到现在也不走，还找遍了我府上的每个角落，到底也没找到。现在你们又来找我要人，我还是那句话，那个叫华中的娃儿早就从我府上逃跑了。"

濮玉芝上前一步，跨到父亲和小刀刘中间，目光直逼小刀刘："你骗人！肯定是你将我弟弟藏匿得严实，骗过了我奶奶！"小刀刘说："姑娘，你可不要乱说话！我说你弟弟跑了，你却说是我将其藏了起来，你这不是抬扛吗！"濮玉芝说："你敢让我们进去找吗？"小刀刘说："可以！但话要说在前头，你们找不到怎么办？"濮玉芝刚说了个"我们"就被父亲拦住了。濮中阳对小刀刘说："刘爷，这样吧，既然如你所说犬子已不在你府上了，我们暂且相信。现在天色已晚，我想进去劝我老娘回家，顺便看看虎娃，你看如何？"小刀刘说："你既然这么说，那好吧，只是要快一点。"濮中阳双手一拱说："好，那就多谢刘爷了。"濮中阳说完，便带着濮华龙兄妹进了刘府。

天平山下苏格力家里，苏母做好了饭菜，苏格力将菜端到桌上,他对濮玉兰说:"这一盘是山鸡炖蘑菇,这一盘是火烧野猪大肠——兄弟,这可都是我娘的拿手好菜。"濮玉兰忙起身说:"苏大哥,你太客气了!"这时,苏母也端来一盘菜:"深山老林没什么菜,多是一些你苏大哥打的野味儿,让你将就了。"濮玉芝不好意思地说:"大娘,你们这样客气,我都过意不去了。"苏母说:"看你说的,有啥好过意不去的,这全是缘分。你要不进山找你娘,怕是这辈子也难到我家坐一坐。"苏格力说:"是呀是呀,怕是请你你也不来哩!我娘说得对,全是缘分!俺山里人讲究,朋友来了有好酒,坏人来了有猎刀,你是朋友,所以必得用好酒招待。"苏格力说着,从柜子里取出一壶酒来,给濮玉兰倒了半碗。

濮玉兰一看还要喝酒,很紧张,忙说:"大哥,我不会喝酒。"苏格力不相信:"男子汉大丈夫,咋能不会喝酒?哄你哥哩是不?"濮玉兰说:"大哥,真的,我真不会喝。"苏格力又问:"不会喝是吧?那好说,从今天开始学!来,我教你——先将酒碗端起来——"濮玉兰正在为难,赶巧苏母又端来了一盘菜,忙说:"大娘,你也坐。"苏母说:"我不坐,灶房里还烧着火,离不开人。你们兄弟俩先喝着,我等会儿再来给你敬酒。你千万别客气,就像到自己家一样。"苏格力说:"兄弟,你让我娘忙她的,她越忙越高兴。来,咱兄弟俩先碰一个。"濮玉兰为难地说:"这……大哥,我从来没沾过酒。"苏格力泄气地叹了一口气,放下碗,略显不高兴地说:"兄弟,看不起你哥吗?"濮玉兰说:"大哥,你误会了,我……我真是不会喝!"苏格力说:"我不是说过了吗,不会喝现学呗!你过去没沾过酒,我信,那就从今天开始,为了庆祝你我相识,你就沾一沾,行不?好,我先干为敬!"苏格力说完,端起酒一饮而尽,然后说:"兄弟,哥已经干了,看你的了!"濮玉兰为难地说:"大哥……我……"苏格力见濮玉兰如此不爽快,不满地说:

"你怎么像个女人一样,扭扭捏捏的,你就喝了,我看能怎么着?"

这时,苏母又端来一个菜,她也劝道:"孩子,你哥让你喝你就喝,喝高了也别怕,躺下就睡。西间那个大炕,睡你弟兄俩绰绰有余!"濮玉兰一听这话,怔了,呆呆地望着苏母,说:"大娘,我……"苏母笑了笑说:"你别担心,你别看你大哥大大咧咧的,整天在山村里钻来钻去,那床铺收拾得可干净了,被褥也是我刚给他拆洗的,没一点异味儿。"苏格力说:"是呀是呀,兄弟,你放心,我睡觉一不打呼噜,二不说梦话,安静得很。哎,娘,现在先别讲这个,先喝酒!"濮玉兰忽地站起来,欲言又止,又怔怔地坐下。苏母见状,问道:"大侄子,你是不是有什么难言之隐?"濮玉兰犹豫了半天,才吞吞吐吐地说:"大娘,我……我是个女儿身……"

苏格力一听,怔了一下,忽地站起来:"什么,你是个女儿身?"苏母笑了笑说:"闺女呀,大娘我早就看出来了,刚才就是故意说那话哩!"苏格力看了看母亲,又看了看濮玉兰:"娘,我……我咋没看出来?"苏母说:"要不怎么说你是我的傻儿子呢!"濮玉兰不好意思地说:"苏大哥,对不起!濮华义是俺二哥的名字,俺叫濮玉兰,俺从京城回来接俺娘,俺爹怕路上不太平,特意让俺女扮男装。"苏格力一抹头,傻笑道:"唉,怪不得你不喝酒,扭扭捏捏的像个大姑娘,原来真是大姑娘。"濮玉兰有点害羞。苏母说:"好了,闺女,放心吃饭,今晚咱娘儿俩一起睡。"濮玉兰说:"谢谢大娘!"

京城刘府的去势房内,虎娃已经醒来,他看到守候在自己身边的唐天姣,又喊疼:"奶奶,疼!"唐天姣心疼地说:"乖孙子,忍着点,这都是小刀刘作孽呀,好好的娃儿给弄成这个样!"正说着,濮中阳、濮华龙和濮玉芝走了进来。濮玉芝看到奶奶，哭着喊了一声："奶奶——"唐天姣一看是玉芝，呆了，怔然片刻，上前抱住，哭着说："乖孙女，你可回来了，你再不回来，奶奶的心就要碎了。"濮玉芝泪流满面地自责道："奶奶，都怪我，没把华中他们带好。"唐天姣说："孩子，你别自责，这不是你的错。"

濮中阳来到虎娃面前，虎娃喊了一声"大伯"，泪水就涌了出来。濮中阳抚着虎娃的头说："孩子，别哭，都是大伯没能耐，没能救出你们。"濮华龙在一旁安慰道："虎娃兄弟，你别哭了，既然已经这样了，养伤要紧。"虎娃说："哥哥，我不当太监！我不当太监！"虎娃说完，泣不成声。濮中阳和濮华龙也流出了泪水。

濮玉芝走过来说："虎娃，你别难过，是姐姐对不起你。"虎娃说："玉芝姐，我们都好想你呀。"濮玉芝跪在床边，痛心疾首地说："为什么会这样！为什么会这样呀……"濮中阳对濮华龙说："劝劝你妹妹，我跟你奶奶说点事。"濮中阳说完扶母亲走到一边，悄声问："娘，找到华中了吗？"唐天姣一听，气不打一处来："他娘的，这小刀刘太坏，他专派人盯着我，不让我乱走动。"濮中阳说："看来，华中一定还藏在刘府。"唐天姣说："我想也是！下午我溜出去一会儿，到刘府内宅转了转，见这院子好大，要找一个人真是不易。"濮中阳沉默片刻，道："看来，硬找是不行，我们得想别的办法。"唐天姣救孙心切，早就急不可耐了，说："别的能有什么办法，除非动武！"濮中阳说："娘啊，咱出门在外，怎能胡乱动武！"唐天姣说："真到万不得已，也不能总受人欺负。"濮中阳说："现在不是还没到万不得已的时候吗！"唐天姣说："要是找不到我孙子，我绝不饶这个小刀刘！"

濮中阳看了那仆人一眼，小声问："娘，这个仆人是专门监视你的吧？"唐天姣说："是呀，不过这孩子不是太坏，下午我能出去一会儿,全是他帮的忙哩!"濮中阳一听,忙说:"噢,那该谢谢人家。"濮中阳说完就走了过去,先示意濮华龙到门口放哨,然后跟仆人套近乎:"老弟呀,很感谢你照顾我娘!"仆人说:"大哥,你这话我听了惭愧,我吃人家的饭,受人家管,不敢帮什么大忙呀。"濮中阳说:"是呀,咱都是穷苦人,和尚不亲帽子亲哩!你看俺们遇到这种事,冤不冤?"仆人说:"这几个娃娃的命真苦,咋就碰上骗子了,又偏偏被卖到这刘府里,你看,一动刀,这辈子算是完了……"濮中阳叹了一声说:"好在才动了一个,只是俺想救出另一个,却无从下手。兄弟,能不能再帮帮忙,告诉我那个娃儿藏在什么地方?"仆人一听,忙摇头:"哎呀,那可不敢!"濮中阳说:"你放心,并不是让你明指,只是让你暗示一下。我们呢,就佯装着是我们自己找到的,他小刀刘也没话说!你看,我那八十岁的老娘见不到孙子,要住在这儿不走呢,老弟你权当行一回善事——"濮中阳说着,从怀中摸出一小锭银子,悄悄放在了那仆人手中。仆人朝门外望了望,犹豫了片刻,压低了声音,说:"你们一定要装得像,千万不可让老爷看出破绽。"濮中阳说:"这个你放心,绝不给你留后患。"仆人说:"那好吧,我告诉你……"仆人的声音越来越低……

刘府后花园内,两个仆人边走边四下张望,鬼鬼祟祟地来到一口井旁,耳语一阵,一个仆人下了井。原来这是一口枯井。那仆人下到井底,点亮蜡烛,推开暗道机关,出现一个洞口。洞内,华中被捆着,身下铺的是干草。仆人说:"喂,小子,马上就让你见天了,你可别再捣蛋了。"华中的嘴巴被堵着,双目全是仇恨。那仆人拉出华中,朝上面打了一声呼哨。上面的仆人听到哨声,忙放下一个箩筐。井下的仆人将华中抱进筐内,又打了一声呼哨。华中被拉了上去。井中的仆人也攀着井壁上来了。二人用床单将华中包上，扛起来就朝花园后门走去……

后门小巷里，有一辆马车正在等候他们，两个仆人将华中装进车里，也随后上了车。只听车夫一声鞭响，马车飞速驶走了……

天色还未完全黑下来，天平山上的山寨里，已经灯火明亮。林中热和匪徒们正在观看娃娃们演杂技。黄氏女又敲锣又打鼓，忙得不亦乐乎。场内娃娃们正在舞龙：两条小龙翻腾跳跃，俯冲奔腾，活灵活现，栩栩如生。随着锣鼓的配合，他们一会儿二龙戏珠，一会儿龙盘玉柱，一会儿首尾相交，精彩的造型给人以小巧玲珑、出神入化之感，看惯了大人表演的巨龙，如此看小孩儿舞小龙，着实新鲜好玩。

匪徒们掌声如雷，一片沸腾。林母笑得合不拢嘴。林中热直朝杨大典和赵师爷竖大拇指。

这时候，濮金花上场了，一个亮相，竖起一条腿，直直下叉，如此功夫让人赞叹。接着，她又把自己团成了一个圆球……

到了掌灯时分，天并没有全黑，还能隐约辨路。濮中阳、濮华龙和濮玉芝走进刘府后花园，佯装东找西寻，最后走到那口井旁。濮华龙发现了箩筐，对父亲说："爹，你看这个竹筐，像是拉人用的。"濮中阳走近一看，忙说："快下去看一看。"濮华龙下了井，濮中阳和濮玉芝焦急地在上面等待。

濮华龙下到井底，点亮蜡烛，找到了机关，打开，发现是空的。濮华龙赶紧上来："爹，没人！"濮中阳大叫一声"不好"，说："他们可能又换地方了！"濮玉芝说："爹，别在这儿耽搁时间了，干脆去找小刀刘，直接问他。"濮中阳已经怒火冲头，气愤地说："真是欺人太甚！"濮玉芝说："已经到了万不得已的时候了，爹,动手吧!"濮华龙说:"洞里有一堆干草,我用手摸了摸,还有余热,可能是刚刚转移的。爹,玉芝说得对,赶紧去找小刀刘,不能再耽搁了!"濮中阳点点头说:"好,咱去问问小刀刘!"

而这时候,刘府高墙外,濮华义和慧明已经从树上荡到了墙上,只见他们沿墙飞走,到一片棕榈树处顺绳下了墙,然后急急朝前厅跑去。

去势房内虎娃已经入睡,唐天姣正用毛巾为虎娃擦脸。濮华义和慧明来到去势房门前,正欲进去,被守门仆人拦住了:"你们找谁?"慧明说:"我来几回了,你还不认识?"守门仆人借着屋内溢出的灯光仔细一看:"是你呀!"唐天姣听到慧明说话,起身走了过来。濮华义看到唐天姣,喊了一声"奶奶",唐天姣问:"你们怎么也来了?"濮华义走到奶奶身旁,在奶奶耳边说了些什么,唐天姣大叫一声"好",说:"有本事!你爹他们都去找华中了。"慧明忙问:"他们去了哪里?"唐天姣说:"刚才去了后花园,没找到,他们又去前厅找小刀刘了。"濮华义说:"这么大一个宅院,怎能轻易找到?"唐天姣说:"听你爹说,那小刀刘可能又将华中换了地方藏着。"慧明说:"可就是找到小刀刘,他也不会说的。"濮华义问:"能不能想想别的办法?"唐天姣说:"我也是这么想,这个小刀刘老奸巨猾,不动真格,怕是他不会轻易交出华中。"濮华义气愤地说:"那就杀了他!"唐天姣见孙子鲁莽,忙说:"杀人犯法,跟他犯不着!奶奶我倒有个主意,刚才没敢跟你爹说,怕他不答应。"濮华义说:"奶奶,你快说,只要能救我弟弟,上刀山下火海都行!"唐天姣沉默了片刻,说:"是这样,今儿个下午时我去刘府内宅,见到过小刀刘的孙子,我想若能把他抱过来,逼那小刀刘换回华中,怎么样?"濮华义一听,双目一亮,说:"这办法中!奶奶,我和慧明这就去办!"唐天姣说:"走,奶奶给你们带路!许他不仁,也许咱不义!先说好,咱可不能伤着人家,他爷爷坏,不能让他代罪。"濮华义说:"奶奶,你放心,咱只是用他换我弟弟,绝不动他一根毫毛。"

第二十三章

宛平县的刑台上,还放着乔二的尸体。乔二的首级被装进一个竹笼,高高地悬挂在一根桅杆上,有官兵流动看守。

乔红玉从暗处闪出,望着父亲的首级,泪流满面。她抹了一把泪水,嗖地拔出了宝剑,欲上前抢尸。黄秋菊奔马赶到,拦住了她:"红玉,你要干什么!"乔红玉哭着说:"我要抢回爹爹的尸首,让他入土为安。"黄秋菊指着刑台说:"你看,那里岗哨森严,你单枪匹马,怎能抢得到?"乔红玉说:"那就拼个鱼死网破。"黄秋菊说:"如果那样,我们还费那么大劲儿救你干啥?红玉妹妹,就是抢尸,也得同我姑父商量商量,不能蛮干。"乔红玉哭了一会儿,说:"秋菊姐,求你帮个忙,将官兵引开,我将我爹的首级取下来,行不?"黄秋菊说:"好吧,只要你答应不抢乔大叔的尸体,姐答应你!你等着!"黄秋菊说完,翻身上马,直跑到刑台前,大喊:"有人抢尸了——"官兵们闻听,惊慌跑出,追赶黄秋菊,黄秋菊骑马围着刑台转圈儿……

乔红玉迅速跑到桅杆下面,摘下竹笼……

地安门内的小刀刘府第内，唐天姣、濮华义、慧明三人已悄悄溜进了刘府内宅院。唐天姣带他们径直走到刘夫人的住处，说："喏，刘夫人和她的孙子就住在这里。"

濮华义掏出匕首轻轻拔开了房门，与唐天姣进了屋内。慧明留在外面，观察四周动静。

唐天姣轻轻走到刘夫人的床前，摸到了小乐，轻轻抱到怀中。不承想刘夫人醒了，正欲喊叫，被濮华义点了穴，定在了那里。

唐天姣抱着小乐对刘夫人说："大妹子，得罪了，俺们这也是无奈之举，你放心，我是绝不会伤害你孙子的。"说完便抱着小乐火速离去。待濮华义和慧明把小乐带出刘府内宅之后，唐天姣火速赶往刘府前厅。

那时候，刘府前厅正上演着一场生死较量。

濮中阳带着儿女来到刘府前厅时，小刀刘正在抽水烟。濮中阳走进来问："刘爷，还没睡呢？"小刀刘说："你们在此，我怎能睡大觉。怎么样，找到没有？"濮中阳说："我们找了几个地方，没找到，请你告诉我，你到底把他藏在了何处？"小刀刘说："一直告诉你们他跑了，你们怎么不信呢！"濮玉芝早已按捺不住，嗖地抽出宝剑，封住了小刀刘的咽喉："说不说？不说，我这就让你去见阎王！"小刀刘笑了笑说："姑娘，刘爷我可不是吓大的，你刺吧！"濮玉芝双目喷火道："你当我不敢？告诉你，本姑娘可是刚从斩桩上被放下来不到三个时辰，也算是死过一回的人了，再死一回也无妨！"小刀刘说："有种！比你爹还有种！濮班主，用此雕虫小技是不是太笨了？"濮中阳站在一旁，说："没办法，是你逼我到这一步的，只好得罪了！"小刀刘说："那好，今天你算是碰到对手了，老子我宁死都不说，看你能怎么样！"濮华龙见状，对父亲说："爹，这老头儿死猪不怕开水烫，我看没救了！这样吧，玉芝，你让开，让我来犯这个法!"濮玉芝说:"大哥,小妹自幼练武功,至今还未杀过人,你就让小妹的剑见见血,让我过一回瘾吧!"濮中阳说:"不中!你们都还年轻,给他换命太赔本,都让开,我来!"濮中阳说完,上前接过女儿手中之剑,对小刀刘说:"刘爷,你既然不肯放小儿,那就只好让你先走一步了!"濮中阳正欲挺剑,突听唐天姣喊道:"我儿慢动手!"

濮中阳怔了一下,问:"娘,你怎么来了?"唐天姣说:"儿啊,不值得跟这个老鬼拼命,走,咱们回大车店,到明天,让他倒求咱!"小刀刘冷笑一声,说:"老太太,你的口气比你孙女还大!我求你?怕是做梦吧!"唐天姣见小刀刘不服,冷言道:"好,那就走着瞧!玉芝,快收剑,咱们走!"濮玉芝说:"奶奶、爹,你们回吧,我要在这里照护虎娃。"唐天姣给濮玉芝使了一个眼色说:"不用,虎娃已经睡着了。你不知道,虎娃可是皇宫里的公公看中的人,刘爷会派专人侍候的。随奶奶走吧,明天一早咱们再过来。"说完,便拉着孙女走了。

濮中阳等人走出刘府大门,濮华龙迫不及待地问:"奶奶,你有什么法宝,能让小刀刘倒求咱们?"唐天姣笑了一声说:"这叫天机不可泄露!"濮玉芝问:"奶奶,你为何不让我留下?"唐天姣看了孙女一眼说:"我们已经有了一个人质,不能让你当第二个!"濮中阳听后,望了母亲一眼,略有沉思……

宛平县刑场附近的一个小树林里,乔红玉正跪在乔二的首级前泣不成声:"爹爹呀,自从我娘死后,你带女儿闯荡江湖,又当爹又当娘把女儿拉扯大。十六岁那年,在界首碰上欺负女儿的恶少,你怒不可遏,一刀将其劈死,然后带我参加了捻军。这些年,我们父女随军杀敌,可不承想捻军日渐败退……这次我们奉命进京,本想为捻军立下奇功，扭转战局，没想到最后竟功亏一篑——张爷爷和爹爹惨遭杀害，女儿受濮大伯等人的舍命相救，才得以保住性命。女儿本想为爹爹报仇，怎奈力量单薄，又怕辜负了濮大伯他们的一片好心。爹，女儿现在处在两难境地，生不如死，爹爹呀，你在九泉之下能原谅女儿吗……"

这时，黄秋菊飞马来到了小树林里。她下马，跪下来，对着乔二的首级磕了三个头，哭着说："乔大叔，您一路走好呀……"乔红玉哭着说："谢谢姐姐助小妹一臂之力，才能让我与爹爹见此一面。"黄秋菊说："红玉妹妹，咱们同在江湖，你和乔大叔虽然参加了捻军，但在我们心中，咱们还是一家人。"乔红玉扑到黄秋菊怀中，叫了声"姐姐"，痛哭不已……

黄秋菊拍着乔红玉，说："妹妹，你要节哀。听姐姐的话，咱还得把乔大叔的首级送回去。"乔红玉哭着说："不！我要去取回爹爹的尸体，让他老人家入土为安！"黄秋菊说："好妹妹，你的孝心日月可鉴，可如果明天官兵发现乔大叔的首级不见了，定会把我等列为第一嫌疑人。妹妹，你刚脱离狼群，怎好再入虎口！若是你一意孤行，怕乔大叔九泉之下也会为你担心的。好妹妹，听姐姐的话，适可而止吧！"黄秋菊说完，推开乔红玉，拎过竹笼，说："好妹妹，再看乔大叔一眼吧。"乔红玉扑上去抱过竹笼，望着乔二的首级，放声悲呼："爹爹呀——"黄秋菊急忙用手捂住乔红玉的嘴，说："妹妹，这样会引来官兵的。你稍等，我去去就来。"黄秋菊说完，从乔红玉手中接过竹笼，策身上马，飞奔而去……

不一会儿，黄秋菊便手提竹笼飞马来到刑场，守尸的官兵发现了黄秋菊，高喊："弟兄们，那个妖女又来了，快抓住她！"黄秋菊骑马绕场飞奔，一会儿现身，一会儿隐身，最后，她将身子藏于马的内侧，马到那桅杆边时，她一个跃身飞上了桅杆，将竹笼又挂到了杆上。那马仍在绕场飞奔，官兵们只见马不见人，以为黄秋菊仍在马上，仍追着马高喊："抓住她！抓住她！"当那马再跑到桅杆处时，黄秋菊一个跃身，飞到马上，扬长而去……

官兵们忙了一阵，眼看着黄秋菊消失在夜色里……

一官兵无意中发现了桅杆上的竹笼，惊讶万状，大叫："弟兄们，快看，乔二的首级又给挂上了！"众兵抬头望去，同时惊叫："乖乖，真是见鬼了！"

次日清晨，刘府一丫鬟万分火急地在宅院里跑着。小刀刘正在酣睡，身边躺着他年轻的三姨太。

丫鬟来到三姨太的门前，急促地敲着门高喊："老爷，老爷！"小刀刘起身，厉声问："什么事，大惊小怪的？"丫鬟说："老爷，不好了，小少爷不见了！"小刀刘惊呆了，问："什么什么，你……你说什么？"丫鬟又急急地重复了一遍："老爷，小少爷不见了！"

小刀刘忽地坐起，边穿衣边着急地问："快说，怎么回事？"丫鬟在门外说："我刚才去大太太房内伺候小少爷起床，见大太太呆坐不起，身边没了小少爷……"小刀刘穿上衣服，下床趿拉着鞋子开门："你找了没有？许是在别的屋里。"丫鬟说："找了，少夫人那里也没有，就是她让我来告诉老爷的。"小刀刘头冒金星，沉默了一会儿，说："定是昨晚那帮人绑走了小乐，如此看来，老大昨晚是中了他们的调虎离山计了！快，快领我去大太太房里！"小刀刘说着，边提鞋，边朝大夫人房里跑去……

来到大太太房内，大太太还在呆坐着。小刀刘匆匆进屋，给刘夫人解了穴道："快说，怎么回事？"刘夫人长出一口气，哭着说："老爷，半夜时分，那个姓唐的老太太领人来绑走了小乐，给我点了穴。老爷，快去救咱孙子呀！"小刀刘咬牙切齿地说："果然不出我所料！怪不得那老太婆昨晚口气那么大，原来在这儿等着我呢！"刘夫人哭着喊："老爷，那就快去找他们呀，若是孙子有个好歹，我也不活了呀……"

这时，小乐的母亲也哭喊着来到刘夫人房内："哎呀呀，我的儿呀，小乐，你在哪里呀……"小刀刘见儿媳妇像疯了一样，不耐烦地说："哎呀，不要哭了！小乐是被一帮艺人给绑走了，目的是换人，不用怕。"少夫人说："爹呀，你不怕我怕呀，我就这么一个儿子，怎能不着急呀……"

这时，一个仆人匆匆走了进来："老爷，快看，有人送来了一封信，说是要把小少爷送到南长街毕五爷那里去势。"小刀刘大吃一惊："什么，他们要让我断子绝孙？"刘夫人一听，更是害怕，抱怨道："这都是你作的孽呀，整天给人家去势去势，这回可轮到咱们了！"少夫人一听，哭声更响："哎呀，我的儿啊，你要是去了势，你爹回来我咋交差呀，刘家从此就要断子绝孙了呀！"刘夫人也声嘶力竭地对小刀刘说："小刀刘呀，你还等啥，还不快去求人家，求人家高抬贵手！"少夫人说："是呀，爹，你快去呀，去晚了那毕五爷一刀下去咱刘家就完了呀！"小刀刘听得头皮发紧，说："好好好，我这就去！"说着对仆人说："快去备马！"

小刀刘匆匆出了门，又突然止住脚步："哎呀呀，我至今还不知道他们住在什么地方。"说完，他问仆人："他们信上写了吗？"仆人说："没有，老爷！"小刀刘说："快把信给我看看！"仆人提醒说："老爷，信不在你手上吗？"小刀刘这才发现自己手中握着信，急忙打开，上上下下寻找："哎呀，这上头压根儿就没说去什么地方，这……这可怎么办？"刘夫人说："快派人去打听呀，晚了就来不及了。"少夫人说："是呀，爹。听说毕五爷的刀法比你快，怕是小乐已被抬进去势房了，你得快呀！"小刀刘厉声说道："我比你还着急,干急有什么用,北京城这么大,去哪儿打听?"仆人提醒说:"哎,老爷,他们不说是卖艺的吗?"小刀刘一听,突然想起:"是呀,是什么河南来的濮家班。"仆人说:"那他们肯定在天桥卖过艺,是不是去天桥一带打听打听?"刘夫人一听事情有了眉目,忙催促说:"对呀,快去呀!"

仆人急急跑出去,与一仆人撞了个满怀。来的仆人喊:"老爷,老爷,人家把小少爷给送回来了!"

一听这话,刘家人全都呆了,都瞪大了眼睛,怔怔地望着那个仆人,好一会儿才齐声问道:"真的吗?"

濮中阳抱着小乐走了过来:"刘爷,是真的。"濮中阳说着放下小乐。小乐手拿一串糖葫芦,向奶奶跑去:"奶奶——"少夫人跑过去,一把抱过小乐,扒开他的裤裆:"让妈看看,你的小鸡鸡还在不在?"小刀刘仍在发怔,呆呆望着濮中阳:"濮班主,你……你这是……"濮中阳大度地说:"刘爷,你不仁,我们不会不义!今早我才发现你的孙子被我母亲和犬子绑了,我说服他们,来还你的孙子。先说好,你孙子可是完好无损!"小刀刘被濮中阳这种大度感动了,一下瘫在了地上,感慨地说:"濮班主呀,这回老夫算是彻底服你了,你用义气击败了我,我小刀刘的所作所为对不住你,老夫在这里给你请罪了。"小刀刘说着就要给濮中阳跪下,濮中阳急忙拦住,说:"刘爷,就凭你这句话,咱们前嫌尽释。"刘夫人也感动得不知所措,忙说:"老爷,人家送回了咱的孙子,咱也该把人家的儿子还给人家了!"小刀刘一听这话,双目一瞪:"哎呀,不好!快,快,咱快去毕府要人,晚了你儿子就被去势了!"他说完,忙对仆人说:"快,备马套车!"濮中阳一听,大吃一惊:"什么!你是说小华中被你送到毕五爷家去了?"小刀刘抱歉地说:"濮老弟,都怪我一时糊涂,才办下这错事。快,老夫亲自带你去将小华中要回来。事不宜迟。"小刀刘说完，便领濮中阳直奔毕五府上。

此时，南长街毕五爷家的去势房内，几个仆人正在忙活，点灯，烧烙铁，倒酒……

两个仆人抬来了濮华中。刘府来的仆人说："各位，这小子很犟，要小心，手不要往他嘴边放，他已经咬伤我府上两个人了。"毕府的仆人一听，乐了："他是狗呀，还咬人！把嘴给他堵上！"

毕五爷走了进来，他扭动着肥胖的身体走过来，伸手先摸了摸华中的裆部，点了点头，然后拍了拍手，看了一眼刘府的仆人，问道："你家老爷怎么说？"刘府仆人说："五爷，我家老爷说例银他亲自给您送来，只不过……"毕五爷见刘府仆人吞吞吐吐，追问道："只不过什么？"刘府仆人说："只不过这个码子还要算我家老爷的！"毕五爷一瞪眼，说："怎么，他小刀刘还想吃着碗里的看着锅里的！"刘府仆人忙说："不不不……五爷，您误会了！这小子可是宫中李公公提前定好的，是他派人送进刘府的……"毕五爷说："李莲英算个什么东西，当初从河涧府来求我给他去势，连六十两例银都拿不出，现在倒人五人六的了！"刘府仆人奉承："五爷大人大量，那李公公也没忘您的恩哪！要不，怎么会把这小子送您府上来，借您的金手下刀呢！"毕五爷不满地说："你小子骗谁呢？他若是不忘恩，为何隔着我的门把码子送到刘府去？怕是他恨我哩，怕我揭他的老底。我问你，是不是你家刘爷遇到什么麻烦了，才将这小子转到我这儿来？"刘府仆人忙"嘿嘿"地赔笑："五爷明鉴，是有那么一点麻烦……"毕五爷说："按同行规矩，我也不细问了。不过，这例银可得比平常高两成！"刘府仆人忙说："那是，刘爷已吩咐过小的，要五爷按规矩办。"

毕五爷听罢，这才认真看了看华中，惊讶地说："哟，怪不得你家刘爷这么急，李莲英也真是好眼力，你瞧这小子，盘儿多亮，还细皮嫩肉的,真是个难得的好码子。将来进了宫,肯定是要侍候皇上和娘娘。"毕五爷说着去了华中嘴里的布,问:"小子,叫什么名字?"华中怒目而视,不说话。毕五爷说:"你小子别这么看我,怪吓人的。我先把话挑明,咱俩可是无冤无仇,让你断子绝孙的可不是我毕五,是那小刀刘。我只能算是帮忙,要恨,你就恨那小刀刘!"毕五爷说着挽起袖子,从柜子里取出五把刀,摆在一个盘子里,端到濮华中面前,说:"小子,你虽是刘爷送来的码子,咱也得按规矩来。你先瞧瞧这五把刀子,人称我毕五爷,并不是我排行老五,也不是我叫毕五,为的就是这五把刀。这五把刀可是各有名号,你听我说:这把叫'浪里白条',为何叫这名字,因它不沾血,进去是白的出来还是白的;这把叫'鲤鱼跃龙门',意思是给你去了势,你就可以一步登天,进宫享荣华富贵;这把叫'贵妃出浴',是一尘不染之意;这把号称'十八相送',说的是成了阉人以后,对女人只能是想想而不能动真格了;这最后一把叫'关老爷千里护皇嫂',从此你要保童贞一辈子了。说,选哪一把?"

华中仍是怒目而视,不说一句话。

毕五爷一见这阵势,笑道:"你小子还挺倔!你不选是不是?那好,今天五爷为你做主,就选这把'贵妃出浴'了。"

这时候,京城大街上,一辆马车正朝南长街飞奔而来,车里坐着濮中阳和小刀刘。小刀刘连连催促赶车的仆人:"快!快!"而濮中阳则面色凝重⋯⋯

一切准备就绪,毕五命令仆人:"给他脱衣。"几个仆人闻声上前,七手八脚把濮华中扒光了。华中奋力挣扎,但无济于事。

毕五爷说:"拉线!"一仆人闻听,忙从房梁上吊着的轱辘上拉下一根细细的白线,递给了毕五。毕五熟练地用那根线拴住了华中的命根子,见华中极力挣扎,他命令仆人:"按牢他!"两个仆人上前将华中按住。被人按住的华中,泪水哗哗地从眼角冒出,一副绝望的表情。毕五又将袖子挽了挽,对仆人说:"取烙铁!"

就在这千钧一发之际,刘府的马车飞驰而来。随着车夫的吁声,马车停下,小刀刘和濮中阳火速下车。小刀刘对车夫说:"快去叫门!"赶车的仆人飞奔上台阶,叫门。

毕府的去势房里,一仆人用铁夹子夹过一块烧红的烙铁,递到毕五面前。毕五爷将小刀在烙铁上来回翻滚,消毒。毕五爷又喊道:"端烧酒!"一仆人急忙端来燃烧着的烧酒。毕五爷连手带刀在热酒上来回翻腾了一阵,酒在他的手上、刀上燃烧着蓝蓝的火苗……一切准备完毕,毕五爷念道:"天沉沉,地沉沉,从此男女不再分。双手劈开生死地,一刀切断是非根!"说完将刀子在空中玩了一个很漂亮的刀花儿,喊道:"贵妃出浴!"众人也随他高喊:"贵妃出浴!"言毕,毕五爷举刀就杀向华中的命根子。就在这时,小刀刘在门外高喊:"五爷,慢动手——"毕五爷打了个愣,吁了一口气,放下刀子。

小刀刘和濮中阳走了进来。毕五爷起身问道:"刘爷,怎么回事?差点让我闪了气。"小刀刘说:"五爷,事情的来龙去脉容我后禀,先放人!"此时濮中阳已到了毕五爷面前,他夺过毕五爷手中的刀,三下五除二,割断了华中身上的绳索,一把将儿子抱起,紧紧搂在怀中,泪流满面……

恭王府里,恭亲王正在花园里舞剑。管家走过来:"主子,刚才宛平县派人来报,说是昨儿傍晚有人去抢乔二的首级。不过,半个时辰后那人又将人头挂回了桅杆上,很是令人奇怪。"恭亲王止了舞剑:"这有何奇怪,明摆着,他们是在戏弄官府无能。抓到人没有?"管家迟疑了一下说:"没有……"恭亲王厉声骂道:"一群废物！抢尸者一共几人？"管家说："说是一共两个，都骑马，而且全是女子。"恭亲王皱着眉头说："全是女子？那其中一定有乔二之女乔红玉！不过，乔红玉夜抢父尸并不重要，重要的是那个暗中帮她的人。告知那宛平知县，要他今晚多派暗哨，严加防范。"

黄秋菊带着乔红玉来到了宛平县大牢门前。胖狱卒问："干什么的？"黄秋菊上前一步说："哎呀，狱爷，咱们可是熟人了，我们两个刚从里边出来两天，咋就装着不认识了？"胖狱卒细细打量了一下两个姑娘，说："哟，是你们二位呀！怎么着，还想二进宫？"黄秋菊说："狱爷说得对，俺们想再进去看一看，故地重游一番。"胖狱卒说："一听这话就是在跟我兜圈子，说，是不是想探监？"黄秋菊一听，忙奉承道："哟，还是军爷你厉害，一语就道破了这里面的弯儿！实不相瞒，俺姐妹俩就是想进去看看俺干爹。"胖狱卒问："干爹？你干爹是谁？"黄秋菊说："就是那个在天桥大名鼎鼎的万人迷呀。"旁边的小个子狱卒说："不行，万人迷是要犯，现在还不能见。"黄秋菊说："瞧这位狱爷说的，俺干爹是一个年近七十的瘦老头子，算啥要犯！他若是要犯，怕是昨儿个就被砍头了。"那小个子狱卒说："那是恭王爷对他法外开恩，并不能说他的罪轻！按大清律法，窝藏反贼，应与反贼同罪。万人迷窝藏反贼乔二，就应该……"乔红玉目光如箭，吓得小个子狱卒不由得胆怯起来，不敢朝下说了。

乔红玉恶狠狠地说："说呀，说下去，我就是反贼乔二的女儿，你说给我听听。"小个子狱卒说："嘿嘿，我忘了昨儿个杀的那位是你爹了。"乔红玉反问道："现在想起来了？"小个子狱卒说："想起来了，嘿嘿，想起来了。"乔红玉说："既然想起来了，那就高抬贵手，让我们进去见见万大伯。"小个子狱卒为难地说："这……"黄秋菊见狱卒犹豫不决，忙说："狱爷，人生乱世，两眼不能只往前看,也得留条后路不是?"小个子狱卒说:"那是那是……"说完,问胖狱卒:"兄弟,你看这事咋整?"胖狱卒想了一下说:"那……那就让她们进去呗。"乔红玉一听,双手抱拳道:"谢二位!"说完,便和黄秋菊走进牢房。

万人迷正在草铺上睡觉,鼾声如雷。一狱卒走过来,对着他喊:"万雷霆!"万人迷醒来,揉了揉眼睛,问:"干什么?是不是该吃饭了?"狱卒说:"你就知道吃!"万人迷说:"不吃我来这里干什么?知道我为啥犯罪吗?就是为了有人管饭,住不花钱的房子!"狱卒觉得很好笑,问道:"你还觉得坐牢挺美呀?"万人迷说:"那可不!我一个孤老头子,全靠自己玩把戏挣钱,为这张嘴,无论冬夏,都要去天桥卖艺,一天不卖,就要饿肚皮。那叫夏天张口吸热气,冬天张口吸凉气,找不到好地儿干生气呀!"狱卒说:"那你给我露一手,我给你好吃的!"万人迷问:"真哩?"狱卒说:"还能骗你不成!"万人迷说:"那好,你可看好喽!"万人迷说着在地铺上表演起来,玩各种可笑又滑稽的动作……狱卒看得捧腹大笑,道:"好了好了,笑死我了,真不愧是万人迷!"万人迷站起身,伸出手:"拿来?"狱卒愣了一下:"什么?拿什么?"万人迷说:"你小子想装孬呀,喝茶打茶钱,看戏打戏钱,把戏玩过了,好吃的在哪儿?"狱卒一听,明白过来,忙说:"这就来。"然后对着外面喊:"你们两个进来吧!"

乔红玉和黄秋菊走了过来,狱卒对万人迷说:"是她们给你送好吃的来了。"万人迷一看是乔红玉和黄秋菊,忙对狱卒说:"她们是我干女儿,来孝敬我的,不能算你的,你小子算欠着!"

乔红玉、黄秋菊异口同声喊了一声"干爹",就禁不住流了眼泪。万人迷忙说:"别哭别哭,哎呀,我的好女儿,在这地方哭,多丢人!"乔红玉说:"干爹,濮大伯今儿个要去救小华中,顾不得来看你,他特派俺们俩来的。"万人迷问:"你们给干爹送的啥好吃的?"黄秋菊说:"有猪头肉、天津大麻花,还有烧卖。"万人迷一听,高兴得直搓手:"哎呀,我就好吃这几口呀!不过,还缺一样。"黄秋菊问:"缺啥?"万人迷说:"十个去一个——九(酒)!"黄秋菊一听笑了,从背后拿出一壶酒来,递过去说:"干爹,怪不得俺姑父说你是个老馋猫!"万人迷一看真有酒,忙接过来高兴地说:"闺女呀,老天爷给人一张嘴,除了说话不就是吃吗!除了这两样,你说要嘴干啥?"万人迷说着接过酒瓶,打开,先呷了一口:"好酒呀!"

乔红玉说:"干爹,你要保重,濮大伯说他正在想办法把你弄出去。"万人迷边吃边说:"什么!把我弄出去?告诉他,让他别费这个劲儿,我在这里还没住够,有那功夫还不如让他多给我买些好吃的送进来。"乔红玉说:"这个您放心,我们会常来看您的。"万人迷吃了一会儿,突然停下来问乔红玉:"你爹入土了吗?"乔红玉说:"官府不让收尸,还在刑台上放着呢。"万人迷气愤地说:"这群王八蛋,人都死了,还较什么真儿!"黄秋菊说:"他们说的是杀一儆百,敲山震虎,其实就是怕老百姓造反。"万人迷骂道:"他娘的,他们花天酒地,也不想想老百姓为啥造反!"乔红玉说:"干爹,你别动气,这大清朝气数已尽,不会长了!"万人迷长叹一声说:"红玉呀,话是这么说,但干爹还是要劝你几句。你爹既然已到了这一步,你也别太伤心,更不能莽撞行事。我琢磨着,官家不让收尸,除了想杀一儆百,怕是还有别的阴谋,想借你爹的尸首钓鱼,咱可千万别上这个当!"乔红玉点点头说:"红玉记下了。"万人迷说:"好,这地方不宜久留,吃的也送来了,你们回去吧,跟你濮大伯说别挂心我。我知道,他这个人讲义气,处处为别人想。告诉他,我老万不愿出去,让他省下这份心,好好准备出洋的事。

也让咱们这些玩把戏的艺人风光风光，让他们濮家班扬名海外！对了，还有黄家班！不过呢，在秋菊眼里，两个班都一样，一个娘家，一个婆家。是不是，秋菊？"黄秋菊害羞地叫了一声："干爹！"万人迷说："先说好，到你和华龙大侄子完婚的时候，可别忘了请你干爹喝喜酒。"黄秋菊说："哪儿能忘了您老呢？"万人迷一听，高兴得大笑。

救出华中，濮中阳带华中又回到了小刀刘府，唐天姣、濮华龙、濮华义、濮玉芝、慧明等都在刘府门前等候。濮中阳和华中一下车，亲人们便围了上来。唐天姣搂住华中，哭着喊："我的好孙子呀……"众人都跟着掉泪。濮玉芝上前抱住华中说："华中，是二姐没保护好你们！"华中说："姐，这怎能怪你，是这个世上坏人太多了。"慧明说："这事怪我，没能及时识破那南二的诡计。"濮中阳在一旁劝道："你们都别自责了，华中既已得救，咱们还是赶快回大车店吧，等玉兰接来你娘，你舅舅带黄家班回来，咱们就开始排练节目，准备去东洋演出。"濮华义一听，高兴地走上前去，将华中驮到肩头："兄弟，咱们走喽！"华中坐在二哥的肩上，央求道："爹，咱们再看看虎娃吧。"唐天姣一听，忙说："是呀是呀，华中说得对，剩虎娃一个也太可怜了！"濮中阳咂了一下嘴，说："哎呀，只顾高兴，差点忘了这茬儿。走吧！"众人又进了刘府。

第二十四章

一行人拥进刘府的去势房,华中先跑过去,趴在虎娃床头,哭着喊:"虎娃……"虎娃醒来,看到华中,禁不住痛哭流涕:"华中哥……"唐天姣见状,忙说:"虎娃别哭,好孙子,一哭伤口又该疼了!"虎娃说:"奶奶,华中哥得救了吗?"唐天姣点了点头。虎娃哭着说:"华中哥,虎娃没有鸡鸡了。"华中说:"我知道,虎娃,哥哥知道。"虎娃说:"虎娃再也不能回怀庆府老家了。"濮华中说:"等好了我带你回去。"虎娃说:"小刀刘说,等好了就让我进宫当太监,连虎娃的名字也不能叫了。"华中说:"小刀刘那是在骗你呢。"虎娃说:"不是的,看守的仆人也这么说。他还说我这辈子都不能娶媳妇了,俺梅家要断子绝孙了。"听了这话,众人都默然流泪。

虎娃哭着对濮中阳说:"师父,华中哥他们都得救了,就剩虎娃一个人了。"濮中阳走过去,伏下身子,抚摸着虎娃的小手说:"孩子,师父会常来看你的。"虎娃说:"虎娃从小没爹没娘,是您和师娘收留了我,教我学本领,从今往后我再难见到你们了,我好想师娘呀。"濮中阳说:"你玉兰姐去接你师娘了,过几天就会来。

来了就让她来看你。"虎娃又说："师父，虎娃空学了一身本领，不能孝敬您了，也不能随师父闯江湖了。日后只有虎娃一个人进宫里当太监，无亲也无故……"虎娃泣不成声，众人也都跟着抹眼泪……

　　华中边哭边为虎娃擦泪，突然，他忽地站起，对濮中阳说："爹，我要陪虎娃进宫。"濮中阳惊讶地问："你……你怎么陪他进宫？"华中说："我也要当太监！"众人一听，都禁不住大吃一惊。

　　唐天姣不相信自己的耳朵，又问了一遍："什么？你也要当太监？"华中说："是的，奶奶！"唐天姣说："不中！好不容易把你救出来，你怎么能……"华中扑通跪在了众人面前，说："奶奶、爹、哥哥、姐姐，虎娃是从咱老濮家走出来寻找濮家班的。若撇下他一个，孤苦伶仃，太可怜了！爹常说，闯荡江湖，义气是头一桩！奶奶、爹，你们就答应我吧！"唐天姣上前一把抱住华中，说："好孙子，你好端端一个娃，奶奶怎么忍心呀。再说，过几天你娘就来了，让我如何跟她说呀！"虎娃也听明白了华中的意思，忙喊道："华中哥，你不要……不要这样！"濮玉芝郑重地对华中说："华中，这可是一辈子的事，你可想好了，可不能意气用事！"濮华龙和濮华义也急了："是呀，华中，这可是一辈子的大事！"不承想华中却说："哥哥、姐姐，华中虽小，但已多少懂点世事了。当了太监，这辈子就完了，我怎能不知道……"唐天姣说："乖孙子，你既然啥都知道，为何还要……"唐天姣还没说完，就被华中截住了话："奶奶，虎娃无爹无娘，无亲无故，咱不帮他谁帮他？"唐天姣说："帮人的办法有多种，你为啥专拣这一种呢？"华中说："奶奶，我和虎娃自小就在一起，形影不离。虎娃虽不是咱濮家的人，可他从小就被爹和娘收留，我把他当成了亲弟弟，爹和娘也把他当成了亲儿子，奶奶也把他当成了亲孙子！如果让他一个人进宫，咱们都会挂心他，要是我们两个一起进宫，就互相有了依靠。奶奶，咱就把皇宫当江湖，让孙儿也闯一闯吧！"

濮中阳上前扶起华中，深情地说："孩子，从道理上说，你做得对，不愧是爹的好儿子！可从感情上说，不但你奶奶舍不得，我和你哥你姐也舍不得。现在爹问你，你是不是一时感情用事？"濮华中说："爹，自从我亲眼看到虎娃去势之后，就有了这想法，但是还下不了决心。现在想到我们一走，就撇下虎娃一个人了，才觉得我也应该留下来照顾他。爹，恕孩儿不孝，您就答应我吧。"说着，华中哭着便给父亲跪下，濮中阳为华中擦了泪水，哽咽道："好，孩子，爹……答应你……"华中急忙给爹磕了三个响头，说："爹，算你白养了孩儿一场，不能给您老尽孝了！"华中说完，又给唐天姣磕头："奶奶，恕孙儿不孝，孙儿再不能给你给爷爷暖脚、倒尿壶了！"唐天姣上前抱住华中，哭出了声……华中又转身对着两个哥哥和玉芝磕头："哥哥、姐姐，小弟从今以后再不能回家，也不能给咱爹咱娘端饭捧茶了，日后都全靠你们了，小弟给你们谢罪了！"濮华龙、濮华义、濮玉芝见弟弟如此仗义，执意去势陪虎娃，也都无话可说，只能任凭泪水横流……

虎娃在床上大喊："华中哥，我不要你陪我！不要你陪呀……"

这时，小刀刘急急走了进来，问："濮班主，你们这是怎么了？"慧明抹着泪说："刘爷，华中他为陪虎娃，自愿去势当太监。"小刀刘一听，惊讶地问道："什么，自愿去势？濮班主，这可是真的？"濮中阳眼含热泪，点了点头。小刀刘敬佩至极："哎呀，为朋友能两肋插刀，我真是服气！濮班主，你们河南人连娃娃都如此义气，真令人佩服！你放心，我一定会拿出我的全部本领，为小公子去势。"

天平山下小山村里的苏格力家，苏母正在梳妆台前帮濮玉兰恢复女儿装。收拾好之后，苏母上下打量着濮玉兰说："瞧，多俊的一个姑娘，为何要女扮男装呢？"濮玉兰不好意思地说："主要是怕路上遇见了歹人。"苏母说："这下好了，在我家，不用怕！"濮玉兰说："大娘和苏大哥都是好人，自然不怕！"濮玉兰边说边将换下的男装包在包袱里。她向窗外瞅了一眼，问："大娘，苏大哥呢？"苏母边收拾妆盒边回答："村里人今天要去山上给林大王的母亲祝寿，他去祠堂里帮忙张罗去了。"濮玉兰说："他可是说好今日要带我上山哩！"苏母说："是呀，你苏大哥就是想让你与祝寿的队伍一起上山，热闹！"濮玉兰一听，高兴地说："那太好了！"

这时，远处传来了锣鼓声，苏母说："你听，祠堂那边已经热闹起来了。"苏格力跑了回来，还未进门就喊："濮姑娘，快，你准备准备咱马上就上山。"濮玉兰忙说："我已经准备好了。"苏格力匆匆走进来，一看濮玉兰，一下怔了："濮姑娘，你是不是狐仙变的？"濮玉兰害羞地说："瞧苏大哥说的，我若是狐仙，就不会怕狼了。"苏母说："你哥是跟你开玩笑呢，俺山里人夸谁长得好，就说是狐仙转世。"濮玉兰笑笑，说："大哥，别开玩笑了，我们上山了，马怎么办？"苏格力说："马就不用管了，等你找到你娘，下山时，我牵马送你们。"濮玉兰说："只是这马是我们训出来演出用的，怕是不太好侍候。"苏格力说："这个你放心，我娘有办法！"苏母说："姑娘，马通人性，我只要像侍候儿子一样待它，它就一定会认我这个娘。"濮玉兰笑道："大娘，那就让您费心了。"苏母说："闺女，外气话就别说了，谁叫咱娘儿俩有缘分呢。"

远处又传来唢呐和鞭炮声，苏格力说："你听，周围几个村的人也来了。"濮玉兰感叹道："这林大王人缘真好呀！"苏格力说："那可不，林大王对乡亲们好，乡亲们自然也对他好。这可都是大伙自发的，没人强迫，这就叫人心换人心，八两换半斤。"大门外有人喊："苏大哥，快，族长叫你去祠堂一趟。"苏格力在屋里应道："好，来了！"正欲走，又转身对濮玉兰说："玉兰姑娘，你少安毋躁，出发时我喊你。"濮玉兰说："好，我先喂喂马去。"

通往京城的官道上，黄家班正朝京城方向走着。黄来福、黄学禄坐在头一辆车上，车颠了一下，黄学禄醒了。他揉了揉眼，问："爹，到哪儿了？"黄来福说："快到通州府了。"黄月季一听，高兴地说："快到北京了，快要见到大姐了。"黄牡丹说："快要见到表哥、表姐、表妹了。"黄海棠说："还有呢，快要见到乔红玉了。"听到"乔红玉"三个字，黄学禄怔了一下："哎，爹，咱让乔红玉加入咱黄家班怎么样？"黄来福说："不怎么样。"黄学禄忙问："为啥？"黄来福说："你傻呀？你姑父费那么大劲儿救她，咱怎能从他手中掏人！"黄学禄说："我姑父只夸她是个人才，可并没说让她加入濮家班哪！再说，濮家班是个窝儿班，突然添了个外人，怎么说也不合适！"黄来福说："这不明摆着吗，你没看华义对红玉有意吗？将来他二人一结婚，那乔红玉不就成了濮家人了！"黄学禄不满地说："八字还没一撇呢，你怎么就认定乔红玉非嫁给华义表弟不可！不瞒你说，我看那红玉姑娘并不喜欢华义，只是碍着姑父的面子不好拒绝罢了！"黄来福说："红玉不喜欢华义，那她喜欢谁？"黄学禄说："我倒看她对我有意！"黄来福一听，瞪了儿子一眼："对你有意？我怎么没看出来！"黄学禄说："这种事，你怎么能看得出来？"黄来福把眼一瞪道："告诉你，我就是看得出来也不会答应你！"黄学禄吃惊地问："为啥？"黄来福说："为啥？这还用我说吗？这一回虽然恭亲王赦免了她，可她乔红玉仍是在官府里挂了号的人，一有风吹草动，官府就会注意她。只要大清朝不亡，谁娶了她，谁这辈子就别想安生。"黄学禄说："我不怕！"黄来福说："你不怕我怕，黄家班怕！"黄学禄说："我姑父怎么不怕？"黄来福说："你姑父怕不怕你怎么知道？"黄学禄不满地说："爹，不是孩儿说你，你就是没俺姑父看得远！你看他，多么会网罗人才，先亲上加亲，让华龙娶我妹妹，现在又为华义表弟张罗了一个乔红玉。还有那个会铁头功的小和尚，大概过几年也会成为他的二女婿。还有，俺姑妈在家收了一大群孤儿，天天练把式。你瞧着吧，人家濮家班，男的女的，全是角儿！咱黄家班呢，走的走，嫁的嫁，后继无人了呀。"黄来福"哼"了一声，说："这世道，想那么远干啥？走一步讲一步呗！"黄来福说完，甩了一个响鞭，高呼一声"驾"，马车开始加速前进……

京城地安门内的小刀刘府，庭院内外张灯结彩，如过节一般。前厅的甬道两旁，摆满了花盆，鲜花怒放。刘府的仆人也都忙忙碌碌的。去势房的门楣上，挂上了红绸，两旁也摆满了花。去势房内，放了两排桌椅，上面摆满了水果和茶水。手术床上铺着红毡，房梁上的那个轱辘上缠绕着的细线，也由白色换成了红色。

濮中阳、濮华龙、濮华义、慧明陪着濮华中来到刘府，小刀刘早已在门前恭候，见他们走过来，急忙上前迎接。

迎至府内，两个丫鬟上前给华中戴上了十字披红的大红花。小刀刘对男仆说："带濮公子沐浴净身！"两个仆人闻听，忙抬着一把圈椅来到濮华中面前："濮公子，请！"

华中望了望父亲和哥哥，双手抱拳，施了一礼："爹、哥、慧明哥哥，我去了。"濮中阳眼含热泪，看着儿子，庄重地点了点头。濮华中泪水盈目，坐上了椅子，两个仆人抬起他直奔院内沐浴房。濮中阳等人一直目送濮华中被抬进沐浴房，濮中阳叹了一口气，看了看满院的彩饰和花盆,对小刀刘说:"刘爷,让你破费了。"小刀刘说:"哪里哪里,老夫只是借你家三公子的去势之喜,略表心意。濮班主,三公子聪明伶俐,将来进到宫里,定能得到皇上和娘娘的恩宠。如那安公公,步步高升,前途无量啊!"濮中阳叹了一声,说:"论说进宫当差,也未必不是好事。只是想到一个活蹦乱跳的娃儿这一刀下去就成了阉人,而且还要在宫中一辈子,这心中之苦是别人不可理解的。"

几位说着进了屋,落座,上茶。小刀刘说:"濮师傅,有句话老夫不知当讲不当讲?"濮中阳说:"刘爷别客气,你只管讲就是。"小刀刘说:"那老夫就直说了,你看当太监虽然名分不太好,可也并不是谁想当就能当的,咱平头百姓能进宫挣皇上的银子,那也得有点造化。不说你也知道,那河涧府有不少人家到处托人,想让儿子进宫,目的是啥?不就是想发财吗?人这一辈子,有好吃好喝又能天天陪皇上和娘娘,也算值了!"濮中阳一听这话,略显反感,说道:"若不是为了虎娃,犬子也不会自请去势,我更不会答应,发财之说在我这里休矣!"小刀刘忙说:"那是那是,要不,怎么就数你们河南人忠厚义气呢?"濮中阳说:"今日有劳刘爷亲自操刀,也是犬子之福。"小刀刘说:"不客气,老夫定当倾我所能,为濮公子开好这一刀!这样吧,濮班主,午时快到了,去势房里也已摆好桌椅,今日特请诸位亲自督阵,为老大助威,为三公子祈福,你意下如何?"濮中阳起身道:"那就恭敬不如从命了。"

说完,一行人便来到刘府的去势房,坐定,门外一阵鞭炮响起,两个仆人抬来了白布裹身的濮华中……

一切就绪,轮到主刀小刀刘上场了。他衣袖高挽,先向濮中阳等人施了一礼,然后一摆手,说:"挑刀!"一仆人急忙端过来一个盘子,里边摆放着四把刀。小刀刘托着盘子走到濮中阳面前,说:

"濮班主，按我们这一行的规矩，凡子去势父在者，均由父为子挑刀。我这四把刀，第一把'一心镰'，第二把'一利掉'，第三把'不觉痛'，第四把'白光铲'——请濮班主为三公子挑刀！"濮中阳望着四把寒光闪闪的劁刀，心如刀绞，泪水禁不住涌出双目，颤抖着手指了指第三把"不觉痛"。小刀刘见濮中阳挑了一把"不觉痛"，大叹道："哎呀，濮班主挑了这把刀，爱子之心可见一斑！实言相告，这把'不觉痛'去势最利索，它可是山西的名刀，是老夫专程去山西定做的。濮班主不愧久闯江湖，真是好眼力呀。"小刀刘说完回到手术床边，高叫："取烙铁！"一仆人听令，忙从火盆中夹出一块红彤彤的烙铁，走向小刀刘。小刀刘将刀在烙铁上来回翻腾一阵，又喊："端烧酒！"一仆人急忙从几案上端来一盘子，盘里点燃的烧酒冒着蓝莹莹的火苗。小刀刘又将双手和刀在火苗上来回翻滚一阵儿。他的手上也沾满了蓝色的火苗，又喊道："拉线！"一仆人将一根线从上方急速拉下，递给了小刀刘。小刀刘用红线拴住了华中的命根子。

此时，督阵的濮氏父子全都屏声静气，瞪大了眼睛望着小刀刘，而慧明则不忍观看，微闭双目在诵经……

小刀刘此时举刀过顶，高念："天沉沉，地沉沉，从此男女不再分。双手劈开生死地，一刀割断是非根！"说着手一挥，一刀下去，高喊道："不觉痛！"众仆人也随声高喊："不觉痛！"言毕刀落，一股鲜血直射出来，喷了小刀刘一脸。

督阵的濮中阳一下昏了过去，濮华龙和濮华义急忙扶住了濮中阳，同时喊了一声："爹——"

床上的华中口咬着一团白布，头上滚落豆大的汗珠……

天平山的山寨里此时也是一片张灯结彩。匪徒们从山中采来一束束野花，插在花瓶里，摆在山门两旁。山寨大门外的空场上，赵师爷正指挥着众人摆放桌子、条凳、茶壶茶碗。

林中热和杨大典从山寨内走出来。林中热看到桌上干巴巴地放着茶水，对赵师爷说："老赵呀，这桌子上是不是还缺点水果什么的？"赵师爷为难地说："大王，山下久旱不雨，压根就买不到水果。这山上的果子还不熟，真是没办法。"林中热说："若是光上茶水，乡亲们来了，多寒碜！"赵师爷说："真是没办法，我也真尽力了！"杨大典在一旁插话："大哥，咱们的心意到了，乡亲们会理解的。"林中热说："那就吩咐伙上，把饭菜准备得丰盛些。"赵师爷说："已经吩咐过了，不过，也多是些山里的野味，眼下山下已很难买到好吃的了。"林中热一听，叹道："这老天爷，也像是与咱老百姓作对哩！"杨大典说："大哥，虽然百姓苦了，可大旱对大清的江山更是大为不利。"林中热说："是呀，听说沃王在北边节节胜利，可惜咱不能去厮杀了。"杨大典说："咱就在本地闹腾就好！"林中热说："是呀，咱们带头闹腾闹腾，好让官府知道水能载舟，也能覆舟的道理！"杨大典说："这就是百姓拥戴大哥的原因！"林中热点点头说："是这个理。哎，不知小苏庄的那个猎户苏格力今天来不来？如果他来了，这回一定让他亮亮箭法。这小子，射箭几乎是百发百中。"杨大典说："大哥，我看不如这样，如果那苏格力来了，你们二人比试一下如何？"赵师爷一听，也在一旁道："对，也算是为老太太的寿宴再添一彩。"林中热笑道："我又不会射箭，一比准输，你们不是想让我在弟兄们面前丢丑吧？"杨大典说："让苏格力用箭，大哥用手枪，同射一个靶，怎么样？"林中热一想，觉得有道理，就说："那好！不过，要安排在给老太太祝寿和那帮娃娃演出之后。"杨大典说："最好放在酒席开始之前。"林中热说："好！只比三枪三箭，权当给弟兄们助兴了。"

山寨古庙后院的厢房里，黄氏女正给娃娃们换衣服。濮金花和几个女娃上身穿大红短袄，下面是葱绿色的绸裤，腰扎黄色板带。头上发髻高耸，用绿绸缎带子扎了，个个英姿飒爽。十多个男娃也都是上黄下黑的彩衣，绣了花边儿，腰扎玄黑色板带，下面的裤子全束腿。一个会剃头的土匪正在为男娃们刮光头。不多时，十多个娃娃全剃光了头，锃光瓦亮的。

黄氏女见娃娃们只顾着玩，忙喊他们："都过来，都过来。"男娃们听到喊声，训练有素地跑来，整齐地站在了黄氏女面前。黄氏女看孩子们都站齐了，说："今儿个第一个节目是《百猴祝寿》，第二节目是《仙女拜寿》。都要下功夫，切记不可演砸了。"众娃齐声喊道："是！"

就在山寨沉浸在一片祥和的喜庆中时，天平山半山腰的一片密林中，赵统领已带官兵赶到，他们脱去官服，全都换上了老百姓的衣服。地上有几头煺好的整猪整羊，他们把刀和剑放在了猪肚子里。

赵统领对官兵们说："到时候你们听从号令，抬猪肉的人掀开上面的一扇，迅速拔刀。午夜时，以三堆火为号，我带人包围山寨，你们在里边先擒住林中热和杨大典两个匪首，然后里应外合，杀他个片甲不留。记住没有？"众兵齐声喊道："记住了！"赵统领说："还有，别忘了在左胳膊上勒一白布条，以便能辨认出是我们的人。"领兵头目叫王戈，问道："赵大人，我们上山，林大王不认识我们怎么办？"赵统领说："你们就说是山下曲王庄的，林中热不会都认识的。"王戈又说："是不是再带一两个曲王庄的老乡，免得他们起疑心？"赵统领说："万万不可，这一带的乡民都很拥戴这个林中热，那样做太危险。"王戈又问："要是碰到曲王庄的祝寿队伍了怎么办？"赵统领说："这个你放心，邱大人早已派人包围了曲王庄,今日和明日不准他们一人出村。"王戈听后,说:"这下我们就放心了。"赵统领怕出什么纰漏,又问王戈:"还有什么要问的?"王戈想了想,问:"大人,要是别的村吃过席面后都下山了,我们怎好赖着不走?"赵统领说:"邱大人没跟你们说?"王戈说:"邱大人只说让我们化装成百姓混入山寨,并未说如何动手。"赵统领说:"你们在寿宴上,要全装作喝醉了。午夜时分,先到山寨找到土匪们放礼品的地方,取出武器,再点火为号。"说话间,一帮人听到山下传来了锣鼓和唢呐声。赵统领说:"快,他们快上来了,你们做好准备,佯装从村里刚走到这儿。"王戈得令,忙命令手下准备。

山下,几个村组成的祝寿队伍向山上走来,队伍的前面是乐队,有锣鼓大钹,有唢呐三眼铳。队伍后边是打旗的小伙子,有杏黄旗、虎旗、狼旗和狗牙子旗。礼队与乐队拉开了一点距离。各村的族长多是年过半百的老者,身披红彩,手拿礼单。后面是抬礼的队伍,有抬礼盒的,有挑礼的,也有肩扛头顶的,礼品有整猪、整羊、鲤鱼、活鸡……

苏格力是敲大鼓的,他双臂挥舞,充满了活力。濮玉兰跟在队伍后面,不时被山中的景色吸引。队伍缓缓前行,山林间一片沸腾……

当队伍走至那片密林时,王戈带着他的队伍走了过来。乐队停止了敲击,队伍也止了前进。老族长走过去,问:"喂,你们是哪个村的?"王戈说:"俺们是曲王庄的。"老族长瞅了瞅队伍说:"咦,你们的族长曲老贵咋没来?"王戈说:"曲族长今儿娶儿媳妇,抽不开身,让我来带队,你们是——"老族长怀疑地望了望王戈,说:"我们是山下几个村的,约好今日一起上山。你们怎么连村旗也没打,乐队也不带?"王戈很害怕露馅,眼睛一转,说:"村旗和乐队全都随老族长的儿子迎亲去了,所以俺就在此等候你们,想凑在一起,赶个热闹。"老族长说:"噢,原来如此!那好吧,咱们就一起上山。乡亲们,离山寨越来越近了,把家伙敲响一点,让林大王早早地听到咱们的鼓声、锣声、唢呐声!"众人齐声叫好。

苏格力扬臂抡槌,又开始敲大鼓,一时间,鼓声、锣声、唢呐声响彻云霄。

王戈带队跟在了后面,他看到如花似玉的濮玉兰,淫心顿生,不怀好意地对她笑了笑。濮玉兰警惕地望了他一眼,有意放慢了脚步,与队伍拉开了一点距离。

第二十五章

天平山山寨里,林中热、杨大典与赵师爷听到响声,忙朝山下走去,迎接山民。他们来到离山门不远的一片平地上,正巧山民队伍也来到了,便急忙迎了上去。

几位族长上前与林中热寒暄。林中热朝乡亲们抱拳行礼:"谢谢乡亲们!"田家庄的族长说:"大王,喜逢令堂高寿,我等特来祝贺,稍备薄礼,略表心意,请大王笑纳。"林中热说:"乡亲们太客气了。想我林中热,无才无德,却得乡亲们如此厚爱,实在受之有愧。"娄村的族长说:"哪里哪里,自大王您占山以来,福泽乡里,受乡亲们爱戴,也是理所应当呀。"林中热说:"如此说来,林某就多谢各位了。乡亲们,山里风大,咱们到前厅攀谈如何?"族长们说:"我等悉听尊便。"林中热忙说:"那好,诸位,请——"族长们说:"大王请——!"

领军头目干戈双目如鼠般东瞅西看,他在熟悉地形。濮玉兰觉得他有点反常,便开始注意他的一举一动……

林中热、杨大典、赵师爷陪同众族长走进山门。乐队停奏,山门内外坐满了前来贺喜的乡亲,众匪接过礼品,抬进了后院,可假扮百姓抬猪肉的官兵却执意不让土匪们接担。官兵说："不累不累，我们自己来，你们在前面引路就是了。"带兵头目王戈怕人看出破绽，示意前边的官兵让担。土匪们见拗不过，只好与后面的官兵合抬去了后院。这一切，全被濮玉兰看在了眼里。

苏格力手拿鼓槌来到濮玉兰面前，他的那只猎狗跟在他后边，苏格力问玉兰："玉兰姑娘，累不累？"濮玉兰说："不累。"苏格力笑着说："你马上就可以见到你母亲了。"濮玉兰说："那要谢谢苏大哥了。"苏格力说："又说外气话。"濮玉兰说："苏大哥，小女不懂礼节，不知现在我能不能过去找我母亲？"苏格力说："我们是客人，客随主便，要听主人的安排。按规矩，是要先在此休息，等一会儿寿宴开席才能进去。"濮玉兰一听，急切地说："哎呀，那还早呢，我见母心切，已心急如焚哩！"苏格力见玉兰心急，安慰道："玉兰姑娘，既来之则安之，你反正也得在此等几天，哪在乎这一时半刻的，少安毋躁！"

不远处的王戈看苏格力与濮玉兰谈得火热，双目满是妒意。

濮玉兰发现王戈在注意她和苏格力，便趁机将自己的怀疑告知了苏格力，她小声问："苏大哥，旁边那个小个子你认识吗？"苏格力朝王戈望了一眼，摇了摇头说："不认识。"濮玉兰又问："他们是哪个村的你们也不知道？"苏格力说："他们说是曲王庄的，我们苏村距曲王庄几十里，要翻一个山头，谁会认识他们！"濮玉兰说："我看那人不像山里人，贼眉鼠眼的，进了山就东瞅西望。你看你们山里人，只看路，对周围的树呀、鸟呀什么的毫不关心。只有我等山外之人，才会东张西望。"苏格力一听，也突然悟到了什么："是呀，你这么一说，这真有点奇怪。曲王庄在更深的山里，怎会对山景如此好奇！"濮玉兰说："还有，刚才土匪出来接礼担时，他们的人执意不让接，后来我看那人使了个眼神，他们的人才让土匪接了前面的，后面的仍是不让接，还随土匪去了后院。"苏格力说："不让接担有违常规，是有些可疑。可是，他们会是什么人呢？"濮玉兰想了想说："是不是有人要借林大王母亲的寿宴干什么事？"苏格力说："听说前几天林大王聚众下山要官府开仓放粮，是不是这事惹恼了官府，他们要来剿山？哎呀，若是这样，就太可怕了。玉兰姑娘，你再留点心，千万别让林大王吃了亏，他可是好人哪！"濮玉兰说："我爹说，逢事要多长个心眼儿，要多往坏处想一想，省得临时抱佛脚。苏大哥，你放心，有情况我会及时告诉你的。"

  这时候，坐在前厅与族长们说话的林中热发现了苏格力和濮玉兰，忙喊道："喂，苏格力，你怎么不朝前来？"苏格力回："大王，有族长们在，格力是小字辈，岂敢往前挤？"林中热说："你怎么还带了个姑娘？过来过来，你们两个都过来！"苏格力一听，忙带玉兰向前厅走去，走到林中热跟前施礼道："山民苏格力见过林大王。"林中热说："苏格力，咱们都熟悉，何必拘礼。今日本王要与你比武艺，欣赏欣赏你的箭法。他们说让我用枪，你用箭，给大伙凑凑热闹，你意下如何？"苏格力笑笑："既然大王有雅兴，苏格力只好恭敬不如从命了。"林中热说："还是咱山里人痛快，说话直来直去，不藏不掖，痛快！哎，苏格力，你还没给我介绍这位漂亮姑娘呢！"苏格力一听，忙介绍："大王，实不相瞒，她不是我们村里的人。"林中热说："噢，还是远方的客人，你叫什么？"濮玉兰忙走上前施礼说："小女濮玉兰见过大王！"林中热说："濮玉兰？听你口音离得并不远哪？"濮玉兰说："小女乃怀庆府人士。"林中热说："怀庆府？我说呢！那可是龙的故乡，也是个出清官的地方。听我爷爷说，你们那里有八个都坊，光大明一朝就出了八个三品以上的大清官，真是宝地呀！对了，我们请的杂技班就是你们怀庆府的，是什么……濮家班。你别看是一群娃娃，玩玩意儿可真叫绝。"

濮玉兰说："不瞒大王，小女就是濮家班的。"林中热一听，起了兴致："哟，这不巧了吗，你是来赶班的？"濮玉兰说："大王，俺濮家班现正在京城撂地，俺回来是接俺母亲进京的。不料母亲被大王请到了山里，俺是进山来找俺娘哩。"林中热一听这话，哈哈大笑："我说你咋长得有点面熟，原来你是黄大姐的千金。哎呀，本王不知你来，真是有失远迎呀。你从京城赶来，定是见娘心切，这样吧，让二大王领你去后院，如何？"濮玉兰一听，高兴地说："谢谢大王。"

黄来福率领黄家班来到了京门大车店，店家迎了上来："黄班主，濮班主已经给你们预约好客房和马棚了，在这边院里——"黄来福说："你稍等，我先到濮家班找我姐夫报了到再来卸车，你看如何？"店家说："悉听尊便！"

黄学禄与黄氏姐妹早已下了车，朝濮家班的住处跑去。黄学禄边跑边喊："华龙——华义——"大头从马棚里走出来，一看是黄学禄，忙说："咦，是学禄表弟呀？"黄学禄问："大头哥，俺姑父和大表弟、二表弟呢？"大头一听，大叹一声说："唉，别提了，他们都不在家。"黄学禄忙问："怎么着，又发生什么事了？"大头反问："怎么，你还不知道？"黄学禄说："你没看我们刚从沧州过来吗，连车还没卸！快说，是什么事？"大头说："唉，别提了，表叔他们刚刚找到小华中，不承想那小华中又自愿去势了！"黄学禄大吃一惊："什么，华中表弟去势了？"

正说着，黄牡丹姐妹赶到跟前。黄海棠吃惊万分地问："谁去世了？是不是我们那个表奶奶？"黄学禄一听，忙呵斥妹妹："哎呀，你胡说啥，是华中表弟'去势'，不是咱表奶奶'去世'！"黄牡丹一听更是吃惊："什么，咱那个小表弟去世了？"黄学禄说：

"是呀，去势了，好可怜哪。"黄海棠、黄牡丹、黄月季同时一惊，对望一眼，禁不住齐声大哭："哎呀，我的小表弟呀……"黄学禄一听，呵斥道："你们哭什么？不是'去世'，是'去势'！"黄牡丹抹着泪水说："去世不就是死了吗？"黄月季和黄海棠也说："是呀，人都死了，你为啥不让哭？"黄学禄一听解释不清，气得长叹一声："我告诉你们，不是死了的那个'去世'，是去势的'去势'！"黄海棠说："哥，你不要慌，慢慢说，啥是去势的'去势'？"黄学禄说："去势就是——去去去，你们姑娘家，不要问这个！"黄牡丹不满地说："哥，你不说明白，我们哭你又不让哭，到底是咋回事？"黄海棠、黄月季也齐声道："是呀，你说清楚呀！"黄学禄急得直挠头："反正不是去世……唉，我也跟你们说不明白！"

这时候，黄来福走了过来，对女儿们说："女孩子家，别打听这个了。既然你姑父他们不在，那咱们就先卸车，等卸了车，安顿好，咱们去看看，你们就明白了。"

这时候，唐天姣、黄秋菊、乔红玉、濮玉芝从庙堂拜佛回来了。黄氏姐妹一见她们，急忙迎了上去。黄牡丹问："表奶奶，华中表弟到底怎么回事？"唐天姣大叹一声说："唉，说到底还都是小刀刘作的孽，若不是他让虎娃去势，小华中怎能也去去势！"黄海棠问："怎么，还有一个娃儿去世了？"唐天姣说："是呀，你们没见，那样子可惨了。"黄牡丹问："是吗，刚才我们哭了两声，俺哥还不让哩！"唐天姣问："为啥不让哭？我都哭了一天一夜了！"黄氏姐妹一听这话，又齐声痛哭："哎呀，我的小表弟呀——"

乔红玉明白黄氏三姐妹领会错了，忙对黄秋菊说："秋菊姐姐，这几个妹妹八成是把'去势'当'去世'了！"黄秋菊怔了一下，明白了，急忙走过去，对着她的三个妹妹耳语。三个姑娘听后，怔了怔，互望一眼，忙抹了泪水，破涕为笑。

唐天姣见状奇怪地问："咦，我孙子去了势，你们刚哭了两声，怎么又笑了？"黄海棠说："表奶奶，我们笑比哭好。"唐天姣奇怪地问："咋说？"濮玉芝说："奶奶，刚才几位表姐把去势理解错了。"唐天姣这才明白："怪不得哩。唉，要是我孙子是那个'去世'，怕是我老婆子也活不成了。论说，这去势也不能算太坏的事，进宫侍奉皇上和娘娘，也并不是谁都能去的。"

这时候，黄来福走了过来，说："是呀，大娘，事情既然已到了这一步，您老就该自己劝自己，把心放宽。若我那外甥将来能混到安公公那一步，看在京城谁还敢欺负咱！"黄学禄说："表奶奶，那安公公可威风了，年纪轻轻，就已混成了六品蓝翎，在西太后面前红得发紫哩！咱两家能被封为御用杂技班，全靠他从中帮忙哩！"唐天姣听后，长叹一声："唉——我知道你们爷儿俩说这话都是安慰我，皇宫再好，也不如小孙子一天到晚在我跟前呀！"唐天姣说着又抹眼泪，乔红玉和濮玉芝急忙扶她进了屋。

黄秋菊看了看父亲和哥哥，抱怨道："奶奶现在正难受，你们干吗说这些？"黄学禄说："我和爹不也是劝她老人家吗？"黄来福说："好了好了，华中出了这等事，说好说坏都不如不说。这个小华中也是，已经得救了，为何还要主动去势？"秋菊说："小表弟是可怜那个叫虎娃的娃儿，怕他一个人孤单，要陪他一起进宫当太监。"黄学禄一听，叹道："这一陪可是得陪一生呀！哪有这么讲义气的，讲义气也得挑事儿呀！"黄来福气愤地说："这都是跟你姑父学的。"黄学禄大叹一声："这可好了，他一人义气了，让一家人陪着他难受。"黄秋菊说："哥，你不该这样说表弟。他小小孩儿家就有如此心胸，将来到宫里说不定还真能干大事哩！"黄来福说："好了好了，别讲这个了，你们快卸车，我让玉芝陪我去看看小华中。"

刘府的去势房内,濮华中的去势手术已经结束。小刀刘正在洗手,几个仆人正忙着打扫卫生。濮中阳醒来,一直在喊:"华中……我儿……"濮华龙抱着醒来的父亲说:"爹,华中的手术已经做好了,过去看看吧?"说完,濮华龙和二弟便把父亲扶到手术床前。小华中静静地躺着,深情地望着亲人,声音微弱地说:"爹,不疼……"濮中阳看着儿子,心疼得不知所措,好久才说:"孩子,好样的!"

小刀刘洗过手走过来,说:"濮班主,尽量少与他说话,一说话牵动伤口会更疼。"濮中阳点点头说:"谢谢刘爷。"小刀刘说:"这娃儿真是好样的!这阵子在我府上,有几次我都败在他手上了。你看今日,没叫一声疼。濮班主,我知道你此时的心情,但老夫还是劝你不过分伤心,人嘛,怎么着不都是一辈子。入宫当太监若风光了,那就是人上人。像北宋的童贯,大明朝的魏忠贤,大清朝嘉庆年间的杨进忠,还有眼下的安德海,哪个不是呼风唤雨的人物!"濮中阳一听,止了泪,正色道:"刘爷,我濮家有善根,就是犬子入得宫去,我想也不会成为那种为人不齿的奸佞小人!"小刀刘一听,忙说:"那是那是!可你也别忘了,那个名垂青史的郑和也是个阉人!"濮华义狠狠地瞪了小刀刘一眼道:"你少说风凉话,要不是你阉了虎娃,我弟弟也不会走到这一步。想起来,我都恨不得一刀宰了你!"小刀刘一听,气得脸发青:"你……濮班主,你看,这……"濮中阳厉声叫了一声"华义",道:"算了,事情过去了,就不要再提了,这都是命,就让你弟弟认命吧。"

慧明害怕华义把事情闹僵了,忙说:"大叔,你们还要准备去东洋的节目,都回去吧,由我在此照顾华中,不会有事的。"濮华龙一听,也说:"爹,就按慧明师父说的办吧。"濮中阳说:"也好。慧明小师父,那就麻烦你了。"说完,他又弯腰贴近小华中,说:"孩子,你要安心养伤,我每天都会来看你的。"华中说:"爹,我们濮家班还要去东洋?"濮中阳点了点头说:"是呀,我们濮家班被西太后封为御用杂技班,恭亲王让咱们去东洋搞杂技邦交,爹深知责任重大,不敢懈怠。要不然,爹定会在此一直陪着你!"华中说:"爹,孩儿不想进宫了,孩儿也要随濮家班去东洋!"濮中阳长叹一声,用手爱抚地摸了摸华中的脸,心里顿时如排山倒海般难过:"等你伤好了再说吧。"

天平山山寨里,黄氏女还不知道儿子去势之事。此时,她正在后院的东厢房里给一个小女孩穿衣服,濮玉兰走进来喊了一声:"妈——"黄氏女扭脸一瞧,怔了:"你是……"濮玉兰笑道:"妈,是我,你女儿玉兰呀。"黄氏女仍是发怔:"玉兰,你咋到这儿来了?"濮玉兰说:"我从京城回濮家庄接你,不承想你已经带娃娃们出来了,我一路追呀打听呀才找到这里。"黄氏女上前一把抱住女儿道:"像做梦一样!"濮玉兰偎在母亲怀里,眼圈红红地说:"我昨天就来了,走到半山腰,差点让狼给吃了,多亏苏大哥相救,咱母女才得以相见。"黄氏女一听,推开女儿,看了又看,说:"咦,乖乖,听着都吓人。你那苏大哥呢,他来了没?"濮玉兰说:"来了。"黄氏女忙问:"在哪儿?快领我去见他。我得好好给他磕几个响头,谢谢人家。"濮玉兰说:"苏大哥在前厅,正陪林大王说话呢。前院来了好多乡亲,都是来给林老太太祝寿的。没想到,一个土匪竟有如此好的人缘。"黄氏女忙说:"闺女,我一开始也和你一样,认为他们是坏人,不承想到这儿一看,才知道人家是一帮好匪!"濮玉兰说:"听苏大哥说,这林大王原来是捻军,后来队伍打散了,才藏在这深山老林里,一边杀富济贫,一边专治贪官污吏。娘,你咋被他们请上山来了?"黄氏女说:"林大王的老母亲过寿,派二大王下山请班儿，请不到，正巧碰上我带这些娃在街头撂地，他一再恳求，我就这么稀里糊涂地来了。说来，这可能就是缘分！哎，你奶奶、你爹、你哥他们都好吧？"濮玉兰说："都好！爹让我告诉你，咱濮家班被西太后封为御用杂技班了，恭亲王让咱们和舅舅家的黄家班一同去日本国演出呢！"黄氏女一听濮家班要出国演出，高兴得直叹："是吗？乖乖，这下咱可混大了。还有你舅舅家的黄家班，真是太好了！"濮玉兰说："原来没有黄家班，是我爹向恭亲王请示，恭亲王才答应两班合一的。"黄氏女说："我就说这是你爹的主意，他这人，那心胸宽得没边儿！玉芝和华中他们进京一路顺利吧？"濮玉兰一听，一时间不知该如何跟母亲说，结结巴巴地说："玉芝……华中……噢……顺……顺利……"但没有瞒过母亲，黄氏女疑惑地看着女儿，问："你怎么打吭了，是不是他们发生了什么事？"濮玉芝急忙摇头否认："没有没有，真的很顺利！"黄氏女长长出了一口气说："噢，没事就好！"

这时，濮金花和一群娃娃从外边跑进来，把玉兰围了起来，乱叫姐姐。濮金花说："玉兰姐，我们可想你了。"濮玉兰说："我也想你们呀。"濮玉兰挨个儿拉过他们又亲又看："哎哟哟，越来越漂亮了。看看，看看，一个一个都像画似的。"濮金花说："玉兰姐更漂亮，大伙儿说是不是？"众娃娃齐声附和："是——"濮玉兰高兴地对母亲说："妈，这帮小弟弟小妹妹都被你带成人精了。"黄氏女说："瞧你说的，不多教他们几个心眼儿怎能闯江湖！哎，玉兰，今天是为林老太太祝寿，你既然来了，不上个节目？"濮玉兰说："你们这是娃娃班，我上去不合群，我看就算了。"黄氏女看着女儿，笑眯眯地说："哟嗬，到底是从京城回来的，长进了呀！好，你就当客人吧。"

说话间，杨大典走进来，对黄氏女说："大姐，你们准备一下，马上前厅就开始了。"黄氏女说："好，你放心，绝不误事。"

这时候，山寨厅前的场地里，林中热正与苏格力比赛。墙上挂着用纸画的靶标，苏格力先射三箭，箭箭中靶心，赢来一片掌声。苏格力表演完，林中热上场，他手持手枪打靶，连放三枪，靶心打成了一个三角形，掌声更加热烈。

一片掌声中，杨大典和赵师爷搀出了老寿星林老太太。林老太太装扮一新，笑容满面。她手挂龙头拐杖，在人群中走走停停，不时向众人抱拳致谢。最后，在赵师爷的搀扶下走向临时搭的台子，坐定。赵师爷高呼："祝寿开始——"

赵师爷话音刚落，唢呐仰天齐鸣，锣鼓震天，三眼铳连放九九八十一响。鞭炮声中，林中热、杨大典和赵师爷先给寿星佬拜寿。三人同时磕头，同时高喊："祝您老人家福如东海，寿比南山——"林母高兴地说："哎呀呀，这都是托老天爷的福，都快起来，快起来！"林中热等人退下，一群土匪小头目上前，也跪下齐声喊道："老太太，小的们给您老拜寿了，祝您老天天快乐，长命百岁。"林老太太笑得满脸菊花："孩子们都起来，都起来！老身我能有今天，全仗你们哩！"

随后便是村民们了，人数太多，就由几个老族长作为代表，上前拜寿。一族长说："老太太，俺们代表山下众百姓，给您老拜寿了。"众族长在后面高声说道："祝您老人家福如东海长流水，寿比南山不老松！"老太太急忙起身道谢："哎呀，这么多乡亲，我怎能受得一拜，快快请起！我儿在此给你们添了不少麻烦，众乡亲才是他生存的根基呀。"一族长说："老太太，你养了个好儿子呀！过去我们常受山匪侵扰，自从林大王占了天平山，我们才得以平安哪！"众族长也跟着说："是呀是呀！"

老太太高兴得不知所措，在一片喜庆中，她对赵师爷说："开席吧！"赵师爷说了一声好，高声喊道："开席——"

锣鼓再次响起，唢呐开始奏出欢快之声。音乐声中，土匪们开始上菜，各方人士陆续入席落座。林老太太坐在正中的席桌前，她的两旁是林中热和几位年长的族长以及杨大典和赵师爷。王戈和他的部下坐在一旁的两张桌子上，苏格力与同村乡亲坐在他们的旁边。

锣鼓声中，黄氏女带娃娃们开始演出，第一个节目是《百猴祝寿》——男娃娃们学猴状，活蹦乱跳，一下围住了林老太太，叠成山状，齐喊："祝林奶奶福如东海，寿比南山！"此时，一群花枝招展的女娃如仙女下凡，她们跑下台来，围着林老太太，同时变出十几束野山花，献给了寿星佬。林母高兴万分，让人取出银盘，连说："赏！赏！赏！"

林中热看母亲高兴，端起酒杯说："今天高兴，娘，您也喝一杯！"林母说："娘可是从来不喝酒的。"杨大典也说："大娘，就一杯。"林母犹豫了一下，说："好！老身就喝一杯！"林中热一听，忙端起酒杯站起来："诸位，今逢老母亲寿宴，大伙儿高兴，要开怀畅饮，来，干杯！"众人都站起，齐举杯，一饮而尽！

台上，濮金花和几个娃娃开始演软功……

后院东厢房里，濮玉兰正坐在一个木椅上想心事，刚才给男娃们剃头的那个老土匪端了一碗汤和两个馒头走进来，说："姑娘，你不去前厅入席，先吃点饭吧。"濮玉兰见状，忙站起来说："大叔，我不饿。"老匪说："跑了一晌午山路，咋能不饿！这是野猪肉，有点腥，你凑合着吃吧。"濮玉兰一听，忙问："乡亲们送来了好几头家养的猪，咋不用上？"老匪说："送礼的客人还未走，咋能动礼呢，那也太丢主人的面子了。"濮玉兰恍悟道："噢，还有这规矩？我们那里可没这一套。"老匪说："三里不同俗，十里改规矩。

姑娘，你快吃，别凉了。"濮玉芝忙接过饭菜说："谢谢大叔。"

前厅院内，酒席已达到高潮，划拳喝酒，一片喧闹。

王戈示意部下以水代酒，不承想被苏格力发现了。苏格力端了一碗酒走过去，给王戈敬酒："老兄，我敬你一杯。"王戈见状，忙起身说道："老弟，我不胜酒力。"苏格力说："山里人哪有不喝酒的。"王戈佯装无奈地说："好，来，干杯。"苏格力抢过他的碗，尝了尝，说："老兄，这哪里是酒呀！上酒！"

一土匪闻听，忙抱来一坛酒。苏格力挨个儿给王戈的人倒了一碗："来，满上，满上！都得喝！来，干杯！"说完，带头喝了。苏格力用袖子一抹嘴，监督王戈他们挨个儿干了酒。王戈无奈，只得喝下，然后重重看了苏格力一眼，说："老弟，你可真行啊！"苏格力笑笑说："我看你们这桌太冷清，来凑个热闹。来，咱们再干一碗！"苏格力说着又开始给他们倒酒，王戈见状无奈叹气……

京城宛平县刑场不远处的小树林里，黄学禄和乔红玉骑着马溜达着，远远看到刑场正中桅杆上的竹笼，黄学禄禁不住一阵难过："听秋菊说，昨夜你们已经来过一次了？"乔红玉正在抹泪，点点头说："嗯……"黄学禄又朝刑场上看了一会儿说："今天好像又增加了岗哨。"乔红玉又"嗯"了一声。黄学禄问："你打算怎么办？"乔红玉抹了一把泪，说："我一定要把爹的尸首抢回来，尽快让他老人家入土为安。"黄学禄说："可不能冲动，按大清律法，抢钦犯尸首与劫法场都是死罪，万不可冒险。"乔红玉说："我若不是怕连累你们，昨夜我就会将我爹入土了。"黄学禄想了一下说："还是等我姑父回来合计一下，想得周密一些为好。既能让乔大叔入土为安，又让官府查不出任何破绽方为上策。"乔红玉说："濮大伯一定能想出这样的两全之计，可惜他现在正难过，我不忍心向他提这事。"黄学禄想了想说："这样吧，回去我跟他说。我姑父的为人我知道，只要求他，他定会帮你。"乔红玉哭着说："就因为他太好了，我才不忍心。"黄学禄说："反正华中已经那个样子了，我姑父心中一定理解。再说，眼下天热，尸首入土耽搁不得，已经挂了两天了，不能再犹豫了。"乔红玉又抹了抹泪水，说："黄大哥，你们对我这么好，真不知如何才能报答你们。"黄学禄说："同在江湖，说什么报答不报答。走，咱们回去吧。"乔红玉没动，说："黄大哥，我看既然来了，不如再仔细看看周围的地形，以便行动。"黄学禄想了想说："也好，走。"说完，二人打马走出树林，朝刑场的另一侧跑去……

　　天平山的山寨里，苏格力和他的猎狗来到后院，正碰上朝伙房里送碗的濮玉兰。玉兰看到了苏格力，叫道："苏大哥。"苏格力朝她笑笑说："我看台上没有你，也没见你入席，就过来看你吃饭了没有。"濮玉兰用筷子敲了敲碗说："这不，刚吃过，是一个大叔给我送来的。"苏格力说："你也算同我们一起来的客人，应该入席才是。"濮玉兰笑着说："我又不会喝酒，在哪儿吃都一样。苏大哥，刚才你和林大王比赛，怎么样？"苏格力说："我的箭法自然不差，林大王的枪法更棒，三枪就打成一朵花。"濮玉兰瞪大眼睛问："是吗？"苏格力点了点头。濮玉兰停了一会儿，又问："哎，对了，我这会儿不在，那伙人没什么反常吧？"苏格力："我来就是告诉你，他们明为山里人，却都不喝酒，我看见他们用水当酒，假喝，就过去灌了他们一人两碗，奇怪的是他们会喝。会喝却不喝，不得不让人生疑啊！"濮玉兰一听，忙说："如此说，他们肯定不是什么正经人了。"苏格力担心地说："他们若真是官兵化装进来剿山的，那就危险了。怎么办？"濮玉兰说："问题是咱们也不知道他们到底是什么人。"苏格力说:"是呀,又没有证据能证明他们的身份,光怀疑不行。若万一冤枉了人家,怕是弄得大伙都不好下台。"濮玉兰说:"是啊,他们脸上又没写字!哎,对了,他们是不是也是土匪,想黑吃黑哩!"苏格力摇了摇头说:"不会,这一带的土匪都被林大王赶到山西那边去了!"濮玉兰笑了笑说:"也可能是咱们瞎怀疑。好了好了,不讲他们了,说说,我们濮家班的玩意儿怎么样?"苏格力说:"棒得很!我长这么大,还是头一次看这么好的玩意儿!"濮玉兰一听,骄傲地说:"这还只是一群刚出道的娃娃,真正的濮家班在京城,刚去恭王府演了堂会呢。"苏格力一听,惊得直叹:"什么?去恭王府演堂会?好家伙,那可真厉害!"濮玉兰一听,又炫耀道:"那有什么厉害,我们马上还要出国呢。"这一次苏格力却不信了:"出国?哎,哎,你是不是在说大话?"濮玉兰见苏格力不信,急了:"我怎么是说大话?我这次回来,就是接俺娘进京,一同去东洋哩。"苏格力见玉兰急了,才信了:"是吗?哎呀,我要是会演杂技就好了,也能随你们去外国转一转。"濮玉兰说:"其实,你的箭法就是一绝,若再练两手,我看也差不多。"

苏格力的猎狗叫了起来,原来它看到一个伙夫从厨房里拎出了一张野猪皮。濮玉兰见状,说道:"苏大哥,你这狗真有灵性,看到一张猪皮就叫。"苏格力说:"因为那是野猪,野猪身上有股特殊的味儿,它能闻到。"濮玉兰说:"我从没吃过野猪肉,刚才一吃,真不如家养的猪肉好吃。"苏格力说:"那是!可惜今天宴席上全是野猪肉,没有家养的猪——"正说着苏格力突然眼睛亮了一下,想起了什么:"哎,对了,你不是说那帮人刚才不让接担吗,他们抬的就是家猪啊!是不是里边藏了什么东西?"濮玉兰忙说:"对对对,我怎么没想到这一层,走,咱们去看看吧!"苏格力点了点头,二人便急急朝库房走去。

第二十六章

　　库房里摆满了礼品，苏格力和濮玉兰刚进了院子，王戈也到了。看到苏格力和玉兰，王戈忙闪躲起来，然后悄声跟着。王戈发现苏格力和濮玉兰进了库房，深知不妙，急忙跟了过去……

　　库房里，苏格力和濮玉兰找到了那几头整猪，用力掀开一扇，露出了几把钢刀，二人惊呆了。库房外的窗户下，王戈也惊了，他怔然片刻，急忙朝前院走去。听到脚步声，苏格力急忙走出房门，他发现了王戈，对玉兰说："玉兰姑娘，刚才那个人像是那个领兵的小头目。"濮玉兰问："那怎么办？"苏格力说："走，咱快去报告林大王。"

　　前厅的台上，娃娃们玩得正欢。台下，众人边吃边看，赵师爷高喊一声："上长寿面——"唢呐声起，鞭炮齐鸣，匪徒们从伙房里端出了长寿面。

　　深知事情已经败露的王戈到了林母跟前，他佯装给林母拜寿，上去却劫持了林母，全场一片哗然……

　　台上的娃娃不知情，仍在翻跟头、叠罗汉。王戈用匕首压住林母的脖子，一步步退到台上，杨大典等人团团围住了他。娃娃见有人拉林母上台，以为又要拜寿，乱喊着奶奶，围住了林母和王戈，待他们看清匕首，都怔了。王戈厉声呵斥娃娃们："都散开！"娃娃们害怕地退到了台子一边。王戈又大喊："林中热，快让你的人后退。"林中热大声呵斥："你要干什么？"苏格力和濮玉兰跑了过来，苏格力见晚来一步，忙对林中热说："林大王，他是官兵。"林中热和众人都吃了一惊："苏老弟，你说什么？"苏格力说："他是官兵化装的，抬来的猪肉里藏了刀，那两桌全是他们的人。"林中热一听，顿怒："快将他的手下拿下！"赵师爷立即带人将王戈的手下全都拿下。王戈见状，更加慌乱，喊道："林中热，我再说一遍，让你的人退后，把我的人全放了！"林中热不理他，对杨大典说："大典兄弟，你们退后！"杨大典担心地望着被劫持的林母，说："大哥，不能让他伤害大娘。"

　　王戈见林中热不放他的人，高喊道："你们赶快投降！实言相告，你们已被官兵包围了，要反抗，只有死路一条。"林中热往前一步说："你只要放了我娘，咱有话好商量。"王戈说："快将我的人全放了，不然你只有死路一条。"林母一听，忙说："我儿你不要听他的，为娘我已活了八十岁，不怕死，快让人将他拿下。"王戈厉声说："老东西，你老实点，要不然，我就一刀宰了你。"林母说："你杀吧，老婆子我不怕！儿呀，快将他拿下，要不官兵上来连乡亲们都要遭殃呀！"王戈"哼"了一声说："官兵上来，你们和这些刁民都甭想脱干系！"

　　苏格力一听，愤怒地取出箭来，对着王戈就要射，被濮玉兰拦住："苏大哥，别冒险，会伤着老太太的。"苏格力无奈，只得放下弓箭，问："怎么办？咱一定要救下老太太！"

　　林中热对王戈说："好吧，你只要放了我娘，我听你的。"王戈说："那好，让你的人全都放下刀枪，站到一边，由我的人看管。"

林中热想了一会儿,说:"好,我答应你!"一旁的杨大典一听,急了:"大哥,万万不可!那我们不是束手就擒了吗!"林母一听急叫道:"儿子呀,你怎能相信官兵的话,快收回成命,要不我就先死了!"林中热眼含热泪,喊了一声:"娘——"林母说:"我说过,你别顾我,你要先顾你的兄弟和乡亲们,你若再顾我,我可要与这厮拼命了!"

就在这万分紧急之时,黄氏女悄悄地取出长鞭,趁王戈不注意,扬手一挥,那鞭子就准确地卷住了王戈的手腕,朝外一甩,王戈的匕首就落了地。苏格力见状,忙举起弓箭,趁机放出一箭,正中王戈的臂膀。杨大典飞身上前,救下老太太,捉拿了王戈。

受伤的王戈扭头望了望黄氏女,又看了看苏格力和濮玉兰,双目放出凶光。

林中热上前搀住母亲:"娘,让你受惊了。"林母说:"你应该感谢这位大姐和这位小哥,是他们救了我,保住了山寨。"林中热走到黄氏女面前,跪地一拜:"大姐,请受小弟一拜。"黄氏女说:"你这是干啥,快请起!"黄氏女上前扶起林中热,说:"我只是看不惯他欺负老年人,略施小技,有啥好谢的。要谢,你应该谢那位小哥才是,他可是一箭定乾坤呀。"林中热忙说:"是呀,要谢的!"林中热走到苏格力跟前,双手抱拳:"格力兄弟,真不知该如何感谢你。"苏格力说:"大王,你错了,真正应该感谢的不是我,而是玉兰姑娘,是她第一个怀疑了这个人,又是她第一个发现了这伙人的秘密。"王戈闻听,又恶狠狠地看了濮玉兰一眼。

林中热走到濮玉兰面前,说:"玉兰姑娘,请受林某一拜。"林中热说着又要跪拜磕头,慌得濮玉兰不知所措,拦不是,不拦也不是:"哎,哎,你这是干什么?"黄氏女见状,急忙跑过来拦住了林中热,说:"大兄弟,使不得!"林母走过来说:"什么使不得,她可不是救我一个人的命,是救了这山上一大帮人的命!闺女,站好了,请受我们母子一拜。"濮玉兰一听,急忙搀住林母,说:"奶奶,您这是折我的寿呀!我这也是赶巧撞上了,也是你们福大命大,不该有此一劫。"黄氏女说:"大娘、林老弟,你们也不要客气,我们江湖人路见不平拔刀相助是常有的事。这样吧,你快将这帮官兵处理了,咱们还接着给老人家祝寿。"林中热说:"大姐,你没听这个家伙说吗,山下大兵压境,老娘的寿宴还是来日再补吧。"黄氏女说:"真有大兵压境?我还以为是他有意吓我们的呢!"林中热说:"他们趁机混进来,肯定是要里应外合剿灭山寨哩!"

林中热说完走近王戈,说:"我说得没错吧?不过你也不必害怕,我林中热眼下不会与官府作对,你只要说出你们的计划,我不会杀你们的。"王戈傲慢地仰着头说:"我们不是败在你手上,是败在了那个女子手上。你别想从我口中得到什么!"林中热冷笑一声,说:"你不说可以,你手下会有人告诉我们的。赵师爷,有人招了没?"赵师爷走过来说:"招了,他们准备佯装喝醉,到半夜时分,以三堆火为号,里应外合,全歼我们。"

娄村的族长走过来,对着王戈吐了一口唾沫,斥问道:"林大王多好的人啊,你们为什么要剿灭他们?"不少乡民都过来朝王戈吐唾沫。

大兵压寨,林中热觉得刻不容缓,他止了愤怒的乡亲,说:"乡亲们,现在情况紧急,你们赶快下山吧。"族长们坚定地说:"不,大王,我们要和山寨共存亡。"苏格力也喊:"大王,留下我们吧,我们大多是猎户,能打能杀,让我们助大王一臂之力吧!"众乡亲都说:"是呀是呀,大王留下我们吧!"林中热一听,很是感动:"乡亲们,你们的心意我领了,但你们都拖家带口,上有老下有小,官兵一攻山,定会凶多吉少,我林某怎忍心让你们受连累。

如果你们信我，就趁此时天还没黑快快下山，你们是百姓，官兵不会怎么着你们的。我只有一个要求，请大伙儿带黄大姐他们一同下山，保护好他们，此恩林某定当涌泉相报。"

族长们一听，只得遵命："大王，你们要多保重啊。"众人也说："是呀，大王，你们要多保重！"林中热说："我们有刀有枪，怕他们不成？不过，这一仗如何打，我们还要合计一下。请乡亲们放心，我林某也是久经沙场之人，对付得了他们。好了，黄大姐、玉兰姑娘，咱们就此作别，后会有期。你们赶快收拾一下，随乡亲们一同下山吧！"黄氏女感慨道："大兄弟，我真没想到你如此爱护百姓，这些当官的真浑蛋，对你这样好的人也不放过。大兄弟，你要保重呀。"说完，族长们便带领乡亲们下山了。苏格力在前边带路。黄氏女和娃娃们也跟在队伍中，一行人马浩浩荡荡朝山下走去……

在山腰的密林中等待信号的邱知府与赵统领此时正密切注视着山寨的情况。一官兵急急跑过来："大人，从山寨里下来一队老百姓。"邱知府说："大概是上山为林母祝寿的那些刁民。"赵统领问："大人，怎么办？"邱知府说："论论，这些刁民拥戴土匪，应该以法论处。可为了今晚的行动，只好放他们下山了。"赵统领说："对，我们不能捡芝麻丢西瓜。"邱知府沉默了一会儿，说："就是不知道山寨里什么情况，王戈他们露没露破绽。"赵统领说："这个难，带过来一个山民问一问不就知道了！"邱成立点点头，说："要问得巧妙一些，万不可走漏风声。"赵统领说："最好大人你亲自去问。"邱成立想了想说："好。"赵统领命令那官兵说："你速去带个山民过来。"官兵应声而去。

天平山上，山寨后院的议事厅内，林中热、杨大典、赵师爷正与几个头目议事。

杨大典着急地问:"大哥,咱们到底怎么办?"林中热说:"兄弟们,官兵来剿我们,可能是与我们前些天在安阳府聚众闹事有关。我本想为民请愿,不承想惹恼了他们。可我们要活下去,就不能与官府结梁子。"赵师爷想了想说:"大哥说得对。"林中热说:"咱不如给他们来个三十六计,走为上计!"杨大典说:"大哥,你是说我们弃寨而逃?"赵师爷在一旁插话:"不能说弃寨而逃,应该是避其锋芒,待寻时机!"杨大典说:"可这山寨里有粮有肉,是我们好几年的积累,丢了岂不便宜了那些官兵!"林中热说:"兄弟,留得青山在,不怕没柴烧。不过,咱走时还是尽量带走,能带多少是多少。"杨大典又问:"那咱们往哪儿撤?"林中热说:"这个兄弟们不用愁,当年咱占这天平山时,我就派人在黑龙山的深处建了个后备营,那地方贮有粮食,够我们吃上一两个月的。这事只有我和赵师爷知道,防的就是这一手。大典兄弟你也别多心,当初没告诉你,为的就是今天给你个惊喜。"杨大典一听,忙说:"大哥说的哪里话?你们做的一切不都是为兄弟们好吗!只不过我们走了,那二十几个官兵怎么办?"众头目说:"大王,杀了他们!"赵师爷说:"刚才大哥说了,不与官府结梁子,这些人不能杀。"杨大典说:"那总不能就这样白白放他们走。"林中热说:"他们刚才都没喝酒,现在让他们真喝醉不就是了。"杨大典一听,叫道:"好办法!等他们醒来,早已人走寨空了!"

濮玉芝来到小庙万人迷的住处,看见慧明正在整理包袱,她问道:"你真要走吗?"慧明点了点头:"始随芳草去,又逐落花回。"濮玉芝问:"为什么?"慧明说:"尘世太险恶。"濮玉芝说:"难道你那破庙就平静?你师父不也是被歹人害了吗?华中他们不就是在你们那个普济寺被歹人抓走的吗?"慧明说:"不一样,小僧只求心静！"濮玉芝说："面对险恶，我都不怕，你一个小伙子怕啥？"慧明双手合十道："阿弥陀佛！知心无住，即是修行，无住而知，即为法味。住着于法，斯为动念。故如人入暗，则无所见。今无所住，不染不着。"濮玉芝瞪了他一眼，说："说的什么呀，乱七八糟的，我一句也听不懂。"慧明说："我也不全懂！"濮玉芝说："你既不懂，为什么每天还苦守枯灯背这些陈词滥调？"慧明说："这就是佛的魅力所在，觉四大如坯幻，达六尘如空华；悟自心为佛心，见本性为法性。"濮玉芝说："你烦不烦啊，什么也不是，我看你是信佛信傻了。"慧明说："是呀，佛即是傻，傻即是佛！不过，我很珍惜与你们共处的时光，可人生原本就是孤独之旅，我想了这么久，还是想回到我的孤独里。"濮玉芝说："你可别后悔！"慧明叹了一声说："唉，赤裸裸地来到世间，也将赤裸裸地离去，人生一切本无，没什么可后悔的。"濮玉芝想了想，问："也包括男女之情吗？"慧明深情地望了玉芝一眼，叹了一声"阿弥陀佛"。濮玉芝见慧明去心已定，生气地说："好，你走吧！我知道，你是怕我们这些下九流玷污了你那佛家的清名。"慧明忙说："错矣！众生行佛，佛见之；众生唱佛，佛闻之；众生念佛，佛亦念众生！"濮玉芝说："什么？你还想让我去信佛念佛？算了算了，你别净说些莫名其妙的话来掩饰自己的真心了，愿走你就走吧。我知道你是在为华中的事内疚，可那怪你吗？人家信佛越信心越净，你倒好，越信心里越藏事！其实，我为什么留你，你我只是萍水相逢，你走你留与我又有什么相干……"玉芝说着眼泪滚落下来。慧明手足无措地看着玉芝，结结巴巴地说："我……你……"

玉芝见慧明决心要走，也不再拦他。慧明临走时，又央求玉芝陪他去宛平县大牢看看万人迷。二人来到牢内，万人迷正在练功。牢头喊："万雷霆，有人来看你了。"万人迷止了练功，问："谁呀?"慧明走进来说:"大伯,是小僧和玉芝姑娘来看你了。"万人迷一看,高兴地说:"哟,是你们两个呀,来看我应该高兴,咋一个个愁眉苦脸的?我这干女儿像还哭过,是不是你们两个吵嘴了?说说,让大伯我为你们评评谁是谁非。"濮玉芝说:"干爹,人家要走哩!"万人迷一听忙问:"走?去哪儿?"慧明说:"大伯,小僧要回保定普济寺继续修行了。"万人迷一听,嚷道:"什么?你还要继续修行?你……你……你不是还俗了吗?怎么还了半截儿又拐回去了?"慧明说:"大伯,小僧历来就没有还俗之意!"万人迷一听慧明说这话,又看了看玉芝:"没还俗之意?你……你……哎呀,让我怎么说你呀,你没看……呀呀呀,你真是个傻和尚!"濮玉芝说:"干爹,别劝他了,人各有志,不可勉强,他要走就让他走吧。"万人迷又叹了一声,说:"哎呀,看来你小子是厌世透顶了!那好吧,既然我干女儿都劝不回你,别个就更甭想了。没想到,你还真想成佛哩!"慧明说:"大伯见笑了!"万人迷沉默了一会儿说:"你临走之前还来看我这个老头子,真让我感动呀。论说,咱俩也算同行,这就叫和尚不亲帽子亲呀!"濮玉芝一听,丈二的和尚摸不着头脑,问道:"干爹,你也出家当过和尚吗?"万人迷说:"闺女呀,你干爹虽没当过和尚,但也跟出家了差不了。你看,你干爹一生未娶,守着那个破庙二十年了,没钱的时候,天天吃斋,头上也没几根头发,你看我像不像个又老又瘦的穷和尚?"濮玉芝一听不禁破涕为笑:"干爹,你真会开玩笑!"万人迷说:"唉,干爹可不是跟你们开玩笑!这几天我就想,等我出了狱,就化缘修庙,给那小庙的神像镀金身,引来香火,这样,我也不用去天桥卖艺了,每天收的香火钱就够我吃的了。原来我还打算修好庙之后请慧明小师父当住持哩,这下看来不行了,人家要回保定府了,我还得另请高就……"慧明打断万人迷的话:"大伯,你别说了,小僧明白你的意思了,小僧不走了,就在那个小庙边修行边给你看家……小僧不该认定保定,应该以四海为家!"万人迷一听,高兴地叫了一声"好",说:"还算你没喝醉。干女儿,这下你该高兴了吧?"濮玉芝不满地瞪了一眼慧明说:"有什么好高兴的,他走与不走都是个和尚。"万人迷一听,笑眯眯地说:"哎呀,你傻呀,你没看出来我是在与佛祖争人吗?"

林州天平山中,官兵将苏格力带到了邱成立跟前:"大人,他就是刚从山上下来的山民。"邱成立望了望苏格力,问:"你是哪个村的?"苏格力说:"前边不远苏村的。"邱成立问:"你们都回来了?"苏格力说:"都回了……不,曲王村的那群人太贪杯,全喝醉了,看来今晚回不来了。"邱成立"噢"了一声,说:"他们……他们没什么事吧?"苏格力说:"林大王待他们太好了,亲自给他们安排了床铺。哎,大人,你们这么多人是干什么的,也是来为林母祝寿的?要祝寿就快去呀,现在上去还能赶上酒席哩!"邱成立说:"你少管闲事,快走吧!"苏格力忙说:"是是是!"

山寨里,林中热走到王戈他们面前,说:"诸位,咱们都是靠舞枪弄棒混饭吃的人,今日你们犯到我手下,还是那句话,都别怕!我林某不跟官府结梁子,所以也不会杀你们。"王戈手捂伤处,道:"那就快放我们走!"林中热说:"老弟,你不要急,放是要放的,既然不杀你们,我留你们干什么?只是眼下还不能放,为啥?因为刚才诸位只顾想夜间起事,都没喝酒,现在呢,这个事起不起来了,干脆就把心放下来,让我也尽尽地主之谊,敬你们两碗!拿酒来!"

两个匪徒抱来两坛酒,倒在碗里。

林中热端着酒先走到王戈面前:"老弟,先敬你!"王戈看了看满满的一碗酒,说:"我不喝!"林中热说:"敬酒不吃吃罚酒!来人,灌!"几位匪徒上前架起王戈,一人捏住他的鼻子,一个用酒壶朝他口中灌酒……

林中热扫了那些俘虏一圈儿,问道:"还有哪位兄弟愿意吃罚酒?"俘虏们你看我我看你,没人吭声。林中热说:"那就别客气,每人五大碗,喝他个一醉方休!"

此时,山寨后院里,杨大典和赵师爷正在带人收拾行装。

待官兵们都烂醉如泥,土匪们结了绳梯,下到崖下,钻进了密林中……

此时,苏格力已经带黄氏女、濮玉兰和一群娃娃回到了家。那匹马看见濮玉兰,高兴地直叫唤。黄氏女快步走到马跟前,亲了又亲:"宝贝,又见到你了。"马在黄氏女的脸上、身上蹭了又蹭。

苏母闻声从屋里走出来,一见来了一群人,高兴地说:"哟,好热闹呀。"苏格力说:"娘,这位大妈就是玉兰的母亲。"黄氏女忙招呼苏母说:"老嫂子,你好哇。"苏母上下打量了一下黄氏女说:"呀,这么年轻呀?"黄氏女一听大笑:"大姐,我马上就要当奶奶了,还年轻呀?"苏母说:"看不出来。快,大妹子,屋里请。哟,这么多娃娃。"黄氏女说:"娃儿们,快喊大妈!"众娃齐声喊道:"大妈好!"苏母说:"好,好,哎呀,真乖!"黄氏女说:"这些都是我们收养的孤儿,教他们一点混饭吃的手艺。"苏母说:"那你算行了大善了!哎,不是说要演三天堂会吗,咋都下山了?"黄氏女说:"大姐,山上发生了点意外。"苏母一听,忙问:"出了什么事?"苏格力说:"娘,我跟你说……"苏格力走到母亲跟前,小声耳语。苏母听后,惊讶地问:"那林老太太呢?"苏格力说:"我们原想接林老太太一同下山,林大王怕乡亲们因此受连累,没答应。"苏母一听紧张得不行:"哎呀,这个林大王呀,处处都为咱百姓着想。苍天保佑,保佑林大王千万别出什么事!"黄氏女说:"大姐,你放心,已抓住了化装进山的官兵,林大王他们就有了防备。再加上那山寨易守难攻,官兵们要想攻破山寨,可不是易事。"苏母说:"刚才我听力儿说,这回你们娘儿俩可为山寨立了大功哩。"黄氏女一听,忙谦虚地说:"不值一提,都是林大王他们的造化。"苏格力说:"娘,别只顾说话,快给大妈他们烧茶呀。"苏母一听,忙说:"好好好,大妹子,快进屋!"

深山密林中,林中热和杨大典正带着众兄弟往深山里转移。一土匪背着林母,很艰难地走着。林中热赶上来,问:"娘,你渴不渴?"林母说:"儿啊,让娃儿放下我,让他歇一歇。"那个土匪说:"大娘,俺不累!"林中热说:"娘,让几个兄弟轮流背你,你别担心。"林母朝远处望望,问:"还有多远?"林中热说:"快了,翻过这座山就到了。"林母默然了一会儿说:"不知你黄大姐他们现在怎么样了。"林中热说:"这时候,应该已到苏村了。"

山寨后院的一间房里,王戈醉倒在地。周围全是他带的兵,都烂醉如泥。几只老鼠爬到王戈脸上,惊醒了王戈。王戈挣扎着起来,推了推身旁的部下,皆如死了一般。他骂了一句,起身,从一个官兵身上撕下一块布,缠了受伤的胳膊,然后扶着墙走出去。天已黄昏,他走到泉水旁,洗了洗脸,清醒了不少。他来到前厅,看到厢房里一片狼藉,又支耳倾听,山寨里很静,他突然想起了什么,急忙走出山门,朝山下走去……

天平山下的苏村,这个夜晚格外热闹。苏氏祠堂前的广场里,四处点燃着篝火,场地里坐满了乡亲。黄氏女和濮玉兰正带娃娃们为乡亲们表演杂技。

黄氏女手执长鞭甩得啪啪响,一娃手拿一张白纸站在一旁,黄氏女用鞭打纸,离丈余远,一鞭将纸劈开。一娃又将手中的半张举起。黄氏女又一鞭将纸一劈两开……纸越来越小……最后,只剩下寸长寸宽。黄氏女又扬鞭炸响,纸却没被劈开。黄氏女走过去,对着那娃叫了一声:"傻小子!"说着,从那娃手中接过那纸,"你真笨,我那边鞭一响,你这样一撕还能让你师母我丢手段吗?"黄氏女说着将手中的小纸片儿撕成了两半儿。众人大笑不止。

半山腰的密林里,邱成立和赵统领正在焦急地朝山寨方向瞭望。邱成立早已等得不耐烦了:"这王戈是怎么搞的,到现在还不见起火堆?"赵统领说:"可能还没行动。"邱成立担心地问:"是不是他们暴露了?"赵统领说:"再等等,如果再不见信号,咱们就强行攻山。"邱成立说:"好!这回一定要活捉林匪,去京城邀功!"

这时候,王戈被一个官兵带了过来。邱成立和赵统领一见王戈,大吃一惊:"王营官,这……这是怎么回事?你怎么回来了?"王戈说:"大人,我们进山不久就暴露了,小的差点丢了性命。"赵统领问:"我们计划得那么周密,怎么会暴露呢?"王戈一听,唉了一声,说:"全毁在一个女艺人和一个名叫苏格力的猎人身上了。"邱成立问:"快说,那林中热是不是有了防备?"王戈说:"林中热他们弃寨而逃了。"邱成立一听,大惊:"什么,林匪他弃寨而逃了?赵大人,快带人搜山,一个都不能放过!"赵统领说:"大人,这里山高林密,林匪他们一定是逃到了更秘密的地方,别说我们这一点人马,就是再多上十倍,也难以找到他们啊!"邱成立反问:"你是说,没一点办法了?"赵统领点了点头。邱成立气极:"那我们不是白忙了一场吗?"赵统领说:"没办法,只好再等机会了。"邱成立说:"这可怎么办?让本府如何向巡抚大人交差啊!"赵统领说:"只好如实禀报了。"

王戈说:"不,大人,属下认为,只要抓到那两个女艺人和那个姓苏的猎户,咱就可以向圣上邀功。"邱成立一听,叫道:"对呀,赵大人,快派人去抓他们。"赵统领问:"王营官,他们在何处?"王戈说:"山下一个叫苏村的地方。"

京城京门大车店里,驰出八匹快马,马背上的人怀中还各带了一个娃娃。

京城宛平县刑场的刑台上,官兵正在游弋。突然,八匹马急促驰来,马上人全戴着假面具,十分恐怖。官兵们高喊:"什么人?"无人回应,八匹马围着刑台兜圈子……

就在这时,刑台上出现了五六个戴面具的小人,一身通白,一蹦一蹦的,直朝官兵跟前蹦去。官兵们惊慌失措,吓得乱作一团,乱喊:"有鬼……"

此时,两个黑影麻利地用白布裹起乔二的尸体,乔二的无头尸站立着,一步一步向刑台边走去……

一官兵见状,魂飞魄散地高喊:"快看,乔二炸尸了!乔二炸尸了!"喊声刚落,刑台上的小人一瞬间消失了,不知去向。

台下黑暗处,一辆马车上装着棺材,乔二被装进棺材里,马车朝刑场外的小树林跑去。小树林里,有一辆同样的马车上也装着棺材。装乔二尸体的马车刚驶进小树林,另一辆同样的马车就驶出了小树林。

刑场周围,八匹马仍在乱跑。一匹马跑到桅杆处,马上人腾空而起,跃上了桅杆,很麻利地摘下了上面的竹笼。然后,八匹马又忽地消失得无影无踪。

随着八匹马闪电般消失,刑场上安静下来。官兵头目带人上台观看,台上已无乔二的尸体,抬头看桅杆,上面也空空如也!官兵头目气愤地说:"一定是有人装神弄鬼,抢走了尸首,快追!"官兵们说:"天这么黑,朝哪儿追?"

说话间,突然见一辆马车从树林里跑出来。官兵头目看到了上面的棺材,说:"那不是,快追!"

巷口处,那辆拉棺的马车在飞奔,官兵们的马队驰出,紧紧追赶。追至一个巷口处,官兵追上了那辆拉棺的马车。官兵头目命人打开棺材——是空棺,他说:"我们上当了!"一官兵说:"头儿,这匹马不错。"官兵头目说:"卸下来。"官兵们卸下马,正欲牵走,突然远处响起一声呼哨。那马听到呼哨,挣脱牵马的官兵朝响声处奔跑。官兵头目一见马跑了,忙喊:"快追,抓住那个吹口哨的罪犯!"大头从暗处飞身上马,扬长而去……

此时山脚下的密林中,一座新坟刚刚堆起,濮中阳、黄来福、濮华龙、濮华义、黄学禄、黄秋菊和小狗子等人站在坟旁。乔红玉身着重孝跪在坟前烧纸:"爹,今夜濮大伯、黄大叔他们冒着生命之险,将你的尸首抢回,这个大恩女儿一定要报……爹,你就安息吧……"濮华义走到一棵树旁,掏出匕首,刮下一块树皮,做了记号。

第二十七章

天平山下苏村的祠堂前,娃娃们正在玩杂技;村子外,一队官兵手执火把正朝苏村奔来……

不一会儿,欢快的场地就被官兵包围了。王戈吊着一条胳膊走进场内,看到了黄氏女和濮玉兰,对赵统领大声喊道:"就是她们!"赵统领一挥手,官兵们上前围住了黄氏女和濮玉兰。娃娃们吓得直哭,被官兵赶到了一边。

老族长急忙走过来,问:"军爷,你们这是干什么?"王戈冷笑一声说:"干什么你不清楚?今天中午,就是这女子和你们村一个叫苏格力的小子坏了我们的大事。看看我胳膊上这箭伤,就是那个苏格力射的。还有这个婆子,是她用长鞭打掉了我的匕首,让林匪带人逃走了。"赵统领走到老族长面前,说:"快说,苏格力在什么地方?"老族长说:"我不知道。"赵统领又问:"他家在什么地方?"老族长沉默不语。赵统领见老族长不吭声,厉声警告:"我告诉你们,若不交出苏格力,你们都要受连累。"苏格力听到这儿,从人群里走了出来,高喊一声:"我在这儿!"赵统领问王戈:"王营官,是他吗?"王戈看了看苏格力说:"没错,就是这小子!"赵统领说:"把这三个人全部带走!"

娃娃们齐声哭喊,要追赶黄氏女,老族长走过去,将娃娃们拦下。

黄氏女边走边对老族长说:"大叔,这些娃儿就交给你了,我们若有个好歹,请你将他们送到怀庆府濮家庄濮家班,我丈夫叫濮中阳。"老族长说:"你放心,我们一定好生待他们。"娃娃们的哭声更烈,乡亲们无不掉眼泪。

官兵们带着黄氏女、濮玉兰、苏格力走在林间的小道上,濮玉兰悄声对走在自己前面的苏格力说:"苏大哥,你山道熟,要想办法逃走。"苏格力说:"不,我要陪你们一起去牢里。"濮玉兰瞪了他一眼说:"你傻呀,你应该逃出去想办法救我和我娘!"苏格力说:"我单枪匹马,如何救得了你们?"濮玉兰说:"刚才那个姓王的家伙不是说林大王逃进深山了吗?你去找林大王呀。"苏格力说:"林大王肯定躲进了大山深处,你不知道,那里连人烟都没有,山高林密,不好找呀。"濮玉兰一听,也茫然了:"那怎么办?咱们总不能等死呀!"苏格力说:"是呀,除了林大王,谁还能救我们呢?"濮玉兰想了一会儿,说:"要不然,你就骑我的马进京,把我和我娘的情况告诉我爹,让我爹想想办法。"苏格力问:"大伯他们在什么地方?"濮玉兰说:"在京门大车店,我爹叫濮中阳。"苏格力说:"京城那么大,好找吗?"濮玉兰说:"这个不难,你只要骑上我的马,老马识途,它可以将你带到京门大车店。"苏格力说了一声"好",又问:"不过,你和大妈怎么办?"濮玉兰说:"看命吧。马上天亮了,你快一点,我帮你。"

苏格力突然停止了前进,叫嚷:"哎哟,我肚子疼得厉害。哎哟,哎哟……"官兵闻听,斥问道:"干什么?"苏格力蹲了下来,装着一脸痛苦的样子说:"像是要拉肚子了。"官兵问:"是不是装的,想借机逃跑?"苏格力说:"哎哟,军爷,我受不了了。"濮玉兰怕官兵疑心,忙说:"军爷,你看他面色蜡黄,叫得好可怜。"官兵说:"天还不亮,我都没有看见他的脸色,你怎么看到的?是不是合谋逃走?"濮玉兰装着害怕的样子说:"这儿山高林密,我可不敢逃,怕是会被野兽吃了呢!"苏格力也说:"是呀,军爷,前几天俺村还被熊瞎子掳走一个女的,至今生死不明!哎哟,军爷,快拉裤子里了……"官兵信以为真,很烦地对苏格力说:"你真是麻烦,到那棵大树后面拉去。"苏格力说:"军爷,我手被拴着,你得帮我解腰带呀。"官兵说:"你想拉臭屎熏我呀?来,我给你松绑你自己解腰带。"说完,便给苏格力解开绳索,说:"你快点!"

苏格力朝前试着走了两步,又佯装胆怯地说:"军爷,你朝前站点,我害怕有蛇什么的。"官兵说:"害怕就别拉,憋着!"苏格力又装着满脸痛苦的样子说:"那……那我还是拉吧。"苏格力说着到了大树后面,濮玉兰见苏格力躲在了树后,忙喊:"哎呀,蛇!蛇!"官兵闻听急忙跑过去。苏格力借此机会逃到了不远处的另一棵树后,三两下爬到了树上。

官兵找了一圈没找到蛇的踪影,问濮玉兰:"蛇在哪儿?"濮玉兰说:"跑了,好长一条蛇,哎呀,吓死我了。"官兵说:"蛇有什么可怕的,我最爱吃蛇肉了。"官兵说完又去催促苏格力:"喂,小子,你拉完了没有?"喊了几声,没人应,官兵深感事情不妙,惊慌跑过去一看,哪里还有苏格力的踪影!他急忙高喊:"不好了,犯人跑了。"

王戈听到喊声,急忙从前面跑了过来:"怎么回事?"官兵说:"那个苏格力他……他跑了。"王戈急忙四下寻找,找不到,气急败坏地说:"你怎么看的?"官兵说:"营官大人,他说他要拉稀,我总不能让他拉裤子里吧。"王戈气愤地斥责:"你为什么不看着他?"官兵委屈地说:"那……那也太臭了……"王戈一听,大骂:"混蛋,你怕臭就不怕他跑了吗!"

正骂着,赵统领从后面赶了上来,问:"怎么回事?"王戈说:"苏格力跑了!"赵统领说:"跑得了和尚跑不了庙,派人把他的老娘抓来,不怕他不自首。"

不承想,这一切都被躲在大树上的苏格力听得一清二楚。官兵走后,他急忙下树,朝家中跑去……

苏母正为濮金花和几个女娃盖被子。女娃们已经睡着,唯有濮金花醒着,她满脸忧愁地说:"大娘,我师母和我师姐她们啥时候回来?"苏母说:"孩子,大娘我也说不准啊。"濮金花说:"那个官兵头头儿太坏,要不是他,我师娘和我师姐也不会有事!"

正说着,苏格力跑了回来,很急地叫门:"娘,娘!"苏母急忙开门,一看是苏格力,惊喜地问:"儿啊,你回来了!玉兰和她娘呢?"苏格力说:"我是逃回来的,娘,官兵马上要来抓你,你快逃到山里躲一躲。"苏母一听,回头看看里间满床的娃娃,说:"哎呀,我走了,这几个娃娃怎么办?"苏格力说:"快叫醒她们,让她们和你一起上山。山神庙后面有个山洞,可以藏几十个人,你们快去。"苏母看着儿子,担心地问:"你怎么办?"苏格力说:"我要去京城把事情告知濮大伯。你快点!"苏母说:"好,好,金花,快叫醒她们。"金花在里屋应声坐起,把几个妹妹推醒。

苏格力又问:"娃娃们都在这儿吗?"苏母说:"这里只有几个女娃,男娃都在老族长家里。"苏格力说:"这样分开也好,省得招摇。"濮金花带着几个女娃走出来。一女娃迷迷糊糊地揉着眼睛问金花:"金花姐,是不是咱师娘和玉兰姐回来了?"濮金花说:"是苏大哥回来了。"女娃又问苏格力:"苏大哥,你回来了,我师娘和师姐怎么没回来?"苏格力说:"小妹妹,我是逃回来的,官兵马上要来抓我娘,你们随我娘去后山躲一躲吧!"女娃们一听大惊:"什么,官兵又回来了?"苏母说:"孩子,别怕,只要我们朝山里一躲,他们就找不到我们了。快随大娘走!"

说完,苏母便领金花她们走出草房,苏格力走进马棚,牵出马。远处,一队火把如蛇般朝这方游来。苏格力见状,忙催促道:"娘,快点,官兵已经进村了。"苏格力说完,翻身上马,又回头催促:"娘,快!"苏母不敢怠慢,忙领着金花她们急急跑出了小院……

清晨,京城恭王府里,恭亲王正在花园里舞剑,管家走过来:"主子,宛平县派来人说,昨晚乔二炸尸了。"恭亲王一听,止了舞剑:"一派胡言!是不是有人盗走了乔二的尸首,他们就以炸尸来糊弄本王?"管家说:"小人不知。"恭亲王说:"若是真炸尸了,尸首肯定不会走远。他们找到尸体了吗?"管家说:"好像没有。"恭亲王一听,骂道:"这群笨蛋,连个死人都看不好!他们人呢?"管家说:"在二门外候传。"恭亲王说:"传进来!"

管家应声而去,不承想又被恭亲王叫住:"算了算了,这个胡月同,本王原以为他是个干才,通过这件事,才知道他是个蠢材,真是高估他了!"恭亲王边说边将剑递给身旁的一个太监,走进一个八角亭内,坐在了石鼓上。一仆女端上香茶,恭亲王呷了一口,看了看管家,问:"管家,以你之见,这乔二的尸首是何人所盗?"管家说:"主子,奴才愚笨,说不出。"恭亲王说:"你呀,在装呢,你肯定猜出个八八九九了,只是不说而已。"管家忙说:"奴才不敢!"恭亲王笑笑,又呷了一口茶,长出一口气,说:"会盗乔二尸首者,唯有两种人,一种是太平军余党,另一种就是那帮艺人。"管家边听边点头:"王爷圣明!"恭亲王说:"以你之见,这两种人哪一种的可能性最大?"管家说:"奴才以为,那帮艺人的可能性最大。"恭亲王说:"如果是那帮艺人,这事就算了。艺人嘛,最多只是意气用事,对朝廷并无大碍。本王最担心的是太平军在京城内另有奸细。本王对此案如此兴师动众,目的就在于此。现在看来,乔二他们只是一个个案,并没别的什么人接应。"管家说:"王爷圣明!主子对那帮艺人真是宽宏大量。"恭亲王说:"本王自幼喜爱这些东西,要不,我怎会把大戏楼整得连西太后都赞叹不止!"管家忙附和道:"连主子你养的戏班子也都是全京城最好的!""那可不!"恭亲王说着,沉默了一会儿,又说道,"不过,对于濮中阳,本王确实是有些偏心,当然,这也全是为大清国着想。大清国要想利用杂技搞好邦交,濮中阳确实是第一人选。这人虽久闯江湖,身上却无江湖艺人的俗气,且识文断墨,办事稳妥有远见。"管家说:"王爷慧眼识珠,是那濮中阳的福气。"说话间,恭亲王突然又想起了什么:"对了,还有那个万人迷,也是个可爱的小老头儿。而且聪明透顶,一下就喊出了我窝在心中多年的话,所以本王才赐他不死。"管家问:"主子,那万人迷现在何处?"恭亲王说:"哟,你不问我倒忘了,那老头儿还被关在宛平县大牢哪。这样吧,你去告诉胡知县派来的人,要他转告胡月同,将那个万人迷放了。只是不可真放,要考验考验他,放其人不放其心。"管家说了一声"嚯",便一溜烟朝二门外走去。

安阳府衙大堂内,邱成立正在开堂审理剿匪的案子。邱成立看着堂下的黄氏女问道:"黄氏女,你要如实招来,为何要帮林匪用鞭打落王营官手中的匕首?"黄氏女说:"大老爷,那王营官一个大男人,硬是欺负一个八十岁的老太婆,民妇路见不平,才挥鞭相助。"邱成立厉声问道:"你可知那老太婆是林匪的母亲?"黄氏女说:"知道呀,俺们就是被请上山为林老太太祝寿的,咋能不知道?"邱成立说:"既然知道,为何还要帮她?"黄氏女不以为然地反问:"大老爷,林中热是土匪,他娘有什么罪?"邱成立一下被问住了,结巴了半天才说道:"她……她……她生了个土匪儿子。"黄氏女说:"大老爷,咱无论当官当民,说话都得讲理。林老太太生了林中热是实,可她怎会知道他长大后要当土匪?就像你娘生了你,她老人家也不知道你长大了会当大官。"邱成立一听大怒:"大胆刁妇,信口雌黄,竟敢拿本府与一个土匪相提并论。来人,给她上刑!"

邱成立话音刚落,几个衙役就拿着刑具走到黄氏女的面前。黄氏女一看,急忙高呼:"大老爷,民妇只是比喻了一下,你怎么不分青红皂白就要上刑?"邱成立喝道:"你坏了我的剿匪大计,我岂能饶你。来,给她上拶子,让她今后再不能用鞭子。"衙役听令,不敢怠慢,火速用拶子夹住黄氏女的十指,两个衙役一使劲,黄氏女在剧痛中高呼冤枉。

邱成立说:"说,你认罪不认罪?"黄氏女说:"大老爷,我救人于难,有什么罪?"邱成立说:"竟还敢狡辩?再夹!"邱成立话音刚落,两个衙役又一使劲,黄氏女高叫一声,昏了过去……邱成立说:"将她押回大牢,带濮玉兰。"

濮玉兰被押上大堂。邱成立一拍惊堂木,厉声问道:"你姓甚名谁,何方人士,速速报上。"濮玉兰说:"民女姓濮名玉兰,怀庆府濮家庄人。"邱成立又问:"本府问你,你上天平山干什么去了?"濮玉兰说:"大老爷,民女是上山寻母去了。"邱成立说:"山上都是土匪,怎么会有你的母亲?"濮玉兰说:"大人,家母黄氏女是被林大王请上山为其母祝寿的。"邱成立一听,"噢"了一声道:"原来那黄氏女就是你的母亲?"濮玉兰说:"正是。"邱成立又问:"濮玉兰,你去天平山寻母,本身并无错,可你为什么要向林匪告密?"濮玉兰说:"大老爷,民女上山之时,与那个王戈同行。那王戈老是用淫邪的眼光看我,使我心生厌恶,才特别注意了他,并发现他有许多可疑之处,后来又在他送的猪肉里发现了兵器,民女怕双方打起来对我们不利,所以才将此事告知了林中热。"邱成立一听,厉声问道:"你明知王营官是官兵,为何还要向着那林中热?"濮玉兰忙说:"大老爷,民女一开始并不知道那个王戈是官兵,还以为是土匪之间的黑吃黑呢!"邱成立不信,又问道:"听那王营官说,你与那个刁民苏格力向林中热告密时,就说王戈是官兵,可有此事?"濮玉兰说:"大老爷,我和苏大哥从后院到前厅时,那姓王的已劫持了林中热的母亲,并当众宣布他是官兵了!"邱成立驳斥道:"不对!王戈说你们告密在前,他声明自己是官兵在后。"濮玉兰说:"大老爷,你不能光听他一面之词,当时山上有不少乡亲,可以让他们做证。再说,王戈他们是化装进山的,都身穿老百姓的衣服,脸上又没写字,我们怎么能知道他是官兵还是土匪?"邱成立"哼"了一声道:"如此说来,你没罪了?"濮玉兰说:"请大老爷明断!"邱成立又"哼"了一声道:"是我们抓错人了?"濮玉兰忙说:"民女不敢如此说。"邱成立一拍惊堂木道:"濮玉兰,无论你知不知道王戈是官兵,但就是你,坏了我们的剿匪大计,你犯了通匪之罪,按大清律条,是要被杀头的。"濮玉兰一听,忙喊:"大老爷,民女是冤枉的。"邱成立问:"你冤从何来?"濮玉兰说:"大老爷,要是那王戈不是官兵,真是土匪化装进山黑吃黑,不知民女还有没有罪?"邱成立说:"土匪黑吃黑,无论哪方胜哪方负,都是罪有应得,你向着谁都与本府无关。"濮玉兰反问道:"大老爷,民女刚才一再说王戈没穿官家兵服,脸上又没写官兵字样,民女就是向林中热告发了猪肉内藏兵器一事,何罪之有呢?"邱成立一听,又一拍惊堂木,厉声说道:"濮玉兰,你不要如此狡辩,那王戈就是我派去的剿匪官兵,你赶快认罪吧,免得受皮肉之苦。"濮玉兰又说道:"大老爷,民女没罪,如何认呢?"邱成立一拍桌子,指着濮玉兰说:"你——大胆!看来不动大刑,你是不会认罪了,本府就让你先尝尝老虎凳的厉害。来人,给她上老虎凳!"

两个衙役火速拿来刑具,把濮玉兰绑上了老虎凳。邱成立恨恨地看着濮玉兰,喊了一声:"用刑!"剧痛中,濮玉兰高呼冤枉……

这时候,在去京城的路上,苏格力正扬鞭催马,在官道上飞奔……

京门大车店里的一帮人却对濮玉兰母女遭难之事浑然不知。

濮家班和黄家班正在场地里排练节目。乔红玉和濮华龙在一张画有大戏台的草图上研究队形变换。濮华龙说:"恭王府的大戏楼戏台宽阔,我们第一次演堂会时,没调度好,显得不大气。"乔红玉说:"戏台演出与布棚和露天演出有很大差别,尤其是舞台调度,队形得打开,但又不能让看客觉得散,所以咱们要注意节目的丰富和服装的整齐。"濮华龙一听,忙点头道:"你所言极是!"濮华龙边说边在草图上画队形图。

另一处,黄氏四姐妹和女演员们正在演习抖空竹,濮中阳和黄来福正在绘制彩龙。黄来福边忙活边说:"在宫里舞龙,西太后一定高兴。"濮中阳看了黄来福一眼,说:"别忘了,她是太后,过分抬高龙的身份,她会不高兴。"黄来福一听,愕然了一会儿,问:"那咋办?难道咱们舞凤?"濮中阳说:"那不是太谄媚了吗?"黄来福却不以为然地说:"姐夫,此言差矣,让太后高兴不叫谄媚,叫尽忠。"濮中阳笑道:"那好,那咱就想法子让太后高兴!"黄来福说:"这就叫识时务者为俊杰!"

说话间,黄学禄和大头各扛回了几匹绸缎。黄学禄一进门就喊:"爹、姑父,绸缎买回来了。"

几个姑娘一听,一下子围了上去,七嘴八舌,都夸颜色鲜艳。黄学禄说:"这可都是从瑞蚨祥绸缎庄挑来的!"大头说:"全是杭州货。"黄来福摸了摸料子,说:"成色真不错。"濮中阳也走了过来,说:"有好料子就要请名裁缝,别糟蹋了。"濮华龙说:"爹,红玉姑娘已绘制了几种样式,都能让人眼前一亮。"濮中阳惊喜地问:"是吗?"黄秋菊说:"姑父,你不知道,红玉妹妹还会裁衣服呢。你看她穿的衣服,全是她自个儿裁的。"濮中阳说:"哎呀,这可太好了!红玉把南方好的样式带到北方来,简直是标新立异!"一直没说话的乔红玉谦虚地说:"大伯夸奖了,我一定尽力设计些新鲜样式。"

此时,濮华义正在紫禁城的储秀宫里为慈禧太后表演坠琴学唱,一老太监帮他用京胡伴奏,拉的是《定军山》里黄忠的唱段——

> 黄忠(唱):
> 可笑军师见识浅,
> 他道我胜不了那夏侯渊。
> 黄忠马上将令传,
> 大小儿郎听爷言:
> 刀出鞘,马上弦,
> 玲珑铠甲扣连环。

慈禧听得如痴如醉,边听边用手打拍子,安德海偷瞧西太后,见其高兴，禁不住长出一口气。不承想就在这时，濮华义突然拉断了一根弦。慈禧惊醒，满目不悦。濮华义惊慌失措，急忙跪地道："太后息怒，小的马上续弦再唱！"慈禧冷声道："断了的弦怎能续上，应该换新的。"安德海唯恐太后动怒，在一旁催促濮华义道："快，快换一根新的。"慈禧兴致大败，一扬手说："算了，今日就到这儿吧。小安子，赏濮华义！"濮华义一听，急忙说："太后娘娘，草民今日未能拉好，岂敢再要赏银。"慈禧说："人有失手，马有失蹄，下次再进宫时，把弦全换成新的就是了。"濮华义一听，急忙拜谢："谢太后娘娘不计小人之过。"慈禧看了一眼跪在地上的濮华义，说："你起来吧。"濮华义边起身边说："谢太后娘娘！太后娘娘，听恭王爷说，过几日就让我们来宫中为两宫太后献演出国演出的节目，到时候草民一定将功补过，为太后娘娘献上更好的段子。"慈禧一听，不满地说："是吗？这个六爷，怎么也不提前告诉我一声。小安子，你知道吗？"安德海一听，忙说："回主子，奴才也不知道。不过，这恭亲王做事一向神神秘秘，爱搞突然袭击。"慈禧听后，沉默了一会儿说："不过，用杂技搞邦交的事我是答应过的，也是我们大清朝的一件大事。既然这样，你就告诉恭亲王，此事越快越好。"安德海"嗻"了一声便带华义退下。

万人迷被两个官兵带出了宛平县大牢，万人迷戴着木枷，出得牢门被太阳耀得直眯眼："军爷，应该给老头儿我先勒块黑布，这样从黑暗里猛一出来，会被毒太阳刺坏眼睛的。"一个官兵说："你这老头儿怎么那么多事，先别睁开不就得了！"万人迷说："我闭着眼怎么看路，来，你拉着我。"那个官兵将刀伸过去，对万人迷说："来，拉住刀脊。"万人迷朝那刀上一搭手，叫道："乖乖，差点摸到刀刃了，你这不是杀人吗？"那官兵说："我们学的本事就是杀人,要不,皇上养兵干啥?"万人迷一听,忙问:"你们带我去哪里,是过堂还是要杀我?"另一官兵说:"少说话,到时候你就知道了。"万人迷说:"等刀搁在脖子里就什么都晚了!要是杀我,也得先给我弄点好酒好茶什么的壮壮行吧,今儿早晨怎么还是黑窝窝头加白菜荡呀?"官兵说:"你就知道吃。"

三个人边说边走,不一会儿,万人迷就被带到了一片密林中。正走着,突然从一棵大树后面蹿出一位蒙面大汉,挥刀就朝官兵杀来。两个官兵与那大汉对打了一阵儿,显然不是对手,官兵喊了一声:"兄弟快逃!"然后两个官兵拔腿就跑。蒙面人上前看了看万人迷,一句话不说,帮他砸开木枷,就消失在了密林中。

万人迷见状,忙高声喊:"好汉留下尊姓大名。还有你为何救我?"万人迷喊了一阵,无人应声,他望了望空荡荡的四周,突然大声疾呼:"喂,喂,你们都走了,我咋办哪?"然后他疑惑地看了看地上的烂木枷,不相信地用手比画了一下戴枷的姿势,然后拾起来,重新给自己带上——可枷锁被砸坏了,戴上没走几步就又掉了。他望了望四周,想逃,可没跑几步,又觉得不对劲,就垂头丧气地拐了回来,弯腰拾起地上的两块木枷,拎着朝牢房走去……

此时,密林里的一棵大树后面,蒙面人和那两个官兵正在偷偷观察着万人迷,见万人迷拎着枷锁又回了大牢,三个人都不约而同地笑了。蒙面人去掉面罩,说:"恭亲王这一招儿真厉害!"一个官兵说:"这万人迷做梦也不会想到他把恭亲王给迷住了。"

当万人迷双手拎着两块木枷回到了大牢,正要往里进,被守门狱卒用刀拦住:"哎,哎,你干什么?"万人迷说:"我回来吃饭呀。"狱卒撵他:"去,去,这地方没你的号了,你中午已被提走了。"万人迷说:"是呀,我是被提走了,可我半路上被一个蒙面人救了。你看,这木枷也被砸烂了。押我的人不见了,救我的人也不见了,你说,我不回这里去哪里呀?"狱卒不理万人迷:"你呀,该去哪儿去哪儿,反正这里没你的号了。"万人迷见状,忙问:"你们是不是把我放了?"狱卒一听,忙说:"我可对你说,你是被提走的,不是被放的。"万人迷又问:"往哪儿提呀?"狱卒显得很不耐烦:"你问提你的人去!"万人迷可怜巴巴地说:"他们被那个蒙面人打跑了,我去哪儿问啊?"狱卒说:"我怎么知道!快走,快走,一会儿要进犯人了。"万人迷一听,急了:"咦,你们不能扔下我不管哪!"狱卒说:"你去找该管你的地方去!"万人迷茫然地问:"哪个地方该管我呀?"狱卒说:"跟你说了我不知道!再问也是不知道!"万人迷见状,哀叹一声说:"唉,你们这样不杀不放又不收,让我去哪儿呀?快让我回牢房去。"狱卒说:"你想得美,没那么容易。谁提走你的你找谁,谁救的你你找谁,别在这里胡搅蛮缠了!"

万人迷怔怔地望着守门狱卒,如呆了一般,不知怔了多久,只听他突然高声大骂:"那个救我的蒙面大汉哪,你真是混蛋!你害得我老万成了天不收地不留的人呀……"万人迷喊着离开了大牢,边走边喊:"我该归谁管哪……让我回大牢吧……"万人迷离奇的喊声,引来一街两行不少人看热闹……

苏格力骑马来到邯郸府城门,离老远就看到城门旁贴着他的画像,城门官兵正在逐个检查行人,苏格力见状,急忙绕城而去……

天平山深处的一个洞穴里,林中热正给母亲梳头,杨大典急急走了进来:"大哥,下山的密探回来了,说是官兵已退,只是将黄大姐和她的女儿抓起来了。"林中热一听,大吃一惊:"什么?他们抓两个艺人干什么?"杨大典说:"都是那个王营官告的密,说黄大姐和玉兰姑娘帮了我们,与我们是同党。"林中热一听,懊悔不已:

"哎呀，都怪我一时仁慈，没杀那帮人，惹下这祸端！"

林母说："热儿，那黄家母女可是咱们的救命恩人，你可不能见死不救呀。"林中热说："娘，你放心，儿一定知恩图报，全力以赴救出她们。"说着，又突然想起了什么，问杨大典："哎，对了，那苏格力有没有危险？"杨大典说："听回来的人说，苏格力当天夜里也被抓了，只是逃跑了，现在不知去向。"林中热又问："还有那十几个娃娃，他们怎么样？"杨大典说："娃娃们暂无大碍，都在苏村，由老族长和苏格力的母亲照看着。"林中热听后，稍缓一口气说："那就好！兄弟，你先派人下山用钱买通狱卒，让黄大姐母女少受牢狱之苦，然后叫上赵师爷，咱们合计合计，想想营救的办法。"杨大典说："好！不过，眼下山下查得很紧，每个路口都设有哨卡，而且城门四周张贴的全是你、我和苏格力的画像，看来营救的难度不小。"林中热斩钉截铁地说："难度再大，咱也不能让人家为咱受过，你说对不？"杨大典忙说："那是那是，我这就去叫赵师爷。"

看着杨大典匆匆离去的背影，林母大叹一声说："都是我过生日给闹的！"林中热说："娘，官府对我们早已恨之入骨，你就是不过生日，他们也不会放过咱们的。"林母说："这些官兵真可恶，你抓不到我儿子，关人家一个玩把戏的什么事！真是造孽呀！"

安阳府大牢内，黄氏女正为女儿检查腿伤，边检查边气愤地骂："这帮坏人，用这么重的刑！"濮玉兰抬头看了看牢门外，见没人，笑了。黄氏女见女儿傻笑，爱怜地责问："你伤这么重还笑？"濮玉兰笑着说："娘，那邱知府给我上的是老虎凳。"黄氏女说："是呀，所以我担心你伤了腿呀！"濮玉兰说："娘，你别忘了，我从小练的就是软功，别人三块砖受不了，我垫四块砖也不妨事！"黄氏女不解地问："那你咋痛昏过去了？"濮玉兰笑笑说："装的呗！要不，我的腿弄坏了，日后还咋演软功！"黄氏女一听，顿时悲从中起，抹着眼泪说："孩子，你还想出狱，我怕咱娘儿俩这回难活命了！"濮玉兰给母亲擦了泪水，说："娘，我让苏格力进京找我爹去了，看爹能不能救我们。"黄氏女一听，哀叹一声说："唉，玉兰哪，你爹一不是官，二没有钱，说穿了只不过是一个玩把戏的，面对官府，他能有什么办法？"濮玉兰见娘如此悲观，忙说："娘，你不知道，这回去恭王府演堂会，恭亲王很喜欢我爹。这回我回来接你，就是咱濮家班受王命要出国演出哩！"黄氏女问："这与救咱俩出狱有啥关系？"濮玉兰说："怎么没有？你我也算是被御封的出国艺人，爹要是将你我被抓的事告知恭亲王，说不定恭亲王就会让这邱知府放我们出去了。"黄氏女不以为然地叹道："唉，怕是等不到那一天，咱们的头就被挂在城门楼子上了！"濮玉兰泄气地说："娘，听你这么一说，我也觉得没什么希望了！"黄氏女满脸哀愁地说："唉，娘就是担心那帮娃娃呀，他们怎么办……"

第二十八章

京门大车店里，乔红玉、濮玉芝等人正在排演舞剑，突然万人迷拎着木枷边走边喊地进来了："快送我去大牢呀！"乔红玉和濮玉芝等人见状，急忙跑上去问："干爹，你被放出来了？"万人迷一脸迷茫地说："他们不说杀不说放也不让我进大牢，我现在无处可去呀。"濮玉芝说："干爹，这儿就是你的家！"

还没等万人迷说话，濮中阳、黄来福等人从屋里走了出来。濮中阳问："老哥，快说，到底怎么回事？"万人迷说："昨儿个有两个兵把我从牢里提了出来，走到半路有一个蒙面人将我救下，啥也没说就不见了。我怕落个逃跑的罪名，又回了大牢，可牢头不收我，说我已被提走，牢里已没我的号了。我找不到提我的那两个兵，也找不到救我的那个人，我不知道该去哪儿了。"乔红玉说："干爹，既然你被人救下，又找不到那两个兵，牢里又不收你，你就回来呗。"万人迷说："女儿呀，没人给我说个道道，我心里不踏实呀！他们到底是杀是放是收监，总得给我个结果吧，这样我可是人在外心还在牢里呀！"濮中阳一听万人迷如此较真，忙劝道："老哥，我看你也别太较真了，既然这阵子没人要你，你就先在这大车店里待着，等有人要你了，你再去，行不？"一旁的黄来福也说："是呀，老万，出来就出来了，还要什么道道！"

万人迷却不这样认为，他满脸哀愁地说："兄弟呀，他们不给我说个道道我心里不踏实呀，我还是去找找该去的地方吧！"万人迷说着，又拎着木枷出了大车店，边走边喊："我该去哪儿呀，你们总得给我说出个道道呀！"

黄来福越看越觉得万人迷不对劲，就对濮中阳说："这万大哥脑子出问题了？"濮中阳长叹一声，道："唉，我还准备去恭王府为他求情呢，不承想他竟这样出来了。是谁救的他呢？又是谁把他提出牢房的？真让人说不透，这样反倒把他害了呀！"

就在这时候，濮华龙匆匆走了进来："爹，快，小华中的伤口发炎了！"濮中阳大惊："什么？"濮华龙擦着头上的汗说："华中发高烧，小刀刘说是刀口发炎，怕是没救了！"

众人都吃了一惊。乔红玉急急地说："大伯，快让华中弟弟去洋人的医院，洋人的药水好得快！"濮华龙说："可那小刀刘不愿意去洋人的医院。"濮中阳瞪着眼睛问："为什么？"濮华龙说："他说从他家往外抬病人丢他的名誉。"乔红玉一听，气愤地说："救人要紧，他怎么能这样！"众人都气愤地说："是呀，这小刀刘太可恶了！"濮玉芝恨恨地说："要是华中出了什么差错，我非杀了小刀刘不可！"

事不宜迟，濮中阳对华龙说："华龙，你快去准备担架，我们这就去刘府！"濮玉芝说："爹，我也去！"濮中阳没有吭声，算是默许了。

就这样，一行人急急赶往刘府。去势房里，唐天姣正在抹泪，濮华中双目紧闭，满脸通红。小刀刘正在查看他的伤口。

唐天姣边哭边说："要是我孙子出了什么差错，我跟你没完！"

小刀刘叫苦地说:"哎呀,老人家,你别这样,为他我可是下了大力气的,去势时你儿子他们都在场。手术刀消毒比往常多了半个时辰呢,药捻子也是用老烧酒泡过的,论说不该出事呀……"不等小刀刘把话说完,唐天姣就说:"你是不是暗地里使坏了?"小刀刘一听,禁不住一阵委屈:"老人家,你说这话太让我伤心了!我为您孙子费那么大的劲,又张灯又结彩,为的啥?为的就是濮班主和这个小华中是仁义之士。我还会使坏?"唐天姣一听,觉得在理,茫然地问:"那为啥出事了?"小刀刘也不解地说:"是呀,论说应该是万无一失的,可……这真是天有不测风云!"小刀刘说着,又看了看小华中的伤口……

就在这时候,濮中阳和濮玉芝等人匆匆走了进来。濮玉芝进屋就用宝剑压住了小刀刘:"说,为什么不让我弟弟去洋人的医院?"小刀刘一见濮玉芝又动武,无奈地向濮中阳求救:"这……这……濮班主,你看这……"

濮中阳摸了摸华中的额头,又看了一下伤口,对濮玉芝说:"玉芝,不得无礼!"濮玉芝收了宝剑,咬牙切齿地对小刀刘说:"我告诉你,我弟弟若有个好歹,我跟你没完!"小刀刘长长地吁了一口气说:"你爹知道,我可是尽了力了,可天不遂人愿呀!"濮中阳直起身来,对小刀刘说:"刘爷,什么话都别说了,现在救人要紧。请开尊口,让小华中去教堂打洋针!"小刀刘问:"那洋药水能行吗?"濮中阳说:"行不行都要试一试,总比在这里等死强!"小刀刘沉默了片刻说:"论说应该如此,可从我这里出去,让别家看见……"濮中阳一听,很气愤地说:"刘爷,是你的面子金贵还是我儿子的命金贵?这话本来我不该问,你自己能掂量出的!"人命关天的大事,小刀刘自然知道,忙说:"那是那是!不过,丑话先说不丑,小华中从我这里抬出去后,若再有什么不测可与我没干系了!"

濮玉芝"哼"了一声,说:"你说得轻巧,不是你给虎娃去势,我弟弟怎会走到这一步!"濮中阳对女儿说:"玉芝,事情到了这一步,就别讲过去的事了。刘爷,濮某答应你。"小刀刘说:"老夫就等你这句话!那好吧,既然你们相信洋医生,老夫就不奉陪了。但是等他消了炎,可一定要将他送回来等候进宫!"

濮中阳看了一眼小刀刘,不再说话,示意濮华龙和大头将小华中抬上担架。唐天姣怕孙子手重,在旁边一直叮嘱:"轻一点,轻一点……"

华中被放上担架,濮华龙和大头抬起就急急走出了去势房。濮中阳怕路远累着了母亲,说:"娘,你就别去了。"唐天姣说:"不,我一定得去!"濮中阳见母亲执意要去,也不再阻拦,便让玉芝挽着她跟随其后,一行人匆匆朝洋人医院小跑而去……

这时候慧明正在小庙的大殿里静坐诵经,万人迷边走边喊走了进来:"谁管我呀?总得说个道道呀!"慧明一看万人迷回来了,很是惊喜:"大伯,你回来了?"万人迷苦着脸说:"回来还不如不回来,心里空空的,没了着落。"慧明不解地问:"你被放出来了,怎么还没着落?"万人迷说:"问题是他们没说放我,我是被人救下的!"慧明说:"救下也好哇,你总算出狱了不是!"万人迷说:"好什么好啊,名不正言不顺的!"

正说着,乔红玉走了进来。慧明忙招呼说:"红玉姑娘来了?"乔红玉说:"是呀,我放心不下干爹,来看看。"万人迷看到红玉,叫苦:"女儿呀,干爹这辈子完了!"乔红玉内疚地看着万人迷,说:"干爹,都是我们把你害了。"万人迷忙说:"这回不怪你,都怪那个救我的蒙面大汉。他为什么要救我呀?"万人迷说着还要喊,乔红女便劝道:"干爹,你别喊了,先到屋里躺一会儿,歇一歇,行不?"万人迷说:"女儿呀,我不喊我心里慌呀!"慧明不解地看看万人迷,又看看乔红玉,喃喃道:"怎么会这样?"

万人迷拎着木枷,又朝外走去……乔红玉望着万人迷的背影,满面痛苦。

远处,传来万人迷的喊声:"为什么不让我进大牢呀?为什么呀……"

京门大车店里,黄氏姐妹正在缝制戏服。濮华义手提坠琴走了进来。黄秋菊看到华义,问道:"华义,万大伯的事你给西太后说了吗?"濮华义摇着头,败兴地说:"唉,别提了,戏没唱完弦断了,没被杀头就够好的了,哪儿还敢提万大伯的事?"黄牡丹说:"人有失手,马有失蹄,弦断了再换新的呗,有什么好大惊小怪的!"濮华义说:"西太后也是这么说。这西太后也真是宽宏大量,不但没跟我计较,还赏了我两大锭银子!"濮华义说着掏出银子向黄氏姐妹展示。

恰巧乔红玉从外面走进来,她看了看濮华义手中的银子,很是不屑。濮华义看见乔红玉的眼神,很是无趣,将银子托在手中,放不是,收也不是。恰巧小狗子跑进来,一看到银子,上去接过来,递给红玉:"红玉姑娘,我华义大侄子送给你的,你为何不要?"乔红玉说:"狗子叔叔,那可是西太后的赏银,我可不敢拿!"黄海棠见红玉不要,故意起哄:"华义哥,我敢拿,送给我吧?"众姐妹大笑。

濮华义尴尬地从狗子手中夺过银子,正欲走,濮玉芝急匆匆地走了进来:"二哥,你拿银子去干啥?"濮华义看了看乔红玉,结结巴巴地说:"这是我……我捡来的!"濮玉芝说:"哎呀,太好了,我就是回来取银子的!"濮华义问:"出什么事了?"濮玉芝说:"华中的伤口发炎了,住进了洋人的医院。洋人要鹰洋,你快去银庄换!"濮华义说:"好,你等着。"濮华义说着就朝外走,不承想被乔红玉叫住了:"喂,不要去了,我这里有鹰洋。"乔红玉说着进里屋打开一个箱子,取出钱袋,交给了濮玉芝。

濮玉芝看着钱袋,感激地说:"红玉姐,谢谢!"乔红玉问:"华中不碍事吧?"濮玉芝说:"洋人正准备给他打滴水针,说很快就会退烧。"黄家姐妹说:"走,咱们都去教堂看看小表弟。"濮玉芝对表姐妹们说:"我舅舅在那儿呢,你们先不用去了。二哥、红玉姐,我爹说要你们和表姐们安心排演、缝戏服,我去了。"濮玉芝说完,便急急走了。

濮华义将银子递给乔红玉,说:"这个给你。"乔红玉瞟了一眼那银子,说:"西太后的赏银,你还是自个儿放着吧!"黄月季在一旁叫道:"是呀,华义哥,西太后的赏银,金贵着呢。"濮华义对红玉说:"西太后说了,要我们尽快进宫献演,到时候她还会给赏银,你也不要?"乔红玉说:"不一样,那是赏给大伙的,这是赏给你一个人的。"黄家姐妹七嘴八舌地打趣道:"是呀,表哥。"

一直没吭声的小狗子听到这里,"噢"了一声说:"我这会儿才听出来,你们这是在出我华义侄子的洋相!是说西太后相中了我这个侄子,所以才给他这么多的赏银⋯⋯"濮华义正尴尬得不知所措,听小狗子如此一说,矛头立即对准了小狗子,说了一声"去",就开始追打小狗子。小狗子见状拔腿就跑,边跑边叫:"你这是犯上作乱,竟敢打你老叔!"小狗子笑着跑到乔红玉身后:"红玉姑娘,快救我!"乔红玉望了濮华义一眼,对小狗子说:"我可不是西太后,救不了你的!"众姐妹大笑⋯⋯

教堂的博爱医院里,一修女刚给华中扎上针。唐天姣心急如焚地问:"洋闺女,俺孙子不碍事吧?"修女听不懂她的话,笑着摇了摇头。唐天姣见洋修女摇头不语，心里咯噔一下，忙问孙子："咦，她怎么摇头呀？"濮华龙说："奶奶，她听不懂你说的家乡话，跟她说话，要用官话。"唐天姣学着半生不熟的官话又问了一遍，修女又笑着摇了摇头。唐天姣说："她咋还听不懂？"濮中阳见母亲着急，忙说："娘，刚才特维斯大夫不是说过了吗，华中是高烧，高烧好退，烧退了伤口的炎也就消了，不碍事的。"唐天姣一听，急忙双手合十念叨着："哎呀，老天爷，求您保佑我孙子……"

这时，特维斯过来查看华中的病情。特维斯说："濮班主，你作为父亲，为什么要让人割掉你儿子的生殖器？这太不人道了！"濮中阳一听，无奈地说："大夫，是他自己要……哎，一句话跟你说不清楚！总之，这里边的原因非常多，我儿子是受害者。"特维斯不解地问："受害者？那为什么不去法院控告害他的人？"濮中阳大叹一声说："大清皇家需要这样的人，我们告不赢的。"特维斯长叹一声，耸了耸肩，说："这个大清国，真是一个奇怪的国家。"

这时，华中醒了，虚弱地喊"口渴"。特维斯一听，忙吩咐濮家人："快，快给他端水！"濮中阳急忙拦住，道："特维斯大夫，谢谢你，但他不能喝水！"特维斯奇怪地问："为什么？"濮中阳说："他眼下尿路不通，不能喝水。一喝水就要尿尿，对创口不利。"特维斯说："这对他的肝和肾会有损害的。"濮中阳痛苦地咽了口涎沫，说："没办法。"唐天姣心疼地看着孙子，又拍又搂地说："这真是遭罪呀！好孙孙，你忍一忍。"华中望了望周围的亲人，咂了一下干裂的嘴巴，再不说渴。特维斯见状，不禁赞道："多么坚强的孩子呀！"

林中热、杨大典、赵师爷化装来到安阳城，城门两旁张贴着他们和苏格力的画像。守门官兵检查得很严格。三人过了城门，进入城内，不一会儿来到了一家药铺门前。他们四下望了望，走进了药铺。杨大典一进门就问："掌柜的，有穿山甲没有？"一账房正在算账，抬头一看是杨大典和林中热，怔了一下，忙说："有，穿山甲在后房仓库里，刚从云南运回来的上等货。"杨大典说："那好，领我们去看看货。"账房说："好嘞，客官，请！"

账房领三人到后院，上了一个小阁楼，进了房间。账房对着里间说："胡掌柜，有贵客来看穿山甲。"胡掌柜从套房里走出来，一看是林中热他们，很是惊讶："哎呀，大王，山下风声正紧，我正在担心你们呢，你们怎么下山了？"林中热说："有要事要办，就顾不得那么多了。"胡掌柜忙问："是什么事能让你们三位亲自下山？"林中热问："前天官府从山上抓了两个女艺人，你知道不？"胡掌柜说："知道，昨儿个山上来人说她们帮过咱，是不？"林中热正色道："不仅是帮过，可以说是我们的救命恩人！不知她们现在情况如何？"胡掌柜说："听说昨儿个那个邱知府给她们过了堂，还动了刑。"林中热吃惊地问："什么？还动了刑？"胡掌柜说："是呀。听内线说，给那个年岁大的动的是拶子，给她女儿动的是老虎凳。"林中热一听，内疚得不行："哎呀，这可让她们母女受了大苦了。老胡，你去牢房打点，多使些银子，千万不要让她们在牢中受虐待。"胡掌柜说了一声"好"，转身对账房说："你多拿些银两，快去牢房打点。"账房应声而去，急忙出门下了阁楼。

胡掌柜又问："大王，如何营救她们母女？"林中热说："我们刚来，眼下还没想出好办法。这样，你让那内线先画一张牢房的草图，我们马上去查看一下周围的地形。另外，你还要多方打探消息，随时向我们报告。"胡掌柜忙点头说："是！"

万人迷双手拎着木枷边走边喊："我该归谁管哪！怎么不给我

说个道道呀！"他身后跟着一群看热闹的娃娃。恭亲王下朝归来，在轿内听到喊声，掀开轿帘，看到了万人迷，禁不住得意地笑了笑。万人迷喊着，谁也不看，走了过去。

待恭亲王进了王府，管家说："主子，刚才宛平县知县派人报告，说是已按王爷您的吩咐，把那万人迷放了。"恭亲王说："刚才本王已亲眼见到了。很好！"管家忙奉承道："主子圣明！"

恭亲王走进多福轩，两个太监为他卸朝服，就在这时，他突然又想起了什么，对管家说："哎，对了，你马上派人去濮家班，告诉他们，要他们好生准备，西太后很快就要看他们的节目了。"管家应声而去。

教堂的博爱医院里，濮华中在睡觉，一修女为他量了体温。濮玉芝着急地问："洋大姐，我弟弟退烧了没有？"修女说："退了，问题不大了。"

说话间，慧明试探着进了病房，当他看到濮玉芝时，脸上透出释然。修女看到慧明，笑道："小和尚，我认得你！"慧明双手合十，道："阿弥陀佛，我已经来过几次了。"修女问："原来受枪伤的那位大叔痊愈了吧？"慧明先是一怔，然后说："噢，你问的是乔大叔吧？他……他已经彻底解脱了。"修女不解："什么意思？"慧明又双手合十，道："阿弥陀佛，一句话说不清楚的。"修女摇了摇头，笑笑，走出病房。

慧明走到华中床前。濮玉芝看了他一眼，没说话。慧明问："华中好点儿了吗？"濮玉芝没好气地说："小师父，这是俗家事，你尽量少管，还是静心修为的好！"慧明尴尬地笑了笑，伸手摸摸华中的额头。华中醒来，看到慧明，亲切地喊了一声"慧明哥哥"。慧明忙说："别动，小心掉了针。"华中说："不怕，掉了再扎呗。"

慧明又问:"捻子还没去吧?"华中说:"小刀刘说消了肿才能去捻子。"慧明点点头,又问:"伤口还疼吗?"华中说:"还有点,现在又烫又胀的。"慧明说:"发炎了嘛,退了烧就会消下去的。"华中点点头,突然想起了什么,说:"慧明哥哥,听我姐姐说你要一心皈依佛门?"慧明点了点头,说:"本来就未还俗,何谈皈依?"华中说:"你可是说过要还俗的,怎么又变了?"慧明说:"尘世混浊,佛门清静。"华中问:"慧明哥,你是不是因为我才又回庙里当和尚的?"慧明摇了摇头。华中说:"我的事是我自愿的,不怨任何人,包括你!你若为我的事内疚,便辜负了我二姐对你的一片心,你就不是我的好哥哥了。"慧明望了濮玉芝一眼,艰难地说了一声:"我……"便不知道说什么了。华中说:"好哥哥,华中已不能为父母尽孝,答应我,为了我和二姐,还俗吧。"濮玉芝一听,忙呵斥弟弟:"华中,你为何要逼人家?"华中眼含热泪,道:"姐,我不能让慧明哥哥和你因我而苦一辈子。"这时候,慧明也流出了泪水:"好弟弟,我……我答应你!"小华中一听高兴地破涕为笑。濮玉芝情绪复杂地白了慧明一眼,说:"哎,先说好,你可不是为了我才还俗的哟!"慧明也笑了,他立单掌于胸前,念道:"兀兀不修善,腾腾不造恶,寂寂断见闻,荡荡心无着。即心即佛,阿弥陀佛!"

厚德福酒楼一雅间内,黄来福、黄学禄、濮华义正请安德海喝酒。黄学禄端着酒走到安德海跟前:"表叔,我们黄家班和濮家班马上就要同台到宫中献艺了,你可要多多关照呀!"濮华义也说:"是呀,表叔。我弟弟住进了洋人的医院,我爹这会儿不能前来,特派我多敬你几杯。"安德海说:"都是亲戚,好说好说!哎,你弟弟怎么了?"濮华义说:"我弟弟他……"濮华义还没说完,就被黄来福截住话头："表弟，是这样，我那小外甥眼气你升为大总管，也去了势了。"安德海忙问："什么？也去了势了？好呀！是不是在小刀刘那里去的势？"黄来福说："是呀！表弟也知道这事？"安德海点点头，说："我听李莲英说过这档子事，说小刀刘府上有两个雏儿眉目清秀，聪明可爱，尤其是一个叫什么中的，将来进宫必能得娘娘们的喜爱，没想到竟是濮班主的公子。"黄来福说："是呀，到时候还得请您多多关照。"安德海举起杯子和黄学禄碰了一下，一饮而尽道："好说好说。到时候，只要他认我这个表叔，我就会认他这个表侄。常言道：有亲三分向，没亲都一样。我绝不会亏待他的！"濮华义忙说："还有一个叫虎娃的，也请表叔多操心。"安德海坐下来，问："怎么，也与咱有亲戚？"濮华义说："亲戚倒是没有，只是这虎娃从小失去双亲，是家母收留了他，跟我亲弟弟差不多。"安德海说："那好，既然这么说，我就一起照应着。"黄学禄拿着杯子回到座位上，又倒了一杯，说："哎呀，表叔当这么大的官，还处处为亲戚着想，真让小侄佩服。来，小侄再敬您一杯！"安德海说："来来来，咱们共同干一杯！"几个人同时举杯。

　　此时京城大街上，濮中阳、乔红玉和黄秋菊等人正在到处寻找万人迷。黄秋菊边找边说："姑父，这几道街都找过了，万大伯是不是回小庙了？"乔红玉说："他现在专找人多的地方喊，不会回小庙的。"黄秋菊说："是不是去了天桥？"乔红玉说："我想不会。天桥都是他的熟人，他好像专找生地方。"濮中阳突然说道："这就说明他还不迷糊。"黄秋菊问："万大伯是不是装的？"乔红玉说："不像。"濮中阳说："我告诉你们，疯病可不能装，装一阵子就变成真的了！所以咱们得抓紧找，找到后把他拉到厚德福酒楼门前等我。"黄秋菊不解地问："姑父，去厚德福酒楼干什么？"濮中阳说："给他治病！"说着，三人便分头找去。

厚德福酒楼里，黄来福给安德海斟酒："表弟呀，今日请你出宫，是想求教一下明日进宫我们演什么节目为好?"黄学禄也说："是呀表叔，你知道西太后的口味，我们总得投其所好不是?"安德海说："你们若问这个，那算是找对人了！这西太后呀，那可不好侍候，她既喜欢新奇，又喜欢守旧。你看她为何喜欢华义表侄的坠琴拉唱，就因为又新奇又传统——新奇的是用坠琴学唱，传统是唱的京戏。西太后最爱什么，爱戏；恭亲王爱什么，也爱戏！所以这个用杂技出国搞邦交的想法也只有他们叔嫂才能一拍即合！哎，对了，你小子这回可要注意把弦绑牢实，上次要是换了别人，不杀头也得挨板子。西太后忌讳很多，断弦，那可是犯她大忌的！不知怎的，她非但没治你的罪，还给了你赏银，也算是破天荒了！"濮华义忙说："全是太后娘娘仁慈！"安德海"哼"了一声说："仁慈?你小子不知，光死在她手上的太监就有好几个了。常言说伴君如伴虎，稍有不慎，不是'杖毙'就是'气毙'。有一次，她硬是逼着一个老公公把他自己的粪便吃了，那公公就为此丧了命！"

黄来福听到这里，倒吸了一口凉气："是吗，真是让人不敢相信。"安德海说："我说这些就是为了让你们知道，到宫中献艺一定要加倍小心，千万别上犯忌讳的节目。比如天桥有人演的那个扛幡，那个'幡'字就犯忌。"黄来福说："哎呀，要不是你提醒，我们还真打算上这一个呢。"黄学禄："可不是，我都练了好几天了。亏得我姑父细心，特让我们将您请出来请教，要不，这回可真要吃挂落哩！"安德海点点头，说："别忘了，要多上一些适宜宫中戏楼的节目，阵容要大，要演出气魄。当然，节目还要出新，什么上刀山下火海呀、跑马呀那些个又大又老的节目都不要上！要是能看得两宫太后双眼打直，得，你们就等着领赏银吧！"这番话，激动得黄来福和黄学禄直搓手。

正说着，濮中阳走了进来："哎呀，安公公，濮某失陪，请海涵！"安德海一见濮中阳，就不满地说："我说老兄，你眼里别光有恭亲王没有小弟我呀！"濮中阳忙说："岂敢，岂敢！"待濮中阳坐下，安德海问道："令郎没什么事吧？"濮中阳说："烧已退了，想来不会有大碍了。"安德海说："听说令郎步咱家后尘，去了势了，你没觉得这是丢人现眼的事吧？"濮中阳如实地说道："起初是有一点，现在想开了，人生在世，怎么着不就是这几十年吗！"安德海说："这就对了！像我，十岁以前没吃过一顿饱饭，没穿过一件新衣，冬天里没穿过棉袄，可自宫后进了紫禁城，现在怎么样？三月后令郎入了宫，你放心，一切包在我身上！"濮中阳忙说："多谢公公！我这里先替犬子敬你三杯酒。"濮中阳说着给安德海倒了三杯酒。安德海接过酒，说："这样吧，你来晚了，咱们同饮三杯如何？"濮中阳爽快地说："好！来，干！"说完，二人同饮三杯酒。

喝了酒，濮中阳坐下，对安德海说："安公公，濮某今日还有一事相求！"安德海说："请讲！"濮中阳问："天桥的万人迷你有所耳闻吧？"安德海说："万人迷？不但是有所耳闻，咱家还常看他的节目呢！"濮中阳说："那再好不过了。这万人迷，前些日子因乔二一案进了大牢，前两天从牢中被官兵提出来，半路被一个蒙面人救了，那人救了他之后就不见了。万老兄又找不到提他的那两个兵，又拐回大牢，可大牢的牢头说牢里已没了他的号，不收。这下，他不知该怎么办是好了，便拎着木枷到处喊，要官府给他说个道道。我想你是宫中的大总管，能否给他说个道道，让他别再悬着心了。"安德海听到这里，"噢"了一声说："我明白了，这全是那恭亲王搞的鬼！他这叫放人不放心。"濮中阳一惊："是吗，还是公公见识多广！既然如此，那就请公公救救万老兄！"安德海一拍桌子："这好办，他人呢？"濮中阳说："在大门外等着呢。"安德海说:"让他进来吧。"

濮中阳走出雅间,对红玉喊道:"红玉,搀你干爹进来。"

乔红玉和黄秋菊已找到了万人迷,听到喊声,忙搀着万人迷走了进去。万人迷仍在高喊:"为什么不给我说个道道?我该去哪里呀?"乔红玉和黄秋菊将他拉进了雅间。安德海高喊一声:"万人迷!"万人迷怔了一下,抬头一看是宫中太监,又喊了一句:"我该去哪里呀?"安德海说:"西太后赦免了你,你放心大胆回家吧!"万人迷一听这话呆了片刻,突然扔了木枷,朝地上一跪,哭喊着:"谢谢太后娘娘!娘娘万岁万岁万万岁!"

第二天中午,苏格力来到京门大车店,长途跋涉,疲惫不堪,他从马上跌了下来。大头听到马叫,急忙从马棚里跑出来,一看地上的苏格力,忙上前扶起,问道:"小伙子,你是谁?为什么骑着玉兰妹妹的马?"苏格力无力地说:"大哥,我……我是从林州来的,这里是濮家班吗?"大头说:"是呀!"苏格力说:"快……快……快让我去见濮班主!"大头一听来人急着要见濮中阳,就说:"哎呀,不巧,他们进宫演出去了!"苏格力一听,叫了一声:"什么?进宫了?何时能回来?"大头说:"至少要等到后半晌!"苏格力一听,急得不行:"哎呀,再晚怕是来不及了!"大头问:"出了什么事?玉兰妹妹呢?"苏格力说:"她和黄大妈都进了大牢了!"大头一听,大吃一惊:"什么!"

第二十九章

安阳城中药铺内的阁楼里，林中热等人正在研究一张大牢草图。赵师爷问："大王，咱们真要劫狱吗？"林中热反问："不劫狱怎能救出黄大姐和玉兰姑娘？"赵师爷说："劫狱太冒险，能否再想一想别的办法？现在他们防守很严，行动很不便，能不能想法子智取？"杨大典说："我们都是男人，进女牢很难的，如何智取？"

这时，胡掌柜急匆匆上了楼："大王，听内线说，那邱知府这几天就要斩了她们母女！"林中热一听，惊叫了一声："什么！"过了好一会儿，他才回过神来，恨恨地说："这个邱成立，好像是专和我们作对一样，实在不行，我就让他先见阎王！"赵师爷说："按常理不该这么快呀，大清律法多是秋后处斩。再说，命案均要上报刑部审批，这来回至少要一两个月，怎么才几天就要斩首？"胡掌柜说："那邱知府邀功心切，说是官兵剿我们天平山有两宫太后的懿旨，可以不报刑部等到秋后处斩！"林中热内疚地说："这么说，黄大姐母女是替我们领死了。"杨大典说："看来，邱成立抓不到我们，要用黄大姐充数，向皇上交差了。"林中热说："那就应该让他的阴谋落空！"杨大典说："看来，这一回我们不想与官府结梁子也不行了!"林中热说:"如果我们见死不救,做缩头乌龟,日后还如何在江湖上混!"赵师爷说:"既然他们要杀人,那劫狱不如劫法场。法场在外,围观人多,容易制造混乱,又能壮大声势,壮我们的威风,压压那邱成立的气焰。"杨大典说:"大哥,我看行。"林中热也很赞同,说:"好!那就劫法场!"

此时,紫禁城的大戏楼内,濮、黄两家正在为两宫太后献艺。包厢里,坐着慈安、慈禧两宫太后和小皇上载淳,两旁坐着恭亲王和诸位大臣。

这是一场空前的演出。

大幕拉开,锣鼓声中,两条巨龙从两边龙口滚动而出,八盘锣鼓齐鸣,有惊天动地之势。左龙由濮华龙带队,右龙由黄学禄带队,随着音乐,双龙齐舞,忽而聚合,忽而散开,让人眼花缭乱。双龙昂首之时,有八个小人从两旁翻腾而出。等他们一亮相,台下掌声响起,一片叫好声。

原来这八个小人全是小狗子他们化装成的各国使者,有英国、法国、美国、俄国、日本、荷兰、葡萄牙……有奇装异服的,也有西装革履的;有戴筒帽的,也有穿燕尾服的;有戴眼镜的,也有留翘胡子的;有黄头发的,也有大鼻子的……

八国使节站定,忽地一变,每人变出一块红绢来,上写金黄大字:"太后吉祥,万寿无疆。"

接下来,八小人皆用大清礼节向两宫太后跪拜施礼,戴筒帽的帽子掉了,露出红头发;戴眼镜的眼镜跌落,就地乱摸,惹得众人笑声阵阵……

乐池中,黄来福等人用唢呐高喊:"太后吉祥!万寿无疆!"接着,龙又起舞,将八小人遮住。从两侧走出八位唐装宫女,手执宫灯，身姿优美，步态轻盈，她们走到台前，亮相。然后集体转身，待众人看清时，她们手中的宫灯已变成了空竹——抖空竹开始……

乐池中，黄来福已将唢呐换成了笙，大头拉二胡，濮华义吹一根竹箫，他的旁边放有坠琴、笛子、唢呐等乐器。大幕一侧，濮中阳正在关注着两宫太后的表情，包厢内的恭亲王也在关注着两宫太后的表情。

慈禧不时鼓掌叫好。空竹抖完，慈禧高声叫道："赏！"安德海说了一声"嗻"，朝李莲英一甩拂尘，李莲英又示意台前的小贵子和福喜，小贵子和福喜忙托着银子朝台上撒……

台上，黄氏四姐妹抱琵琶上场，她们云步婆娑，舞动着怀中的琵琶，祥和之声如天上来。四姐妹如荷花仙子，展示着娇柔的身躯，似远方飞来的仙女，在音乐的烘托之下，美不胜收……

接着，乔红玉和濮玉芝上场，她们身穿同样的衣服，开始变戏法。同她们一起上台的，还有两个女子，站在两旁，皆穿葱绿戏服，如同两竿青竹。乔红玉和濮玉芝开始在音乐声中变伞，她们各执轻纱，忽地从袖中各变出一把小纸伞，交给立在两旁的女子；忽地又从袖中变出一把同样的小伞；忽地一个急转身，一条腿跷起，从裤脚中又变出一把伞……不一会儿，竟变出七八把小纸伞来，两位青色女子与伞组成一幅美丽的画面……

一瞬间，乔、濮二人又变出一把特大折扇，扇面是一块大红绸布，飘飘荡荡。舞动之间，她们大红的衣服瞬间变成了黄色、橙色。又一晃，变成了旗袍……

台下人简直看傻了。

只听慈禧太后又很响亮地喊了一声："赏——"安德海也很响亮地"嗻"了一声。小贵子和福喜得到懿旨，又开始往台上撒银锭……

恭亲王见状，呼出一口气，濮中阳也长出了一口气……

安阳府大牢，苏村的老族长前来探监，狱卒问："干什么？"老族长忙说："狱爷，俺来看看前几天被关进来的两个女艺人。"狱卒厉声说道："她们两个可是要犯，不准探视！"老族长忙凑上前去："狱爷，求您行个方便。"老族长边说边掏出一锭银子，递给了那个狱卒，"这两个玩把戏的是我们请的艺人，不知什么原因就进了大牢。论说，这无亲无故的，与咱也没什么关系，只是人家是咱请来的，现在有难了，不来看看，这良心上总觉得有点不安。"狱卒接过银子，说："论说也是，你们原来素不相识，现在你是要尽点地主之谊，想来也不会串什么供。这样吧，你快一点，免得让大人看到，我不好交代。"老族长见状，忙说："那就谢狱爷了。"

老族长说完，便急忙走进大牢，拿钥匙的女狱卒拦住了他："你来看谁？"老族长说："俺来看看黄大姐和玉兰姑娘。"女狱卒朝外望望，说："探监的礼数你可知道？"老族长会意："知道知道！"他边说边掏出银子递给女狱卒："一点小意思，请笑纳。"女狱卒接过银子，声音立即柔和了很多："她们母女马上就要被拉上刑场，也好生可怜哩！"老族长一听，吃了一惊："什么，官府要杀她们？"女狱卒说："可不是，就剩几天阳寿了！"老族长着急地说："哎呀，你看这，她们的家人还不知道呢！"女狱卒说："她们不是这里的人，怕是连个收尸的也没有。"老族长说："是呀是呀，真是好可怜！而且死得还有点莫名其妙，照直了说，就是冤枉！"女狱卒说："老先生，阴间里冤鬼多的是，也差不了她们母女两个！"女狱卒说着走到牢房门前，打开牢门，对面喊道："黄氏女，有人来看你们！"

黄氏女一看是老族长，禁不住泪水直流："老大哥，我们萍水相逢,你却能不顾安危来看我们母女,真是让我想不到。"老族长叹了一声:"唉!你们只是玩把戏的艺人,救了林大王,乡亲们都感谢你们哩!"黄氏女说:"老哥哥,我带的那群娃娃让你费心了。"老族长说:"你放心,娃娃们都很好,就是想你们,天天哭。"黄氏女一听,又抹眼泪:"老哥哥,他们都是孤儿,没爹没娘的,大荒年的,本想带他们外出混口饭吃,不承想又遭了这劫。看来我们母女凶多吉少了。如果我们有个好歹,老哥哥,你就让金花带他们去京城找濮家班。"老族长也禁不住抹眼泪,说:"好,好,你放心,这事我一定办到。"

濮玉兰在一旁焦急地问道:"大伯,苏格力大哥有消息了吗?"老族长说:"还没有。听他母亲说他去了京城。"濮玉兰说:"是呀,他去京城给我爹报信,不知情况如何了?"老族长长叹一声说:"唉,城里城外到处都贴着他的画像,真让人担心哪。"黄氏女也忧心地说:"但愿上天保佑他!"

京城南城门,濮中阳等人骑马飞出。马上的濮中阳面色严峻,嘴角处透出刚毅,但双目里却燃烧着焦急之火。他的身后,紧跟着濮华龙、苏格力、濮华义、濮玉芝、乔红玉、黄学禄、黄秋菊、黄月季、慧明、大头等。马队过后,官道上荡起一片烟尘……

安阳府衙的暖阁内,邱成立和赵统领正在商谈事情。赵统领说:"大人,你怎能断定林中热他们会来劫法场?"邱成立说:"赵大人,这不明摆着吗?黄氏女和濮玉兰有恩于林中热,而且还不止救了他一人,是救了他们的全部弟兄。俗话说,龟有龟道,蛇有蛇路,江湖自有江湖的规矩。如果他不冒死前来劫法场,日后别说在江湖上不好混,就是在他自己的山寨里,也会失去威信。"赵统领一听,佩服地说:"大人所言极是。原来大人急着斩黄氏女母女,是要拿她们当诱饵。"邱成立说："这就叫舍不得孩子套不着狼！"赵统领说："不过，若真如大人所言，那林中热敢冒死来救人，也算是吃了熊心豹子胆了！"邱成立说："大凡土匪和叛匪，多是些亡命之徒，那林中热自然也不例外！"赵统领想了一会儿，问道："大人，末将手下已剩人不多，若那林匪一百多号人马全部下山，一旦劫法场成功，你我岂不是落了个鸡飞蛋打？"邱成立信心十足地说："这个你放心，本府为防林匪下山，已设下两个刑场，一东一西，让他们兵力分散，来个顾头不顾腚，然后再各个击破，你看如何？"赵统领忙说："大人高见！只是分设法场，分散了敌人的兵力，也会分散我们的兵力呀！"邱成立一听，立即悟出了问题所在："这……大人提醒得好，本府倒没想到这一层。"赵统领说："以末将之见，两个刑场，不如一明一暗，明刑场还设在东市口，要大力宣扬。拉囚犯示众时，也佯装去东市口转上一转，然后将两名犯人急速分开，一个押赴明场，一个押赴暗场，你看如何？"邱成立一听，大喜过望，一拍桌子说："妙！妙！这样一来，就扰乱了敌人的阵脚，而我们又可各个击破。你负责在明场埋伏兵力，一旦他们行事，就一网打尽。"赵统领提醒说："这事要保密，又要将风放出去，让敌人将信将疑才更好！"邱成立说："那是自然！明场由你监斩，我去暗场。暗场之地绝不可泄露。这样才能保证万无一失，才好向圣上禀报。"赵统领说："要是此次能活捉林匪，那才真是天助你我也！"邱成立说："大人请放心，如不出意外，此次诱匪入瓮，本府敢保证万无一失！"二人仿佛胜券在握，得意地大笑不止……

  安德海带小贵子、福喜来到京门大车店，刚到门口，小贵子便高声喊道："圣旨到——河南怀庆府濮家班濮中阳接旨——"
  黄来福和黄牡丹、黄海棠、小狗子和一群娃娃等急急从屋里走出来，黄来福看到安德海，忙说："哎呀，哎呀，总管大人，我姐夫不在。"安德海问："他哪里去了？"黄来福说："我姐姐在安阳府出了大事，我姐夫他救人去了。"安德海一听，忙问："你姐姐怎么回事？"黄来福心急如焚地说："哎呀，老表弟呀，今年河南大旱，我姐姐带一帮娃娃来京寻班，半路被山匪请去为匪首的母亲祝寿，不承想正赶上官兵围山剿匪，把我姐姐和我的大外甥女也当匪抓起来了。来报信的人说她们凶多吉少了！"安德海一怔，问："有这等事，这不明摆着是冤案吗！"黄来福说："可不是吗！所以我姐夫就带人回了河南。"安德海说："那这样吧，你先替你姐夫接旨吧！"黄来福一听，忙说："好好好，感谢表弟如此抬举我，我这就跪下了，你宣旨吧。"黄来福说完，急忙跪地："草民黄来福跪迎圣旨——"

安德海展开圣旨，宣旨："两宫皇太后懿旨：现值大清朝元气未充，时艰犹巨，民未救安之际，与多国邦交应立为头等要事。为使民康物阜，海宇乂安，防患于未然，特派皇家御用杂技班择日出使东洋日本国，以展示我大清精湛技艺，扬我大清之威风，壮我大清之志气。望所行艺人精诚一致，共创硕绩。钦此。"黄来福急忙磕头谢恩："草民领旨谢恩！两宫太后万寿无疆，皇上万岁万万岁！"

黄来福顶着圣旨，对安德海说："哎，表弟，我姐姐这事你得管一管哪。"安德海提醒他说："你已头顶圣旨了，还要我管什么？"黄来福一听，顿悟，感激地说："谢表弟提醒！谢表弟提醒！不过，你这一提醒，这圣旨我不能接了。"安德海不解地问："为什么？"黄来福说："你应该派个小公公与我一同去安阳找濮中阳宣旨才对！"安德海也顿悟，不由感叹道："表兄，你跟着濮中阳越学越精了！好，咱家答应你！小贵子，你就随黄班主去安阳府宣旨吧！"

小贵子说了声"嚓",对黄来福说:"黄班主,走吧!"事不宜迟,黄来福忙说:"好,牡丹、海棠,快给爹爹备马,我要头顶圣旨去追你姑父!"

天平山深山里的一片场地上,洞内洞外站满了匪徒。林中热正在挑选进城劫法场的弟兄,他用手指点着:"你!你!你……"被点到的匪徒走出队列,站在了林中热身后。一会儿就挑出五十余人,组成了一支精干的小队伍。

挑完人之后,林中热开了一个小会,说:"兄弟们,黄大姐和玉兰姑娘救了我们,是我们的救命恩人,我们要知恩图报,无论多难多险,也要将她们母女救出来。挑出的这些兄弟,是随我劫法场的。另外,再由二当家的挑出五十名兄弟,在外接应。剩下的兄弟,跟随赵师爷在城外接应。就是说,咱们一分三班,相互配合,做到进可进,退可退,兄弟们说中不中?"众匪齐喊:"中!"

赵师爷在一旁说:"大王的意思是,此次下山,主要是救人,救人之后,就速回山寨!"林中热说:"对!眼下官兵压境,咱们要保存实力,尽量减少与官兵冲突。等将省城派来的官兵摽走,这里又是咱们的天下了!兄弟们,准备下山吧!"林中热说完,杨大典上前说道:"兄弟们,这次下山是白天行动,又是进安阳府,所以大伙都要变变装,化装后再相互认一认,以免到时候自己人跟自己人打起来了!"众人大笑……

官道上,濮中阳一行人正在飞奔……

此时,黄来福与小贵子也越过了保定地界……

天平山下,化了装的土匪下了山,其中有猎户、瞎子、瘸子、推车的、挑担的,还有男扮女装的老太婆、小媳妇……

天平山下的另一条路上，老族长带领本村和邻村一帮百姓正朝城里走着，前边有三辆马车，头两辆车上各装一口黑漆棺木，第三辆马车上，坐着濮金花、一娃、二娃、三娃他们。十多个娃娃都身穿重孝，一路哭泣……

　　老族长带领的队伍来到岔路口，赶巧遇上了林中热等人。远远望去，林中热一副富商打扮，他看到老族长，分外惊喜地喊了一声："苏老伯！"老族长抬头看了好一会儿，才认出是林中热："哎呀，是大王呀，你这一化装，老夫都认不出来了。"林中热下马，走近老族长，望了望车上的棺材和娃娃们，不解地问："你们这是？"老族长一听，忙说："哎呀，大王呀，昨儿个我去了安阳府，到牢中探望了黄大姐和玉兰姑娘，听说她们就要被斩首了，人生地不熟，连个收尸的也没有，大伙一合计，就买了棺材，去法场为她们母女收尸。唉，这群娃娃也好可怜呀……"林中热感动地说："大伯，你们做得对！"说着他压低声音对老族长说："实不相瞒，我等下山就是去劫法场哩！你放心，我林某一定会知恩图报，救出我们山寨的恩人！大伯，既然你们也来了，配合一下我们的行动，如何？"老族长说："大王，咱们谁跟谁，说什么配合，有什么事你就安排吧！"林中热说："好，这样吧，你们进城之后，就这样拉着两口棺材和这群娃娃满大街转悠，让大家都知道知道黄大姐母女的冤情。"老族长一听，大喜："哎呀，这可真是不谋而合，老夫也正有此意！"林中热点点头，说："他们从牢房提出黄大姐后，肯定会游街示众一番。如果那样，你们就紧跟其后，要一直跟到刑场上。"老族长说："你放心，我们一定办到！"

　　林中热四下望了望，压低声音说："若有什么意外，你就派人到文昌街的中药铺找我们。你就说要买穿山甲，他们就会引你到后院见我。"老族长说："好，老夫记下了。"林中热说："那好，为防引起官府怀疑，我们还是分开走吧。你从西城门进城，我们绕道去南边的凤阳门，老伯，咱们城里见！"林中热说完，带人打马向安阳城南门飞奔而去……

安阳城北广德门外，濮中阳一行来到了……

此时，老族长一行人已进了城，开始串街走巷。人们看到，皆交头接耳，相互打听，引来不少人的同情……

濮中阳一行来到城内，刚好与老族长一行人巧遇。濮玉芝离很远，就认出了车上的濮金花和一娃他们："爹，快看，那车上坐的好像是金花和一娃他们。"苏格力看到了老族长，说："不错，是他们！濮大伯，前面那个老人就是我们村的老族长。"濮中阳挥鞭催马道："快，追上去！"

濮玉芝边走边喊："金花——一娃——"濮金花和一娃他们听到喊声，扭头一看是濮玉芝和濮中阳他们，禁不住齐声号啕："姐姐——大伯——"濮玉芝、濮华龙、濮华义、黄秋菊等人急急上前，一人抱住一个娃，为他们擦眼泪。

苏格力领濮中阳到老族长面前，介绍说："大伯，这位就是玉兰姑娘的父亲濮班主。"老族长一听，激动地说："哎呀，濮班主，你来得正好呀，快想办法救救她们母女吧！"濮中阳说："老哥，情况苏格力在京城时都给我说过了，很感谢你能仗义执言，又收留了这些娃娃。"老族长忙说："应该的，都是应该的！黄大姐和玉兰姑娘可都是好人哪！"

濮中阳问："不知他们何时行刑？"老族长说："听说就在今天午时，我们现在就准备往大牢赶哩！"濮中阳问："去大牢？"老族长说："对！林大王要我们跟随囚车一直到刑场，然后跟他配合劫法场！"濮中阳一惊："劫法场？"老族长说："是呀！黄大姐和玉兰姑娘救了山寨一帮人马，林大王知恩图报，发誓要劫法场救出她们母女。"濮中阳说:"劫法场很危险哪!老哥,林大王他们现在何处?"老族长四下望了一眼,压低了声音与濮中阳耳语。濮中阳听后,说道:"老哥哥,真是谢谢你们了。不知玉兰和她娘的身子骨能否撑得住?"老族长说:"不碍事,昨天我去探监,见过她们母女,虽然受了刑,但没什么大事。"濮中阳一听,缓了一口气说:"那就好!"说着转身叫濮华龙他们:"华龙、华义、红玉,你们几个过来。"濮华龙他们都围了过来。濮中阳说:"眼下情况紧急,咱们已没时间去大牢探监了。好在林大王带人下山了,咱们要见机行事,配合他们劫法场。这样,你们先随老族长去大牢。记住,见到你娘和玉兰,都不要声张,以免泄了密。红玉、玉芝和秋菊、月季,你们几个负责金花和一娃他们,大头和慧明要紧跟着华龙、华义和学禄,不要轻举妄动!就这样,我和苏格力去找林大王接头。"

这时候,两辆囚车已来到了安阳府大牢门前,一头目走到牢门前,喊道:"知府大人有令,带黄氏女和濮玉兰!"狱卒急忙对里面高喊:"带要犯黄氏女、濮玉兰——"

濮中阳和苏格力来到文昌街的中药铺,账房迎上来:"客官,买什么药?"苏格力说:"俺要穿山甲!"账房一听,忙说:"有,在库房里,刚进的云南穿山甲。"账房说完领他们二人走到后院,上了阁楼。

林中热正与杨大典商谈劫狱之事,一看到苏格力,急忙起身:"哎呀,格力兄弟,你可把我担心坏了!"苏格力说:"大王、二当家的,这位就是玉兰的父亲。"濮中阳抱拳道:"在下濮中阳,拜见林大王和二当家的。"林中热忙说:"哎呀,幸会幸会!濮班主呀,我林中热应该感谢你呀,要不是黄大姐、玉兰姑娘和苏格力他们三个,我们山寨百十号人怕是早已成了鬼了!"濮中阳说:"这都是你们的造化。我听苏格力说了,你们都是好人,濮某佩服。"林中热请濮中阳入座,说:"濮大哥你来得正好,我们正筹划劫杀场,你们在此等候,等我们把人救出来,你就带她们回京!"濮中阳担心地说:"那怎么成,让你们去拼命,我们怎么忍心?"林中热说:"大哥,劫法场是杀头之罪,绝不能让你们插手!我们反正已经是匪了,犯下人命案是死,不犯官府也不会饶我们!"濮中阳很是感动地说:"林老弟,我的亲人马上就要被杀头了,而且她们是冤枉的,你说,我怎能袖手旁观!"杨大典见濮中阳也是义气之人,忙说:"濮班主,听我大哥的吧,劫法场是犯法的事,你们绝不能参与!"濮中阳说:"老弟呀,实话说,我濮中阳一生谨慎,很少干冒险之事,可这一回,我要陪二位兄弟拼一把!我们来了十几个人,从现在起,都听你们的指挥!"林中热一听,哪里肯依:"不不不,我们一共下山一百多人,城外也有接应,用不着你们……"

说话间,胡老板急匆匆地走了进来:"大王,大王!"林中热忙问:"什么事?"胡老板说:"情况有变,刚才内线送来信儿说,那邱知府和赵统领怕有人劫法场,设下了一明一暗两个刑场。"林中热一惊:"什么?两个刑场?这个邱成立,真是只老狐狸。那暗场在什么地方查清了没有?"胡老板说:"还没有!听说很保密,只有赶囚车的知道。"林中热说:"知道赶囚车的是谁吗?"胡老板说:"那内线说,可能是一个叫王戈的营官。"林中热恨恨地说:"竟然是他!"

杨大典说:"大哥,这王戈不好对付,怎么办?"林中热说:"不知道暗场,分兵就不好分!"濮中阳想了想说:"林老弟,既然赶囚车的知道朝哪儿去,咱就打赶囚车的那人的主意如何?"林中热说:"大哥你不知,这次事情坏就坏在这个名叫王戈的小子身上,只后悔当初我没一刀宰了他!"濮中阳说:"这样吧,你们的人马在明刑场里等候,暗场交给我们对付。"林中热想了想,无奈地说:

"哎呀，大哥，真不好意思，原本不想让你们干这犯法之事，不承想又出现了这种情况。"濮中阳说："老弟，你别忘了，你老哥我可是闯荡江湖许多年了，知道分寸，咱能不犯法就不犯法，要是碰上犯大法才能办的事，咱就尽量用犯小法的办法办成，你看如何？"林中热一听，忙说："老哥高见！"

安阳城东门的高阁寺前，刑台已搭起，官兵林立。不少百姓来到刑场，林中热的人夹在看热闹的人群中。赵统领带一帮人兴师动众地来到刑场……

这时，安阳府大牢门前，黄氏女和濮玉兰已被押上囚车，化装成官兵的王戈赶的是押濮玉兰的囚车。

邱成立下了轿子，看了看押在囚车里的黄氏女和濮玉兰，走近王戈，与王戈耳语。王戈听罢，眼睛瞪得老大，吃惊地问："又改地方了？"邱成立说："你懂什么，这才叫万无一失！"

邱成立说完，走到黄氏女的囚车前，说："黄氏女，我已派人去怀庆府濮家庄给你们的家人送信了，你就放心上路吧。"黄氏女骂道："狗官，我的老家已没人了，让你白忙了！"邱成立说："那你就成孤魂野鬼了。"黄氏女愤怒地盯着邱成立说："只有做了野鬼，我才好来折磨你！"邱成立一听，大怒："大胆刁妇！带她们上路！"狱卒高喊："送囚犯上路——"

两辆囚车驶出大牢。

大牢外的街道上，老族长、濮华龙、濮华义他们正在等候囚车的到来。濮中阳和苏格力骑马来到，濮中阳面色凝重地说："情况有变，他们设了两个刑场，明场在东门口高阁寺，暗场不知在何处，现在咱们只有在囚车上打主意了，这样……"濮中阳说着压低了声音。

大街上，两辆囚车在前边走，两旁官兵林立。囚车后边，是邱成立的轿子。老族长拉着装棺材的两辆马车紧跟其后，濮金花他们坐在第三辆车上，濮中阳、濮华龙、濮华义等人夹在百姓当中，大头和慧明、苏格力牵马随后……

安阳城东门高阁寺前，刽子手手执鬼头刀走上刑台。赵统领坐在了监斩台上，装作不经意地朝台下扫了一眼。刑台上站满了围观的百姓，林中热站在人群中，严密注视着台上的一切，周围全是他的人……

大街上，囚车已行到一条宽阔的大街。就在这万分紧急的时刻，黄来福和小贵子已经策马进入城内……

囚车所到之处，围观者人山人海，囚车走到哪里，蜂拥的人流就移动到哪里。濮中阳向濮华龙使了一个眼神，濮华龙朝后面的大头和黄学禄打了一声口哨。大头听到哨声，当即放了两匹马，随后也吹了一声口哨。两匹马穿过人群，跑到了前面囚车的那匹马旁边。两匹马与拉囚车的马表示亲昵。两匹马越跑越快，拉囚车的马也越跑越快。赶车的官兵和王戈高喊："吁——"可惜无济于事。大头飞马跑到前面，很响亮地吹了一声口哨，两匹马带着两辆囚车开始飞奔……赶车的官兵和王戈眼见追赶不上了，忙一起高呼："截住他！截住他！"护兵们一片惊慌，大乱。邱成立从轿窗内探出头来，惊慌地问："怎么回事？"王戈气喘吁吁地跑过来："大人，不知从何处跑来两匹马，带着拉囚车的马直往北门而去了！"邱成立气性败坏地喊道："快追呀！"

大街上，大头正飞马奔跑，边走边喊："闪开！闪开！快闪开！"后边的马和拉囚车的两匹马飞奔而来。大街上的人急忙闪开。

濮中阳、濮华龙等人飞马紧跟其后，拉娃娃的那辆马车在乔红玉和濮玉芝的催促下，也紧紧追了上来。黄氏女和濮玉兰看到了濮中阳，黄氏女边擦泪水边喊："华龙他爹——"

高阁寺前的刑场里,赵统领面露焦急之色,不时朝街口眺望。赵统领抬头看看太阳,说:"怎么回事,午时将至,囚车怎么还没到?"一头目说:"不知道。"刑台下的林中热也感到奇怪,有些不耐烦地朝刑台外眺望。台下百姓交头接耳,都是一副不耐烦的样子……

大头已骑马飞出北门,囚车也随之飞出了城门。守门官兵惊慌失措:"怎么回事?快关城门!"可还没等他话音落下,后边的马队已飞奔而来。马队过后,守门官兵急忙关了城门。不承想刚关上城门不一会儿,王戈带人飞马赶到了,大喊:"快开城门——"

城门外,赵师爷已经带人将几把钉耙朝上放在了城门口处。官兵打开城门,王戈的马队有的被耙绊倒,有的飞过刚走不远,又被绊马索绊了个人仰马翻……

邱成立急急赶到刑场,走上刑台。赵统领朝后看看,一头雾水地问道:"大人,囚车为何还没到?"邱成立说:"囚车被人截了!"赵统领一听,大惊:"何人如此大胆?"邱成立说:"不知道!劫车人非常高明,用马引马,一会儿,就跑了个无影无踪!"赵统领急得眼冒金星:"那快追呀!"邱成立说:"我已派王营官追去了!"

这时候,小贵子和黄来福来到了刑场里,小贵子手执圣旨走到刑台上。邱成立和赵统领一见圣旨,急忙跪地。小贵子高喊:"怀庆府濮家庄濮家班班主接旨——"邱成立和赵统领互望一眼:"不是咱们的。"

赵统领问:"谁是濮班主?"小贵子说:"濮班主是皇家御用杂技班的班主,黄氏女和濮玉兰是御封杂技班的台柱子,她们现在何处?"邱成立说:"她们……被人救走了……"小贵子说:"是不是被林匪劫到山上去了,还不快去寻!"邱成立、赵统领急忙说道:"是!"

此时，林中热已明白了八九分，向他的人使了个眼神，急忙离开了刑场……

安阳城北的一片林子里，黄氏女和濮玉兰已被卸下囚车。拉囚车的马也被卸了下来，囚车被推到了壕沟里。亲人们围住她们，禁不住流出高兴的泪水。大头说："表婶，你看，邱知府还送给你两匹坐骑。"

正说着，林中热和杨大典、苏格力飞马赶来。林中热一看到濮中阳，就抱拳说道："濮大哥，你真是高人哪！"濮中阳谦虚地说："什么高人，我们就是玩杂技的江湖人，只不过用了一点马术。要不是你的兄弟在城门外设下障碍，怕是没这么顺利。"濮玉兰说："爹，你可别忘了苏大哥的功劳！"濮中阳忙说："是呀是呀，要不是苏格力去京城报信，我们有力也使不上呀！"

此时，黄来福和小贵子也赶来了。黄来福离老远就高喊："姐夫，姐夫——"濮中阳吃惊地问："你怎么也来了？"黄来福说："我是和贵公公来给你下圣旨的。这会儿，那邱知府正忙着找你们。好给两宫太后交差哩！"众人一听大笑。

濮中阳对林中热和杨大典说："林老弟、杨老弟，此地不宜久留，咱们就此分别！大伙上马吧！"说完，众人便急忙上马，每人马前带一娃娃。

坐在马背上的濮玉兰深情地看着苏格力说："苏大哥，再会！"苏格力说："你不是让我参加濮家班吗？咋不要我了？"濮中阳一听，忙说："要！只要你愿意，就随我们进京吧！"林中热也说："是呀，苏老弟，你在家有危险，就随濮班主一同进京吧！"苏格力一听，高兴地说："好！林大哥，麻烦你给老族长说一声，让我娘别挂念我。"林中热说："你放心，有你林大哥在，绝不会亏了她老人家,上马吧!"苏格力也飞身上马,加入了濮家班的队伍。

　　林中热坐在马背上,对着濮中阳和黄氏女抱拳道:"濮大哥、黄大姐,祝你们一路平安,再会!"众人齐说:"林大王,再会!"说完,众人扬鞭催马,直往京城而去。